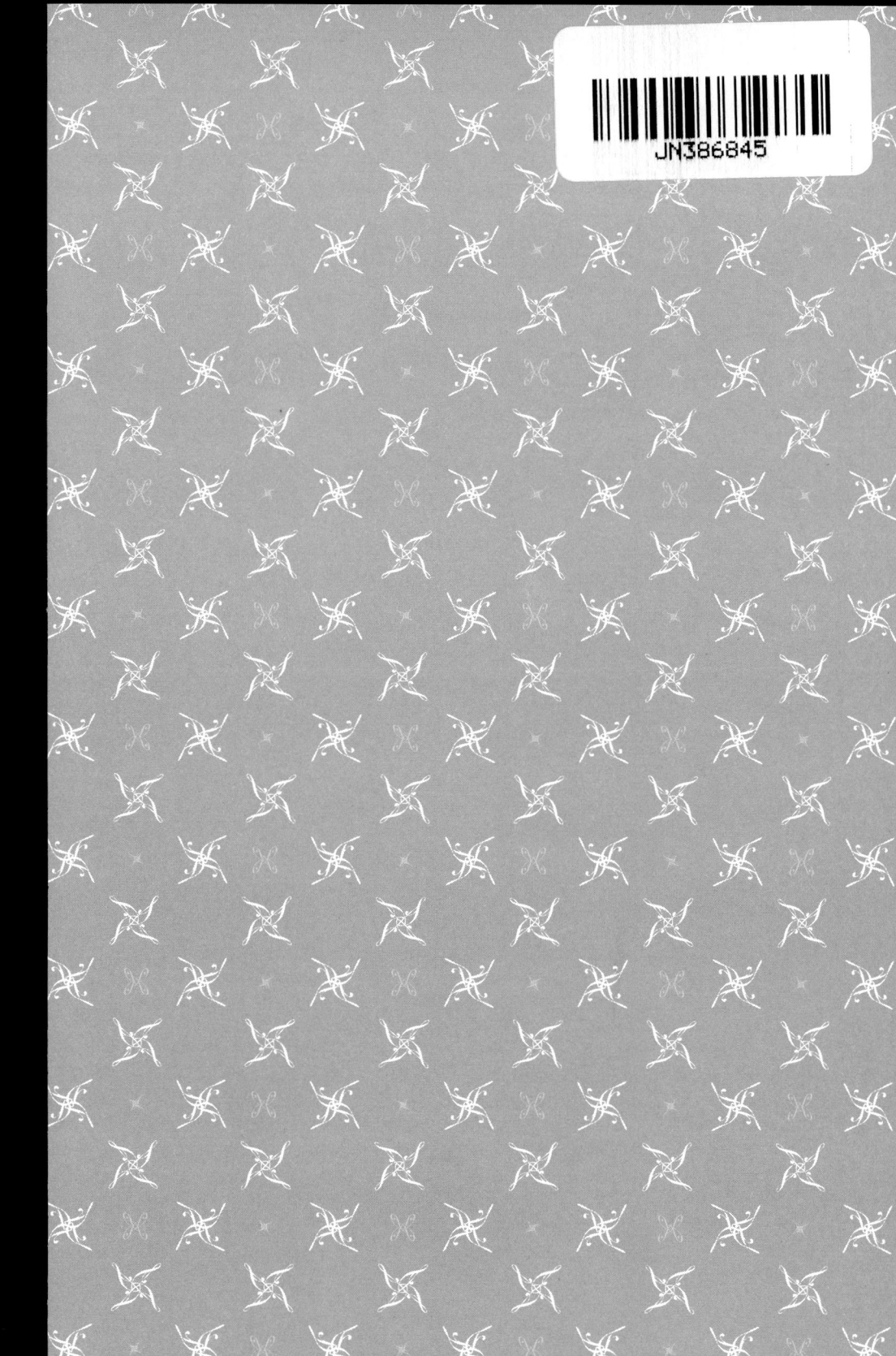

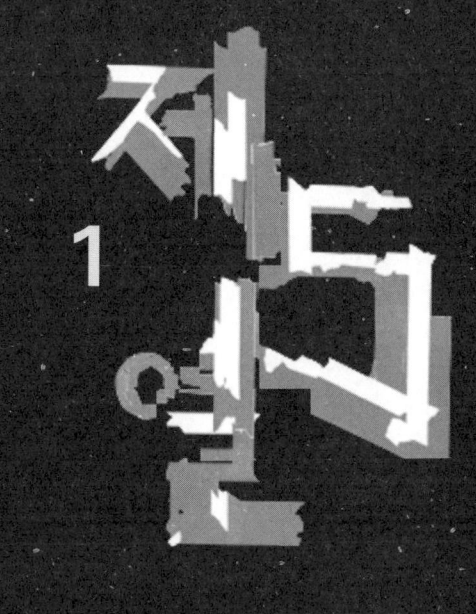

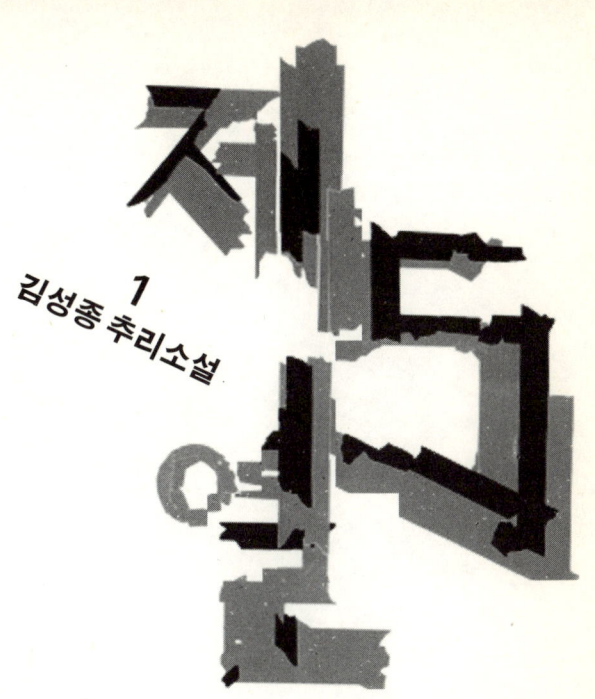

1
김성종 추리소설

제5열 1권

차 례

대 동 회……………………7
연속살인……………………28
거대한 음모…………………94
서울―도쿄 킬러……………146
홍콩의 밤……………………193
도쿄의 밤……………………230
인육시장……………………309
반역의 무리들………………354

대동회(大東會)

　그는 창문을 열고 강바람을 깊이 들이마셨다. 오랜 가뭄으로 대지는 밤이 되어서도 열기를 내뿜고 있었다. 강물은 썩어서 악취를 풍기고 있었다. 그러나 날씨가 너무 무더웠으므로 그는 창문을 닫고 싶지가 않았다. 고층 아파트라 그런대로 바람이 조금 불어 들어오고 있었다. 저 밑에 살고 있는 사람들은 얼마나 더울까, 하고 그는 생각했다.
　회색빛이 나는 머리칼을 쓸어 올리면서 그는 소파에 몸을 묻었다. 깡마른 얼굴에 안경 너머로 안광이 빛나는 것이 퍽 지적이고 날카로운 인상을 풍기고 있었다. 이윽고 그는 담배를 피워 물면서 자신이 논설위원으로 근무하고 있는 K일보를 다시 펴들었다. 거기에는 그가 오늘 쓴 사설이 게재되어 있었다. 그것은 한 개인의 발언을 신랄하게 공박한 것으로써 앞으로 적지 않은 물의를 일으킬 그런 내용이었다. 그렇지만 그가 의도한 것은 한 개인이 아니라 그 개인의 배후에 진을 치고 있는, 아직은 정확히 정체를 드러내지 않고 있는 미지의 세력과 그 세력이 내뿜고 있는 정치적 색채를 공격하기 위한 것이었다. 최동희(崔東熙)는 자기가 쓴 사설 "이창성(李昌成) 씨의 발언(發言)과 대동회(大東會)"를 다시 한 번 천천히 읽어 보았다.

"지난 7월 25일 시민회관에서 화려한 기치 아래 결성대회를 개최한 이른바 대동회의 진로에 대해 우리는 처음부터 심각하고 우려에 찬 관심을 표명하지 않을 수 없게 된 것을 매우 유감으로 생각한다.

이른바 대동회란 무엇인가. 우리는 최근 수년 내에 국내외 정치의 미묘한 움직임과 이를 이용한 각종 사회단체의 출현을 적지 않게 보아왔고 따라서 보다 강력한 세력이 등장하리라는 것을 예견해 왔었다. 이러한 우리의 예견에 적중하듯이 나타난 것이 대동회임은 이번 대회의 규모로나 위원 명단 및 그 영향력 등으로 보아 충분히 알 수 있는 일이다. 하나의 사회단체가 사회 신풍(新風)을 일으키고 그리하여 정의와 인간존엄에 바탕을 둔 복지사회 건설을 위해 강력한 영향력을 발휘한다면 그보다 더 바람직한 현상은 없을 것이다. 기실 우리는 오래 전부터 그러한 민간주도의 사회단체의 의한 사회운동이 활발히 전개되기를 내심 기다려 왔었다.

그러나 우리의 이러한 기대는 조금도 충족되지 못하고 있다. 충족되기는커녕 사회단체인지 또는 폭력단체인지 도무지 정체를 알 수 없는 단체들이 출현하여 각종 난잡한 구호로 국민을 우롱하고 이 사회를 혼란에 빠뜨리려 하고 있다. 여기서 물론 대동회를 가리켜 그렇다는 것은 아니다.

이른바 대동회란 무엇인가. 우리는 아직 그 정체를 모른다. 그러므로 한마디로 단정을 내릴 수가 없다. 다만 가장 강력한 단체(아니 오히려 집단세력이라고 부르는 것이 옳을지도 모른다)라는 점에서 처음부터 기대하는 바가 자못 컸었다.

그러나 결성대회에서 위원장으로 추대된 이창성 씨의 발언 내용은 우리의 그러한 기대가 얼마나 순진하고 이상적인 것이었는가를 말해주는 듯 놀랍고 충격적인 것이었다. 기대가 크면 실망 또한 큰 법이다. 이 씨는 군국(軍國)의 필요성과 대동아의 건설을 역설했다. 이는 마치 과거 36년간의 일제(日帝)의 망령을 다시 보는 것만 같아 우리는 전율을 느끼지 않을 수 없다.

이 씨는 또한 군국과 대동아 건설을 위해 필요하다면 외국의 신흥세력과 손을 잡아야 한다고 주장했다. 양국 간의 외교관계를 고려해서 국명을 명기하는 것을 피하지만 이 씨가 암시한 그 외국이 이미 재무장을 완료하고 있고, 이를 이용한 신흥세력들이 밀리터리즘(軍國主義)의 망령 속에 정권 탈취를 기도하면서 과거의 죄악을 재현하려고 기도하고 있음은 주지의 사실이다.

이러한 사실에 비추어 볼 때 이창성 씨의 발언 내용은 실로 경악을 금할 수 없으며, 우리 모두가 깊이 우려하지 않을 수 없는 내용이라고 하겠다. 우리는 대동회라는 단체 이름과 이 씨가 주장한 대동아 건설이라는 미명(美名)이 본질적으로 깊은 연관성에 놓여 있으며, 따라서 대동회라는 단체가 무엇을 획책하기 위해 결성되었는지 이제 어렴풋이나마 그 저의(低意)를 알게 된 것을 다행으로 생각한다.

이 씨는 군국과 대동아 건설의 필요성으로써 국가 흥망을 운위하고 있고 고구려의 융성과 팽창정책을 열거하고 있다. 과거의 비극을 체험하지 못한 오늘의 새로운 유랑세대(流浪世代)에게는 확실히 달콤하고 매력적인 말이 아닐 수 없다. 철학이 없는 오늘의 유랑세대는 그들을 이끌어 줄 어떤 강력한 힘의 출현을 갈망하고 있는지도 모른다. 그러나 한 가지 분명히 해 두어야 할 점이 있다. 그것은 히틀러의 나치즘에 현혹당해 2차대전의 제물로 사라진 독일 청년들의 전철을 우리의 새로운 세대는 결코 밟아서는 안 된다는 점이다.

우리의 현대사는 이제 제3기의 위기에 처해 있다. 제1기는 제국주의의 침략이었고, 제2기는 공산주의의 위협이었다. 이제 우리는 제3기에 처하여 어떠한 위기에도 대처할 준비를 해야 한다. 하물며 자멸을 획책하는 언동이나 세력이 있다면 우리는 이를 단호히 제거해야 한다.

거론하고 싶지 않거니와 이창성 씨는 군국과 대동아 건설을 주장하기에 앞서 과거 일제가 우리에게 안겨준 그 뼈저린 비극의 역사를 교훈으로 삼아야 할 것이다. 아울러 자신의 발언이 얼마나 어리석고 망국적인 것인가를 깨달아야 할 것이다.

　이 기회에 우리는 당국(當局)이 이창성 씨 발언의 저의가 사실인지, 그리고 대동회의 정체와 그 배후세력이 무엇인지 정확히 밝혀줄 것을 촉구하는 바이다."

　이러한 사설이 실린 곳은 K일보뿐이었다. 최동희는 담배 연기를 길게 내뿜으면서 멍하니 천정을 바라보았다. 쓰고 싶은 것을 쓰고 났을 때의 만족감이 가슴을 후련하게 쓸어주고 있었다. 그러나 이러한 만족감에 엇갈려 가슴 한쪽에 꺼림칙하게 남아 있는 것이 있었다. 그것은 정체를 알 수 없는 두려움이었다. 정확히 상대를 정해놓고 공박했으므로 자신에게 반격이 가해질 것은 틀림없다. 그 반격이 어떠한 형태로 나타날지 궁금한 것이다. 내가 겁을 내다니 나이 탓인가. 그는 고개를 갸우뚱하면서 실소했다.

　그는 쉰여섯이었다. 그가 K일보 논설위원이 된 것은 5년 전이었다. 그전까지 그는 대학교수로서 정치철학(政治哲學)을 강의해 왔었다. 그의 후배나 제자들이 외국에서 박사학위를 주렁주렁 달고 오는 데 반해 그는 외국 유학 한 번 가지 못하고 학위도 없는 겉보기에 평범한 교수였다. 그러나 그는 열심히 공부했고 성실히 학생들을 가르쳤다. 적어도 자신은 그렇게 생각하고 있었다.

　그런데 학생들은 그게 아니었다. 학생들은 젊고 패기만만한 박사 교수를 좋아했지, 학위도 없고 나이도 많은 그를 좋아하지는 않았다. 그럭저럭 월급이나 받아먹는 별로 실력도 없는 교수로 그를 생각하는 학생들도 적지 않았다. 더없이 단순하고 바보 같은 평가였지만 그는 묵묵히 학생들을 가르쳤다. 그러던 중 어떤 정치적인 문제로 학생들이 연일 데모에 열중하던 시기가 있었다. 그때 그는 학생들이 공부를 못한다는 사실에 적이 분개했다. 그래서 하루는 그의 강의시간에 또 학생들이 데모에 나서려고 하자 단호히 그들을 제지했다. 그리고 홧김에
 "이 바보자식들아, 정말로 바보가 되고 싶으냐?"
하고 고함을 질렀다.

 그로서는 안타깝고 학생들을 사랑한 나머지 그런 것이었지만 그것이 문제가 되어 그는 매우 난처한 입장에 빠지게 되었다. 학생들은 그렇지 않아도 탐탁지 않은 교수로부터 갑자기 욕을 얻어먹자 그것을 기회로 망언 교수니 또는 어용 교수니 하면서 그를 규탄했다. 데모의 화살은 갑자기 그에게 겨누어졌고 학생들은 마침내 농성까지 하면서
 "망언 교수 물러가라! 어용 교수 물러가라!"
하고 소리를 질러댔다.

 여기에 부채질을 가한 것이 다른 교수들이었다. 교수간의 알력이 유난히 심한 그 학교에서는 학생들의 기분에 영합하여 비인격적인 행위를 하는 교수들이 적지 않았다. 결국 그는 오랫동안 몸담았던 정든 학교를 쓸쓸히 떠났고, 얼마 후에 K일보로 들어오게 되었다. K일보는 그의 친구가 경영하는 신문사였다. 사장은 평소에 그의 인격을 높이 사고 있던 터라 그가 대학을 떠나 집에 은거하고 있는 것을 알자 즉시 그를 논설위원실로 불러들인 것이다.

일찍 부인과 사별한 그는 슬하에 아들이 하나 있었고 지금은 그 아들 내외가 사는 아파트에 얹혀살고 있었다. 청렴하고 정의로운 그는 현재의 개인적인 생활에 만족하고 있었다. 걱정이 있다면 국가의 장래에 대한 것이었다. 물론 그 걱정은 공인(公人)이 아닌 일개 소박한 시민으로서의 걱정이다.

벽시계가 8시를 치고 있었다. 어느 건설회사에 나가고 있는 아들은 친구라도 만나 술을 마시고 있는지 아직 돌아오지 않고 있다. 손자 놈은 잠들어 있고 며느리는 부엌에서 저녁 준비를 하느라고 바쁜 모양이다.

그때 초인종 소리가 울렸다. 며느리가 앞치마에 손을 닦으며 급히 현관 쪽으로 다가갔다. 조금 후 며느리가 그에게 다가오는 것을 보고 그는 의아하게 생각했다.

"손님이 찾아 오셨는데요."

며느리가 다소곳이 말했다.

"누가 찾아 왔나?"

"말씀을 안 하시는데요. 두 사람이에요."

며느리는 조금 불안한 눈치였다. 동희는 현관 쪽으로 나가보았다. 현관 저쪽 어두운 곳에 두 사람이 서 있는 것이 보였다. 그들 중의 하나가 불빛을 꺼리듯이 힐끔 주위를 보면서 현관으로 다가섰다. 기름으로 머리를 깨끗이 밀어붙이고 더운 날씨인데도 양복을 차려입은 젊은 사내였다.

"최 선생님이십니까?"

매우 빠른 말투에 동희는 불쾌감을 느꼈다. 동시에 일말의 불안감이 스쳐갔다.

"그렇습니다만 누구신지요?"

"잠깐 여쭐 말씀이 있는데 함께 좀 나가시지요."

사내의 말은 다분히 강압적이었다. 동희는 문설주를 잡은 손에 힘을 주면서 상대를 쏘아보았다.

"누군지 모르지만 하실 말씀이 있으면 여기서 하십시오."

"여긴 좀 곤란하니까 조용한 곳으로 가시지요."

사내가 끌어낼 듯이 손을 움직였다. 어둠 속에 서 있던 사내도 슬슬 다가왔다. 모두가 완강한 체격을 가진 건장한 사내들이었다.

"도대체 누구시죠? 먼저 신분을 밝혀야 하지 않습니까?"

"신분 말입니까? 알 만한 데서 왔으니까 시끄럽게 굴지 말고 나갑시다."

"알 만한 데라니요? 난 모르겠는데요."

"이거 왜 이래? 우린 수사기관에서 왔소. 조사할 게 있으니까 같이 좀 나갑시다."

두 번째 사내가 작은 눈을 반짝이면서 말했다. 동희는 직감적으로 이들이 기관원을 사칭하고 있다고 생각했다.

"수사기관에서 왔다면 증명을 좀 보여 주시오. 그리고 난 조사 받을 일이 없소."

"조사 받을 일이 있고 없고는 우리가 결정할 일이야. 잔말 말고 나갑시다."

"못 가겠소!"

그가 문을 닫으려고 하자 사내의 큼직한 손이 그의 팔을 움켜쥐고 나꿔채듯 획 잡아끌었다. 힘없이 밖으로 끌려 나간 동희는 큰소리로 외쳤다.
 "당신들 누구야? 신분을 밝히라고! 이거 놔! 이 나쁜 놈들, 이거 놓으란 말이야!"
 그러나 그의 외침은 사내의 강한 주먹질에 곧 막히고 말았다. 한 사내가 그의 입을, 다른 사내가 그의 복부를 한 번씩 후려쳤다. 비틀거리는 그를 그들은 엘리베이터 속으로 처넣었다.
 며느리가 뛰어나와 매달리자 그들은 그녀를 밀어버렸다. 엘리베이터 문이 닫히기 전에 동희는 쓰러진 며느리에게 소리를 질렀다.
 "경찰에 빨리 연락해!"
 엘리베이터 속에서 그는 다시 몇 차례 얻어맞았다. 그들의 힘은 엄청나서 한 번씩 맞을 때마다 그는 뼈가 부러져나가는 것 같았다.
 "떠들면 죽여 버린다."
 그들의 눈에서는 정말 살기가 느껴졌다. 엘리베이터가 멎자 한 사내가 권총을 빼들고 그의 옆구리를 쿡 찔렀다.
 "알았지?"
 동희는 전율을 느끼고 몸을 부르르 떨었다. 그는 이제 아무 말도 할 수가 없었다. 무슨 말인가 해야 한다고 생각했지만 입이 벌어지지가 않았다. 용기를 가져야 한다. 침착해야 한다. 호랑이한테 물려가도 정신을 차려야 한다고 생각했지만 무릎은 계속 떨리기만 했다.
 괴한들은 어느새 선글라스를 꺼내 쓰고 있었다. 엘리베이터 밖으로 나오자 그들은 민첩하게 행동했다. 그들은 너무 민첩하게, 그리고 당당히 행동했기 때문에 지나치던 주민 몇 사람은 멀거니 구경하기만 했다.

아파트 앞에는 고급 승용차가 한 대 시동을 걸고 대기하고 있었다. 차에 타지 않으려고 버티는 그를 사내들은 무자비하게 후려갈겼다. 부러진 안경이 땅바닥에 떨어져 뒹굴었다.

이윽고 그는 차 속으로 쑤셔 박혔다. 두 사내가 그를 자리에 엎어놓고 깔고 앉자 차가 출발했다. 모든 일이 끝나기까지는 십분도 걸리지 않았다.

최 진(崔鎭)이 술에 취해 집에 돌아온 것은 10시가 지나서였다. 집에서는 아내가 울고 있었고, 두 명의 형사가 하품을 하며 기다리고 있었다.

아내로부터 대강 이야기를 듣고 난 그는 저고리와 넥타이를 집어던지고 형사들을 바라보았다.

"짐작 가는 일이라도 있습니까?"

뚱뚱한 형사가 땀을 닦으며 물었다.

"없습니다."

진은 목욕탕으로 들어가 세수를 했다. 갑자기 뱃속이 뒤틀리면서 마셨던 술이 입으로 마구 쏟아져 나왔다. 뒤따라 들어온 아내가 그의 등을 두드려주자 그는 신경질적으로 그것을 뿌리쳤다. 숨을 거칠게 내쉬면서 그는 손을 떨었다.

"바보같이."

그는 아내를 책망하고 싶은 것을 가까스로 참았다. 아내가 변명을 늘어놓았다면 그는 소리라도 질렀을 것이다. 그러나 아내는 변명 같은 것은 하지 않았다. 하긴 그에게도 잘못은 있었다. 왜 오늘 하필 늦게까지 술을 처마셨단 말인가.

"도대체 어떻게 된 겁니까?"

그는 얼굴의 물기를 닦으려고도 하지 않은 채 형사에게 물었다. 빼빼 마른 형사가 얼굴을 찡그리며 그를 바라보았다.

"아직은 뭐라고 말할 수 없군요. 차 번호라도 외워 두었다면 조사를 해 보겠지만……"

"수사기관에서 연행해 갔다고 하지 않습니까?"

"글쎄, 그렇다면 다행이지만 수사기관은 아닌 것 같습니다. 수사기관이라면 증명을 제시하고 신분을 밝혔을 겁니다."

"그렇다면 놈들이 기관원으로 행사했다는 겁니까?"

"꼭 그렇다는 건 아니고 그럴 수도 있다 이 말입니다. 기관원 사칭을 하고 다니는 놈들이 많으니까요."

"하여튼 각 기관에 좀 알아봐 주십시오."

"일단 조회는 해 보겠습니다."

형사들이 가고 난 뒤 진은 실내를 서성거렸다. 아내가 저녁식사를 하라고 했지만 그는 거들떠보지도 않았다. 문득 그의 시선이 탁자 위에 머물렀다. 짙은 눈썹이 꿈틀하고 움직였다. 탁자 위에는 깨어지고 부러진 안경이 놓여 있었다. 그가 뭐라고 말하기 전에 아내가 먼저 입을 열었다.

"경찰에 전화를 걸고 곧장 뒤따라 내려가 보았더니 아버님 안경이 떨어져 있었어요."

그녀는 다시 흐느끼기 시작했다. 진은 터질 것 같은 가슴을 진정하면서 조용히 말했다.

"별일 없을 거야. 울지 마. 아버님은 무슨 옷을 입고 나가셨지?"

"와이셔츠 바람으로 끌려 가셨어요."

그는 알이 산산이 깨지고 테가 부러져나간 안경을 집어 들고 한동안 멍하니 들여다보았다. 불길한 예감이 가슴을 스치고 지나갔다. 이것이 청렴한 아버님이 나에게 남기신 유일한 재산일까. 그럴지도 모른다. 그는 가슴이 찢어지는 것 같았다. 안경은 몹시 낡은 것이었지만 아버님의 인품과 철학, 생의 고뇌가 그대로 담겨 있는 듯했고, 그에게 많은 것을 가르쳐 주고 있는 것 같았다.

사실 그는 이번 월급을 타면 그동안 두 달 동안이나 벌러왔던 5만 원짜리 독일제 안경을 아버지에게 사드리려고 생각하고 있었다. 아버지는 사양할 것이지만 그는 꼭 사드릴 생각이었다.

진이 아버지로부터 받은 가장 큰 재산은 근면과 검소, 그리고 정의에 대한 본능적인 사랑이었다. 아버지는 아들에게 이런 것을 강조하지는 않았다. 그러나 진은 어려서부터 아버지의 근면하고 검소한 생활태도, 그리고 불의를 보고 불같이 노하는 그 성품을 많이 보아왔고, 그러는 동안 자기도 모르게 아버지를 그대로 닮아버린 것이다.

한 예로, 아버지가 비싼 담배를 사 피우는 것을 한 번도 본 적이 없었다. 물론 아버지가 담배 사 피울 돈이 없어서 그런 것은 아니다. 생활태도가 그렇게 검소하게 굳어 버렸기 때문에 그런 것이었다. 따라서 사치나 허영에 대한 아버지의 혐오감은 유다른 것이었다.

"자본주의 사회의 시민들이 금기로 여겨야 할 것이 있어. 바로 사치와 허영이야. 사치와 허영이 심하다는 건 그 사회가 썩어 가고 있다는 증거야. 소비가 미덕이라고 말하는 사람이 있지만 앞으로의 인류사회에서는 그런 말을 사용해서는 안 돼. 자원 고갈로 굶지 않고 생존하는 것만도 큰 문제야."

진은 아버지의 이런 말을 명심하고 있었다. 그는 효성이 지극했지만 그렇다고 부자 관계가 엄격하다거나 딱딱한 것은 아니었다. 오히려 그들 부자는 남 보기에 부러울 정도로 다정했다. 점심때는 자주 만나 함께 식사를 했고, 차를 마시면서 작은 목소리로 담소를 즐기기도 했고, 퇴근 때는 싸구려 술집에서 권커니 잣커니 하기도 했다.

그러한 아버지가 정체불명의 사나이들에게 강제로 끌려간 것이다. 안경만을 남겨 둔 채 말이다. 진은 안경을 손수건으로 싼 다음 서랍 속에 깊이 넣어 두었다. 처음으로 그는 살의를 느꼈다. 아버지를 끌고 간 놈들을 죽여 버리고 싶었다.

아버지와는 달리 그는 키가 컸고, 운동으로 단련된 몸을 가지고 있었다. 스포츠형으로 짧게 깎은 머리와 미남은 아니지만 각이 진 얼굴은 개성이 뚜렷해 보였고, 특히 짙은 눈썹 밑에서 부드럽게 물결치는 눈빛이 인상적이었다. 완강하게 생긴 턱은 그의 강인한 성격을 그대로 드러내 주고 있었다.

서른네 살인 그는 그 나이에 어울릴 만큼 직장에서도 자리를 굳히고 있었고 대인관계도 좋은 편이었다. 오늘 그는 갑자기 해외파견원으로 선발되어 새로 개척된 아프리카 오지(奧地) 개발계획에 참가하는 행운을 잡았고 그래서 동료들과 술을 한잔 한 것이었다. 출발까지는 아직 한 달이 남아 있었고, 그동안 교육을 받아야 했다.

아프리카 오지는 그가 꼭 한번 가보고 싶은 곳이었다. 그곳에서 근무하는 동안은 고생이 심하겠지만 달러를 많이 벌 수 있고 귀국하면 보다 높은 자리가 기다리고 있는 것이었다. 그러나 지금의 그의 심정은 술을 마시고 늦게 귀가한 데 대한 자책감으로 더없이 괴롭기만 했다.

12시가 조금 지나자 경찰로부터 전화가 걸려왔다.

"각 기관에 조회해 본 결과 최 선생님을 연행한 기관은 없습니다."

불길한 예감이 적중하고 있는 것 같아 그는 숨이 막혔다.

"알겠습니다. 경찰은 지금 어떻게 하고 있습니까?"

"서울 일원에 비상망을 펴고 있는 중입니다만."

"잘 부탁하겠습니다."

그는 전화를 끊고 소파에 풀썩 주저앉았다. 아버님은 왜 납치되셨을까. 분명히 무슨 이유가 있을 것이다.

아내가 그의 곁으로 가만히 다가와 앉았다. 그녀는 눈으로 묻고 있었다. 그러나 그는 아무것도 대답할 수가 없었다.

"아버님은 오늘 몇 시쯤 오셨지?"

"일곱 시쯤 오셨어요."

"별말씀 없었나?"

"없었어요. 그렇지만 안색이 좀 좋지 않으셨어요. 무언가 깊이 생각하시는 것 같았어요. 그리고 서성거리면서도 자꾸만 저 신문을 들여다보시곤 했어요. 신문을 보고 계시는데 사람들이 찾아왔어요."

진은 맞은편 자리에 놓여 있는 신문을 집어 들었다. 사설란이 바로 눈에 들어왔다. 아버지의 문체를 알고 있는 그는 "이창성(李昌成) 씨의 발언(發言)과 대동회(大東會)"를 읽어 보고 그것이 아버지가 쓴 사설임을 알았다. 그밖에 가뭄 대책에 관한 사설도 있었지만 그것은 아버지의 담당 분야가 아니었다. 아버님은 자신이 쓴 사설을 읽고 계셨던 게 아닐까.

대동회—최 진도 거기에 대해서는 많은 소문을 듣고 있었다. 그러나 세력이 막강하다는 것만 알고 있을 뿐 그밖에는 아무것도 모르고 있었다. 사람들의 말은 제각기 달랐고, 그 어느 것 하나 믿을 만한 것이 못되었다. 이제 아버지의 사설을 읽어 보고서야 그는 어느 정도 어렴풋이나마 대동회가 어떤 단체인가를 짐작할 수가 있었다. 아버님의 사설이 이렇게 공격적이니 놈들이 가만있을 리가 없다. 아버님은 이제 막 결성대회를 마친 단체를 신랄하게 규탄한 것이다. 상대는 막강하다.

진은 수화기를 집어 들고 급히 K일보로 전화를 걸었다. 야근 기자가 전화를 받는 것 같았다.

"K일보입니다."

졸리운 음성이었다.

"저기 다름이 아니라…… 최동희 씨가 괴한들에게 납치되었습니다."

"지금 전화하시는 분은 누구시죠?"

기자의 목소리가 갑자기 높아지고 있었다. 의자가 넘어지는 소리가 났다.

"아들 되는 사람입니다."

"아, 그렇습니까. 몇 시에 어디서 납치되셨죠?"

"여덟 시경에 집에서 납치됐습니다."

"무슨 일로 납치됐나요?"

"그건 잘 모르겠습니다. 원한을 살 만한 일도 없었는데……그런데 어제 K일보에 게재된 대동회 관계 사설을 아버님이 쓰셨다면 그것이 문제가 되지 않았나 생각됩니다. 사설이 상당히 공격적이었으니까요."

"한번 알아보겠습니다. 경찰에는 연락하셨나요?"

"네, 다녀갔습니다. 범인들은 기관원 사칭을 한 모양인데 경찰에서 조회해 본 결과 아버님을 연행해 간 기관은 없답니다."

한 시간이 못되어 기자 세 명이 달려왔다. 그중 한 사람은 사회 부장이었다.

"최 선생님께서 그 사설을 쓰신 게 분명합니다. 사설이 나간 후 얼마 안 있어서 납치당한 걸로 보아 보복 행위가 틀림없습니다. K일보는 이번 사건을 크게 다룰 작정입니다."

사회부장은 큰소리로 말했다. 진은 주저하다가 입을 열었다.

"너무 사건이 확대되면 아버님한테 오히려 위험하지 않을까요? 놈들이 혹시 아버님을 돌려보내지 않으면……"

"그렇다고 가만있을 수야 없지 않습니까? 신문사에 맡겨 두십시오. 크게 터뜨리면 경찰도 바싹 긴장해서 수사할 겁니다."

기자들이 가고 나자 집안은 깊은 적막 속에 무겁게 가라앉아 버렸다. 진은 계속 줄담배를 피우면서 밤을 꼬박 새웠다. 아버지를 생각할수록 초조해서 견딜 수가 없었다. 그러나 가볍게 행동하는 것은 오히려 위험을 자초한다는 것을 그는 알고 있었다. 사태를 관망한 다음 침착하게 행동해야 한다. 제일 문제되는 것은 아버님의 생명이다.

날이 새자 그는 경찰로 전화를 걸었다.
"아직 아무런 단서도 잡지 못했습니다. 좀 기다려 보십시오."
퉁명스러운 대답과 함께 전화는 냉정하게 끊겼다.
출근시간이 되자 진은 회사에 가는 대신 K일보를 찾아갔다. 사회부장은 그를 데리고 사장실로 갔다.
사장은 갖은 풍상을 다 겪은 듯 반백의 머리에 주름투성이의 얼굴을 지니고 있었다. 사회부장이 소개를 하자 그는 웃으면서 진의 손을 잡아 흔들었다.
"이렇게 멋진 아들이 있는 줄은 난 몰랐지. 앉게. 자네 춘부장하고 나하고는 친구야. 나도 소식 듣고 놀랐어. 그렇지만 과히 염려할 거 없어. 오히려 그런 글을 쓰고 아무 일도 없다는 게 이상하지. 사람이 옳은 일을 하다 보면 시련을 겪게 마련이야. 아버님은 꿋꿋하시니까 별일 없을 거야. 안심해."
윤학기(尹學基) 사장의 여유 있는 태도에 진은 마음이 다소 가라앉는 것을 느꼈다.
"놈들이 아버님을 해치지 않을까 걱정입니다."
"나도 그런 생각이 들었지만 너무 걱정하지 않아도 돼. 경찰에 단단히 부탁을 해뒀고 신문에서도 계속 때릴 거니까 곧 돌아오실 거야."
"대동회란 어떤 단체입니까?"

"글쎄, 우리도 아직 정확한 정체를 모르고 있어. 자네 춘부장이 사설에서 밝힌 것이 우리가 알고 있는 전부지."
"그놈들 소행이 아닐까요?"
"심증이 가지만 그렇다고 단언할 수는 없지 않을까. 증거도 없고 말이야. 경찰에서 수사할 일이니까 이야기는 해 뒀어. 보복일지도 모른다고 말이야."
신문사를 나온 진은 회사로 가서 부장에게 사정을 이야기하고 당분간 결근할 뜻을 비쳤다.
"저런, 걱정이 많겠군. 회사일은 염려하지 말고 어서 나가 보시오. 도움이 필요하면 연락을 주시오."
뚱뚱한 부장은 눈을 연방 깜박거렸다.
진은 그 길로 막연하게 시내를 돌아다녔다. 그리고 얼마 안 있어 자신이 대동회 본부를 찾고 있는 것을 알자 깜짝 놀랐다. 지금 대동회를 찾아가서 어쩌자는 것인가. 그는 길 위에 서서 머뭇거렸다. 태양이 이글거리고 지열이 들끓고 있어서 몸이 확확 달아오를 지경이었다. 구름 한 점 없는 하늘을 보니 영영 비는 올 것 같지 않았다. 그는 발길을 돌리려다가 내처 걸었다. 대동회 본부는 시내 중심가에 위치한 15층짜리 신축빌딩에 자리 잡고 있었다. 〈大東會〉라는 간판과 함께

'대동아(大東亞)의 역사(歷史)를 투쟁으로 이룩하자!'
라고 쓴 대형 현수막이 빌딩 전면에 길게 드리워져 있었다. 현수막 글씨는 붉은 색이었기 때문에 무척 선동적이고 자극적으로 보였다. 강렬한 햇빛 때문일까, 현수막을 보는 순간 진은 현기증을 느꼈다. 대동아의 역사를 투쟁으로 이룩하자? 역사는 거

꾸로 흐르는 것인가? 건물 입구에는 수위들이 삼엄하게 지켜 서서 방문자들을 일일이 체크하고 있었다. 수위들은 모두가 힘깨나 쓰는 사나이들 같았다.

15층 빌딩을 전부 사용하는 것으로 보아 대동회의 기구는 상당히 큰 것 같았다. 저 안에 혹시 아버님이 갇혀 있는 게 아닐까.

진은 K일보 석간을 사들고 부근 다방 안으로 들어갔다. 신문에는 아버지의 납치기사가

〈본사 논설위원 최동희 씨 자택서 괴한들에 피납!〉

이라는 제목과 함께 사회면 톱으로 실려 있었다. 그는 뚫어지게 신문을 들여다보았다.

△속보 = 27일 하오 8시께 본사 논설위원 최동희 씨(56·서울 영등포구 여의도동 한강아파트 D동 605호)가 자택에서 괴한 2명에게 납치된 사건이 발생했다. 납치 현장을 목격한 최씨의 며느리 민경자(閔京子) 씨(29)에 의하면 9시쯤 신사복 차림의 괴한 2명이 나타나 최씨에게 동행을 요구, 최씨가 이를 거부하며 신원을 밝힐 것을 요구하자 수사기관원이라고 하면서 최씨를 구타, 강제로 납치해 갔다는 것이다. 건장한 키에 서울말씨를 사용하고 있는 괴한들은 항의하는 민씨에게도 폭행을 가했으며 다른 목격자들에 의하면 괴한들은 최씨를 위협, 차에 태우고 도망쳤다고 한다.

한편 경찰은 사건 직후 각 수사기관에 조회해 본 결과 최씨를 연행해 간 사실이 없음을 밝혀냈으며 범인들이 기관원을 사칭하고 있는 것으로 보고 현재 서울 일원에 비상망을

펴고 있으나 아직 이렇다 할 단서를 못 잡고 있다. 또한 경찰은 범인들이 사용한 차량을 검은색 외제 승용차로 보고 수사를 전개하고 있으나 아직 차량번호조차 파악하지 못하고 있다.

최씨의 아들 최 진(崔鎭) 씨(34)는 부친 최씨가 납치 당시인 27일 K일보에 "이창성(李昌成) 씨의 발언(發言)과 대동회(大東會)"란 제하의 사설을 통해 군국과 대동아 건설을 주창한 이창성 씨의 발언을 공박한 사실을 중시, 이번 납치가 부친의 사설과 관련된 것이 아닌가 보고 있으며 경찰도 이점을 고려, 원한 관계에 의한 납치극이 아닌가 보고 수사를 계속하고 있다.

한편 이에 대해 대동회 위원장인 이창성(李昌成) 씨(62)는 전혀 근거 없는 모략이라고 일축하면서 해명이 없을 경우 최 진 씨를 명예훼손으로 고소하겠다고 벼르고 있다.

진은 신문을 팽개친 다음 냉차를 꿀꺽꿀꺽 마셨다. 비로소 피로가 몰려왔다. 졸음이 오자 그는 밖으로 나왔다.

문득 그의 시야에 선글라스를 낀 건장한 사내의 모습이 비쳐 들었다. 정장을 한 사내는 대동회 빌딩 앞에 서 있다가 벤츠가 미끄러지듯 다가와 멎자 차 안으로 들어갔다. 차가 출발하자 수위 한 명이 군인처럼 경례를 올려붙였다.

진은 전혀 그럴 생각이 없었다. 그런데 우연이랄까, 길에 서 있는 그를 보고 택시를 기다리고 있는 줄 알았던지 택시가 한 대 그 앞에 다가와 멎었다. 진은 잠바를 벗어들면서 택시 안으로 뛰

어들었다. 그리고
 "저기 저 모퉁이를 돌아가고 있는 벤츠 보이죠? 그 차를 좀 따라 갑시다!"
하고 말했다. 젊은 운전사는 담배를 꼬나물면서 씨익 웃었다.
 진은 가슴이 설레는 것을 느꼈다. 아주 막연하고 멍청이 같은 짓인지도 모른다. 그러나 대동회에 접근하기 위해서는 바보같이 빌딩만 쳐다보고 있어서는 안 된다. 무엇인가 해야 한다. 나를 명예훼손으로 고소하겠다? 망할 놈의 늙은이 같으니!
 차는 어느새 김포가도를 질주하고 있었다. 공항으로 향하고 있는 것이 분명했다.

연속살인(連續殺人)

　노신사는 커튼을 걷고 밖을 내다보았다. 고도가 낮아졌는지 먹구름 사이로 벌거숭이산과 집들이 보였다.
　도쿄를 출발했을 때는 하늘에 구름이 잔뜩 끼어 빗방울이 떨어지고 있었다. 그런데 바다를 건너자 구름 한 점 없이 태양만이 이글이글 타오르고 있었다.
　그는 커튼을 내리고 의자에 깊숙이 몸을 기댔다. 그리고 깊이 눈을 감았다. 흰 머리가 조금 섞인 머리칼은 깨끗이 빗질이 되어 있어 보기에 좋았다. 얼굴은 적당히 살이 찐데다 혈색이 좋아 어느 모로 보나 신수가 훤해 보였다. 눈 꼬리가 길게 찢어져 조금 사나운 인상이었지만 무테안경의 엷은 갈색 빛이 그것을 부드럽게 커버하고 있었다. 그밖에 잘 다듬은 코밑수염, 감색의 둥근 점박이 무늬의 넥타이, 검정 양복, 그리고 저고리 위 포켓에

꽂아 놓은 손수건 등이 첫눈에도 그가 외모에 몹시 신경을 쓰는 사람임을 알 수 있게 했다. 그러나 오른쪽 귀가 찌그러져 있는 것이 흠이라면 흠이었다. 그것은 워낙 흉하게 찌그러져 있었기 때문에 그의 전력(前歷)이 아무래도 심상치 않다는 것을 말해 주는 것 같기도 했다.

그로서는 이번 한국행이 30여년 만에 와보는 귀국길이었다. 그렇지만 몽매에도 못 잊어 하던 고국은 아니었던 만큼 강한 흥분을 느낀다거나 하지는 않았다. 그보다도 어떤 기대로 해서 그의 가슴은 고무풍선처럼 잔뜩 부풀어 있었다.

"이번 일만 잘되면 한 자리 큼직한 거 차지할 수 있겠지."

그는 혼자 중얼거렸다. 그는 여느 일본인 관광객들 틈에 끼어 지금 JAL기를 타고 관광차 한국에 오는 길이었다. 적어도 표면상의 입국 목적은 그랬다. 그리고 국적은 일본이었고, 따라서 철저히 일본인 행세를 하고 있었다. 이윽고 기내(機內)의 스피커가 서울상공에 들어선 것을 알리자 노신사는 눈을 떴다. 그는 다시 커튼을 걷고 창밖을 바라보았다. 그리고 시야에 가득 들어오는 광대한 서울 시가지의 모습에 내심 놀랐다. 듣던 대로 서울은 많이 변해 있었다.

오후 2시 10분, 예정 시간보다 10분 늦게 JAL기는 그 거대한 기체를 김포공항의 활주로 위에 내려놓았다.

입국 수속은 까다로운 편이었다. 그러나 그의 경우에 한해서만은 형식적으로 간단히 끝났다. 원형의 흑요석(黑曜石) 반지가 끼인 왼손을 그가 트렁크 위에 올려놓자 젊은 세관원은 얼굴에 핏기가 가시면서 당황한 눈길로 그를 힐끗 쳐다보았다. 형광

등 불빛을 받은 흑요석은 눈부시게 빛났다.

"이 속에 뭐가 들었죠?"

세관원이 일어로 재빨리 묻자 노신사는 점잖게 대답했다.

"옷입니다."

세관원은 트렁크를 열고 옷가지를 대충 만져보더니 그대로 통과시켰다. 그는 트렁크를 들고 흡족한 표정으로 유유히 걸어 나왔다. 새삼 자신이 속해 있는 세력이 어느 정도 막강한가를 알 수 있을 것 같았다. 도쿄 공항에서도 이런 식으로 통과되었다. 세관원을 매수해 놓았다는 것은 확실히 놀라운 일이었다.

대합실을 나오자 선글라스를 낀 건장한 사내가 사람들을 헤치고 그에게 다가왔다.

"오오다께 선생님이시죠?"

선글라스가 능숙한 일어로 물었다.

"네, 그렇습니다."

"본부에서 왔습니다."

"아, 그렇습니까? 일부러 여기까지 마중을 나와 주셨군요. 감사합니다."

그들은 반갑게 손을 내밀었다. 흑요석을 낀 노신사의 손과 홍보석(紅寶石)을 낀 선글라스의 손이 하나로 포개졌다. 그런데 그것은 얼핏 보기에는 아무렇지도 않은 것이었지만 자세히 보면 좀 이상한 악수였다. 즉 왼손 악수였다. 그들은 구석진 곳으로 걸어가서 낮은 소리로 속삭였다.

"여행하시는 데 불편은 없었습니까?"

"네, 불편은 없었습니다."

"가져오신 물건은?"

"네, 이 속에 있습니다."

노신사는 트렁크를 가리켰다. 선글라스는 고개를 끄덕이고 나서 다시 왼손을 내밀었다.

"그럼 오늘 밤 9시에 찾아뵙겠습니다. 오리온 호텔에 예약하셨죠?"

노신사는 대기하고 있는 관광회사 버스 쪽으로, 선글라스는 아까 타고 온 벤츠 쪽으로 각각 헤어졌다.

진의 눈은 불붙고 있었다. 그들의 왼손 악수까지도 그는 놓치지 않고 보고 있었다. 손의 움직임으로 보아 그들은 왼손잡이는 아닌 것 같았다. 그러나 진은 그들이 끼고 있는 반지까지는 미처 보지 못하고 있었다. 노신사의 얼굴 특징은 오른쪽 귀가 흉측하게 찌그러진 점이었다. 그리고 선글라스의 사나이는 콧잔등이 움푹 꺼져 있었다.

그들이 트렁크를 내려다보면서 몇 마디 주고받은 다음 제각기 다른 방향으로 헤어지자 진은 당황했다. 누구를 미행해야 할지 그는 얼른 판단이 서지 않았다.

그때 갑자기 푸른 작업복을 입은 늙수그레한 사내 하나가 노신사 앞으로 다가서더니 작업모를 벗어들고 꾸벅 하고 절을 하는 것이 보였다. 진은 그 자리에 붙어 서서 그들의 움직임을 지켜보았다.

작업복의 사내는 수화물계에서 잡역을 하고 있는 노무자 같았다. 그 노무자는 연방 허리를 굽실거리고 있었고 얼굴 가득 비굴한 웃음을 띠면서 무엇인지 열심히 말하고 있었다. 그러나 노신사가 머리를 흔들면서 관광버스 쪽으로 걸어가 버리자 원망스러운 듯 그 뒷모습을 한참 동안 노려보았다.

노신사는 일신관광(日新觀光)이라고 쓰인 버스 속으로 들어갔다. 버스는 모두 두 대였다.

이윽고 노신사를 태운 첫 번째 버스가 출발하자 그때까지 움직이지 않고 있던 늙은 노무자는 두 번째 버스 쪽으로 뛰어갔다. 그리고 막 차에 오르는 여차장을 붙들고 무엇인가 다급히 물어보는 것 같았다.

드디어 두 번째 버스가 출발하자 최 진은 노무자 쪽으로 천천히 다가갔다.

"저런, 빌어먹을 놈…… 어디 두고 보자……"

노무자는 멀리 사라지는 관광버스를 끝까지 노려보면서 중얼중얼 욕지거리를 하고 있었다.

"아까 그분 아시는 분입니까?"

진은 되도록 공손히 물었다. 노무자는 검게 찌든 조그만 얼굴을 돌리면서 의아한 듯 그를 바라보았다.

"왜 그러슈? 당신은 뭐요?"

노무자가 퉁명스럽게 되받는 바람에 진은 당황했다. 그러나 이내 침착하게 대답했다.

"이상하게 생각하지 마십시오. 저도 그분을 알고 있기 때문에 여쭤보는 겁니다."

노무자의 조그만 눈이 반짝거렸다.

"그래요? 그럼 그 사람하고 어떤 사이요?"

"친척입니다."

"그럼 마중 나온 거유?"

"그, 그렇습니다."

"친척이면 어떤 사이요?"

"삼촌 되십니다."

진은 거짓말이 술술 나오는 데 놀랐다. 그러자 노무자는 코웃음을 쳤다.

"흥, 삼촌이라…… 그럼 그 사람이 김창근(金昌根)이가 분명하지요?"

"그, 그렇습니다."

"그러면 그렇지. 그런데도 시침을 뚝 떼더란 말이오. 이봐요. 당신 삼촌하고 나하고는 옛날 일제 때 함께 일했단 말이오. 오늘 우연히 여기서 만났는데 시침을 뚝 떼면서 모른 체하더라구요. 아무리 내가 이런 데서 일한다고 그럴 수가 있소?"

"너무 오랜만이라 못 알아보신 거겠지요."

"그럴지도 모르지. 당신 삼촌은 일본서 뭘하고 있소? 차린 걸 보니까 돈 좀 번 것 같은데."

노무자는 눈이 번득거리고 있었다. 벌써 무엇인가 계산을 하고 있는 것 같았다.

"인사만 했지 아직 이야기를 못 나누었습니다."

"당신 삼촌 만나거든 이 변인수(邊仁洙)가 한번 꼭 만나자 하더라고 전해주슈. 모른 체하면 재미없을 거라는 말도 전해주슈. 당신 삼촌은 어디에 묵을 거요?"

"호텔에 묵으실 겁니다."

"어느 호텔이오?"

진은 말문이 막혔다.

"그건 말씀드릴 수 없습니다. 두 분이 만나서 싸우시면 곤란하니까요."

굴러오는 택시를 향해 진은 뛰어갔다. 그의 뒤에서 노무자의 외치는 소리가 들려왔다.

"말 안 해도 다 알아! 어느 호텔인지 다 알고 있다고! 내 말 꼭 전하라구!"

진은 차 창문을 열고 바람을 깊이 들이마셨다. 온몸으로 땀이 흘러내리고 있었다.

노무자의 말이 사실이라면 일인 관광객 틈에 낀 그 신사는 재일교포가 틀림없다. 김창근이라고 했지. 30여년 만에 나타난 재일교포는 대동회와 어떤 관계가 있을까. 그 선글라스 사내는 재일교포와 무슨 말을 주고받았을까. 문득 그는 자신이 엉뚱한 일에 신경을 쓰고 있는 것을 깨닫자 얼굴을 확 붉혔다.

'이 못난 자식아, 아버지를 찾아라. 한시가 급하다. 잘 알고 있습니다. 그렇지만 어디서부터 손을 대야 할지 막막하기만 합니다.'

진은 경찰서를 찾아갔다. 그로서는 경찰에 모든 것을 의지할 수밖에 딴 도리가 없었다.

수사과에는 반장 혼자 앉아 있었다. 몹시 말라 보이는 50대의 수사반장은 남방셔츠를 풀어헤친 채 부채질을 하고 있었다. 진이 찾아온 이유를 말하자 그는 피로한 눈길로 책상을 내려다 보았다.

"좀 기다려 보십시오. 아직은 좋은 소식이 없군요."

다시 말을 붙이기가 거북할 정도로 반장의 목소리는 피로에 잠겨있었다.

"대동회를 조사해 보셨나요?"

"조사해 보고는 있지만 단서가 없기 때문에 좀 곤란을 겪고 있습니다. 그리고 증거가 없는 이상 꼭 그쪽에 혐의를 둘 수도 없는 거고…… 아무튼 경찰에 맡기시고 돌아가 계십시오."

최동희는 물을 뒤집어쓰고서야 눈을 떴다. 그의 시야에서 처음 보인 것은 강렬한 불빛이었다. 불빛이 너무 세었기 때문에 그는 도로 눈을 감았다. 콘크리트 바닥의 축축한 감촉이 뺨에 느껴졌다. 그는 무릎을 짚고 일어서려고 하다가 도로 쓰러져버렸다. 몸의 마디마디가 부러져나간 것처럼 도무지 말을 듣지 않았다. 몸을 조금 움직이려고 하면 무서운 통증이 몰려오곤 했다.

"일어서!"

구둣발이 그의 옆구리를 걷어찼다. 두 번째 고통이 오기 전에 일어서려고 동희는 두 손으로 바닥을 짚고 상체를 일으켰다.

"이 자식아, 대동회가 어떻다는 거냐? 대동회가 뭐 일제의 망령이라구? 누가 그 따위 사설을 쓰라고 했어? 너 같은 놈은 반역자야! 애국을 비난하는 놈은 반역자야! 모조리 제거해야 돼! 우리는 완전하게 일을 한다! 너 같은 놈은 감쪽같이 없애버릴 수가 있어!"

"너, 너희들은 누구냐?"

"뭐라구? 이 늙은이가 아직도 정신을 못 차렸나?"

해머 같은 주먹이 골통을 부셔버릴 듯이 날아왔다. 코뼈가 부러지는 것을 느끼면서 동희는 나무토막처럼 뒤로 쿵 하고 쓰러졌다.

실내에는 세 명의 건장한 사내들이 그를 둘러싸고 서 있었다. 전등에 씌운 갓이 빛을 차단하고 있어서 그들의 상체는 어둠 속에 가려져있었다. 그들 중의 하나가 동희를 다시 걷어차려고 했을 때 갑자기 벽에 붙어 있는 경보기가 울었다. 붉은 경보등이 깜박이는 것과 함께 경보기는 세 번이나 요란스럽게 울었다. 그리고 그것이 끝나자 철문이 덜컥 열리면서 두 사나이가 먼저 들어섰다.

"Z가 오신다!"

그들의 말에 동희를 고문하던 세 사나이들은 허둥대면서 제각기 벽 쪽으로 몸을 돌렸다. 조금 후에 요란스런 발짝 소리와 함께 세 명의 사나이가 들어섰다. 양쪽의 건장한 사나이들은 가운데 사나이를 경호하고 있는 것 같았다.

가운데 사나이는 중키에 선글라스를 끼고 있었고 몸가짐이 단아해보였다. 그는 의자 위에 조용히 앉더니 책상 너머로 쓰러져 있는 동희를 쳐다보았다. 곧 두 사나이가 동희를 끌어다가 의자 위에 앉혔다.

동희는 부르튼 눈으로 상대방을 가만히 쳐다보았다. 선글라스와 어둠에 가려 상대의 얼굴은 알아볼 수 없었다. 다만 중년의 사나이라는 것과 매우 강력한 자라는 것, 그리고 조금 전에 두 사나이가 들어서면서 외친 "Z"라는 말이 바로 이자를 가리킨 것이 아닐까 하고 생각될 뿐이었다. "Z" ─그것은 무엇을 뜻하는 것일까.

"고생이 많으십니다."

사나이의 최초의 음성이 조용히 주위를 울렸다. 공허하면서도 듣기에 몹시 거북한 쉰 목소리다. 이자는 대동회 위원장인 이창성이 아닌 것 같다. 암호명을 쓰고 있는 이자는 과연 누구일까. 동희는 흐려오는 의식을 붙잡으면서 상대를 쏘아보았다.

"잘못은 분명히 당신 쪽에 있습니다. 당신은 그런 사설을 쓰지 말았어야 합니다. 나는 그런 짓을 용서할 수 없습니다."

너무 쉬어서 소름끼치는 목소리였다. 동희는 공포를 물리치려고 어금니를 깨물었다.

"어떤 사설을 쓰든 그건 내 자유요."

"당신은 착각을 하고 있소. 지금은 그런 고전적인 사고방식에 집착하고 있을 때가 아닙니다. 지금은 새로운 시대고 새로운 힘이 요청되고 있는 때입니다."

"새로운 힘이란 국민들이 만드는 겁니다. 당신 같은 사람들이 강압적인 수단으로 만드는 것이 아닙니다."

"국민들을 이끌어 줄 힘이 필요한 거요. 그렇지 않고는 발전이 늦어집니다."

"그래서 대동아를 건설하겠다는 겁니까? 당신들은 도대체 누구요?"

"힘에는 모토가 필요한 거요. 우리는 항상 외부로부터 박해받고 억압받으면서 살아왔소. 더 이상 약소 만족으로 남아 있을 수는 없소. 이 시기에 민족부흥을 이룩해 보자는 거요."

"민족부흥은 국민들의 자발적인 힘으로만 이룩할 수 있는 거요. 군국과 대동아 건설을 주장한다는 건 외국의 신흥세력과 손을 잡고 일제의 망령을 되살려 보자는 거 아니오."

"일본 제국주의는 벌써 30여 년 전에 물러갔소. 그렇지만 역사는 되풀이 될 수 있는 거요. 하지만 이번의 역사만은 우리가 주도하는 거요. 이건 어디까지나 애국충정에서 나온 결론이오. 우리와 함께 애국 행동을 할 의사가 없소? 기회는 한 번뿐이오. 나는 두 번 다시 권하지는 않소. 나는 방해자를 비국민으로 제거해 버릴 생각이오. 이건 나와 우리 대동회의 방침이오. 우리에게 협력하시오. 당신 같은 지식인의 협조가 필요합니다."

한동안 침묵이 흘렀다. 동희는 이것이 어쩌면 마지막일지도 모른다고 생각했다.

그러나 그는 이미 모든 것을 각오하고 있었다. 그의 양심과 상식으로 도무지 받아들일 수 없는 문제였다.

"대동회가 그런 의도에서 출발한 단체라면 그건 분명히 범죄 단체라고 보지 않을 수 없소. 단체를 즉시 해산하고 당국에 자수하시오. 당신의 생각과 행동은 이 사회를 혼란에 빠뜨리고 결국은 국가를 망치는 큰 죄악을 낳게 될 거요."

"……"

"내가 굴복할 것이라고 생각하지는 마시오."

"잘 알겠소."

목쉰 소리가 무감동하게 흘러나왔다. 중년의 사나이는 천천히 몸을 일으키더니, 권총을 책상 위에 올려놓았다. 그리고 왼손을 호주머니에 집어넣더니 한 뼘쯤 되는 쇠파이프를 꺼내어 그것을 총구에 박았다. 이윽고 사나이는 총신이 긴 소음권총을 들고 동희의 곁으로 다가왔다. 그 움직임이 조용하면서도 단호했기 때문에 동희는 공포로 몸이 떨리는 것을 느꼈다. 그러나 그는 비굴해서는 안 된다고 생각하면서 상대를 쏘아보았다. 총구가 앞으로 쑥 나오더니 관자놀이를 건드렸다.

"당신은 매우 용감하군요. 그렇지만 살려둘 수 없는 것을 유감으로 생각합니다. 우리는 투쟁하는 겁니다."

동희가 말하기도 전에

"슉!"

하는 소리가 났다.

동희의 몸이 힘없이 뒤로 나가떨어졌다. 관자놀이에서 검붉은 피가 분수처럼 쏟아져 나왔다. 사나이는 구두에 피가 묻는 것이 싫은 듯 뒤로 물러서서 가만히 동희를 내려다보았다. 동희는 전신을 몇 번 부르르 떨다가 얼마 후에 움직이지 않았다. 부릅뜬 두 눈이 원망스러운 듯 천정을 응시하고 있었다.

이튿날 변인수는 공항 수하물계에 출근하는 대신 오전 10시가 조금 지나 깨끗한 양복 차림으로 오리온호텔 프런트 앞에 나타났다. 그는 한참 머뭇거리다가 여자처럼 예쁘게 생긴 직원 앞으로 바싹 다가섰다.

"실례합니다. 사람을 좀 찾는데요."

"네, 몇 호실 누구신가요?"

"몇 호실인지는 모르고 이름만 아는데요."

"네, 이름이 뭡니까?"

직원은 숙박인 카드를 꺼내들었다.

"김창근이라고 합니다."

변인수는 얼른 대답했다. 호텔 직원은 카드를 한 장씩 보고 나서 고개를 저었다.

"그런 사람은 없는데요."

"그럴 리가 없을 텐데……. 어제 혹시 일본에서 온 관광객들이 여기 들지 않았는지요?"

"들었습니다."

"그러면 김씨가 그 사람들 중에 끼어 있을 텐데요."

"어제 온 관광객들은 모두 일본 사람들뿐입니다."

직원은 귀찮은 듯 카드를 치우면서 말했다. 늙은 사내는 초조한 시선으로 직원을 바라보았다.

"혹시 재일교포들은 없나요?"

"있긴 하지만 어제 온 관광객들 중에는 없습니다. 벌써 며칠 전에 온 사람들뿐이죠."

직원은 전화를 받으려고 자리를 옮겼다. 변인수는 난처해 하다가 프런트를 피해 로비 쪽으로 슬슬 걸어갔다. 관광객들은 한쪽 가슴에 관광회사 마크를 달고 있었기 때문에 쉽게 눈에 띄었다. 한 사람이라도 놓칠세라 눈에 불을 켜고 한동안 돌아다녔지만 어제 본 귀가 찌그러진 노신사는 보이지 않았다. 변인수는 이번에는 출입구에 놓여 있는 의자에 앉아 입구와 엘리베이터 양쪽을 감시하기 시작했다. 그러나 보이지 않았다. 거의 두 시간 가까이 그렇게 기다리다가 결국 그는 호텔 직원에게 의심을 사 밖으로 쫓겨났다.

배가 고팠으므로 그는 우선 뒷골목으로 들어가 냄비우동을 하나 시켜 먹었다. 식사를 하면서 곰곰 생각하니 어제의 그 관광버스 여차장이 몹시 괘씸했다. 그 계집애가 거짓말을 했을 가능성이 많았다. 귀찮은 나머지 생각나는 대로 오리온호텔로 간다고 말했겠지. 망할 년 같으니라구. 그는 단무지를 꽉꽉 씹었다. 그렇지만 한편으로 생각하면 꼭 거짓말을 했다고 단정할 수도 없는 노릇이었다. 아직 좀 더 기다려야 하지 않을까. 그렇게 생각이 들자 그는 화가 좀 가라앉는 것 같았다.

식사를 마친 그는 꼭 찾고야 말겠다고 다짐하면서 다시 호텔 쪽으로 걸어갔다. 그러나 호텔 보이에게 내쫓긴 것을 생각해서 이번에는 입구를 지키기로 했다.

무더위 속에 한 시간 남짓 서 있자니 졸음이 밀려왔다. 그때 그의 시야에 무테안경을 낀 살찐 얼굴이 비쳐들었다. 그는 정신을 번쩍 차리고 상대를 주시했다. 틀림없이 김창근, 어제의 그 노신사였다.

노신사는 스물 댓 살쯤 되어 보이는 처녀를 데리고 막 호텔로 들어가고 있었다.

여자는 눈부시도록 하얀 투피스를 입고 있었다. 변인수는 허겁지겁 그 뒤를 따라 들어갔다. 노신사는 프런트에서 방 열쇠를 받아든 다음 처녀와 함께 엘리베이터 안으로 들어갔다. 변인수는 동승하는 것을 포기하고 다시 밖으로 나왔다. 도중에 상대가 이쪽을 알아보면 모든 일이 수포로 돌아갈 우려가 있었다.

너무 급하게 들이닥칠 필요는 없다. 먼저 신원을 파악하는 것이 급하다. 그놈은 분명 김창근이다. 확실히 그놈은 30여 년 전의 김창근이다. 그러나 호텔 숙박인 카드에는 그런 이름이 없다지 않은가. 그렇다면 일본인 이름으로 바꾼 것이 틀림없었다. 일본으로 귀화했다면 그럴 수도 있는 일이다. 특히 김창근의 입장이라면 아예 일본인이 되는 것이 살기에 편할지도 모른다. 변인수는 오줌이 마려운 것도 참으면서 두 시간 가까이 입구를 지키고 있었다. 그리고 마침내 흰 투피스 차림의 여자가 나타나자 반가운 사람이라도 만난 듯 그쪽으로 뛰어갔다. 호텔에서 나와 택시를 잡으려던 여자는 자기를 부르는 소리에 흠칫 놀랐다.

"아가씨, 실례합니다. 뭣 좀 물어보려고 하는데요."

사내가 공손히 말하자 젊은 여자는 차가운 시선으로 사내의 아래위를 훑어보았다. 그리고 공연히 사람을 놀라게 한다는 듯 이맛살을 찌푸렸다. 여자는 가까이서 보니 속눈썹을 길게 달고 화장을 짙게 한 것이 좀 야한 인상이었다.

"무슨 일이시죠?"

여자는 턱을 쳐들며 건방지게 물었다. 변인수는 다시 한 번 허리를 굽혔다.

"저기…… 다름이 아니라…… 이거 죄송합니다만, 아까 함께 들어간 사람 이름이 뭡니까?"

여자는 다시 놀라는 것 같았다. 그러나 정사(情事)를 들킨 여자치고는 얼굴빛 하나 붉히지 않았다.

"누구 말인가요?"

"안경 낀 그 뚱뚱한 사람 말입니다."

"전 그런 사람 몰라요."

여자는 택시가 오지 않자 길가로 나가 걷기 시작했다. 변인수는 당황했다. 그는 여자 옆에 붙어서 걸으며 마치 못난 애비가 딸에게 호소하듯 애걸조로 말했다.
"기분 나쁘시겠지만 그러시지 말고 가르쳐 주세요."
"정말 모른다니까요. 창피해요. 저리 가요."
여자는 획 돌아서서 그를 쏘아보았다. 웬만큼 자존심이 있는 남자라면 돌아섰을 것이다. 그러나 그는 그렇지 않았다.
행인들이 힐끔힐끔 쳐다보는데도 찰거머리처럼 여자에게 달라붙어 연방 허리를 굽실거렸다. 그는 절대 화를 내서는 안 된다는 것을 잘 알고 있었다. 공손히 가능하면 상대방의 동정을 사도록 해야 한다. 그는 더욱 어깨를 웅크리며 울 것 같은 표정으로 여자를 바라보았다. 그러자 사납던 여자의 얼굴이 좀 풀어지는 것 같았다. 그녀는 여성다운 눈길로 사내를 가만히 응시하다가 누그러진 목소리로 물었다.
"무슨 일로 그러세요?"
"네, 다름이 아니라…… 아까 지나치다 보니까 꼭 옛날 친구 같아서 한번 만나 보려구요."
그는 손을 비비면서 말했다.
"그러면 직접 가보시지 그래요."
"네, 그렇지만 혹시 아니면 실례가 될까 봐서 우선 이름이나 알아보고 나서……"
"친구라면서 이름도 몰라요?"
"미안합니다. 워낙 오래 돼 놔서 생각이 안 나는군요. 일제 때 친구라……"
"저도 전화걸 때 얼핏 들었는데 잘은 몰라요. 오다께라고 그러든가."

"네? 뭐라고요?"

"내 참, 오다께라고요."

"아아, 오다께, 오다께…… 네에, 맞습니다. 그 친구가 맞습니다. 그렇죠. 이제 생각이 나는군요. 이거 실례 많았습니다. 참, 그분을 만나시더라도 제가 물었다는 말은 하지 마십시오. 무슨 오해가 생길지도 모르니까."

여자는 눈이 샐쭉 올라갔다.

"다신 안 만나요. 그런 깍쟁이…… 지독한 노랭이야."

"그 친구 옛날에도 그랬죠. 이거 참 실례 많았습니다."

변인수는 절을 꾸벅하고 호텔 쪽으로 뛰다시피 걸어갔다. 오다께가 아니라 오오다께겠지. 나도 옛날에는 일본말을 꽤 잘했단 말씀이야. 오오다께 이놈, 이젠 독 안에 든 쥐다. 가만 있자. 오오다께를 한자로는 어떻게 쓰나…….

호텔로 들어서자 변인수는 가벼운 걸음걸이로 프런트데스크로 다가갔다. 여자처럼 예쁘게 생긴 직원이 못마땅한 듯이 그를 바라보았다.

"아, 아까는 실례했습니다. 오오다께라고 합니다. 다시 한 번 봐주시겠소?"

직원은 잠자코 카드를 뒤적거리더니 한 장을 빼들었다.

"806호실입니다. 들어가시려면 전화를 미리하고 가십시오."

"알겠습니다. 며칠 예약이신가요?"

변인수는 치밀한 데가 있었다.

"1주일 예약입니다."

그때 마침 전화가 왔기 때문에 직원은 들고 있던 카드를 데스크 위에 놓아두고 자리를 잠깐 비웠다. 그 틈을 이용해서 변인수는 재빨리 카드를 돌려놓고 이름자를 눈여겨보았다. 오오다께 히데오(大竹英雄)—거기에는 이렇게 씌어 있었다. 그는 카드를 제자리에 돌려놓고 엘리베이터 쪽으로 다가갔다. 주위를 곁눈질해 보았지만 그를 눈여겨보는 사람은 없는 것 같았다. 조금 후 엘리베이터 문이 열리자 그는 서두르지 않고 자연스럽게 그 안으로 들어갔다.

한편 806호실의 노신사는 포만감에 젖어 낮잠을 자려 하고 있었다. 여행 중의 외도는 언제 즐겨도 기분 좋은 일이다. 더구나 오랜만에 한국 여자와, 그것도 일본보다 훨씬 싼 값으로 즐겼으니 얼마나 기분 좋은 일인가. 나이 육십을 바라보고 있지만 언제나 싱싱한 처녀애들만 건드리고 싶다. 정력은 아직 젊은 애들 못지않다. 제기랄, 10년만 더 젊다면 얼마나 좋을까. 오오다께는 스르르 눈을 감았다. 그때 똑똑똑 하고 노크소리가 났다. 잘못 두드렸겠지, 하고 생각하면서 그는 벽 쪽으로 돌아누웠다. 그러자 다시 똑똑똑 하고 노크소리가 났다. 처음보다는 좀 강한 노크였다. 오오다께는 몸을 반쯤 일으키면서 일본말로 쏘아붙였다.

"누구야?"

"……"

밖에서는 아무 대답도 없었다. 그는 얼굴을 찌푸리면서 문 쪽으로 다가가 문을 벌컥 열었다. 밖에는 삐쩍 마른 조그만 사내 하나가 약간 허리를 굽힌 채 엉거주춤 서 있었다. 사내는 꾸벅 절을 하면서 비굴하게 웃었다.

"누구십니까?"

오오다께는 잔뜩 위엄을 부리며 물었다.

"이거 실례합니다. 어제 공항에서 잠깐 뵌……"

오오다께는 소스라치게 놀랐다. 이 사내가 접근해 왔을 때 그는 뿌리치고 차에 올랐었다. 그로서는 기억이 안 나는 얼굴이었지만 상대는 이쪽을 알고 있는 것 같았다. 호텔로 오면서 상당히 불안해했지만 이윽고 그는 그것을 차창 밖으로 날려 보냈다. 노무자 따위가 자기를 미행하리라고는 생각지도 않았다. 그런데 이렇게 하루 만에 호텔로 불쑥 찾아온 것이다. 이자는 누굴까.

"오오다께 선생이시죠?"

"네, 그렇소."

오오다께는 더욱 놀랐다. 상대는 일본말을 유창하게 할 뿐만 아니라 건방지게도 자기를 오오다께 선생 운운하고 있다. 그러나 불쾌감에 앞서 상대가 이쪽의 신분을 알고 있다는 사실에 그는 놀라지 않을 수 없었다. 사내는 여전히 비굴한 웃음을 흘리고 있었다.

"오오다께 선생, 나를 모르시겠습니까?"

"글쎄올시다. 잘 모르겠는데요. 도대체 누구신지?"

"잘 모르시겠지요. 워낙 오래 돼 놔서. 벌써 30년이 더 지났으니까요."

이 말에 오오다께는 눈앞이 아찔했다. 30여 년 전이라면 이자가 나의 과거를 알고 찾아온 것이 아닌가.

당황한 오오다께는 상대를 정확히 파악하고 거기에 대처하기 위해 사내를 방으로 안내했다. 그들은 서로 탁자를 마주하고 앉왔다. 방문객은 처음에는 좀 멋쩍어하는 것 같더니 이내 등을 의자에 편안히 기대면서 여유 있는 자세를 취했다. 오오다께는 파자마를 갈아입을 여유도 없이 이 수상쩍은 사내를 계속 관찰했다. 그리고 보니까 안면이 있는 것 같기도 했다. 그러나 사내의 말대로 거기에 30여 년의 심연이 가로놓여 있어서 그런지 도무지 기억을 더듬을 수 없는 얼굴이었다. 이놈은 누구일까. 그가 이런 의문에 싸여 있을 때 방문객이 입을 열었다.

"담배 한 대 피워도 되겠습니까?"

사내는 탁자 위에 놓인 양담배를 힐끔 쳐다보았다. 오오다께는 어이없어 하면서도 재빨리 담배를 들어 사내에게 권했다. 라이터 불을 켜주자 사내는 사양하는 법도 없이 담배를 갖다 댔다. 오오다께는 초조해서는 안 된다고 생각했다. 화를 내어서도 안 된다고 생각했다. 사내는 천정을 향해 담배 연기를 몇 번 길게 내뿜었다.

"오오다께 선생, 변인수(邊仁洙)라는 사람 생각나십니까? 바로 제가 변입니다."

"변인수? 난 잘 모르겠는데요."

"이 변인수를 잘 모르시다니 섭섭하군요. 저는 선생님의 한국 이름이 김창근이라는 것을 알고 있는데……"

"무슨 소리요? 나는 일본 사람이오."

"그동안에 일본에 귀화하셨나 보군요. 하긴 그렇게 할 수밖에 없었겠지요."

"도대체 당신은 누구요? 정체를 밝히시오. 나는 원래가 일본에서 태어난 일본 사람이오. 당신이 사람을 잘못 본 모양인데 썩

나가시오! 나가지 않으면 경찰을 부르겠소!"

오오다께는 큰소리로 말했다. 흥분하지 말아야 한다고 생각했지만 어느새 큰소리가 나오고 있었다.

"그렇게 말씀하셔도 소용없습니다. 왜 그렇게 자기 신분을 숨기려고 하지요? 하긴 그럴 만한 이유가 있겠지요, 흐흐."

이 말에 오오다께는 정말 참을 수 없다는 듯 전화를 집어 들었다.

변인수는 손을 흔들었다.

"경찰에 전화를 걸어봐야 오히려 선생님만 손해입니다. 괜히 일이 시끄러워지고 말입니다. 나는 조용히 일을 해결하려고 온 건데……"

"나가! 썩 나가지 못해?"

"흐흐, 그 기세는 여전하시군요. 해방 전까지 선생은 대일본 제국 헌병 대위였지요. 그때도 선생은 그렇게 큰소리를 잘 쳤지요. 하긴 그 당시 헌병 대위라면 나는 새도 떨어뜨릴 만큼 서슬이 퍼랬으니까 그럴 만도 했지요."

"뭣이! 당신은 그러면……?"

오오다께는 수화기를 탁 놓으며 전신을 부르르 떨었다.

그의 혈색 좋은 얼굴이 하얗게 질리면서 눈 꼬리가 치켜 올라갔다.

변인수는 흐물흐물 웃었다.

"이제 기억이 나시는가 보군요. 나는 선생 밑에서 근무하던 변 일등병입니다. 항상 기합만 받던 졸병 말입니다."

"아니야, 당신은 지금 잘못 보고 있는 거야. 나는 그런 사람이 아니란 말이야."

오오다께는 마지막으로 몸부림을 쳐보는 것 같았다. 그러나 거기에는 힘이 없었다.

"호호호, 선생은 고집도 어지간하시군요. 아무리 부인하셔도 그 찌그러진 귀만은 감추지 못하시겠지요. 저는 선생의 귀가 왜 그렇게 되었는지를 잘 알고 있습니다. 누가 물어뜯은 거지요. 그 사람은 결국 지하실에서 선생한테 맞아 죽었지요. 저는 그 사람을 잘 알고 있습니다. 유명한 독립투사 민우현(閔愚鉉) 선생 아닙니까. 저는 그분 유족들이 어디 살고 있는지도 알고 있습니다. 선생이 보고 싶다면 지금이라도 그분들에게 연락을 취해 드리지요, 호호"

"그만! 그만하지 못해!"

오오다께는 신음 소리를 내면서 상체를 일으켰다가 다시 주저앉았다. 이마에서는 진땀이 흐르고 있었다. 이 돌연한 충격에 그는 현기증마저 느꼈다. 아닌 밤중에 홍두깨같이 갑자기 나타나 자기의 과거를 들춰내는 이 사내가 찢어 죽이고 싶도록 저주스러웠다. 이자가 방해를 놓으면 한국에서의 모든 계획이 수포로 돌아가 버릴지도 모른다. 뿐만 아니라 이쪽의 생명마저도 위험할지 모른다. 민우현의 유족들이 알면 나를 가만두지 않을 것이다. 어떻게 할까. 급한 대로나마 우선 이놈을 회유해 보는 수밖에 없지 않을까. 이렇게 생각하자 오오다께는 금방 얼굴빛을 고치고 부드러운 눈길로 변씨를 바라보았다.

"그러고 보니까 이제 생각나는군. 변 선생, 옛날의 변 일병 얼굴이 생각나요. 그렇지만 변 선생, 이렇게 나타나는 법이 어디 있소. 어떻게나 놀랐던지 난 잡아떼는 수밖에 없었지."

오오다께는 모든 것을 인정한다는 듯 비로소 한국말로 말했다. 그리고 손을 내밀어 악수까지 나누었다. 재빨리 태도를 바꾸어 사태에 적응하는 놀라운 솜씨였다.

"놀라게 해서 미안합니다. 이렇게 할 수밖에 없었지요."

"그동안 어떻게 지냈소?"

"네, 그럭저럭 끼니나 잇고 살았지요."

그들은 이야기의 핵심은 젖혀두고 이것저것 겉치레에 불과한 잡담을 나누었다. 그러면서도 한편으로는 상대방의 눈치를 세심히 관찰했다. 그런 다음에야 노골적인 흥정에 들어갔다.

"다 과거지사 아니겠소. 이제 와서 잘잘못을 따진들 무엇하겠소. 변선생은 용건이 있어서 나를 찾아온 것 같은데……?"

"말 안 해도 잘 아실 텐데……. 저는 지금 매우 어렵게 살고 있습니다."

"얼마가 필요해요?"

"아쉬운 대로 50만 원만 있으면 되겠는데요."

"여행 온 사람이 그만한 돈이 어디 있겠소. 여기가 일본이라면 몰라도."

"오오다께 선생 같은 분이 그만한 돈이 없다고 하면 우스운 일이지요."

50만 원쯤 마련하는 것이야 어려운 일이 아니다. 문제는 그것으로 모든 것이 끝날 수 있는가 하는 점이다. 변인수의 수작으로 보아 그렇게 쉽게 끝날 것 같지는 않다. 그렇다면 앞으로 한국에서 공직생활을 할 그로서는 여간 큰 골칫거리를 만난 게 아니다. 그는 순간적으로 하나의 계획을 세운 다음 변인수에게 말했다.
"오늘 밤 7시에 이쪽으로 전화를 걸어 주시오."

같은 날인 7월 29일 오후 5시 10분, 소파에 앉아 졸고 있던 최 진은 전화벨이 요란스럽게 울리는 소리에 눈을 떴다. 핏발선 눈으로 전화기를 쏘아보다가 그는 감정을 누르면서 조용히 수화기를 집어 들었다. 이쪽을 확인하고 난 상대방은 조심스럽게 말했다.
"김 형사입니다. 시체를 하나 발견했는데 아무래도……"
형사반장인 김상배(金相培)의 말이었다. 진은 튕기듯이 일어났다. 그 바람에 전화통이 굴러 떨어졌다.
"어, 어딥니까?"
"와서 확인을 좀 해 주셔야겠습니다. 제2한강교 쪽으로 오시면 검문소에 차를 대기시켜 놓겠습니다. 빨리 오십시오."
진의 얼굴이 험악하게 일그러졌다. 아내가 근심스러운 얼굴로 무슨 일이냐고 물었지만 대꾸도 하지 않고 뛰쳐나갔다.
강렬한 햇빛에 그는 머리가 어지러웠다. 이틀 밤을 꼬박 새운 그는 광기 같은 힘으로 움직이고 있었다. 주위에 늘어서 있는 고층 아파트들이 빙글빙글 움직이는 것 같았다. 더위에 지친 사람들의 흐느적거리는 움직임이 그의 눈을 자극했다. 이들은 지금 무슨 일이 일어나고 있는지 모르는 것이다. 한참 만에 빈 택시가 보이자 그는 그쪽으로 뛰어갔다.
택시 속에 들어앉자 그는 눈을 감았다. 아버님이 돌아가셔서는 안 된다. 돌아가실 리가 없다. 김 형사는 잘못 보았을 것이다. 그는 담배를 꺼내들다가 도로 구겨버렸다.

검문소 앞에 이르자 진은 검은 지프로 갈아탔다. 지프는 다리를 건너더니 왼쪽으로 커브해서 둑 위를 질주했다. 5분쯤 후 지프는 둑 밑으로 내려가 모래밭에 멈춰 섰다.

시체가 발견된 현장에는 이미 경찰차와 보도 차량들이 몰려와 있었고, 구경꾼들로 혼잡을 이루고 있었다. 진이 차에서 내리자 김 형사가 달려와 그의 팔짱을 끼고 시체 있는 쪽으로 데리고 갔다. 사람들이 양편으로 비켜서서 진이 들어서기를 기다렸다. 진은 둘러쳐진 새끼줄 안으로 발을 들여놓았다.

옷차림만으로도 그것이 아버지의 시체라는 것을 알아차렸다. 와이셔츠는 갈기갈기 찢긴 채 피로 얼룩져 있었고, 얼굴은 알아볼 수 없을 정도로 부서져 있었다. 피에 엉겨 붙은 반백의 머리 위로 파리떼가 소리를 내면서 달라붙고 있었다.

"잘 확인해 보십시오. 총알이 이쪽 관자놀이를 관통했습니다."

진은 무릎을 꿇고 아버지의 손을 가만히 받쳐 들었다. 그리고 손에 묻은 모래를 조심스럽게 털어냈다. 그의 머리 위에서 사진 기자들의 셔터 누르는 소리가 찰칵찰칵 들려왔다. 그는 어깨를 웅크리고 앉은 채 굵은 눈물방울을 뚝뚝 떨어뜨렸다. 모래의 열기가 그의 머릿속을 휘저어대고 있었다. 그는 가물가물해 오는 의식을 붙잡으려고 입을 꾹 다물었다. K일보 사회부장이 그를 부축해 주려고 하자 그는 뿌리쳤다.

"진정하시오."

김 형사의 말에 그는 몸을 일으켰다. 그리고 늙은 형사의 어깨를 움켜쥐었다가 놓았다.

"뭐라고 할 말이 없습니다. 부끄럽습니다."

형사반장은 경찰의 입장에서 사과를 하는 것 같았다. 진은 앰뷸런스 쪽으로 운반되어 가는 아버지의 시체를 멀거니 눈으로 쫓았다.

같은 날 오후 7시, 변인수는 약속대로 오리온 호텔 806호실로 전화를 걸었다. 그리고 그가 오오다께와 함께 어느 일식집 구석진 방에서 술상을 마주 대하고 앉은 것은 8시가 거의 가까워서였다.

그들은 접대부를 물리치고 단 둘이만 술을 마셨다. 그는 본래가 주정꾼이지만 최근에는 수입이 적어 실컷 마셔보지 못한 터였다. 따라서 이날 밤의 공짜 술자리야말로 그로서는 배가 터지게 마셔보고 싶은 그런 자리였다. 그는 권하는 대로 넙죽넙죽 들이마셨다. 이에 비해 오오다께는 큰소리로 흥만 돋우었지 거의 술을 마시지 않았다. 그는 실눈을 더욱 가늘게 뜨고 변인수를 끊임없이 관찰하고 있었다.

변인수는 술이 거나하게 취해 가면서도 한 가지 생각에 골몰하고 있었다. 그것은 오오다께가 약속한 50만 원 건이었다. 그것만 받으면 그는 바로 일어설 셈이었다. 그런데 웬일인지 한 시간이 지나도 오오다께는 거기에 대해 일언반구의 말이 없었다. 분명히 오늘 돈을 주기로 약속했는데 오오다께 이놈이 술 한 잔으로 때울 셈인가. 그는 은근히 부아가 치밀었다. 그는 그것을 물어볼까 말까 하다가 벌떡 몸을 일으켰다. 오줌을 누고 나면 답답한 마음이 풀릴 것 같았다. 빌어먹을 오줌을 누고 와서 꼭 받아내야지.

"소, 소변 좀 보고 오겠습니다."

그는 예의까지 차린 다음 화장실에 가기 위해 밖으로 나갔다. 순간 그의 뒷모습을 바라보는 오오다께의 두 눈이 하얗게 번뜩였다.

화장실 앞에서 변인수는 멈춰 섰다. 접대부 하나가 울고 있었던 것이다. 소변을 보고 나왔을 때도 그녀는 울고 있었다.

"왜 울지, 응? 왜 울어?"

그는 여자의 허리를 껴안으면서 은근히 물었다. 그래도 여자가 가만히 있자 그의 손은 미끄러져 내려가 그녀의 엉덩이를 주물러댔다.

"이봐, 오늘 밤 나하고 잘까? 내 한턱 단단히 낼게 어때?"

그의 말이 떨어지자마자 여자가 그를 뿌리쳤다.

"왜 그래 응? 내가 싫은가? 흐흐……"

변인수는 멋쩍게 웃으면서 방으로 돌아왔다. 그리고 오오다께가 따라놓은 술을 쭉 들이켰다.

"그거 부탁한 거는 어떻게 됐나요?"

그러자 오오다께는 얼굴에 초조한 빛을 띠며 손목시계를 들여다보았다.

"거 이상한데. 늦어도 아홉 시까지는 돈을 가져오기로 했는데 왜 아직 안 오지?"

"안 가져 오셨는가요?"

변인수의 안색이 달라졌다. 오오다께는 슬그머니 자리에서 일어섰다.

"가진 돈이 없어서 부탁했지요. 마침 아는 사람이 빌려주겠다고 하기에 이 집으로 가져오라고 했는데 아직도 안 오는군요. 전화를 걸어볼 테니 잠깐만 기다려 보시오."

오오다께는 아래층으로 급히 달려갔다. 전화는 출입구 옆에 자리 잡은 카운터 위에 놓여 있었다. 그러나 그는 그쪽은 거들떠 보지도 않고 방금 자기가 내려온 층계 쪽을 힐끔 돌아본 다음 밖으로 나가버렸다. 그러고는 다시 돌아오지 않았다.

변인수는 오오다께가 일어나자마자 뱃속이 뒤틀리는 것을 느끼면서 몸을 일으켰다. 그러나 이내 무릎을 꺾으면서 술상 위로 푹 고꾸라졌다.

그는 소리를 지르려고 했지만 이미 혀가 오그라붙어 으으 하는 소리만 나왔다. 창자가 뒤틀리고 입에서는 거품이 흘러나왔다. 그는 물을 마시려고 주전자 쪽으로 손을 뻗었다. 그러나 팔다리도 벌써 굳어지고 있었다. 그가 몸부림을 치는 바람에 술상이 뒤집히고 그릇들이 방바닥 위로 와르르 굴러 떨어졌다. 그는 방바닥을 손톱으로 긁었다. 입과 코에서는 피가 흐르고 있었다.

이날 밤 따라 이 일식집 아래층에는 큰 단체 손님이 들었기 때문에 접대부들은 이층 구석진 방에 대해서는 거의 신경을 쓰지 않았다. 더구나 이층의 두 늙은이들은 접대부들의 서비스를 거부했고, 그래서 그녀들은 그 방을 아주 묵살해 버렸다.

이층에는 방이 세 개 있었는데 두 방은 비어 있었다. 그래서 더욱 이층에는 아무도 올라가지 않았다.

미미(美美)라고 하는 접대부가 이층에 올라온 것은 9시 20분쯤이었다. 스물한 살의 그녀는 접대부 노릇을 한 지 며칠밖에 안 되기 때문에 모든 것에 서툴렀다. 그래서 이날 밤만 해도 손님의 비위를 거슬러 따귀를 한 대 얻어맞고는 화가 나서 이층으로 혼자 올라와 서럽게 울었다.

한참 울고 난 그녀는 속이 좀 풀리는 것 같았다. 아래층으로 내려가려던 그녀는 너무도 조용한 이층 분위기에 조금 이상한 생각이 들었다. 얼마 전에 아래층으로 급히 내려간 안경 낀 남자는 다시 올라오지 않고 있었다. 아까 화장실 앞에서 엉덩이를 주물러주던 늙은이 혼자 앉아 있는 모양이다. 그런데 조금 전에 그릇 깨지는 소리와 신음 소리가 들린 것 같았다. 그러나 지금은 너무 조용하다. 그녀는 구석진 방으로 살금살금 다가가 보았다. 서러운 마음은 씻은 듯 사라지고 그녀는 호기심에 잔뜩 부풀어 있었다. 방문에 귀를 댄 그녀는 이상한 소리에 긴장했다. 방안에서는 들릴 듯 말 듯 가는 신음 소리가 새어나오고 있었다. 이게 무슨 소리일까. 겁이 난 그녀는 머뭇거리다가 문을 살그머니 열어 보았다. 사람의 머리가 바로 문턱에 와 있는 것이 보였다. 이윽고 문을 활짝 열어젖힌 그녀는 깜짝 놀랐다.

"아이구머니나! 사람 살려어······"

미미는 구르듯 이층에서 뛰어 내려갔다.

"쟤가 미쳤나? 왜 그래?"

여기저기 방문이 열리고 손님들의 얼굴이 밖으로 불쑥불쑥 나왔다.

"사, 사람이 죽었어요!"

"뭐라고?"

"사, 사람이 죽었다고요!"

말뜻을 알아차린 사람들이 우르르 이층으로 올라왔다. 변인수는 온몸에 음식물을 뒤집어쓰고 있었다. 방문까지 기어 나온 그는 거기서 더 이상 힘을 못 쓴 듯 벌렁 드러누운 채 입에서 피가 섞인 거품을 내뿜고 있었다. 얼굴은 이미 푸르뎅뎅하게 부어 있었고, 두 눈은 초점을 잃은 채 흰 창으로 덮여 있었다. 가는 신음 소리가 새어나오고 있는 것을 본 손님 중의 하나가 접대부들을 돌아보며 소리쳤다.

"뭣들 하는 거야? 빨리 병원에 데려가!"

고함소리에 그제서야 접대부들은 허둥지둥 서둘러대기 시작했다. 그러나 변인수를 업고 병원으로 가려는 사람은 아무도 없었다. 뒤늦게 연락을 받고 온 경찰이 비로소 그를 들쳐 업고 병원으로 달려갔다. 그러나 시간이 워낙 경과했기 때문에 변인수는 병원에 닿기 전에 숨을 거두고 말았다.

'정의를 지키다 돌아가시다.??

묘지에 묻힌 최동희의 묘 앞에는 이런 글이 새겨진 조그만 비석이 하나 세워져 있었다.

진은 눈처럼 하얀 카네이션 꽃다발을 꽃병에 꽂은 다음 다시 한 번 비문을 읽어보았다. 정말 아버님은 정의를 지키시다 돌아가셨다. 병고에 시달리다 돌아가신 것보다는 훨씬 훌륭한 죽음이다. 그러나 너무 비참하게 돌아가셨다. 그것이 마음에 걸렸다. 가슴이 찢기는 것만 같았다.

너무 충격이 크면 눈물초자 안 나오는 모양이다. 그의 얼굴은 석고처럼 딱딱하게 굳어 있을 뿐이었다. 그는 사흘째 매일 아버지를 찾아왔다. 그리고 뙤약볕 아래에서 몇 시간이고 앉아 있곤 했다. 식사도 하지 않고 말도 하지 않고 누구를 만나려고도 하지 않았다. 그는 아버지가 당한 고통을 대신 받고 싶었다. 그러나 아버지는 이미 세상을 떠나버린 뒤였다. 날이 갈수록 그는 자신을 이루 말할 수 없는 불효자식이라고 생각하게 되었다. 아버지의 묘 앞에 서면 그는 부끄러운 나머지 숨조차 제대로 쉴 수가 없었다.

늙은 묘지기는 매일 묘지에 나타나 쭈그리고 앉아 있는 그를 너무 상심한 나머지 머리가 돌아버린 줄 알고 있었다. 그래서 멀찍이 서서 바라보기만 할 뿐 말을 걸려고도 하지 않았다.

며칠 사이에 그는 몰라보리만큼 수척해져 있었다. 면도를 하지 않아 턱은 수염투성이였고 두 눈은 퀭하니 떠진 채 핏발이 서 있었다.

이윽고 그는 공원묘지를 나와, 서울로 가는 시외버스를 탔다. 버스는 텅 비어 있었다. 차창을 통해 들어오는 후덥지근한 바람을 들이마시며 그는 멀거니 들을 바라보았다. 가뭄으로 곡식들은 누렇게 타죽어 가고 있었다. 들 여기저기에 힘없이 서 있는 농부들이 보였다.

그는 하나의 결론에 이르고 있었다. 그것을 확인하고 다짐하기 위해 그는 매일 아버지를 찾아왔는지도 모른다.

그것은 앞으로 자신이 무엇을 해야 하는가 하는 문제였다. 그는 이제 그것이 무엇인지를 알고 있었다. 목표를 정하고 났을 때의 결의에 찬 빛이 그의 얼굴에 나타났다가 사라졌다. 그는 자리를 고쳐 앉은 다음 눈을 감았다. 졸음이 밀려왔다.

시내로 들어오자 그는 곧장 회사로 갔다. 동료 직원들이 위로의 말을 하자 그는 조금 웃어 보였다. 부장은 그의 말을 듣자 펄쩍 뛰었다.

"아니, 무슨 말을 그렇게 하는 거요? 돌아가신 분은 돌아가신 거고…… 그렇다고 회사를 그만둘 것까지야 없지 않소? 물론 충격이 크겠지만, 며칠 쉬었다가 다시 나오시오."

"다시 나올 수가 없습니다. 미안합니다."

"그러지 말고 아프리카나 다녀오시오. 한 일 년 다녀오면 기분도 달라질 거니까."

"고맙습니다. 그렇지만 사정이 있어서 안되겠습니다."

"도대체 무슨 사정이오?"

진은 그 사정을 설명하지 않았다. 그 대신 받지 않으려는 사표를 억지로 제출하고 도망치다시피 회사를 빠져나왔다. 퇴직금은 며칠 후에 아내를 시켜 받아오게 할 셈이었다. 퇴직금 5백만 원이면 당분간 먹고 살 수는 있을 것이다. 그의 이야기를 들은 그의 아내는 울음을 터뜨렸다. 그러나 그가 회사를 그만둔 데 대해 항의하지는 않았다.

그녀는 남편의 돌변한 모습에 두려움을 느끼고 있었다.

남편은 생활방식이 완전히 달라져 있었다. 언제나 유머가 풍부하고 웃음이 많은 남편이었다. 그러나 이제 남편에게서 그런 것을 찾을 수는 없을 것 같았다. 그는 갑자기 말이 없어지고 눈은 허공을 맴돌고 밤에는 잠도 자지 않고 아버지 방에 앉아 있곤 했다. 귀여운 아들을 안아 보려고도 하지 않았다. 그녀는 남편이 무엇인가 계획하고 있다는 것을 어렴풋이 깨닫고 있었다. 그 결과를 생각하니 오싹 소름이 끼쳤다. 그녀는 남편을 일으켜 세워서 그전처럼 정상적인 생활을 하게 해야 한다고 생각했다. 그러나 돌처럼 굳어버린 남편의 얼굴을 보면 아무 말도 할 수가 없었다. 그는 딴 사람 같았다.

8월 4일, 공원묘지에서 돌아온 진은 목욕을 하고 나서 곧장 잠에 떨어졌다. 아직 5시도 안된 시간에 이렇게 잠을 잔다는 것은 전에 없는 일이었다. 며칠 동안 쌓인 피로가 짓눌린 듯 그는 정신없이 잠을 잤다. 그리고 밤 12시쯤 일어나 굶주린 짐승처럼 밥을 두 그릇이나 먹어치운 다음 다시 곯아떨어졌다.

그가 정신을 차린 것은 새벽 4시쯤이었다. 세수를 하고 난 그는 소파에 앉아 그동안 보지 못했던 신문들을 훑어보기 시작했다. 아버지의 사망기사는 K일보 7월 30일자 신문에 대서특필되어 있었다. 그것을 보자 그는 다시 비통한 감정에 휩싸였다. 신문을 들고 있는 손이 가늘게 떨리고 있었다.

△속보= 지난 27일 괴한들에 납치되어 행방을 알 수 없었던 본사 논설위원 최동희 씨가 사건 발생 이틀 만인 어제 하오 4시쯤 제2한강교 북쪽 1km 지점인 강변 모래밭에서 총에 맞은 피살체로 발견되었다. 최씨의 시체는 모래 채취 작업을 하던 인부 박태식(朴泰植) 씨(38)가 발견, 경찰에 신고한 것인데 발견자 박씨의 말에 따르면 시체는 모래밭에 1m의 깊이로 파묻혀 있었다고 한다. 심한 가뭄으로 강물이

말라붙어 시체는 물에 젖지 않은 채 매장되어 있었는데 오른쪽 관자놀이를 총탄에 맞아 얼굴이 알아 볼 수 없을 정도로 부서져 있었기 때문에 최씨의 아들 최 진(崔鎭) 씨(34)의 확인이 있고서야 비로소 신원을 밝힐 수가 있었다.

경찰은 범행의 대담성으로 비추어 범죄 조직에 의한 계획적인 살인으로 보고 수사를 집중적으로 하고 있으나 아직 이렇다 할 실마리조차 잡지 못하고 있다. 범인들이 범행에 사용한 무기는 피살자의 머리에서 검출한 총탄으로 보아 최근 일본에서 개발한 S25 자동소음권총으로 밝혀졌으며 이 권총은 국내에서도 특수 분야에 종사하는 사람 외에는 거의 소지하지 않고 있는 것으로 알려졌다. 한편 고인의 사설과 관련, 경찰의 조사를 받아온 대동회와 이창성 위원장은 이번 사건과 무관한 것으로 밝혀졌다.

본사 윤학기(尹學基) 사장은 언론의 정도를 지키다가 비명에 간 고(故) 최동희(崔東熙) 씨의 영전에 깊은 애도의 뜻을 표하면서 유족들에게 조의금으로 금일봉을 전했으며 K일보 장(葬)으로 고인의 장례를 치를 것을 지시했다.

기사를 읽고 나자 진은 걷잡을 수 없는 분노에 휩싸였다. 이번 아버지의 죽음에 대동회와 이창성이란 자가 무관하다는 발표가 그를 노하게 한 것이다. 진은 신문을 던지려다가 멈칫했다. 아버지의 사망기사 밑에 또 하나의 살인사건 기사가 조그맣게 실려 있었는데 거기에 게재되어 있는 피살자의 사진이 어디서 본 듯한 얼굴이었다.

진은 급히 그 기사를 읽어보았다.

△속보= 어제 하오 9시 40분쯤 서울 중구 명동 소재 일식집 향미 2층 1호실에서 술을 마시던 50대 남자 한 명이 신음 중인 것을 접대부 김미미 양(21)이 발견, 병원에 옮기는 도중 숨졌다. 사망자는 김포공항 수하물계에서 노무자로 일하고 있는 변인수(邊仁洙) 씨(54세. 서울 영등포구 G동 65)로 알려졌는데 검시 결과 청산가리에 의한 독살로 밝혀졌다. 경찰은 변씨와 함께 술을 마시다 먼저 자취를 감춘 50대 남자를 진범으로 단정, 행방을 쫓고 있는데 목격자에 의하면 범인은 갈색 빛이 나는 무테안경에 코밑수염을 기르고 있고 아래위 회색 양복 차림이라고 한다.

바로 이것이다, 하고 진은 속으로 부르짖었다. 범인을 알고 있는 사람은 나 혼자뿐이다. 공항에서 보았던 그 귀가 찌그러진 노신사를 그는 얼른 머리에 떠올렸다.

아침 9시에 그는 집을 나섰다. 긴장으로 팔 다리에는 팽팽하게 힘이 솟아나고 있었다.

일신관광은 소공동에 자리 잡고 있었다. 그는 입구를 바라보고 있는 여직원에게 찾아온 용건을 이야기했다. 여직원은 운행일지를 들여다보더니 긴 손가락으로 한곳을 짚었다.

"7월 28일 오후 2시 김포공항에서 일인 관광객을 태우고 오리온 호텔로 향했습니다. 관광객은 모두 85명으로 두 대의 버스로 태워다줬습니다."

"그 관광객들 안내도 여기서 맡고 있습니까?"
"물론이죠."
여직원은 매끄럽게 대답했다.
"안내 일정을 좀 알 수 없을까요?"
"모두 끝났는데요."
"그럼 모두 일본으로 돌아갔습니까?"
"아니요. 일정은 모두 끝나고 오늘 하루 서울서 쉰 다음 내일 출발 예정이에요."
"내일 몇 시에 출발합니까?"
"오후 1시에 JAL기로 출발해요."
진은 돌아서려다가 다시 물었다.
"그럼 지금 모두 호텔에서 쉬고 있겠군요?"
"그거야 모르죠. 개인적으로 볼일이 있는 사람은 일을 보고 있겠죠."

그곳을 나온 진은 급히 오리온 호텔로 향했다. 내일 출발한다면 시간이 얼마 남지 않았다. 일단 한국을 빠져나가는 날에는 손을 쓸 수가 없다.

아침인데도 호텔은 붐볐다. 그는 입구가 바라보이는 곳에 앉아 커피를 마셨다. 반 시간쯤 후에 그는 견디지 못해 일어섰다. 시간이 없는데 무턱대고 앉아 기다릴 수가 없다. 프런트데스크로 다가선 그는 종업원을 하나 붙잡고 물었다.

"사람을 찾으려고 하는데 몇호실인지 모릅니다. 알 수 없을까요?"
"성함이 어떻게 됩니까?"

"김창근이라고 합니다. 아마 재일교포인 것 같습니다."

종업원은 카드를 꺼내놓고 일일이 체크해 나갔다. 한참 후에 그는 불쾌한 표정으로,

"그런 사람 없습니다."

하고 말했다. 진은 당황했다.

"이름을 바꾼 모양이군요. 찾을 수 없을까요?"

"그건 곤란합니다. 손님이 하나 둘도 아니고 수백 명이라 정확한 이름을 모르면 찾기가 어렵습니다."

"오른쪽 귀가 찌그러지고 코밑수염을 기른 사람입니다. 안경을 끼었지요."

"글쎄 잘 모르겠는데요. 기억이 안 납니다."

종업원은 어서 꺼져달라는 눈치였다.

진은 호텔을 나와 다시 일신관광을 찾아갔다. 그리고 아까의 여직원에게 공손한 태도로 사람을 하나 찾는데 협조해 달라고 부탁했다. 여직원은 싹싹했다. 그러나 그의 말을 듣고 나서 난색을 표했다.

"이름을 모르면 좀 곤란한데요."

"얼굴에 특징이 있으니까 웬만하면 찾을 수 있을 겁니다."

"그러면 안내를 맡았던 분에게 한번 물어 보시죠."

여직원은 한쪽 구석에 놓여 있는 소파에 앉아 화장을 고치고 있는 중년부인을 진에게 소개했다. 마른 얼굴에 화장을 짙게 한 그 중년부인은 일어를 잘하는 덕분에 관광 안내를 맡게 된 흔히 볼 수 있는 안내원이었다. 그녀는 안경 너머로 진을 힐끔 쳐다보

고 나서 자리를 고쳐 앉았다. 그리고 진으로부터 대강 이야기를 듣고 나서

"왜 그분을 찾으시죠?"
하고 물었다.

"개인적으로 볼일이 좀 있어서 그럽니다."

"물론 볼일이 있으니까 그러시겠죠. 그 볼일이란 게 뭔지……?"

진은 관광안내원을 쏘아보았다. 방정맞은 여자라는 생각이 들었다.

"꼭 아셔야 되겠습니까?"

"물론이죠. 본국으로 돌아갈 때까지 그분들의 안전을 우리 회사가 책임지고 있으니까요."

그녀의 말투로 보아 그는 위험인물로 간주되고 있는 것 같았다. 그는 심히 불쾌했지만 꾹 참았다.

"조사할 일이 있어서 그럽니다."

그의 퉁명스런 말소리에 안내원은 좀 놀라는 듯한 표정을 지었다.

"경찰에서 오셨나 보군요?"

진은 대꾸하지 않은 채 여인을 바라보기만 했다. 안내원은 표정을 누그러뜨리면서 아첨하는 투로 말했다.

"진작 그러실 것이지. 이상하게 생긴 사람이라면 오오다께…… 뭐라고 해요. 잠깐 기다려 보세요. 명단을 보면 알 수 있어요."

그녀는 한쪽으로 들어가더니 곧 명단 철을 가지고 왔다.

"맞아요. 오오다께 히데오라 그래요. 직업은 상업. 58세……
적어드릴까요?"

"네, 좀 부탁합니다."

대죽영웅(大竹英雄)이라고 쓴 종이쪽지를 받아들자 진은 허둥지둥 그곳을 나왔다. 여자 안내원이 밖에까지 따라오면서 물었다.

"그 사람이 무슨 죄라도 졌나요?"

"글쎄, 아직 모릅니다."

"어느 경찰서에서 오셨나요?"

"난 경찰이 아닙니다."

안내원은 두 주먹을 불끈 쥐고 진을 노려보더니

"여봐욧!"

하고 소리쳤다. 그러나 그는 여자의 말을 들은 척도 하지 않고 곧장 걸어갔다.

"여봐, 여봐요. 이 사기꾼!"

여자는 발을 동동 구르며 계속 소리 지르고 있었다.

오리온 호텔에 다시 나타난 진은 프런트데스크의 종업원에게 오오다께의 이름이 적힌 종이쪽지를 내보였다.

"지금 계십니다. 806호실인데 올라가시려면 사전에 전화를 하셔야 됩니다."

종업원이 연락을 하려고 전화기를 드는 것을 보고 진은 손을 흔들었다.

"아니, 좋습니다. 이따가 다시 오죠."

진은 커피숍으로 가서 자리를 잡고 앉았다. 한동안 그는 망설인 채 행동을 못하고 있었다. 권한이 없는 그로서는 무턱대고 오오다께를 찾아가 살인범으로 체포한다고 말할 수도 없는 노릇이었다. 결국 그는 형사반장을 생각해 내고 그에게 전화를 걸기 위해 일어섰다.

거의 같은 시간에 일신관광 안내원인 중년부인도 오오다께에게 전화를 걸어야겠다고 생각하고 있었다. 그녀는 교묘한 방법으로 자기에게 오오다께의 이름을 알아간 그 젊은이가 생각할수록 괘씸했다. 경찰로 잘못 알고 보기 좋게 넘어간 자신의 어리석음에 그녀는 화가 났다. 그까짓 관광객 이름 하나쯤 알려주는 건 아무것도 아니다. 형사라고 말은 안했지만 형사처럼 행세하면서 겁을 주고 이름을 알아간 것이 기분 나쁜 것이다. 괘씸한 자식. 성질이 급한 그녀는 멱살을 붙잡고 욕이라도 퍼붓고 싶었다. 그때 오오다께에게 알려야 되겠다는 생각이 문득 들었다. 과잉 친절이고 아첨이지만 그녀는 자기에게 이익이 되는 일이라면 무엇이고 해낼 준비가 돼 있었다. 알려 주면 사례비를 줄지도 모른다. 일본인은 의외로 팁이 후할 때가 있으니까. 그녀는 사무실을 피해 2백 미터나 떨어져 있는 공중전화 부스로 급히 달려갔다.

오오다께는 마침 호텔 방에 있었다. 그녀의 말이 채 끝나기도 전에 그는 다급하게 외치고 있었다.

"뭐라구요! 그래서 내 이름을 가르쳐 줬소?"

"제가 가르쳐 준 게 아니고 다른 안내원이 가르쳐 줬어요. 저는 옆에서 듣고 있다가 아무래도 선생님께 알려 주는 게 좋을 것 같아서 이렇게……"

"고맙습니다. 그런데 그놈은 누구라고 하던가요?"

"글쎄, 형사 같기도 하고 그렇지 않은 것 같기도 하고 잘 모르겠어요."

그녀는 일부러 애매하게 대답했다. 그렇게 말하는 것이 자신의 주가를 높인다고 생각했기 때문이다.

"어떻게 생겼던가요?"

"키가 크고 머리는 스포츠형이고 하늘색 잠바에 흰 티셔츠를 입었어요. 바지는 밤색이고요. 아마 지금쯤 거기에 도착했을 거예요."

"고맙습니다."

"저기, 나중에 혹시 무슨 일이 있어도 제가 알려줬다는 말은 하지 마세요. 저는 사실 입장이 곤란하지만 선생님을 위해서 이렇게 알려 드리는 거니까요."

"아, 알겠습니다. 고맙습니다."

"떠나시기 전에 저녁이라도 한 끼 대접해 드리고 싶은데 어떠신지요? 달리 생각 마시고 제 호의로 여기시고……"

"그거야 내가 대접해 드려야지요. 그런데 시간이 어떻게 될지 모르겠군요. 시간이 되는 대로 연락을 드리겠습니다."

전화가 찰칵 끊기자 그녀는 입을 삐죽 내밀었다. 팁 받기는 틀렸다고 생각하자 입맛이 씁쓸했다.

한편 전화를 받고 난 오오다께는 몹시 당황하고 있었다. 그는 갑자기 당한 일이라 잠시 어쩔 줄을 모르고 방안을 서성거리고 있었다.

일본의 암흑가 보스들과 손을 잡고 있는 그로서는 사람 하나 죽이는 것쯤은 별로 어려운 일로 생각지 않고 있었다. 살인에 관한 한 그는 일찍부터 경험을 쌓고 있었다. 일제 때 헌병 장교로서 상당수의 동족을 살해한 적이 있는 그는 전후 일본으로 건너가 암흑가에 발을 들여 놓으면서 계속 살인에 관계했고 그때마다 완전 범죄의 솜씨를 자랑했다. 이번 변인수 독살도 그는 완전 무결하다고 보고 있었다. 한국 경찰이 아무리 기민하다 해도 일인 관광객 행세를 하고 있는 그에게까지 손을 뻗치지는 못할 것이라고 생각하고 있었다. 신문에 난 범인의 인상착의에는 가장 결정적인 것이 빠져 있었다. 한쪽 귀에 대한 부분이 그것이었다. 그래서 그는 안심하고 있었다.

이곳에서의 일도 아주 썩 잘돼가고 있었다. Z의 감사 전화도 있었고 그의 배려로 고급 아파트도 하나 계약해 놓고 있었다. 내일 일본으로 돌아가 한 달 뒤 다시 한국에 돌아올 때는 상황이 훨씬 달라져 있을 것이다. 그때부터 그는 싱싱한 현지처를 데리고 살면서 이곳에서 발판을 굳히는 것이다.

스케줄은 이렇듯 빈틈없이 꽉 짜여 있었다. 그런데 느닷없이 위험이 닥친 것이다. 경찰이 냄새를 맡은 것이 틀림없다. 어떻게 알았을까. 출국 하루를 앞두고 이게 무슨 일이람. 내일까지만 어떻게 피할 수 있다면 좋겠는데. 아니, 그렇지 않다. 내 이름이 알려진 이상 이미 공항과 항만에는 비상망이 펴져 있을 것이다. 오오다께는 침을 삼키면서 이마에 번진 땀을 닦았다.

이윽고 그는 도움을 청하기 위해 급히 전화를 걸었다.

"사장님을 부탁합니다."

"어디시죠?"

남자의 재빠른 목소리가 울려왔다.

"오리온 호텔입니다."

"메모해 놓겠습니다. 그쪽으로 전화를 걸도록 하겠습니다. 사장님은 지금 회의 중이시라……"

"매우 급한 일입니다. 잠깐이면 되니까 좀 바꿔 주십시오."

"안됩니다."

"내가 체포되면 당신이 책임지겠소?"

오오다께의 노기 띤 음성에 상대방은 그제야 사태의 심각성을 알아차렸는지 잠깐 기다려 보라고 말했다. 조금 후에 찾던 인물이 나왔다.

"아, 사장님이십니까? 오오다께입니다."

상대는 대뜸 무슨 일이냐고 물어왔다.

"만나서 말씀드리겠습니다. 사정이 있어서 지금 곧 이 호텔을 떠나야겠습니다. 어디 적당한 곳을 좀 알려 주십시오."

잠깐 침묵이 흐른 뒤 무거운 음성이 흘러나왔다.

"팰리스 호텔로 가십시오. 장동춘(張東春)이라는 이름으로 방을 예약해 둘 테니까 방에서 기다리고 계십시오."

오오다께는 그제서야 구원이나 받은 듯 한숨을 쉬고 재빨리 짐을 챙기기 시작했다. 짐이라야 조그만 여행가방 하나를 채우면 되었다.

치밀한 그는 이미 범행 직후에 자신의 외모를 조금 바꾸어 놓고 있었다. 코밑수염을 밀어 버리고 회색 양복 대신 감색 양복으로 갈아입고 있었다. 안경도 검은 테로 바꾸었다. 그렇게 하자 훨씬 젊어 보이고 다른 사람 같았다. 그러나 찌그러진 오른쪽 귀만은 어떻게 처리할 수가 없었다. 그는 가방을 들고 나가려다가 혹시나 해서 아래층 프런트로 전화를 걸어보았다.

"혹시 806호실 찾는 사람 없었소?"

"있었습니다. 조금 전에 있었는데 다시 오겠다 하고 나갔습니다."

"누구라고 하던가요?"

"그런 말은 하지 않았습니다."

"무슨 옷을 입었던가요?"

"파란 잠바 차림이었습니다."

오오다께는 전화기를 집어던지고 물을 꿀컥꿀컥 마셨다. 복도로 나온 그는 주위를 둘러보았지만 달리 빠져나갈 곳은 없는 것 같았다.

부딪쳐보는 수밖에 없다. 이렇게 변장했으니 쉽게 알아보지는 못하겠지. 엘리베이터가 멎자 그는 옷깃을 가다듬으면서 안으로 들어갔다. 냉방이 잘되어 있는 데도 이마에서는 자꾸만 땀이 배어나오고 있었다.

진은 아버지 사건을 담당하고 있는 형사반장에게 전화를 걸었다. 그가 변인수 독살사건 범인을 알고 있다고 하자 늙은 형사는 펄쩍 뛰었다.

"범인은 어디 있소?"

"자세한 건 만나서 말씀드리겠습니다. 오리온 호텔로 지금 곧 나와 주십시오. 806호실에 놈이 들어 있습니다."

전화를 걸면서도 진의 눈은 엘리베이터와 프런트데스크, 그리고 출구 쪽을 감시하고 있었다.

전화를 걸고 나자 그는 자신감이 생겼다. 형사가 오기 전에 먼저 오오다께에게 부딪쳐 보고 싶었다. 일단 마음을 정하자 그는 엘리베이터 쪽으로 급히 다가갔다.

"어디 가십니까?"

엘리베이터를 막 타려고 하는 그를 종업원이 제지했다.

"손님을 좀 만나려고 하는데요."

"전화를 걸고 올라가십시오. 몇 호실이죠?"

"806호실입니다."

"806호실 손님은 지금 막 나가셨습니다."

데스크에 기대 서 있던 다른 종업원이 말했다.

"어느 분입니까?"

진은 당황해서 물었다. 종업원은 출입구 밖을 가리켰다.

"저기 길 건너 감색 양복을 입고 있는 분입니다."

유리문을 통해서 진은 길 건너편에서 택시를 기다리고 있는 사나이를 볼 수가 있었다. 감색 양복 차림에 안경을 낀 풍채 좋은 사나이가 초조한 모습으로 택시를 부르고 있었다. 공항에서 본 그 사나이와는 비슷한 것 같기도 하고 전혀 다른 것 같기도 했다. 코밑수염이 없는 것이 달랐다. 옆으로 비스듬히 서 있어서 한쪽 귀를 볼 수가 없었다. 택시가 한 대 멈춰 서자 사나이는 몸을 돌리면서 차 속으로 재빨리 들어갔다. 그 순간 진은 사나이의 찌그러진 귀를 볼 수가 있었다.

진은 뛰어나가 택시를 잡아탔다. 오오다께가 탄 차는 이미 저만치 달리고 있었다.

　10분쯤 후에 오오다께가 탄 차는 팰리스 호텔 주차장으로 미끄러져 들어갔다. 진은 호텔을 1백 미터쯤 지난 곳에서 차를 내렸다. 그리고 일부러 느린 걸음으로 호텔 쪽으로 다가갔다.

　팰리스 호텔은 최근에 지은 20층 높이의 빌딩으로 주변의 다른 건물들을 단연 압도하고 있었다. 듣기에는 일본에서 차관을 얻어와서 지은 것이기 때문에 경영권이 일인에게 있다는 말이 있지만 진으로서는 자세한 내막을 알 수 없었고, 또 알고 싶지도 않았다.

　호텔 안으로 들어선 그는 주위를 둘러보았지만 오오다께는 보이지 않았다. 방으로 숨어버린 게 분명했다. 그는 프런트로 다갔다.

　"방금 감색 양복에 안경을 낀 뚱뚱한 분이 몇 호실에 들었습니까?"

　종업원은 카드를 꺼내 들었다.

　"19층 1903호실입니다."

　"이름을 봐 주실까요?"

　종업원은 의아하게 진을 바라보다가 그가 워낙 당당하게 나오는 바람에 잠자코 이름을 가르쳐주었다.

　"장동춘 씨입니다."

　우선 경찰에 다시 전화를 걸어야겠다고 생각하면서 진은 돌아섰다. 순간 그는 숨을 '헉' 하고 들이켰다. 건장한 키에 선글라스를 낀 사나이가 막 출입구 문을 밀고 들어서고 있었다. 공항에서 오오다께와 악수를 나눈 그 콧잔등이 꺼진 사나이였다. 사나이는 곧장 프런트로 다가가고 있었다.
 진은 얼른 시선을 피하면서 그대로 데스크에 붙어 서서 여행 안내 팜플렛을 들여다보았다. 사나이의 묵직한 중량감이 느껴지는 것과 동시에 조용한 목소리가 흘러나왔다.
 "19층 2호실을 예약했는데……"
 "아, 네, 올라가십시오."
 종업원 하나가 열쇠를 들고 앞장섰다. 사나이가 엘리베이터 안으로 사라지자 진은 전화 부스로 뛰어갔다.
 형사반장은 이미 출동하고 없었다. 진은 초조했다.
 "급한 일입니다. 지금 반장님한테 급히 연락을 취할 수 없을까요?"
 "글쎄, 연락은 해보겠습니다."
 "지금 오리온 호텔로 가셨을 겁니다. 팰리스 호텔로 급히 오시라고 전해 주십시오!"
 "누구라고 할까요?"
 "그렇게 말씀드리면 아실 겁니다."
 그는 커피숍으로 들어가 차를 또 시켜 마셨다. 형사반장이 빨리 나타나지 않으면 곤란할지 모른다. 무기가 없는 것이 그는 몹시 후회스러웠다. 상대는 두 명이다. 두 명 다 무기를 휴대하고 있을지 모른다. 혼자서 맨손으로 그들을 상대한다는 것은 불가능했다. 10분이 지났다. 그는 출입구를 뚫어지게 바라보았다. 형사반장은 아직 나타나지 않고 있었다. 연락이 되었더라도 여기까지 달려오는 시간이 있다. 그는 엽차를 단숨에 들이켠 다음에 멈칫했다. 갑자기 프런트에서 그 사나이가 하던 말이 생각난 것이다.

그가 듣기에 사나이는 분명히 19층 2호실, 즉 1902호실을 예약한 것 같았다. 1902호실이라면 오오다께가 들어 있는 1903호실의 옆방이었다. 왜 오오다께에게 바로 찾아가지 않고 옆방을 얻었을까. 신중을 기하기 위해서 그런 것일까. 진은 다시 전화 부스로 다가가 경찰에 전화를 걸었다. 전화는 통화 중이었다. 5분쯤 서성거리다가 그는 또 다이얼을 돌렸다. 이번에는 전화가 떨어졌다.

"방금 연락이 됐습니다."

진은 수화기를 철컥 내려놓고 돌아섰다.

진이 아래층에서 이렇게 초조하게 서성거리고 있을 때 19층 2호실과 3호실에서 또 하나의 살인사건이 준비되고 있었다.

1902호실로 들어온 납작코의 사나이는 문을 걸어 잠그고 나서 권총을 꺼냈다. 그리고 익숙한 솜씨로 소음파이프를 총구에 끼웠다. 총신이 긴 S25 자동소음권총을 그는 만족한 듯이 쥐어 보았다. 단호하고 비정한 킬러의 체취가 그대로 물씬 풍기고 있었다. 그는 선글라스를 벗고 잠깐 벽에 걸린 거울을 들여다보았다. 움푹 들어간 두 눈이 아무런 동요의 빛도 띠지 않은 채 구슬처럼 박혀 있었다.

이윽고 그는 선글라스를 다시 끼고 피스톨을 허리춤에 박은 다음 밖으로 조심스럽게 나왔다. 복도를 둘러보고 아무도 없는 것을 확인하자 그는 3호실 문 앞으로 다가가 노크했다. 문이 소리 없이 열리고 오오다께의 얼굴이 보이자 사나이는 급히 안으로 들어갔다.

　그들은 탁자를 사이에 두고 마주앉았다. 먼저 오오다께가 사과했다.

　"어떻게 된 일입니까?"

　납작코가 물었다.

　"사실은 어떤 놈이 나를 협박하기에……"

　"죽였단 말인가요?"

　"네, 살려두면 위험해서……"

　납작코의 선글라스가 번쩍하였다.

　"왜 그런 일을 상의도 하지 않고 혼자서 했습니까?"

　"별일 없을 줄 알고 그랬습니다. 죄송합니다."

　오오다께는 두 손을 마주잡고 머리를 숙였다.

　"자세히 이야기해 보십시오."

　"옛날 내가 일본군 헌병 장교로 있을 때 밑에서 일하던 변인수라고 하는 졸병놈인데, 공항에서 나를 본 모양입니다. 호텔에 갑자기 나타나서는 나를 협박하는 거 아니겠습니까? 민우현이라고 하는 독립 운동하던 놈을 내가 처단한 적이 있는데, 돈을 내지 않으면 그 사실을 밝히겠다는 겁니다. 유족한테 당장이라도 연락할 듯이 협박하고 그러기에 50만 원을 주기로 약속하고 밤에 명동에 있는 일식집에서 만났습니다. 그리고 아무리 생각해도 50만 원을 줘도 두고두고 괴롭힐 것 같기에…… 아예 없애 버린 겁니다."

　"어떻게 처리했나요?"

　"청산가리를 먹였습니다."

"신문에 난 독살사건이군요?"

"그, 그렇습니다."

"경찰이 어떻게 냄새를 맡았지요?"

"잘 모르겠습니다. 얼마 전에 관광회사에 있는 안내원한테서 전화가 왔는데, 형사처럼 보이는 사람이 제 이름과 숙소를 알아 가지고 갔답니다. 곧 호텔로 올 거라고 하기에 연락을 드린 겁니다. 어떻게 좀 도와주십시오. 출국만 할 수 있게 손을 좀 써 주십시오."

납작코는 똑바로 오오다께를 바라보았다. 그러나 선글라스에 가려 그의 눈은 보이지 않았다.

"경찰이 알았다면 출국은 불가능합니다. 이미 비상망이 펴져 있을 겁니다. 일본 경찰에도 연락을 취할 겁니다."

"증명을 바꿔서라도 안 될까요?"

"인상이 독특해서 어려울 겁니다."

오오다께는 찌그러진 귀를 손으로 덮었다.

"어떻게 힘을 좀 써 주십시오."

"힘을 쓸 수 있으면 써야죠. 선생께서 경찰에 잡히시는 경우에는 조직에 영향이 미칩니다. 하여간…… 어리석은 짓을 하셨습니다."

"죄송합니다. 이번만 어떻게 도와주신다면 앞으로는 절대 실수를 저지르지 않겠습니다."

"실수는 용인될 수 없습니다. 잘 아시지 않습니까?"

"살려 주십시오. 부탁합니다. Z께서는 틀림없이 저를 살려 주실 겁니다."

오오다께는 진땀을 흘리며 호소하는 눈길로 납작코를 바라보았다.
그러나 상대방은 굳은 표정으로 앉아 있었다.
"Z한테 연락을 취해 보겠습니다."
"네, 제발 잘 좀 말씀드려 주십시오."
납작코는 수화기를 들었다. Z와의 통화는 바로 이루어지지 않았다. 이쪽에서 장소를 알려주자 상대는 전화를 끊었다. 그리고 5분쯤 지나 전화가 걸려왔다.
"부처인가?"
"그렇습니다."
"여긴 센터의 Z다. 어떻게 됐나?"
"살인사건인데, 경찰은 이미 신원을 파악하고 있는 것 같습니다. 출국한다는 건 어려울 것 같습니다."
잠깐 침묵이 흘렀다. 이윽고 가래가 끓는 듯 한 목쉰 소리가 조그맣게 울려왔다.
"실수는 용서할 수 없어. 우리 조직의 안전을 위해서도 그자의 입을 막아야 해. 체포되면 위험해. 영원히 입을 막아버려! 알았나?"
"알겠습니다."
납작코는 전화를 끊고 오오다께를 가만히 응시했다. 오오다께는 궁금한 듯이 두 손을 마주 비벼댔다.
"어떻게 됐습니까? Z께서는 뭐라고 하십니까?"
"오오다께 선생, 단념하십시오. 이렇게 된 걸 우리도 원치는 않습니다. 그렇지만 이미 경찰이 신원을 파악하고 뒤쫓고 있는 이상 우리도 어떻게 손을 쓸 수가 없습니다. 유감입니다."

"그럼 제가 어떻게 돼도 상관없다는 겁니까?"

오오다께의 볼이 씰룩 움직였다. 납작코는 상체를 왼쪽으로 조금 굽혔다.

"상관이 없지는 않습니다. 경찰에 체포되지 않도록 할 작정입니다."

오오다께의 눈이 의혹으로 가득 찼다.

"그, 그럼 저를 도와주시겠다는 겁니까?"

"도와드릴 수도 없습니다. 실수를 인정하시고 우리 조직의 안전을 위해 자결하십시오."

오오다께의 입이 벌어졌다. 그는 얼굴이 흑 빛이 되더니 몸을 떨기 시작했다.

"이…… 이건……"

"Z의 명령입니다. 할 수 없습니다."

"Z가 그럴 수가…… Z는 도대체 누구요?"

"그런 건 대답할 수 없습니다."

"나는 그의 지시대로 궂은 일은 다해 왔소. 그런데 이제 와서 이럴 수가 있소? Y가 가만있을 줄 아시오?"

"Y도 이해하게 될 겁니다. 우리가 이해시키겠습니다. 5분 동안 여유를 줄 테니 유서를 한 통 작성하고 자결하십시오. 유서 내용은 살인범으로서 자책 끝에 자결하는 걸로 하십시오."

"나는 그럴 수 없어! 절대 그럴 수 없어!"

오오다께는 침을 흘리면서 벌떡 일어섰다. 그러나 어느새 자기를 향해 겨누어진 총구를 보자 그는 후들후들 떨었다.

"빨리 준비를 하십시오. 그렇지 않으면 내가 결정을 내리겠습니다."

납작코는 안주머니에서 수건에 싼 것을 꺼내더니 그것을 탁자 위에 내놓았다. 그것은 조그만 약병이었다.

"이것을 마시면 고통 없이 갈 수 있습니다."

그 순간 오오다께는 탁자를 걷어차고 문 쪽으로 뛰었다. 그러나 그보다 먼저 납작코의 주먹이 그의 턱을 후려갈겼다. 오오다께는 바닥에 나뒹굴었다가 창문 쪽으로 기어갔다.

"안 돼! 난 죽을 수 없어! 살려줘! 살려줘!"

비통하게 호소하는 오오다께를 향해 사나이는 피스톨을 겨누고 가까이 다가갔다. 창가로 몰린 오오다께는 창문을 등지고 일어섰다. 그는 병신이 되더라도 뛰어내리는 편이 총에 맞는 것보다는 낫다고 생각했는지도 모른다. 그러나 지상 19층에서 살기 위해 뛰어내린다는 것은 확실히 어리석은 짓이었다. 그것은 더욱 참혹한 죽음일 수밖에 없었다.

사나이가 방아쇠를 당기려는 찰나 오오다께는 창문으로 돌진했다. 창문이 와장창 깨지면서 그의 육중한 몸은 허공으로 떨어졌다.

"으아아아악!"

처절한 비명이 허공을 뒤흔들었다.

납작코는 침착하게 방안을 둘러보고 나서 쓰러진 탁자를 제자리에 세워놓고 약병을 집어 들었다. 그리고 3호실을 나와 2호실로 들어갔다.

호텔 밖에서 들려오는 소름끼치는 비명소리에 진은 고개를 쳐들었다. 큼직한 물체가 아스팔트 바닥 위로 내려박히는 것이 얼핏 보였다. 사람들이 우르르 몰려드는 것을 보자 진도 그쪽으로 뛰어갔다.

너무 참혹한 모습에 그는 한동안 얼어붙은 채 멍청하게 서 있었다. 떨어진 사람은 틀림없는 오오다께였다. 오오다께의 두개골은 부서져서 허연 골이 다 드러나 있었다. 팔도 부서져서 뼈가 튀어나와 있었고, 입에서는 피가 쏟아져 나오고 있었다. 너무 갑작스럽게 일어난 데다 보기에 끔찍할 정도로 참혹한 모습이었기 때문에 누구도 오오다께에게 손을 대려고 하지 않았다. 구경꾼들은 순식간에 발 디딜 틈도 없이 모여들어 길을 완전히 메우고 있었다.

눈을 뒤집어 깐 오오다께는 즉사한 것 같았다. 그러나 한참 지나자 조금씩 몸을 뒤틀면서 신음소리를 내기 시작했다. 진은 무릎을 굽히고 오오다께를 흔들었다.

"오오다께 씨! 오오다께 씨!"

몇 번 세차게 부르자 오오다께의 눈동자가 제자리로 돌아오는 것 같았다. 그의 부르튼 입술이 움직였다. 그는 무슨 말인가 하려고 기를 쓰는 것 같았다. 그러나 좀처럼 알아들을 수가 없었다. 진은 허리를 굽히고 귀를 바짝 들이댔다. 겨우 무슨 소리가 들리는 것 같았다.

"Z…… Z…… Z……"

진이 알아들을 수 있는 것은 오직 이 한마디뿐이었다. 오오다께는 갑자기 몸을 부르르 떨더니 다시 눈을 뒤집어 까면서 뻣뻣이 굳어갔다.

진은 몸을 일으켰다. 그때 누가 그의 어깨를 툭 쳤다. 돌아보니 형사반장 김상배였다. 그는 시체를 내려다보더니 별로 놀라지도 않은 채 고개를 끄덕거렸다.

"이 사람이오?"

"네, 바로 변인수…… 살해범입니다."

진은 입이 말라붙어 말이 잘 나오지가 않았다.

"한 발 늦었군."

김 형사는 중얼거리더니 함께 온 형사들에게 간단히 지시를 내린 다음 진을 데리고 호텔로 들어갔다.

"19층에서 추락했습니다."

"어떻게 된 일이오?"

"우선 이자를 죽인 범인이나 체포하십시오. 19층 2호실에 있을 겁니다."

"그게 정말이오?"

"정말입니다. 시간이 없습니다."

"범행 현장을 목격했나요?"

"보지는 못했습니다. 그렇지만 일단 체포해서 조사를 해보시면 알게 될 겁니다."

그들은 급히 엘리베이터를 타고 위로 올라갔다.

19층 3호실 앞에는 이미 종업원들이 몰려와 있었다. 진은 2호실 앞으로 다가가 문을 두드렸다. 몇 번을 두드려도 안에서는 아무런 응답이 없었다. 형사반장이 피스톨을 빼어들고 문을 걷어찼다.

방안은 텅 비어 있었다. 주위를 둘러보았지만 사람이 들었다

나간 흔적도 보이지 않았다. 형사반장은 재떨이에서 가늘게 연기를 피우고 있는 담배꽁초를 집었다가 놓았다.

"이 방 손님 언제 나갔나?"

"조금 전에 나가셨는데요."

뒤따라 들어온 종업원이 대답했다.

그들은 옆방으로 들어갔다. 형사반장은 종업원을 몰아내고 문을 닫아걸었다.

오오다께가 뛰어내린 창문의 유리창은 완전히 깨어져 있었고 그곳으로 무더운 열기가 밀려들어 오고 있었다. 진은 고개를 내밀고 까마득한 아래를 내려다보았다. 개미떼처럼 우글거리고 있는 사람들을 헤치고 경찰차와 앰뷸런스가 달려오고 있는 것이 보였다.

"어떻게 해서 범인을 알게 됐나요?"

김 형사가 창가로 다가와 담배를 권하며 물었다. 50대의 형사반장은 아무래도 믿기지 않는다는 듯 의심스러운 표정을 얼굴에 나타내고 있었다.

진은 대동회 본부 앞에서 선글라스의 사나이를 공항까지 미행했던 일, 그리고 공항에서 오오다께와 변인수를 목격한 것 등 그동안 일어났던 일들을 소상하게 설명해 주었다. 김 형사는 놀라운 듯 심각하게 그의 이야기에 귀를 기울였다.

"그게 사실이라면 놀라운 일인데……"

"사실입니다. 조사를 해보십시오."

"조사해 보겠소. 오오다께가 정말 변씨를 독살했는지 지문을 대조해 보고 목격자들한테 시체를 보여 주겠소."

"오오다께 살해범도 체포하십시오. 대동회 본부에 가보면 금방 찾을 수 있을 겁니다."

"조사는 해보겠소. 그렇지만 직접 보지도 못했고 증거가 없는 이상 체포한다는 건 무리입니다. 또 범인이라고 단정할 수도 없구요."

진은 화가 치미는 것을 지그시 참았다.

"여러 가지 점으로 비추어 볼 때 그자가 범인이 틀림없지 않습니까?"

"그렇게 단정하는 것은 최 선생의 견해죠. 나는 수사관의 입장에서 미리 단정을 내리는 것은 피하고 있습니다. 신중을 기해야 하니까 그럴 수밖에 없습니다. 이해하십시오."

"충분히 이해합니다."

이렇게 대답하면서도 진은 김 형사의 미지근한 태도가 못마땅했다. 우선 김 형사는 너무 늙었다. 늙고 보니 모든 일을 요령주의로 편리하게 처리하려고 한다. 타성에 젖어 머리를 쓰고 뛰어다니는 것이 싫은 것이다. 아버지 사건만 해도 그렇다. 기다리라고만 하더니, 결국 아버님은 무참히 살해된 시체로 발견되지 않았는가. 진의 이러한 마음을 눈치 챈 듯 늙은 형사는 쓴웃음을 흘렸다.

"그자를 범인으로 단정할 수 있다면 나도 좋겠소. 그렇지만 이렇게도 생각해 볼 수 있지 않을까요. 오오다께는 살해된 게 아니고 자살한 게 아닐까. 또 하나, 궁지에 몰려 창밖으로 탈출한 게 아닐까. 사실 육중한 오오다께를 창문으로 집어던진다는 건 혼자의 힘으로는 어려운 일입니다. 창문이 이렇게 높이 달려 있으니까 말입니다."

이 말에 진은 말문이 막혀버렸다. 그때까지 갖고 있던 늙은 형사에 대한 그 나름의 인식은 순식간에 뒤바뀌어졌다. 그는 자신의 잘못을 재빨리 알아차릴 줄 알았다. 역시 노련한 형사구나 하고 그는 생각했다. 김 형사는 줄담배를 피우고 있었다. 담배 연기에 한쪽 눈을 찡그리면서 그는 주름진 얼굴을 손바닥으로 쓰다듬었다.

"필요한 건 증거입니다. 이 방에 있는 지문을 모두 채취하겠습니다. 그리고 대질 심문 때 필요할지 모르니까 연락이 가면 경찰에 출두해 주십시오."

"대질 심문이라니요?"

"대동회에 있다는 그자를 일단 연행해서 조사해 봐야 하지 않겠습니까?"

"알겠습니다. 언제든지 출두하겠습니다."

"그리고…… 이건 불쾌하게 들릴지 모르지만 이 사건의 수사는 경찰에 맡겨주시오. 최 선생 마음이 어떻다는 건 알겠지만 민간인이 혼자서 범인을 추적한다는 건 위험한 일입니다. 그리고 모든 일은 법대로 처리해야지 개인적인 복수는 용납할 수 없습니다."

진은 김 형사를 쏘아보았다.

"그럴 수는 없습니다. 저는 경찰을 믿었지만 아버님은 무참히 살해됐습니다. 제 손으로 범인을 꼭 체포하고야 말겠습니다. 막지 마십시오."

한동안 침묵이 흘렀다. 김 형사는 최 진의 결의에 곤혹스러움을 느끼는 것 같았다.

"그러다가 다치거나 하면 어떡하지요?"

"그런 건 상관하지 않습니다."

"잘 알아서 하겠지만 내 생각 같아서는 최 선생이 직접 나서지 않는 게 좋을 것 같아서 말하는 거요. 하여간 법에 저촉되는 짓은 하지 마시오."

진은 대꾸하지 않았다. 지금의 그의 심정으로서는 복수를 위해서는 살인도 불사할 것 같았다. 상대가 누구이든 그는 아버지를 죽인 자를 직접 자기 손으로 죽이고 싶었다. 그것은 당연한 권리이고 마땅히 그래야 한다고 생각하고 있었다.

그는 말머리를 돌렸다.

"오오다께가 죽기 전에 한 말이 있습니다."

"뭐라고 그랬소?"

"Z……Z라고 그랬습니다."

"그게 무슨 말이죠?"

"글쎄, 모르겠습니다. Z라고만 그랬습니다."

"이상한 말이군."

다른 형사들이 들어왔기 때문에 진은 김 형사와 헤어져 밖으로 나왔다.

갑자기 허탈감이 들었지만, 그는 납작코가 오오다께를 죽인 사실을 의심하고 싶지가 않았다. 형사반장의 말은 옳다. 오오다께의 죽음은 여러 각도에서 생각해 볼 수 있는 문제다. 그러나 나는 확신한다. 그놈이 오오다께를 죽인 게 분명하다. 그리고 오오다께는 변인수를 죽였다.

여기서 하나의 범죄 조직을 생각해 볼 수 있지 않을까. 조직이 분명히 존재한다면 아버님은 조직에 의해 살해된 거다. 그리고 오오다께도 조직에서 제거한 것이다. 죽으면서 그는 비밀을 털어놓으려고 했다. 그러나 Z라는 말밖에 할 수가 없었다. Z…… Z…… Z…… Z는 무엇일까. 오오다께는 왜 제거되었을까. 그는 과연 어떤 인물일까. 의문은 꼬리를 물고 일어나고 있었다.

집으로 돌아온 그는 한 시간쯤 서성거리다가 갑자기 생각난 듯 신문을 뒤적거렸다. 그리고 변인수의 집주소를 알아낸 다음 다시 밖으로 나왔다. 그의 예감에 변씨의 집에 가보면 무엇인가 하나 꼬투리가 잡힐 것 같았다.

시간은 4시가 지나 있었고, 날씨는 숨이 막힐 정도로 더웠다. 그는 잠바를 벗어 어깨에 걸치고 느릿느릿 걸어갔다. 더위를 더 이상 참을 수 없게 되어서야 그는 택시를 잡아탔다.

변인수의 주소지 일대는 산을 깎아 만든 빈촌이었다. 조그만 블록 집들이 산을 온통 뒤덮고 있었고, 집들 사이로는 좁은 골목 길이 거미줄처럼 퍼져 있어서 어디가 어딘지 도무지 분간할 수 없었다. 식수난이 극심한지 많은 사람들이 물통을 지고 비탈길을 오르내리고 있었다.

한 시간쯤 헤매 다녔지만 변인수의 집은 찾을 수가 없었다. 같은 번지수에 수십 세대가 살고 있었고, 그것도 한곳에 몰려 있는 것이 아니고 따로 떨어져 있는 집들이 많아 찾기가 여간 어렵지가 않았다.

"통 반을 모르면 찾기 힘들어요."

티셔츠 위로 무지무지하게 큰 젖가슴을 흔들면서 어느 젊은 아낙이 말했다. 브래지어를 하지 않아 셔츠 위로 젖꼭지가 툭 불거져 나와 있었다.

진은 비탈길을 내려와 동사무소를 찾아갔다.

동직원은 진이 내미는 주소 쪽지를 보더니

"이것만 가지고는 찾기 어렵습니다. 셋방 사는 사람들이 더 많으니까요."

하고 말했다.

진은 한숨이 나왔다.

"주민등록 철을 좀 볼 수 없을까요?"

동직원은 어이없다는 듯 그를 쳐다보았다.

"그것 봐가지고는 모릅니다. 그리고 보여드릴 수도 없구요. 파출소로 한번 가보시죠."

진은 동사무소를 나와 파출소를 찾아갔다.

"변인수요? 얼마 전에 살해된 사람 말입니까?"

경찰관은 놀란 듯이 되물었다.

"네, 그렇습니다."

"무슨 일로 그러시죠?"

"좀 찾아볼 일이 있어서 그럽니다."

경찰관은 의심스러운 듯 최 진을 살펴보다가 신분증 제시를 요구했다. 이름과 주소를 적고 나서야 경찰은 변씨의 집을 가르쳐 주었다. 그려준 대로 더듬어가니 변씨의 집은 금방 찾을 수가 있었다.

변씨의 유족으로는 노부모와 부인, 그리고 소아마비에 걸린

나이 많은 딸이 하나 있었다. 시부모에게 삿대질을 하며 소리소리 지르고 있던 변씨의 부인은 진을 보자 불쾌한 표정을 지었다. 광대뼈가 두르러지고 입이 튀어나온 여인이었다. 남루한 차림의 노인들은 마루에 붙어 앉아 조심스럽게 며느리의 눈치를 살피고 있었다. 진이 조의를 표하자 부인은 코웃음을 쳤다.
"신문사에서 왔습니다. 변 선생님의 과거에 대해서 좀 알아보려고 그럽니다."
진은 아무래도 들어줄 것 같지 않아 기자라고 둘러댔다. 그러자 그녀의 표정은 금방 경계태세로 들어갔다.
"그건 알아서 뭐 할려구 그러죠? 신문에 내실려구요?"
"아, 아닙니다. 절대 그런 건 아닙니다. 염려마시고 아시는 대로 좀 말씀해 주십시오. 이거 약소하지만 받아 주십시오."
진은 준비해온 돈 봉투를 부인에게 내밀었다.
"이게 뭐예요?"
봉투 속을 들여다본 아낙은 입이 쩍 벌어졌다. 빳빳한 천 원짜리 지폐가 몇 장 들어 있었던 것이다.
"뭘 이렇게 주세요? 이리 앉으세요."
금방 태도를 바꾼 부인은 걸레로 마루를 부리나케 훔친 다음 깍듯이 진을 대했다. 진은 입맛이 씁쓸해지는 것을 느끼면서 마루에 걸터앉았다.
"변 선생께서는 일제 때 뭘 하셨나요?"
"글쎄, 그땐 결혼하기 전이라 잘 모르겠네요."
"아, 그러시겠군요."
그러자 마루 끝에 앉아 있던 노인이 가까이 다가왔다. 노인은 기침을 몇 번 하고 나서 힘들게 입을 열었다.

"그 애는 일제 때…… 육군 헌병이었소. 졸병이었지만 헌병이라 아무도 괄시 못했지요. 뭐니 뭐니 해도 일제 때가 살기 좋았어."

노인은 주름진 눈을 스르르 감았다가 떴다. 진은 어이가 없었지만 내색은 하지 않았다.

"혹시 일제 때 아드님 친구 분들 중에 김창근이란 사람 모르십니까?"

노인은 가만히 생각해 보다가 고개를 저었다.

"일제 때부터 친구라면 문형오(文亨伍)라는 사람이 제일 가까웠지. 그거…… 그 사진첩 좀 가져와 봐."

노인이 손짓을 하자 며느리는 입을 삐쭉 내밀면서 방안으로 들어가 사진첩을 하나 들고 나왔다. 노인은 낡아빠진 앨범을 몇 장 넘기더니 그중 한 장을 진에게 보였다.

"이게 우리 아들이고 이게 문형오지요."

노인이 짚어주는 대로 사진을 들여다본 진은 내심 깜짝 놀랐다. 그것은 무척 오래된 사진으로 색이 누렇게 바래 있었는데 십여 명의 헌병들이 모여 찍은 것이었다. 진이 놀란 것은 가운데 의자 위에 군도를 짚고 앉아 있는 대위의 모습이 김창근 즉 오오다께와 비슷한 것 같았기 때문이다.

30여 년 전의 사진이지만 보면 볼수록 오오다께와 닮은 점이 많은 것 같았다. 그러나 그것이 틀림없는 오오다께라고 단정하기는 아직 일렀다.

"문형오라는 분은 지금 어디 사십니까?"

"글쎄, 무슨…… 사장이라고 그러던데……. 어디 사는지 잘 몰라요. 요 근래는 서로 안 만난 모양이오. 사람이 못살게 되면 친구도 떨어져 나가는 법이여."

진은 부인을 바라보았다.

"모르십니까?"

"저도 모르겠어요. 어떻게 하지요?"

부인은 미안해하는 표정을 지었다. 진은 사진을 다시 한 번 들여다보고 나서 말했다.

"괜찮습니다. 어떻게 알게 되겠지요. 죄송하지만 이 사진을 좀 빌릴 수 없을까요? 틀림없이 돌려드리겠습니다."

"그렇게 하세요."

돈을 받은 부인은 놀랄 정도로 선선히 응해 주었다. 그러자 노인부부가 반대하고 나섰다.

"안 돼! 아들 사진을 어디 함부로 남한테 빌려줘!"

"시끄러워요! 이딴 것 가지고 있으면 밥이 나와요, 죽이 나와요? 주는 밥이나 먹고 있을 것이지 왜 자꾸 나서서 사사건건 간섭이에요?"

며느리가 눈을 부릅뜨고 호되게 소리치자 시부모는 그만 입을 다물어 버렸다. 유난히 머리가 하얀 노파는 눈물까지 찔끔찔끔 흘렸다.

진은 흡사 도둑질이라도 한 기분으로 그 집을 얼른 빠져나왔다. 오오다께와 변인수가 일제 때 헌병이었다면 어떤 가능성이 있을 수 있다. 하나의 이야기가 성립될 수 있는 것이다. 문형오라는 사람을 만나보면 좀 더 자세히 알 수 있겠지. 그런데 문씨를 어떻게 만나나. 사장이라면 집에 전화 정도는 비치해 놓고 있지 않을까.

시내로 들어온 진은 전화 부스로 달려갔다. 전화번호부를 뒤적이자 문형오라는 이름이 두 개 있었다. 그는 동전을 집어넣고 즉시 다이얼을 돌렸다. 전화가 떨어지고 젊은 여자의 목소리가 들려왔다.

"문 사장님 댁인가요?"

"문 사장이라구요?"

여자가 되물었다.

"네, 문 사장님 댁 아닙니까?"

"사장하고는 거리가 멀어요."

전화는 냉정하게 끊겼다. 진은 나머지 전화번호를 돌렸다.

"문 사장님 댁입니까?"

"그렇습니다."

굵은 남자의 목소리가 들려왔다.

"사장님 계십니까?"

"회사에 가셨는데요?"

"회사 위치가 어디쯤 됩니까?"

"무슨 일로 그러시죠?"

"여긴 S은행입니다. 거래 관계로 급히 좀 찾아뵈어야 하기 때문에 그럽니다."

"아, 그러세요."

회사 전화번호와 위치를 알아낸 진은 택시를 집어타고 곧장 달려갔다. 그 회사는 플라스틱 제품을 생산하는 꽤 큰 업체였다. 진은 비서실 아가씨로부터 차단당했다.
"사장님은 외출하고 안 계십니다."
"언제쯤 돌아오십니까?"
"글쎄, 오늘은 안 들어오실 거예요."
진은 다방으로 들어가 땀을 식히면서 얼음을 넣은 주스를 단숨에 들이켰다.

거대한 음모(陰謀)

8월 6일 오후, 형사반장 김상배는 대동회 위원장 이창성을 만나보고 있었다. 김 형사로부터 대강 이야기를 듣고 난 이창성은 껄껄거리며 웃었다.

"원, 무슨 말씀을 그렇게 하십니까? 구국을 모토로 일어선 대동회 회원 중에 살인범이 있다니, 정말 이해할 수 없는 일입니다. 저는 절대 그런 회원이 없다는 걸 확신합니다만 정 못 믿으시겠다면 한번 조사해 보십시오."

그는 검은 얼굴에 유난히 두꺼운 입술을 하고 있는 60대의 사나이였다. 각진 턱이 우악스러워 보이고 대머리가 벗겨진 것이 매우 정력적인 인상이었다. 그는 독설가로 유명한 인물이었다. 일제 때 중국으로 건너가 독립운동을 했다는 그는 해방 후 민족주의자로 자처하면서 정치 일선에서 맹렬히 활동했지만 국회의

원직을 한 번 지낸 것 외에는 권력구조에 한 발짝도 접근하지 못했었다.

그 후 그는 정치일선에서 물러난 것 같았다. 그러나 하루아침에 갑자기 신흥세력인 대동회 위원장이 됨으로써 세상을 깜짝 놀라게 한 것이다. 김 형사는 정치적 야망이 대단한 그의 행동을 이해할 수 있을 것 같았다. 그러나 이해하기 어려운 점이 하나 있었다. 민족주의자로 자처하는 그가 왜 일본의 신흥세력과 손을 잡고 있는 것 같은 대동회의 위원장이 되었는가 하는 점이 바로 그것이다.

"범인의 이름을 아십니까?"

"모릅니다. 그렇지만 인상이 독특해서 찾을 수 있을 겁니다."

"인상이 어떻게 생겼습니까?"

"목격자의 말에 의하면 나병환자처럼 콧잔등이 납작하게 꺼져 있답니다."

김 형사는 비서라고 하는 자가 가져온 대동회 회원들의 신상카드를 하나하나 훑어보았다. 동행한 형사와 함께 그것을 모두 검토하는 데 한 시간이나 걸렸다. 그러나 콧잔등이 꺼진 사내의 사진은 보이지 않았다. 예상했던 것이었으므로 그는 별로 놀라지 않았다.

"지방 회원들의 신상카드도 이 속에 들어 있습니까?"

"물론입니다. 찾아냈습니까?"

"없군요. 실례가 많았습니다."

"거 보십시오. 그런 놈이 있다면 제가 자진해서 보내드리겠습니다. 괜히 헛수고만 하셨군요."

이창성은 또 껄껄거리고 웃었다. 김 형사는 불쾌한 기분을 느끼면서 어금니를 지그시 깨물었다. 순간 오랫동안 잠자고 있던 의욕이 가슴을 뚫고 솟아올랐다. '빌어먹을, 꼭 잡고야 말 테다.' 그는 정중히 인사를 하고 그곳을 나왔다.

50대인 그는 경찰에 투신한 지 20년이 넘는, 그야말로 일선 수사에서만 잔뼈가 굵은 고참 중의 고참 형사였다. 강력사건만 전담해온 그는 기계적으로 매우 냉혹하게 일을 처리하는 편이었고, 그래서 일밖에 모른다는 정평이 나 있을 정도였다. 사실 그는 일단 작정하고 나면 몇 년이 걸려서라도 사건을 해결하고야 마는 끈기와 투지를 지니고 있었다.

메마른 얼굴은 주름으로 덮여 이젠 쇠잔한 나이테를 감출 수 없게 되었지만 아직도 그의 눈매에는 사람의 마음속을 꿰뚫어 보는 날카로움이 남아 있었다. 그런데 어느 날 그는 갑자기 자기 자신에 대해 심한 회의에 빠지게 되었다. 지금까지 자신이 해온 일들이 모두 무가치하게만 생각되었고 머지않아 정년퇴직한 후 여생을 쓸쓸하게 보낼 것을 생각하니 모든 것이 허무하게만 느껴졌다. 그래서 최근의 그는 의욕도 없어지고 우울한 나날을 보내고 있는 터였다. 이러한 그에게 새로운 사건이 자극을 가해온 것이다.

그의 육감에 이번의 연속 살인사건은 단순한 사건이 아닌 것 같았다. 최 진의 말대로 조직에 의한 계획적인 살인이라는 인상이 짙었다. 손을 대면 문제가 걷잡을 수 없이 확대되고 일감이 엄청나게 밀려들지 모른다.

그가 이렇게 생각하게 된 것은 변인수를 독살한 범인이 오오다께라는 것을 확인하고부터였다. 바로 어제 최 진으로부터 이야기를 듣고 그는 오오다께의 지문과 변인수가 독살된 일식집에서 채취한 지문을 대조해 보았다. 두 개의 지문은 놀라울 정도로 일치했다. 그때부터 그는 최 진의 이야기를 사실로 받아들이게 된 것이다.

퇴직을 앞두고 마지막으로 한번 부딪쳐 볼까. 게으름을 피우면 이 사건은 흐지부지 될지도 모른다. 그렇게 되도록 내버려두고 싶지는 않았다. 이창성 위원장의 웃음소리는 불쾌하다. 사람이 늙으면 정의감이 퇴색되고 기회주의자가 되는 모양이다. 왕년의 민족주의자가 외국 세력과 손을 잡고 있다니 아무래도 이해가 가지 않는다.

김 형사는 손바닥에 밴 땀을 옷자락에 닦았다. 이미 그는 결심하고 있었다.

김 형사가 마음을 결정하고 있을 때 킬러는 Z로부터 직접 전화를 받고 있었다.

"형사가 대동회까지 와서 너를 찾았다는 건 심상치 않은 일이다. 무엇보다도 네 인상을 정확히 알고 있다는 게 문제다."

"누, 누구의 정봅니까?"

킬러는 입술을 빨면서 물었다. Z는 노하고 있었다.

"위원장 비서가 알려왔다. 도대체 왜 바보같이 정체를 드러내고 다니는 거냐? 체포되면 너 하나의 문제가 아니야."

"죄송합니다. 조심을 했는데 그만……"

"7시 비행기로 도쿄로 떠나라. 일행이 있으니까 동행해. 거기서 완전히 성형수술을 한 다음에 돌아와. 서둘러야 한다. 거기 가면 Y에게 오오다께 처리 결과를 이해시켜."

"알겠습니다. 그 정도 성형수술이라면 여기서도 할 수 있지 않습니까?"

"경찰이 병원을 뒤지지 않는다고 생각하나? 잔소리 말고 빨리 떠나!"

목쉰 소리가 귓속을 후벼팠다.

"다녀오겠습니다."

킬러는 수화기를 놓고 얼굴을 찌푸렸다. 40대인 그는 젊은이 이상으로 강철 같은 육체를 지니고 있었다. 비정하고 교활한 면을 동시에 갖추고 있는 그는 Z의 가장 가까운 심복으로서 그의 명령에 따라 수족같이 움직이고 있었다. 전문적인 킬러로서 방해자들을 제거하는 그는 행동대의 리더로 알려져 있을 뿐 과거는 밝혀지지 않고 있었다.

단호하고 신속하며 무자비하게 일을 처리하는 것이 그의 특징이었다. 김 형사가 확인한 바와 같이 그는 대동회 회원은 아니었다. 그러나 대동회를 배후에서 지원하는 막강한 힘이었다. 대동회를 내세워 반대자들을 체크, 포섭되지 않고 협박에도 굴하지 않는 자들을 제거하는 것이 그의 주된 임무였다. 사회적으로 그는 조그만 무역회사를 하나 가지고 있었고, 사장으로 행세하고 있었다. 그러나 그것은 어디까지나 위장에 불과했고 그의 전문직은 킬러였다. 무역회사 직원들은 모두 행동대원들로서 그의 명령을 기다리는 6명의 건장한 사나이들로 이루어져 있었다. 그러나 킬러는 꼭 필요한 경우를 제외하고는 대원들의 협조를 구하지 않았다. 그는 항상 단독으로 일을 처리하곤 했다.

하오 7시, 킬러는 다른 두 명과 함께 JAL기에 올라 도쿄로 향했다. 동행하는 두 명은 한국 측 대표인 X와 그를 보좌할 실무자였다.

두 시간 후 비행기는 도쿄에 닿았다. 공항에는 일본 측 연락원이 나와 있었다. 그들은 간단히 인사말을 나눈 뒤 대기하고 있던 세단을 타고 숙소인 프라자 호텔로 향했다.

그로부터 두 시간 뒤인 밤 11시에 X일행은 호텔 내에 있는 회의실로 들어갔다. 10평 남짓한 회의실에는 검은 빛이 나는 긴 탁자가 하나 놓여 있었고, 그 양켠에는 등이 높은 의자들이 나란히 세워져 있었다. 회의실 문은 이중으로 되어 있었고 내부는 완전 방음장치가 되어 있었다. 안에는 이미 다섯 사람이 나란히 앉아 기다리고 있었다. X일행이 들어서자 다섯 명의 사나이들은 일제히 일어섰다.

"오시느라고 수고 많았습니다."

"오랜만입니다."

X와 Y는 반갑게 왼손 악수를 나누었다. 그들이 착석하자 나머지 사람들도 자리를 잡고 앉았다.

암호명 Y는 현재 일본 재계의 거물로서 본명을 아낭 기사꾸(阿南儀作), 50대의 비대한 사나이였다. 재계의 거물로 부상하기까지는 암흑가의 보스로 군림, 주로 마약과 밀수에 손을 대다가 최근 군수산업 붐을 타고 거기에 편승하여 재벌그룹에 끼인 인물이었다. 이젠 엄연히 대기업가로서 사회적으로 기반이 다져져 있지만 암흑가와 손을 잡고 있기는 옛날과 마찬가지였다.

오히려 재벌이 됨으로써 암흑가에 대한 영향력이 옛날보다 더욱 커졌고 추종자가 더 많아졌다고 볼 수 있었다.

"암호명 X인 한국 측 대표 조남표(趙南杓)는 Y와 같은 50대로 10여 년 전만 해도 정치깡패로 드날리던 인물이었는데 살인죄로 10년 동안 옥살이를 하는 바람에 지금은 세상에서 거의 잊혀져 있었다. 정치깡패 시절의 그는 정치인들에게 있어서 두려운 존재였고 경찰도 손을 못 대는 거물이었다.

선거뿐만 아니라 정부의 인사문제에까지 영향을 미칠 정도로 그의 세력은 막강했었다. 그러던 것이 집권 세력이 바뀌면서 그는 하루아침에 몰락하게 되었고 결국 각종 비행이 드러남으로써 구속되기에 이르렀다. 처음 그는 살인죄가 인정되어 사형언도를 받았지만 조금 후 무기로 감형되었고 그 후에도 어떻게 된 것인지 자꾸만 형량이 줄어들어 마침내 10년 만에 출옥하게 된 것이다.

죄질에 비추어 볼 때 10년이란 세월은 정말 너무 가벼운 벌이었다. 그렇게까지 감형이 된 것은 그가 구축해 놓았던 세력이 완전히 뿌리 뽑히지 않고 명맥을 유지하면서 적극적으로 힘을 썼기 때문이었다. 그러나 그는 10년을 교도소에서 썩으면서 이를 갈고 갈았다. 10년의 복역생활은 그에게 있어서 참을 수 없는 고통이었다. 그는 자기를 교도소에 집어넣은 집권세력을 증오한 나머지 복수를 결심했다. 10년이 지나 그는 반성은커녕 오히려 뼈에 사무친 원한만을 품고 세상에 나왔고, 즉시 잔존 세력을 다시 긁어모아 재기를 도모했다. 이때 손을 뻗어 온 것이 Z였다. X는 기꺼이 그와 손을 잡았고 Z의 주선으로 일본의 Y와도 혈맹을 맺었다. 곧 Y의 경제적인 지원으로 X는 다시 세력을 확장할 수 있었고 Z의 조종으로 거대한 음모에 참가하게 된 것이다.

그 음모라는 것은 X와 Y가 결탁해서 Z라고 하는 새로운 정치 권력을 만들어내는 일이었다. 그것은 "X+Y=Z"라고 하는 기본등식으로 표현될 수 있는 것이지만 그 목적하는 바는 서로 달랐다. Z를 밀어주는 대가로, 군국 세력을 배후에 업고 있는 Y는 한국에 대한 경제적인 침식을 노리고 있었고, X는 복수와 함께 과거처럼 정치깡패로 군림하기를 바라고 있었다. 그러나 X와 Y의 이러한 의도는 Z와 R이라고 하는 또 하나의 인물에 의해 주도되는 신제국주의 이론에 철저히 흡수되고 있었다. 신제국주의란 대동아 건설이라는 황당무계한 정치 슬로건으로 구체화되고 있었지만, 그것이 공염불이 아닌 야심가들의 확신 위에서 추진되고 있다는 데 문제가 있었다.

"오오다께의 건은 유감으로 생각합니다."

X가 완강하게 생긴 턱을 내밀면서 일본말로 말했다.

"연락을 받고 놀랐는데, 어떻게 된 일이죠?"

Y가 물었다. X가 킬러를 쳐다보았다. 킬러는 잠자코 있었다.

"재일교포를 움직이는 데 있어서 오오다께의 역할은 아주 컸습니다."

"잘 알고 있습니다."

킬러가 말했다.

"그런데 사고가 생겼습니다. 신분을 알고 있는 자에게 협박을 당하자 그자를 처리했습니다. 그것이 경찰에게 꼬리가 밟혀…… 하는 수 없이 이쪽에서 먼저 손을 쓰지 않을 수 없게 됐습니다."

"Z가 지시했나요?"

"네, Z의 지시였습니다."

모두가 오오다께의 죽음에 대해서는 더 이상 말하지 않았다. Z의 명령에 따라 그를 죽였다는 말에 더 이상 따지고 들 수가 없었던 것이다. Z의 위치는 그만큼 그들에게 절대적이었던 것이다. 이것은 Z에 대한 존경심 때문에 그런 것은 물론 아니었다. 목적을 달성하고 조직의 안전을 위해서는 절대적인 명령 계통이 존중되어야 하기 때문에 그런 것이었다.

"Z께서 R에게 드리는 편지를 가져왔습니다."

X가 품속에서 흰 봉투를 하나 꺼내어 Y에게 내밀었다.

"조만간 한번 서울을 방문해 주시기를 바라고 계십니다. R께 말씀해 주십시오."

"급한 일인가요?"

Y가 물었다.

"곧 선거 날짜가 발표될 것 같습니다. 날짜가 확정되면 두 분이 만나서 즉시 전략을 짜야 하니까요."

"말씀드리겠습니다."

X는 잠시 침묵을 지키다가 이번 방문의 가장 중요한 부분을 꺼내 놓았다.

"Z께서는 단시일 내에 1천억 원 확보를 계획하고 있습니다. 수단방법을 가리지 않고 확보할 계획입니다. 그렇지만 이건 5분의 1에 불과합니다."

"그렇다면 5천억을 계획하고 있나요?"

Y가 놀란 듯이 물었다. 그의 일행도 모두 놀란 표정들을 짓고 있었다.

"그렇습니다. 5천은 최저선입니다. 그 이상이 되어야겠지요. 5천이라야 일급 재벌의 자산에 불과하지 않습니까. 그 정도로 정권을 잡을 수 있다면 너무 싼 거지요."

"하긴 그렇군요. 지금 한국에서 동원할 수 있는 돈은 얼마나 됩니까?"

"약 2백억 가량 됩니다."

Y는 눈을 굴리며 재빨리 계산을 해보는 것 같았다. 그의 실무자 한 명이 장부를 들여다보면서 가볍게 머리를 끄덕였다.

"매월 순익은 얼마나 됩니까?"

X의 실무자가 장부를 들여다보면서 말했다.

"호텔에서 5억, 약(마약)에서 8억, 무역(밀수)에서 4억, 합계 17억입니다."

여기에서 마약과 밀수는 X일당의 협조 없이는 이루어지지 않는다. 거기에서 나온 이익금은 서울과 도쿄의 각 은행에 여러 사람의 명의로 예치되지만 필요한 때는 언제든지 동원 가능한 상태로 놓아둔다.

"지금 늘릴 수 있는 건 약과 무역인데, 그쪽의 판매망은 어떻습니까?"

Y가 담뱃재를 떨면서 물었다. 왼쪽 무명지에 끼여 있는 흑요석의 반지가 불빛을 받아 반짝 빛났다.

"얼마든지 소화시킬 수 있습니다."

X가 자신하는 투로 말했다. Y가 비대하다면 X는 민첩한 모

습이었다.

"한국은 요즘 치안상태가 안정되었다는데 괜찮을까요?"

"문제없습니다. 경찰 못지않게 우리 조직의 판매망도 확장되고 있으니까요."

"그렇다면 약은 10억으로 늘리지요. 무역은 7억 정도가 어떨까요?"

"좋습니다. 즉시 보내 주십시오."

"그렇다고 해도 월 22억인데, 이것 가지고는 Z가 말씀하시는 1천 까지는 몇 년 걸리겠는데요?"

"좋은 방법이 없겠습니까? Z께서는 비상수단을 생각하고 계시는 것 같던데……"

한동안 침묵이 흘렀다. Y가 먼저 침묵을 깼다.

"한국에서는 현재 대마초 인구가 급증하고 있다는데, 거기서 수입원을 좀 찾을 수 없나요?"

"그렇지 않아도 그 건에 관해서 말씀드리려고 하던 참입니다. 대마초를 대량 판매하려면 담배 제조공장이 필요합니다. 담배에 섞어서 팔아야 하기 때문입니다."

"알고 있습니다."

"이게 바로 그 샘플입니다."

X는 담배 케이스를 열더니 담배 한 개비를 꺼내어 Y에게 내밀었다. 그것은 여느 담배와 거의 비슷한 담배였지만 길이가 조금 짧고 상표와 넘버가 적혀 있지 않은 점이 달랐다. Y는 그것을 들여다보고 나서 불을 붙여 물었다.

"이게 유행되고 있는 겁니까?"

"네, 대마초 사범은 극형까지 때리고 있지만, 수요자는 기하급수적으로 증가하고 있습니다. 현재 한국에는 굵직한 밀매조직이 10개 파 정도 있는데, 우리가 일을 시작하려면 그것들부터 쓸어버려야 합니다. 계보는 모두 파악해 놓고 있습니다."

Y는 담배 연기를 빨아들이면서 눈을 지그시 감았다.

"아, 기분 좋은데……. 한번 피워보지. 한 모금씩만 피워."

그는 담배를 일행에게 돌리게 했다. 그들은 모두 눈을 지그시 감고 대마초 담배를 한 모금씩 빨았다.

"현재 시가는 얼맙니까?"

"1개비에 2백 원에 거래되고 있습니다."

"대마초는 구하기가 쉬운가요?"

"얼마든지 구할 수 있습니다."

"담배 1만 개비에 소요되는 대마초는 몇 킬로나 됩니까?"

"약 10킬로 정도 필요합니다."

"하루에 담배를 얼마 정도 판매할 수 있습니까?"

"고정 흡연자는 5만 정도 됩니다. 1인당 하루 4개비를 피우면…… 약 20만 개는 판매 가능합니다."

"20만 개비라면 굉장하군요."

Y는 눈알을 굴렸다.

"20만 개를 돈으로 환산하면 하루 4천만 원, 한 달이면 12억입니다. 이중 1억을 경비로 빼놓고 나면 11억이 떨어집니다. 가장 좋은 수익입니다."

"말씀하신대로만 된다면 지금의 우리 사업 중에 제일 전망이 좋군요."

"그렇습니다."

X는 자랑스러운 듯이 말했다. 그러자 Y는 손가락을 딱 하고 꺾었다.

"곧 착수하죠."

"그런데 문제가 있습니다."

"뭡니까?"

모든 사람들이 긴장한 눈으로 X를 바라보았다.

"첫째, 기존 조직 10개 파를 제거하는 것이 문젭니다. 계보만 파악하고 있지 아직 소재를 모르고 있습니다. 소재를 알았다 해도 놈들도 무장을 하고 있을 것이기 때문에 제거하기가 쉽지 않습니다. 더구나 잘못하다가는 기존 판매망이 와해될 위험이 있습니다. 판매망을 우리가 새로 만든다는 것은 거의 불가능하고, 만든다 해도 너무 기간이 오래 걸립니다. 그러니까 판매망을 살려둔 채 조직을 우리가 장악하는 방법을 강구해야 합니다."

"조직을 흡수하면 어때요?"

"그건 안 됩니다. 그렇게 되면 이익을 나누어야 하고, 나중에 결국 싸움이 벌어지기 마련입니다."

"쉬운 일이 아니군요."

Y는 중얼거리면서 킬러를 바라보았다. 킬러는 선글라스를 벗어들고 만지작거리고 있었다. 그는 주위에 전혀 관심을 두고 있는 것 같지 않았다.

"B가 수고를 하겠군."

자기 암호명이 나오자 킬러는 얼굴을 들었다. B는 Butcher(도살자)에서 딴 머리글자였다.

"B는 당분간 국내에서 활동하기가 어렵게 됐습니다."

"왜요?"

"오오다께 건으로 경찰이 찾고 있습니다. 그래서 급히 성형 수술을 해야 합니다."

"곤란하게 됐군. 그렇지만 수술하는 데 그렇게 오래 걸리지는 않을 겁니다."

"아무튼 B가 맡고 나선다 해도 절대 인원이 부족합니다. 10개 조직이면 적어도 행동대원이 몇 십 명은 될 텐데, 그들을 우리 힘만으로 상대한다는 것은 불가능합니다. 그래서……"

X는 조금 사이를 두었다가 말했다.

"이쪽의 지원을 받아야 할 것 같습니다."

"저희 애들을 말이니까?"

"Y가 조금 의외라는 듯이 물었다.

"네, 손이 좀 필요합니다. 베테랑급으로 열 명만 보내 주신다면 해결할 수 있을 것 같습니다."

"일본도 아닌 한국에서 잘해 낼 수 있을까요?"

"오히려 여기보다 안전할 겁니다. 거사 후 바로 귀국해 버리면 그것으로 끝나는 거 아닙니까. 아무리 한국 경찰이 기민하다 해도 일본인들이 범인일 것이라고는 미처 생각지 못할 겁니다."

Y는 눈을 감고 깊이 생각에 잠겼다. 전문적인 킬러들을 대량 한국에 파견한다는 것은 쉬운 일이 아니다. 잘못하다가는 부하도 잃고, 그 자신의 조직이 와해될 위험도 있는 것이다. 그러나 대마초는 한번 위험을 걸어 볼 만큼 구미가 당기는 대상이었다. Y는 눈을 번쩍 뜨고 탁자를 두드렸다.

"좋습니다. 보내드리죠. 언제까지 가면 되겠습니까?"

"8월 15일까지 오면 되겠습니다. 자세한 것은 실무진을 통해서 알려드리겠습니다."

"또 문제되는 건 뭡니까?"

"담배공장을 설치하는 일입니다. 그런데 소규모도 아니고 최소한 하루 20만 개를 생산하려면 수동식이 아닌 완전 자동식 기계가 필요합니다. 국내에서는 빠른 시간내에 그런 기계를 구입할 수가 없습니다."

"여기서는 쉽게 구입할 수 있을 겁니다."

"그뿐 아니라 대규모이기 때문에 공장을 설치할 수 있는 장소가 마땅치 않습니다. 그래서 서울 변두리에 공장을 하나 지어야겠는데 약 10억 정도가 소요될 것 같습니다."

"좋습니다. 우리 자금에서 10억을 인출하죠. 고정 흡연자가 10만 명만 되어도 좋겠는데……"

"10만은 문제없습니다. 5만 명한테 충분히 공급해 주면 빠른 시일 안에 숫자가 불어날 겁니다. 그리고 마지막으로 담배 제조 기술자가 필요한데, 한국에서는 구하기가 어렵습니다. 아무래도 일본에서……"

"몇 명쯤 필요합니까?"

"전문가로 두 명은 있어야겠습니다. 담배에 대마초를 섞어 만들면 양도 많아지고 피우기도 좋습니다."

"그 대신 생산비가 많이 먹히지 않나요?"

"비용이 더 듭니다. 그렇지만 저질 담뱃가루를 사용하면 그렇게 많은 비용이 들지는 않을 겁니다. 그리고 판매망만 장악해 놓으면 값을 올리는 건 쉬운 일입니다. 한 달 경비로 1억이면 충분합니다."

"전문가 두 명은 보내드리겠습니다."

Y는 실무자가 내미는 10억 원 사용승인서에 사인을 했다. 분위기는 한결 부드러워지고 있었다.

"한국에 무기 판매는 어떻습니까?"

X가 물었다. Y는 고개를 저었다.

"지금으로서는 가망 없습니다. Z에게 기대를 걸어보는 수밖에 없습니다."

"대마초까지 합해야 한 달에 33억…… 적어도 1백억은 올려야 Z께서도 활동을 할 수 있을 텐데……"

X는 걱정이 된다는 듯 말했다. 그의 속셈은 Y가 무기 밀매로 벌어들이는 막대한 수익을 공동조직에 끌어들일 수 없을까 하는 것이었다. Y는 현재 전 세계에 무기 암거래 체인을 확보, 적어도 연간 5억 달러 이상의 수익을 올리고 있었다. 그러나 Y가 그 돈을 내놓기를 꺼려하고 있는 것을 알고 있는 만큼 겉으로 드러내놓고 말할 수는 없었다. Y는 마약이나 밀수, 또는 호텔 같은 것에 대한 공동투자에는 적극 협조하고 있지만, 자신이 키워낸 군수업체를 공동조직에 끌어들이는 것만은 한사코 삼가고 있었다. 그만큼 그는 신중했고 항상 제2 전선을 확보해 놓을 줄을 알았다. 요구하는 대로 돈을 모두 쏟아 넣은 다음 계획이 실패하면 그 돈을 찾을 길이 없어진다. 또한 보스의 위치도 끝장이다. 과연 누가 그 손실을 보상해줄 것인가. 이것이 Y의 생각인 것 같았다. 그러나 X는 Y의 그러한 점이 불만이었다. 막대한 자

금을 마련하려면 아무래도 Y가 끌어안고 있는 저금통을 풀어놓지 않으면 안 된다. 그렇게 하려면 Y에게 미끼를 내놓지 않으면 안 된다.

그는 Z와 R의 회담에서 이 문제를 제시할 생각이었다. Z는 이미 이에 대한 대책을 세워놓고 있는 것 같았다. Z가 나서면 무난히 해결 될지도 모른다. Z는 설득의 명수였다.

X가 이런 생각을 하고 있을 때 Y는 기상천외의 방법을 또 하나 구상해 놓고 있었다. 그는 그것이 대마초보다 돈벌이가 좋고 위험부담도 적을 것이라고 생각했다.

Y는 물을 한 컵 마시고 나서 입을 열었다.

"요즘 한국서는 외국인 관광객들에게 여자들이 얼마에 소개되고 있습니까?"

"화대 말씀입니까?"

X가 눈을 크게 뜨고 되물었다.

"네, 화대 말입니다."

"글쎄요…… 알고 있나?"

X는 실무자를 바라보았다. 실무자는 몸을 꼿꼿이 하고 대답했다.

"보통 일류 호텔에서는 하룻밤에 5만 원에서 10만 원 사이로 통하고 있습니다."

"5만 원짜리와 10만 원짜리는 차이가 많은가?"

Y의 눈이 가늘어지고 있었다. 실무자는 상체를 조금 앞으로 굽혔다.

"차이가 있습니다. 10만 원짜리는 나이도 어리고 아주 미인입니다."

"어디다 내놔도 손색이 없단 말이지?"

"네, 손색이 없습니다."

Y는 턱을 씰룩이면서 미소했다.

"싸긴 싸군. 미인들이 많은데 화대가 아주 싸단 말이야. 우리 일본만 해도 일류 미인이면 적어도 하룻밤에 50만 엔은 줘야 하는데."

일찍이 매음에 손을 댄 적이 있는 그로서는 여자들이야말로 군침이 도는 좋은 상품이 아닐 수 없었다.

"여자 장사를 해보지 않겠소?"

Y와 X의 눈이 부딪쳤다. X는 좀 어리둥절한 표정이었다. Y는 여전히 웃고 있었다.

"당국은 국민들의 해외 취업을 권장하고 있죠?"

"네, 권장하고 있습니다."

X는 고개를 끄덕거렸다.

"그거 잘됐군. 그걸 이용해서 여자들을 수출해 봅시다. 가장 이익이 많고 위험도 적을 테니까."

X는 미처 모르고 있던 것을 알게 되었다는 듯 상기된 표정을 지었다.

"그게 가능할까요?"

"가능하다마다요. 지금 술집에 가보면 외국 여자들이 더러 눈에 뜨입니다. 다 그런 식으로 온 게 아닐까요?"

"하긴 그렇다고 볼 수 있죠. 그렇지만 방금 말씀하신 것은 대량 수출이 아닙니까?"

"그러니까 제 말은 대량수출도 가능하다 이 말씀입니다. 여자는 많이 끌어 모을 수 있나요?"

"얼마든지 모집할 수 있습니다. 외국에 보내준다고 하면 몰려들 겁니다."

X는 자신 있게 말했다.

"그럼 더욱 전망이 좋은데요. 지금 인신매매는 국제화되어 있습니다. 수요는 많은데 공급이 다르질 못하고 있어요. 그래서 세계 각지에서 여자들을 모집하고 있는데, 그만큼 좋은 공급원도 없을 것 같습니다."

"그것을 전문으로 하는 국제 조직이 있습니까?"

X의 질문에 Y는 입을 다물었다. 그는 한참 생각해 보다가 말했다.

"있습니다. 미국의 마피아가 맡고 있습니다."

이번에는 X가 충격을 받은 듯 입을 다물었다.

"가장 좋은 돈벌인데 마피아가 손을 안 댈 리 있습니까? 마피아와 선이 닿으면 얼마든지 수출할 수 있을 겁니다. 견본을 보이면 놈들은 침을 흘리고 선금까지 내놓을 걸요."

"1인당 얼마씩 받을 수 있습니까?"

"최소한 1백만 원 이상은 받을 수 있을 겁니다. 우리는 넘겨주기만 하면 되는 거니까, 약간의 경비만 제외하면 한국 돈으로 1인당 백만 원씩은 떨어집니다. 놈들은 그걸 받아다가 두 배씩 받아먹을 테니까."

X는 벌어진 입을 그대로 벌리고 있었다. 그는 완전히 놀란 표정이었다.

"마피아는 여자들을 어디다가 공급합니까?"

"세계 각지의 매음 조직에 넘기겠지요. 요즘은 중동과 아프리카에서 주문이 많이 오나 봐요. 재수 좋은 여자들은 부호들의 노리갯감으로 팔리기도 하지요."

"검둥이들한테도 말입니까?"

"검둥이라고 부호가 되지 말라는 법이 있습니까? 달러를 많이 가지고 있으면 다 부호지요. 하하……"

Y는 굵은 목줄을 울리며 큰소리로 웃어댔다. X는 얼굴을 붉혔다.

"여자는 많지만 모집 방법이 문젭니다."

"여러 가지 방법이 있지 않습니까. 간호원 명목이라든지 기타 그럴 듯한 명목으로 모집해서 출국만 시키면 되는 겁니다. 5천 명 정도는 제 손으로 일본에서 소화시킬 수 있습니다. 그 다음에는 일본만 가지고는 시장이 좁으니까 국제 마피아에게 넘기면 됩니다. 세계 각지에서 취업이 쇄도하는 것처럼 해서 여자들을 모집하는 겁니다. 한국 관리를 속이는 것쯤이야 쉬운 일 아닙니까?"

"한번 해보겠습니다."

X는 선수를 뺏긴 데 대해 조금 서운한 듯이 말했다.

"한번 계산해 봅시다. 1인당 백만 원씩 5천 명이면 50억 원, 1만 명이면 1백억이군요. 10만이면 1천억 원…… 어떻습니까? 10만을 동원할 수 있습니까?"

"동원할 수야 있지만 기간이 좀 오래 걸리겠지요. 갑자기 10만 명이 해외로 빠져나간다면 당국의 의심을 살 수도 있는 거고…… 하여간 좋은 착상이니까 노력해 보겠습니다."

"상품은 뭐니 뭐니 해도 질이 좋아야 합니다. 그래야만 주문이 끊어지지 않으니까요."

"알고 있습니다. 그렇지만 이런 문제는 여기서 결정될 게 아니라 Z의 결재가 난 뒤에 구체적으로 계획이 짜여야 할 것 같습니다."

"물론이지요. 보나마나 찬성하시겠죠. 밤이 깊었으니까 회의는 여기서 끝내지요."

X와 Y의 회의는 끝났다. 그것은 매우 성과가 큰 중요한 회의였다. 회의 내용을 간추려 보면 다음과 같이 세 가지로 요약될 수 있었다.

1. 마약과 밀수를 최대한 늘려 현재의 선에서 매월 5억 원의 증자(增資)를 꾀한다.

2. 대마초 판매로 매월 11억 원의 순익을 도모한다.(이를 위해 기존 조직을 파괴할 암살자 10명 및 담배 제조 기술자 2명을 파견, 또한 공장 신축을 위해 10억 원의 공동자금 사용을 승인함.)

3. 여자들을 대량 수출할 것에 원칙적으로 합의한다.(구체적인 것은 Z의 결재 후에 결정할 것.)

회의가 끝난 후 일행은 엘리베이터를 타고 나이트클럽으로 내려갔다.

클럽은 초만원이었고, 담배 연기와 소음으로 정신을 차릴 수 없을 지경이었다.

　Y를 알아본 지배인이 급히 달려와 그들을 무대 바로 앞으로 안내했다. 어느새 경호원들이 그들을 둘러싸고 있었다.

　무대 위에서는 미희 하나가 완전 나체로 스트립쇼를 하고 있었다. 조명을 받은 여자의 육체는 탄성이 나올 정도로 훌륭했다. 바가지를 엎어놓은 것 같은 젖가슴은 관객 속으로 육박해 들어올 것처럼 출렁거리고 있었고, 엉덩이는 대리석을 빚어놓은 듯 매끄럽고 거대해 보였다. 머리는 흑발인데 쌍꺼풀진 눈은 서구적인 인상을 보여주고 있었다.

　미희는 배꼽을 중심으로 가는 허리를 뒤틀면서 엉덩이를 흔들어대고 있었다. 불룩하게 솟은 아랫배가 푸들푸들 경련을 일으키자 여기저기서 한숨이 새어나왔다.

　"어떻습니까?"

　Y가 술잔을 들면서 물었다. 턱을 괸 채 쇼걸을 뚫어지게 쳐다보고 있던 X는 미소했다.

　"좋은데요."

　"저만하면 훌륭하죠. 나도 처음 보는 애인데요."

　Y는 지배인을 불렀다. 지배인은 허리를 구부리고 귀를 기울였다.

　"저 애는 처음 보는데?"

　"네, 오늘 처음 왔습니다. 혼혈입니다."

　"몇 살이야?"

　"스물 하납니다. 오늘 주무시겠습니까?"

　"내가 아니라 귀한 손님이 있어. 끝나면 잡아둬."

"알겠습니다."

지배인이 가자 Y는 능글맞게 웃었다.

"오늘 저 애 때문에 못 주무시겠는데요."

X는 머리를 흔들었다.

"저는 사양하겠습니다. 몸이 좀 좋지 않아서……. 저런 육체파는 B에게 맞습니다. 그렇지 않아도 부탁하려든 참이었는데……"

"그렇다면 B에게 넘기죠."

"B는 지금 기분이 좋지 않은 것 같습니다. Z께서 위로해 주라고 했습니다."

그들은 함께 도살자를 바라보았다. 킬러는 팔짱을 낀 채 뚫어지게 쇼걸을 응시하고 있었다. 튼튼한 목과 완강한 어깨선에는 감정을 짓누르고 있는 억제력 같은 것이 배어 있었다.

한 시간쯤 지나 킬러는 먼저 자기 방으로 돌아왔다. 그는 옷을 벗고 자리에 누웠다. 그때 노크소리가 들려왔다. 문을 열자 아까의 그 쇼걸이 소리 없이 들어왔다. 여자가 미소했지만 그는 굳은 얼굴로 쳐다보기만 했다.

여자는 옷을 벗고 욕탕 속으로 들어갔다. 그는 침대 위에 드러누워 담배를 피웠다. 그에게 있어서 여자는 한낱 배설의 대상에 지나지 않았다.

그는 여자에게서 사랑이라는 것을 느껴본 적이 없었다. 한 번 결혼 한 적이 있는 그는 1년 후 아내와 이혼하고, 그 후로부터는 독신생활을 해오고 있었다.

욕실 문이 열리고 여자가 나왔다. 물기에 젖은 그녀의 몸은 너무나 맑아서 손대기가 두려울 정도였다. 그가 손을 뻗자 여자는 흠칫했다.

"내가 무섭나?"

그는 일어로 물었다. 여자는 머리를 끄덕였다. 그는 일어서서 침대 위에 걸터앉았다. 그리고 여자를 가만히 끌어안았다. 여자의 젖가슴이 팔딱팔딱 뛰고 있는 것이 그의 가슴을 통해 전해 왔다. 그 자세에서 그는 여자의 머리를 젖히고 입술을 빨았다. 흡인력이 강한 키스에 여자는 입을 벌리며

"아아"

하고 신음 소리를 냈다.

그는 근육질로 된 팔로 여자를 휘어 감고 으스러지게 껴안았다. 짓 누린 젖가슴이 팔 사이로 터질 듯이 미어져 나왔다. 얼마 후 그는 아기를 다루듯이 여자를 쓰다듬기 시작했다. 여자는 신음 소리를 내면서 몸을 뒤틀었다. 이윽고 침대가 출렁거리기 5분 만에 여자는 크게 한 번 소리를 질렀다.

그러나 킬러는 땀 한 방울 흘리지 않고 있었다. 그는 몸을 떼지 않은 채 천천히 헤엄쳐 나가고 있었다. 마치 수영 선수가 자신만만한 태도로 한 시간이고 두 시간이고 물을 헤쳐 나가는 것처럼.

최 진이 플라스틱 회사 사장인 문형오를 사장실에서 만난 것은 8월 7일 오후 3시쯤이었다. 사장인데도 그는 고생에 찌든 표가 역력히 나는 초라한 사나이였다. 힘줄이 튀어나온 가는 손목

에 번쩍거리는 금시계를 헐렁하게 차고 있는 것만 보아도 벼락 부자의 인상이 금방 드러나고 있었다.

그는 홀쭉한 뺨을 더욱 안으로 빨아들이면서 방금 무례하게 침입해 들어온 낯선 젊은 사나이를 피곤한 눈으로 멍하니 바라보았다.

"무슨 일이신가요?"

"몇 가지 여쭤보고 싶은 게 있어서 이렇게 찾아왔습니다."

"어디서 오셨는데요?"

"경찰에서 왔습니다."

문 사장은 안색이 변하면서 상체를 바로 했다.

"아, 그러십니까. 이거 미처 몰라뵈었습니다. 이봐, 차 가지고 와."

여비서를 부르는 것은 진은 만류했다.

"괜찮습니다. 아는 대로만 말씀해 주십시오. 변인수 씨와 교분이 두터우시다죠?"

"아, 그 친구가 죽었다는 소식 신문 보고야 알았습니다. 마침 저는 지방에 볼 일로 내려가 있어서 문상도 못 갔습니다. 참 안됐더군요. 하필 죽어도 그런 식으로 죽다니 원······. 아직 범인을 못 잡았습니까?"

"범인을 아직 못 잡았습니다. 변씨와는 언제부터 교분이 있었나요?"

"옛날부터 친구였습니다. 그 친구······ 다른 건 다 좋은데 술이 고랩니다. 그래서 항상 말이 많지요. 저도 좀 도와주느라고 했지만 그게 어디 표가 납니까? 깨진 독에 물 붓기지요. 요즘에는 서로 감정이 상해서 통 만나지를 못했습니다."

진은 호주머니에서 변씨 집에서 얻은 사진을 꺼내어 문 사장 앞에 내밀었다.

"변씨와 함께 일제 때 일본군 헌병이셨죠?"

사진을 들여다본 문 사장은 자못 놀란 얼굴이 되었다.

"그, 그렇습니다만. 이건 어디서 나셨는지요?"

"변씨 집에서 빌려왔습니다."

"그 친구나 나나…… 영장이 나와서 군대에 간 거고, 헌병 보직은 일부러 자청한 것이 아닙니다. 그때야 시키는 대로 하지 않으면……"

"잘 알고 있습니다. 그걸 알자는 게 아니고……"

진이 담배를 꺼내자 문 사장이 얼른 라이터 불을 켜 주었다. 진은 사진을 가리켰다.

"여기 가운데 앉아 있는 대위에 대해서인데, 이 사람 이름을 기억하십니까?"

"알고말고요. 김창근이라고, 이놈이야말로 한국인이면서도 악질 헌병장교였지요. 창씨 개명한 이름은 잘 모르겠는데 한국 이름이 김창근인 것만은 분명해요."

"좀 자세히 설명해 주십시오."

"네, 그러지요."

사장은 와이셔츠 소매를 걷어붙이고 나서 목을 가다듬기 위해 잔기침을 했다.

"그놈은 한국인이면서도 헌병 대위까지 올라간 대단한 놈이지요. 일제때 헌병 대위라면 세도가 굉장했습니다. 그놈이 독립

운동하는 한국인들을 하도 잘 때려잡아서 사냥개라는 별명을 가지고 있을 정도였지요. 결국 그놈은 하도 나쁜 짓을 많이 해서 해방이 되자 일본으로 도망쳤습니다. 그 후 소식은 통 못 들었습니다."

"일본으로 도망친 게 확실합니까?"

"확실하지요. 일본군이 철수할 때 함께 따라가는 걸 직접 봤으니까요."

김창근, 즉 오오다께가 어떤 인물이었는가 하는 것은 이것으로 대강 짐작이 갔다. 진은 담배를 비벼 끄고 문 사장의 다음 말을 기다렸다.

"뭐니 뭐니 해도 그놈이 저지른 나쁜 짓 중에 가장 악질적인 것은 독립투사 민우현 선생을 타살한 겁니다. 민우현 선생은 일본 놈들이 현상금까지 내걸고 잡으려고 했던 독립투사 아닙니까. 그분을 체포한 놈이 바로 김창근입니다. 그분은 체포되어서도 당당했지요. 말을 안 들으니까 김창근이가 직접 고문을 했습니다. 저도 그때 봤습니다만, 정말 끔찍한 고문이었습니다. 견디다 못한 그분은 벌떡 일어서더니 김창근의 귀를 물어뜯었습니다. 어떻게나 세게 물어뜯었던지 그만 그놈은 그 자리에서 몽둥이로 그분을 타살했습니다. 세상에는 자살한 것으로 알려져 있지만 사실은 그렇게 돌아가셨습니다."

진은 한쪽 귀가 찌그러진 오오다께의 얼굴을 떠올렸다. 이것은 정말 놀라운 사실이었다.

"유족들도 자살한 것으로 알고 있을까요?"

"그렇겠지요."

"민우현 선생 댁은 어디쯤 있나요?"

"모르겠는데요."

문 사장은 이제 더 해줄 말이 없는지 진의 눈치만 살폈다.

그곳을 나온 진은 중국집으로 가서 늦은 점심으로 짜장면을 시켜 먹었다. 식사를 하는 동안 그는 의문이 차츰 풀리는 것을 느꼈다. 30여 년 만에 공항에서 김창근을 발견한 변인수는 그에게 모종의 협박을 했을 것이다. 돈을 안 내면 과거를 폭로하겠다. 아마 이런 협박이었을 것이다. 놀란 김창근은 입을 막기 위해 변인수를 독살한 것이 아닐까. 그렇다면 김창근은 왜 죽었을까. 납작코가 죽인 것으로 보아 조직에서 제거했을까. 여기서 그의 생각은 막혔다.

그는 자신이 부딪치고 있는 범위가 무한히 확대될 가능성을 느꼈다. 그리고 그것은 개인의 힘으로서는 도저히 상대할 수 없는 것일지도 모른다는 생각이 들었다.

오오다께는 왜 30여 년 만에 귀국했을까. 그는 대동회와 어떤 관계가 있을까. 대동회가 노리는 최종 목표는 무엇인가. 중국집을 나온 그는 팝송이 쾅쾅 울리는 다방으로 들어가 한동안 멍하니 앉아 있었다.

반 시간쯤 후에 그는 형사반장에게 전화를 걸었다. 형사반장은 그렇지 않아도 만나려고 하던 참이었다고 말했다. 한 시간 후에 그들은 무교동에 있는 다방에서 만났다.

"대동회에 가서 조사를 했는데 그런 납작코를 가진 자는 없다는 거예요."

"있다고 해도 내놓겠습니까?"

"인상은 독특하니까 쉽게 발견할 수 있을지도 모르지. 그렇지만 경찰이 나타난 걸 알았다면 지금쯤 보이지 않는 곳에 숨어버렸을 가능성도 많아요. 오오다께가 변인수를 살해한 건 분명하더군."

"오오다께의 과거를 알아냈습니다. 한국 이름은 김창근으로 일제 때 변인수와 함께 일본군 헌병이었습니다. 변인수는 졸병이었고 오오다께는 대위였습니다. 오오다께는 독립 운동가들을 때려잡는데 귀신이었고, 특히 독립투사 민우현 선생을 직접 타살한 자랍니다. 해방 직후 일본으로 도주했다가 이번에 처음으로 귀국한 모양입니다."

그날 저녁 형사반장은 서장으로부터 호출 명령을 받았다. 반장이 서장실로 들어가니 젊은 서장은 기분 나쁜 표정을 짓고 있었다.

"다름이 아니고 당분간 파견근무를 해야겠어."

갑자기 당한 일이라 김 형사는 어리둥절했다. 이 젊은 서장은 엉뚱한 짓을 잘하기로 소문이 나 있었다. 유복한 가정 출신으로 이른바 일류 코스의 학교를 거친 후 고시까지 합격한 이 판에 박은 수재는 자신이 지금까지 성장해온 식으로 세상을 바라보고 또 그런 식으로 문제를 해결하려고 하는 바람에 경험이 많고 고생 속에 살아온 나이 많은 부하들과 충돌을 일으키는 일이 잦았다. 자존심이 강하고, 오만하고, 거기다가 어디서나 엘리트 의식을 풍기는 그에 대해 김 형사는 항상 따분한 감정을 느끼고 있었다.

"S기관에서 한 사람 차출해 달라는 거야. 다른 사람을 천거했더니 김 반장을 지적하더군. 무슨 일인지는 모르지만, 그 자식들 이유도 말하지 않고 사람을 데려다 쓰겠다니 사람을 뭐로 아는 거야."

김 형사는 가슴이 설레이는 것을 느꼈다.

S기관—그것은 형사인 그도 말로만 들었지 지금까지 접해본 적이 없는 베일에 싸인 기관이었다.

"언제까지 거기서 근무해야 합니까?"

"무기한이야."

"재고해 주십시오. 저보다 팔팔한 친구들이 많은데 하필……"

"재고할 수 없어. 무조건이야. 나도 직접 전달 받은 게 아니고 상부에서 연락을 받은 거야. 파견근무라고 하지만 옷을 벗고 간다고 생각해. 퇴직금은 정상적으로 지불될 거야. S기관에 가는 건 극비니까 비밀을 지키도록……"

서장이 자리를 권하지 않았으므로 김 형사는 그때까지 서 있었다. 서장실을 나오다가 그는 돌아서서 물었다.

"언제부터 그쪽으로 가야 합니까?"

"당장 가야 할 거야. 연락이 올 테니까 기다리고 있어."

김 형사는 자리로 돌아와 말없이 책상 정리를 했다 갑자기 그는 허허벌판에 내던져진 기분이었다.

"Security(안전)의 머리글자를 따 〈S〉로 불리고 있는 그 비밀 특수기관이 정식으로 발족한 것은 2년 전, 시작부터 완전 베일에 가려져 있어 그런 기관이 있는 것조차 사람들은 모르고 있었다. 정식 명칭은 국가안전국(國家安全局). 정치적으로 엄정 중립을 지키고 있으며, 오직 국가의 안전을 위협하는 반역적인 요소를 분쇄하는 데 그 목적이 있다. 조직적으로 대형화하는 각종 불온세력들을 제거하기에는 기존의 수사기관들은 너무 낡았고 또 순수하지 못하다는 판단에서 S기관을 창설한 것이다. 그 기관이 세상에 알려지지 않은 까닭은 모든 일을 극비리에 처리하도록 방침이 서 있기 때문이다.

일단 일이 시작되면 S기관은 전쟁 상태로 돌입한다. 제1과는 정보 수집과 분석을, 제2과는 대외업무를, 제3과는 국내 업무를 맡고 있다. 제3과는 국내의 적을 박멸하는 일을 맡고 있는 만큼 가장 위험하며 고된 일을 맡고 있다고 할 수 있다. 제3과의 요원들이 무서운 사나이들이라는 것은 이러한 일을 감당하고 있기 때문이다. 그들은 죽음을 불사하고 적진에 뛰어드는 용감한 전사들이다. 다만 극비리에 일을 처리해야 되기 때문에 그들의 일화가 햇빛을 보지 못하고 있을 뿐이다.

전화벨이 울린다. 김 형사는 신경질적으로 수화기를 집어 들었다.

"김 반장이신가요?"

"그렇습니다."

"서장님한테서 대강 말씀은 들으셨겠죠?"

김 형사는 한동안 머뭇거리다가 그렇다고 대답했다. 상대방은 몹시 공손했다.

"좀 놀라셨겠지만 사정을 알고 나면 이해하실 겁니다. 지금 모시러 가도 좋겠습니까?"

"좋습니다."

"그러면 30분 후에 뒷문 쪽에 차를 대기시키겠습니다. 아무한테도 말씀드리지 말고 나와 주시면 고맙겠습니다."

김 형사는 마치 도깨비에 홀린 기분이었다. 도대체 이 나이에 다른 기관에 가서 일한다는 것이 어울리지도 않았고 믿어지지도 않았다. 서장으로부터 이야기를 듣고부터 걷잡을 수 없는 피로가 몰려들고 있었다. 그는 부하 직원들을 바라보았다. 모두가 퇴근하고 서너 명만이 남아 있었는데, 하나같이 바쁘게 움직이고 있었다.

시계가 8시 35분을 가리켰을 때 그는 그곳을 빠져나와 뒷문 쪽으로 갔다. 밖에는 이미 고급 승용차가 한 대 대기하고 있었다. 그가 가까이 다가가자 차문이 열리며 말쑥하게 차린 젊은 신사가 하나 나왔다. 김 형사가 먼저 차에 오른 다음에야 젊은 신사는 운전석 옆자리에 올랐다. 운전하는 사나이도 깨끗한 신사복 차림이었다.

차가 달리는 동안 그들은 아무 말도 하지 않았다. 차 속은 냉방이 되어 있어서 시원했다. 김 형사는 잠바 차림을 한 자신의 초라한 몰골을 내려다보다가 밖으로 시선을 돌렸다. 명멸하는 불빛들을 보자 괜히 눈시울이 뜨거워지면서 자신이 영영 돌아올 수 없는 길로 떠나는 것 같은 기분을 느꼈다.

차는 남산을 우회, 한남동 쪽으로 빠지다가 어느 양옥 안으로 들어갔다. 차를 내려 넓은 정원을 가로질러 가자 가운을 입은 젊은 여자가 나와서 그를 맞았다. 간판을 달지 않은 비밀요정인 것 같았다. 김 형사는 밀실로 안내되어 들어갔다.

밀실에는 세련된 멋을 풍기는 중년의 사나이가 기다리고 있었다. 깨끗한 얼굴에 안광이 빛나는 사나이였다.

"이렇게 오시게 해서 미안합니다. S의 제3과를 맡고 있는 엄인회(嚴仁會)라고 합니다."

"무슨 일인지 저는 잘 모르겠습니다."

"그러시겠지요."

제3과장은 얼음에 채워진 맥주를 따랐다. 김 형사는 사양하지 않고 마셨다.

"지금 우리 3과는 김 반장 같은 분의 협조가 필요합니다. 수사관으로 20여 년 동안 일하셨으니 누구보다도 많은 것을 알고 계시리라 믿습니다. 우리는 그 지식과 노련한 수사기술이 절실히 필요합니다. 우리와 함께 일해 주신다면 충분히 생활보장은 해드리겠습니다. 일은 고되지만 누구의 간섭도 받지 않기 때문에 자유롭습니다. 권한도 막강합니다. 우리는 작전이 끝날 때마다 그 결과를 각하께 직접 보고만 해드리면 됩니다."

김 형사는 술잔을 손에 넣고 돌렸다.

"각하는 누구를 가리키는 겁니까?"

"고위층입니다. 각하는 우리를 믿고 있습니다."

"저는 S기관이 무엇을 하는 곳인지 아직 아무것도 모르고 있습니다."

"그러시겠지요. 간단히 말해서 국가를 지키기 위해 발족된 특수기관입니다. 기존의 수사력 가지고는 부족한 점이 많습니다. 위험요소는 상대적으로 증가하고 있습니다."

노크소리와 함께 기생 두 명이 나타났다. 과장은 손짓으로 그들을 쫓았다.

"경찰은 잔무에 쫓기고 있고 각 정보기관은 대공 업무에 정신을 차리지 못하고 있습니다. 이 틈을 이용해서 제3세력에 의한 조직적인 반역행위가 발생할 우려가 있습니다. 우리 기관은 거기에 대처하기 위해 활동하고 있습니다."

"저 같은 늙은 것을 뽑은 이유는 뭡니까?"

"필요하다고 생각했기 때문입니다. 우리는 김 반장님이 노련한 수사관이라는 것을 잘 알고 있습니다. 그리고 이번에 대동회 관계를 수사하고 있다는 것도 알고 있습니다. 우리는 지금 대동회의 움직임을 주시하고 있습니다. 그래서 반장님의 협력이 필요한 겁니다."

"일이 끝나면 저는 다시 쫓겨나겠군요?"

"절대 그렇지 않습니다. 우리 기관은 경찰과는 다릅니다. 연령 제한도 없고 남녀 구별도 없습니다. 구별이 있다면 능력에 따라 우대한다는 것뿐입니다. 협력해 주시겠습니까?"

김 형사는 상대가 따라주는 술을 반쯤 들이켰다.

"협력을 안 하면 반역자로 몰리겠지요?"

"그럴지도 모르죠."

그들은 한꺼번에 웃음을 터뜨렸다. 분위기는 갑자기 부드러워지고 있었다.

"경찰 생활 오래 했지만 이렇게 국가기관의 인정을 받아보기는 처음입니다."

"김 반장 같은 분을 모셔오게 돼서 기쁩니다. 곧 아시게 되겠지만, 제가 데리고 있는 S과 요원들은 꽤 거친 사람들입니다.

특수기관에서 가장 뛰어나고 용감한 사나이들만 차출해 왔기 때문에 일하시다보면 더러 마찰이 있을 겁니다. 그 점 이해하시고……"

"얌전한 것보다는 거친 쪽이 차라리 좋습니다. S기관의 근무 요령 같은 것을 말씀해 주십시오."

"이 점은 명심해 두셔야 합니다. 아무리 곤경에 처해도 신분을 밝혀서는 안 됩니다. 경찰이나 다른 기관에 오해 받고 체포되어도 신분을 숨겨야 합니다. 경우에 따라서는 재판을 받을 수도 있습니다."

"요원들이 불리한 경우에 처하면 도와주지 않습니까?"

"물론 도와주지요. 그렇지만 눈치 채지 못하게 도와주어야 하기 때문에 의외로 고전을 겪는 수가 있습니다. 또 하나는 살인의 경우인데, 거기에 대해서 우리는 책임 추궁을 하지 않습니다. 그렇다고 인명을 경시하는 건 아닙니다. 임무 수행 상 불가피하다고 판단될 때는 살인을 인정한다 이 말입니다."

"잘 알겠습니다."

김 형사는 새삼 S기관이 무서운 기관이라는 것을 느꼈다. 요원들이 살인 특허를 가지고 있다는 것은 그만큼 하는 일이 위험하다는 것을 뜻한다.

"대동회 대해서 수사는 어느 정도 진척이 됐는가요?"

"아무것도 조사해 놓은 것이 없습니다."

김 형사는 정말 대동회에 대해서는 아는 것이 없었다. 있다면 막연한 추측일 뿐이었다. 엄 과장은 빛나는 시선으로 그를 바라보았다.

"내일 아침에 그 문제로 연석회의가 열립니다. 거기에 김 반장님께서 참석해 주셨으면 감사하겠습니다."

"참석해도 도움이 안 될 텐데요?"

"그렇지 않습니다. 모두가 기다릴 겁니다. 대동회에 대해서 짐작이라도 좋으니 말씀해 주십시오. 정보란 정확한 사실에만 의존하는 게 아니니까요."

김 형사는 문득 최 진을 생각했다. 그는 자기보다 많은 것을 알고 있을 것이라는 생각이 들었다.

"그 문제라면 저보다 더 많이 알고 있는 친구가 하나 있습니다. 그 친구 이야기를 듣는 게 훨씬 도움이 될 겁니다."

"누굽니까?"

"얼마 전에 죽은 K일보 논설위원 최동희 씨의 아들입니다. 최 진이라고 하는 외아들인데 그 젊은 사람이 혼자서 아버지의 원수를 갚겠다고 직장까지 집어치우고 열심히 뛰어다니고 있습니다."

"위험한데……"

"위험하지요. 헌데 의외로 여러 가지로 성과를 거두고 있는 것 같습니다."

김 형사는 그동안 진에게서 들은 정보를 엄 과장에게 들려주었다. 엄 과장은 수긍이 간다는 듯 크게 고개를 끄덕였다.

"오늘 중으로 그 친구를 만나게 해주십시오."

"그거야 어렵지 않습니다."

"사람은 어떻습니까?"

"호감이 가는 사람입니다. 효심이 지극했나 봅니다. 지금 전화를 걸어 보겠습니다."

진은 마침 집에 들어와 있었다. 그가 안내를 받고 비밀요정에 나타난 것은 그로부터 한 시간 후였다.

김 형사로부터 대강 이야기를 듣고 진의 표정은 굳어졌다. 엄 과장이 말했다.

"심정은 이해합니다. 그렇지만 일단 그 문제는 수사기관에 맡겨두는 것이 어떨까요? 상대는 상당히 큰 조직이기 때문에 일반 시민이 혼자서 감당하기에는 너무 무립니다. 잘못하다가는 생명까지 위험합니다. 뿐만 아니라 우리 일에 방해가 되는 수가 있습니다."

"누가 뭐래도 이 일을 포기할 수는 없습니다! 저는 아버님을 살해한 범인을 체포하는 것이 목적입니다. 그 외에는 관심이 없습니다."

진이 일어나려는 것을 김 형사가 제지했다. 엄 과장이 좀 날카로운 어조로 말했다.

"이건 단순한 일이 아니에요. 심각히 생각해 볼 문제란 말입니다. 범인을 체포할 수 있다고 생각하십니까?"

"둘 중에 하나겠죠. 제가 죽든가 범인이 죽든가……"

한동안 무거운 침묵이 흘렀다. 진이 내뱉은 말은 그만큼 충격적인 것이었다.

"우리가 조사한 바로는 알 수 없는 거대한 조직의 음모가 진행되고 있는 것 같습니다. 따라서 그 조직을 분쇄하지 않고서는 고인의 살해범을 찾기는 어려울 겁니다. 조직 자체가 범인일 수도 있구요."

"그건 저도 짐작하고 있는 바입니다. 그렇지만 손을 뗄 수는 없습니다."

"끝까지 복수를 하겠다는 겁니까?"

"그렇습니다."

진의 결심은 바윗덩이와 같은 것이었다. 엄 과장과 김 형사의 시선이 마주쳤다. 그들은 동시에 머리를 끄덕였다.

"정 그러시다면 하는 수 없습니다. 복수가 법적으로 금지돼 있지만 법을 내세워 강요할 생각은 없습니다. 복수를 하고 싶으면 복수를 하십시오. 그 대신 우리 기관에 협조해 주실 수 없겠습니까?"

진은 생각해 보다가 말했다.

"협조해 드릴 수는 있습니다. 그렇지만 명령을 받고 싶지는 않습니다."

"좋습니다. 명령이 아니라 협조를 구하는 겁니다. 그럼 촉탁 형식으로 계약하는 게 좋겠습니다."

"그런 형식이 꼭 필요합니까?"

"형식이 아니라 서로를 위해섭니다. 촉탁의 경우 우리는 충분한 경비를 지불해 드리고 있습니다. 또 무기도 제공하고 있습니다."

진은 어깨의 근육이 팽팽히 긴장되는 것을 느꼈다. 무기야말로 현재 그가 가장 절실하게 필요로 하는 것이었다.

이보다 조금 전인 같은 날 하오 8시 30분, 미모의 20대 여인이 JAL기편으로 김포공항에 닿았다.

아래위 검정 투피스 차림의 그녀는 물결치는 흑발을 흔들면서 공항 대합실을 나오더니 곧장 택시를 집어탔다. 눈부시게 하얀 긴 목과 늘씬한 몸매, 탄력 있는 몸의 율동이 사내들의 시선을 끌기에 충분했다.

"펠리스 호텔…… 부탁합니다."

그녀는 운전사에게 서툰 한국말로 말했다. 택시가 김포가도를 달리는 동안 그녀는 내내 우울한 눈으로 창밖을 바라보고 있었다. 얼굴은 피로한 기색이었지만 까만 두 눈은 신선한 빛을 담고 있었다.

그녀는 오오다께의 딸 도미에(富江)로 아버지의 죽음을 듣고 한국에 오는 길이었다. 그녀가 도쿄 경시청 형사로부터 아버지의 부음을 들은 것은 어제 오후 늦게였다. 모오리(毛利)라고 하는 중년의 뚱뚱한 형사가 그녀의 아파트로 찾아와서 불쑥 전해 준 것이다. 그녀는 그때 할복자살한 마시마 유끼오(三島由紀夫)의 소설을 읽고 있었다. 모오리는 땀을 닦으면서

"아이구, 겨우 찾았군. 오오다께 씨의 따님 되시죠?"

하고 물었다.

"네, 그렇습니다만……"

그녀는 티셔츠의 터진 앞가슴을 여미며 사내를 똑바로 바라보았다. 모오리는 작은 눈을 번득이고 나서 말했다.

"경시청의 모오립니다. 이거 좋은 소식이 아니라서 안됐습니다. 다름이 아니라 한국 경찰에서 연락이 왔는데 부친께서 그만 돌아가셨다는군요."

그녀는 할 말을 잊고 멍하니 형사를 바라보기만 했다. 올 것

이 왔다는 생각이 들 뿐 슬픔 같은 것은 느껴지지 않았다.
"참, 안됐습니다. 부친께서는 저하고도 인연이 깊은 분인데 정말 유감입니다. 부친께서는 이번에 무슨 일로 한국에 가셨던 가요?"
"함께 살지 않기 때문에 한국에 가신 것도 몰랐어요."
그녀는 아버지가 생전에 암흑가와 손을 잡고 있는 것을 어렴풋이 알고 있었다.
"한국 경찰에서는 유족을 보내줄 것을 바라고 있습니다. 그렇지 않으면 임의대로 화장하겠답니다."
"제가 가겠습니다."
"그러시다면 서울에 가서 시 경찰국을 찾아 가십시오. 거기서 안내를 해줄 겁니다. 수속은 내일 오전까지 해드리겠습니다. 부친께서는 원래 한국인이었죠?"
"네, 그래요."
"그렇다면 여기까지 모시고 올 필요 없이 고향에 모시는 게 좋겠군요."
"글쎄, 생각해 봐야겠어요. 그런데 아버님은 어떻게 해서 돌아가셨죠?"
"자세한 건 잘 모르겠는데, 서울에 있는 펠리스 호텔에서 추락했답니다. 19층에서 추락했다고 들었습니다."
그녀는 더 물어볼 수가 없었다. 그러한 그녀에게 모오리 형사는 더 잔인한 말을 해 주었다.
"아마 19층에서 추락한 모양인데, 제가 보기엔 자살은 아닌 것 같습니다. 어렵겠지만 이쪽에서도 사인을 한번 규명해볼 생각입니다."

그의 말에는 깊은 의미가 내포되어 있는 것 같았다.

택시는 어느새 시내로 들어서고 있었다. 도미에는 휘황한 불빛에 눈을 크게 떴다. 서울의 밤거리는 마치 도쿄 거리와 흡사했다. 이윽고 팰리스 호텔에 도착한 그녀는 아버지가 머물었던 19층에 방을 정했다.

"혼자십니까?"

가방을 들고 온 직원이 의아하다는 듯 일어로 물었다. 도미에는 고개를 끄덕이고 나서 말했다.

"이 호텔에서 추락사고가 있었다고 들었는데, 혹시 이 방 아닌가요?"

웨이터는 그녀의 미모에 반쯤 넋을 잃은 채 웃었다.

"염려 마십시오. 이 방은 아닙니다. 사고가 난 방은 3호실입니다."

"그 방에 손님이 들었나요?"

"아직 손님을 안 받고 있습니다."

"어떻게 된 사곤가요?"

"늙은 일본 사람이 떨어져 죽었는데, 왜 죽었는지 아직 모르고 있습니다."

웨이터가 나가자 그녀는 커튼을 걷고 창밖을 바라보았다. 한동안 아래를 내려다보자 현기증이 일었다. 그녀는 눈을 감았다. 이 높이에서 아버지는 떨어져 죽은 것이다. 그렇다고 슬프지는 않았다. 안 됐다는 생각이 들 뿐이었다.

그녀는 오오다께와 일본 여자와의 사이에 태어난 혼혈아였다. 그녀의 어머니는 바의 호스티스였는데 오오다께와 한동안 동거생활을 하면서 도미에를 낳았다. 그러나 오오다께의 방탕으로 동거생활은 오래 가지 못했고 버림받은 도미에 모녀는 고난에 찬 생활을 해나가야만 했다. 그러다가 도미에 나이 일곱 살이 되었을 때 그녀의 어머니는 딸을 친정에 맡겨두고 재혼을 했다. 화가 난 도미에의 외할머니는 오오다께를 찾아가 딸의 양육비를 대라고 요구, 그때부터 도미에는 아버지가 정기적으로 부쳐주는 돈으로 학교를 다니면서 자랐다.

아버지는 일 년에 한두 번 정도 찾아왔지만 도미에에게는 그가 아버지라는 생각은 털끝만치도 들지 않았다. 커가면서 그녀는 오히려 아버지를 미워했다. 대학 3학년 때 그녀를 키워온 외할머니가 죽자 그녀는 독립하기로 결심하고 외가를 나왔다. 이를 안 오오다께가 함께 살 것을 제의했지만 그녀는 아버지의 권고를 뿌리쳤다. 누구의 도움도 받고 싶지 않은 그녀는 학교마저 중퇴하고 직업을 구해 나섰다.

얼굴이 아름다운데다 몸매도 좋은 그녀에게는 많은 일자리가 기다리고 있었다. 몇 군데 직장을 전전한 끝에 그녀는 자유롭고 수입이 좋은 직업을 찾아 모델이 되기로 결심했다. 그녀의 이 착안은 적중해서 스물여섯 살의 그녀는 현재 모델 계에서 단연 두각을 나타내고 있었다. 도미에 스타일이라고 하는 유행어를 만들어낼 정도로 선풍적인 인기를 끌고 있었다.

아버지의 부음을 들었을 때 그녀가 슬퍼하지 않은 것은 어쩌면 당연한 일이었는지도 모른다. 아버지의 체취를 느껴본 적이 없는 그녀로서는 오오다께에게 정이 갈 리 없었고, 오히려 자식을 저버린 그에 대해 혐오감만 느끼고 있었다. 이러한 혐오감은 아버지가 그 나이에 아직도 암흑가와 손을 잡고 있다는 것으로 해서 더욱 그 깊이를 더해갔다.

그러나 막상 아버지가 죽었다고 하자 그녀는 그의 비참한 죽음에 대해 일말의 동정 같은 것을 금할 수가 없었다. 혐오감은 씻은 듯이 사라지고 그 대신 비애감이 그녀를 엄습했다. 그것은 그녀 자신의 외로움과 겹쳐 비로소 그녀를 울게 했다. 밤새 울고 난 그녀는 아버지를 고향땅에 묻어 주어야겠다고 생각하고 한국으로 건너온 것이다.

그녀는 이제 완전히 홀몸이었다. 사랑하는 남자나 있으면 좋으련만 너무 미모여서 그런지 남자들은 지레 겁을 먹고 그녀에게 접근하는 것을 오히려 피하는 것 같았다. 물론 그녀에게 애인이 없었던 것은 아니다.

대학에 다닐 때 그녀는 재일교포 2세인 한국 청년을 사랑했다. 그녀로서는 그것이 첫사랑이었다. 도쿄 대학 사학과에 다니고 있던 그 청년은 대단한 민족 감정을 가지고 있어서 일본인들을 몹시 혐오했다. 도미에에게 한국인의 피가 섞여 있는 것을 알자 그는 만날 때마다 그녀에게 열심히 민족의식을 심어주었고, 그녀 역시 거부반응을 보이지 않고 그것을 받아들였다. 모든 것이 그를 사랑했기 때문에 그런 것이었지만, 아무튼 그녀는 한국어까지 배울 정도로 열성을 보였다. 그러나 그들의 사랑은 그렇게 오래가지 못했다. 겨우 1년 간의 사랑 끝에 그 청년은 미국으로 유학을 갔고, 얼마 후 교통사고로 죽었다는 소식이 왔던 것이다. 그가 떠난 4개월 후 그녀는 낙태수술을 했다. 태어날 아기가 자기와 같은 전철을 밟을까봐 두려웠던 것이다.
생각할수록 모든 것이 울적하기만 했다. 그녀는 창가에서 물러나 전화기 앞으로 다가섰다. 교환을 통해 서울 시경에 전화를 부탁하자 잠시 후에 응답이 왔다. 그녀는 서툰 한국말로 사유를 설명했다.
"내일 아침에 시경으로 출두해 주십시오."
졸린 음성과 함께 경찰의 전화가 끊겼다. 그녀는 옷을 벗고 욕탕 속으로 들어갔다. 미지근한 물에 몸을 담자 피로가 몰려왔다. 그녀는 팽팽한 젖가슴을 손으로 쓰다듬으면서 눈을 스르르 감았다.

이튿날 8월 8일 오전 9시, 최 진과 김 형사는 함께 국가안전국 간부회의에 참고인 자격으로 참석했다. 국장이 불참한 가운데 세 과의 과장 3명과 반장 9명이 긴 탁자를 사이에 두고 앉아 있었다. 먼저 제2과장이 입을 열었다. 그는 뚱뚱한 몸에 대머리였고 파이프 담배를 피우고 있었다.
"먼저 두 분의 말씀을 들어보고 싶습니다. 어느 정도 구체성이 있는지 그게 중요합니다."
강파르게 마른 제1과장이 고개를 끄덕이자 제3과장이 김 형사와 진을 번갈아보았다.
"저보다는 이 사람의 말이 더 구체성이 있을 겁니다. 직접 부딪쳤으니까요."
김 형사가 진을 가리키며 말했다. 진은 긴장된 시선으로 사람들을 둘러보았다. 그리고 아버지의 사설 내용, 아버지의 죽음,

변인수와 오오다께의 죽음 등을 자세하게 이야기했다. 여기에다 김 형사가 자신이 조사한 내용을 덧붙여 말했다. 제1과장이 손가락으로 탁자를 똑똑 두드렸다.

"두 분의 말씀은 우리가 지금까지 조사해 온 것과 일치한 점이 많습니다. 여기에는 분명히 불온조직이 있을 가능성이 많습니다. 그러나 이건 어디까지나 추측이지 명확한 사실에 근거를 두고 있는 건 아닙니다."

아무도 이의를 말하는 사람이 없었다. 진과 김 형사도 잠자코 있었다.

"따라서 사실을 밝혀야 합니다. 그러기 위해서는 최동희 씨를 납치해서 살해한 놈들을 잡아야 합니다. 그리고 오오다께를 살해한 놈도 체포해야 합니다. 그놈들을 체포하면 어느 정도 윤곽을 파악할 수 있을 겁니다. 우리가 손을 대야 할 만큼 조직이 큰 것인지, 아니면 경찰에 넘겨도 좋을 그런 것인지 알게 될 겁니다."

"대동회는 어떻게 할 겁니까?"

제3과장이 조용히 물었다.

"대동회는 물론 별도로 조사할 필요가 있습니다. 범인들을 체포하면 대동회와의 관련 여부가 밝혀지겠지만, 그때까지 기다릴 필요 없이 함께 수사를 해야 합니다."

1과장은 김 형사를 바라보았다.

"경찰서에서는 대동회에 대해 주의를 해봤나요?"

"그런 적 없습니다."

"경찰은 대동회를 어떻게 생각하고 있습니까?"

"일반적으로 배경이 든든한 사회단체 정도로 생각하고 있습니다."

"그 배경이란 뭡니까?"

"정치권력을 말합니다."

모두가 웃었다. 그러나 웃음소리는 나지 않았다.

"우리가 조사한 바로는 권력층에서 대동회를 지원하지는 않습니다. 개인적으로 대동회를 후원하고 있는 정치인이 있는지는 모르지요. 그렇지만 권력층 사이에 구조적인 지원 세력이 있는 건 아닌 것 같습니다."

"그 점은 아직 단정할 수 없지 않을까요? 지원 세력이 표면에 드러나지 않는 수도 있으니까요."

3과장이 머리를 쓸어 올리면서 말했다.

"그건 그렇습니다. 1과에서는 그 점에 대해서 더 깊이 있는 정보를 찾아야 할 거라고 생각합니다."

2과장이 전적으로 동의를 표하고 나섰다. 1과장이 상기된 표정으로 고개를 끄덕였다.

"S기관에서는 대동회에 대해서 특별한 정보라도 가지고 있습니까?"

진이 처음으로 물었다. 그는 무엇보다도 이것을 알고 싶었던 것이다.

"반장이 지금까지 확보한 정보를 말해 보세요."

1과장이 옆에 앉아 있는 사팔뜨기 사내에게 말했다. 사팔뜨기는 피우고 있던 담배를 비벼 끈 다음 가죽으로 싼 정보 철을 펴들었다.

"S기관이 대동회를 주목하게 된 이유는 다음과 같습니다. 첫째, 대동회의 강령입니다. 대동아 건설이란 과거 일제의 침략정책을 말합니다. 그런데 현재 일본에는 과거의 침략정책을 지지하는 복고주의 운동이 활발히 전개되고 있습니다. 일본 사회에 영향력을 끼치는 극우적인 그룹들이 이 운동에 앞장서고 있는데 이번에 일본이 재무장을 한 데에는 그들의 힘이 크게 작용했습니다. 그들은 일본이 평화헌법을 폐기하고 핵무기도 개발할 것을 강력하게 주장하고 있습니다. 이러한 그룹은 여러 개가 있지만 그 중 가장 강력한 것으로는 신일본(新日本)이라고 하는 그룹이 있습니다. 결국 그들은 국내적으로는 군국주의를, 대외적으로는 이른바 신제국주의를 기도하고 있다고 볼 수 있습니다. 우리는 이러한 일본 사회의 움직임을 오래전부터 주시해 왔습니다. 그런데 이번에 창립된 대동회의 강령이 앞에 말한 일본의 신흥세력들이 주장하는 내용과 너무나 흡사합니다. 그래서 우리는 주목을 하게 된 겁니다. 둘째, 새로 창립된 단체치고는 그 세력이 크다는 점입니다. 강령으로 보아 정치단체로 등장할 가능성이 많은데 구체적으로 정치활동을 벌이게 되면 상당히 강력한 영향력을 발휘할 것이 예상됩니다. 그러면 어떻게 해서 처음부터 세력이 눈에 띄게 나타나는가 하는 게 문제가 되겠는데 조사한 바로는 자금이 상상외로 많은 것 같습니다. 지난번 결성대회 때의 경비만 해도 1억 원이나 됩니다. 이건 집권당의 전당대회 경비보다 훨씬 많은 액수입니다. 돈을 물 쓰듯이 쓰고 있는 증거로는 현재 다음과 같은 것이 있습니다. 전국 대도시에 서민용 아파트 10만 가구를 짓기 위해 대지를 확보해 놓고 있습니다. 서울에서는 이미 아파트 건설에 착수하고 있습니다. 이 아파트는 정부에서 짓고 있는 아파트보다 값이 싸고 더구나 일시불로 돈을 내는 게 아니고 분납제이기 때문에 서민들에게 크게 인기를 얻을 것이 예상됩니다."

"그렇다면 그 아파트는 대동회에서 적자를 감수하면서 서민들에게 분양하는 겁니까?"

"현시가로 따져볼 때 약간의 적자가 난다고 볼 수 있습니다. 그렇지만 수요자 입장에서는 엄청나게 싼 아파트이기 때문에 폭발적인 인기를 얻을 것이 틀림없습니다. 또 하나는 전국 면(面) 단위로 양로원을 짓고 있습니다. 현재 나타난 것은 이 두 가지인데, 국민들 입장에서 볼 때는 모두 훌륭한 사회사업이라고 생각할 수 있습니다. 이 두 가지는 대동회가 결성대회를 가지기 이전에 벌써 시작한 일입니다. 목적은 분명합니다. 국민들의 지지를 얻기 위한 겁니다. 서민 대중은 물량공세에는 손을 들게 마련입니다. 앞으로 물량공세가 더욱 심해질 것이 예상되는데 그렇다면 그 막대한 자금이 어디서 나오느냐 하는 겁니다. 아파트와 양로원에 투입되는 돈만 해도 수백억 원이 소요됩니다. 위원장인 이창성 씨는 빈털터리나 다름없습니다. 위원들도 정치 일선에서 물러났던 나이 많은 구 정객(舊政客)들 또는 과거의 친일분자들, 그리고 정치적 신조가 없는 기회주의자들이 대부분인데, 내사해 본 결과 자금을 댈 만큼 큰돈을 가진 사람은 없습니다."

"그래도 표면적으로는 자금 출처가 있을 거 아닙니까?"

김 형사가 물었다.

"물론 있습니다. 도쿄에 본부를 둔 신흥 기독교 단체에서 자금 지원을 받고 있습니다."

"그렇지만 그건 믿을 바가 못 됩니다. 위장일 가능성이 많습니다."

대외과인 제2과장이 말했다. 그는 파이프를 재떨이에 두드리고 나서 김 형사를 바라보았다.

"일본에 나가 있는 우리 요원들의 정보에 의하면 그 기독교 단체는 신기독교세계총연맹신(新基督敎世界總聯盟)이라는 단체로, 생긴 지 몇 년이 안됐습니다. 신흥세력들과 손을 잡고 있긴 하지만 막대한 자금을 대줄 만큼 그렇게 큰 종교단체는 아닙니다."

제1과장이 기침을 하고 나서 결론을 내리듯 조심스럽게 입을 열었다.

"결국 우리는 대동회의 강령과 자금에 의혹을 품지 않을 수 없습니다. 그러한 강령은 우리가 볼 때 분명히 반국가적이라고 볼 수 있습니다. 만일 일본의 신흥세력과 손을 잡고 있다면 더욱 위험하다고 볼 수 있습니다. 일본에 동조하는 신제국주의 이론을 한마디로 과거 일제 강점기로 돌아가 조국을 팔아먹자는 것이나 다름없는 주장입니다. 대동회가 보잘 것 없는 단체라면 우리가 나서지 않아도 됩니다. 그러나 방대한 자금을 투입하고 있는 것을 볼 때 그대로 방관할 수 있는 단체는 아닙니다. 이미 지방 조직까지 끝내고 있는 이상 등록만 하면 정치활동을 할 수가 있습니다. 결국 우리는 정보 분석 결과 다음과 같은 결론을 내렸습니다. 첫째 이창성 이하 대동회 멤버들이 정치적 역량이나 신조가 없다는 점, 둘째 자금이 외부에서 흘러 들어오고 있다는 점, 셋째 강령이 일본 신흥세력의 주장과 일치한다는 점에서 대동회는 배후세력의 조종을 받고 있다는 결론입니다. 다시 말해 강력한 배후세력이 숨어서 머저리 같은 인간들을 조종해서 대동회를 결성케 한 다음 그것을 방패막이로 이용하고 있다 이겁니다."

정보과장의 결론은 충격적인 것이어서 한동안 실내에는 무거운 침묵만이 흐르고 있었다.

"대동회 간부들에게는 적당한 감투와 함께 충분한 보수를 주고 있습니다. 그런 만큼 그 머저리들은 출세나 한 줄 알고 시키는 대로 날뛰고 있습니다."

"그놈들이 반국가단체라면 당장이라도 규제할 수 있지 않습니까?"

진이 물었다. 정보과장은 머리를 저었다.

"증거가 없습니다. 강령만 가지고는 규제할 수 없습니다. 대동아 건설과 군국의 필요성을 역설한다고 해서 법에 저촉되지는 않습니다. 그건 어디까지나 개인의 정치적 견해로 발표될 수도 있는 것이니까요. 그리고 법적인 규제를 떠나서 우리가 먼저 물리적인 힘을 행사한다고 해도 대동회 자체는 빈껍데기에 불과합니다. 그 배후세력을 완전히 제거하지 않으면 헛수고에 불과합니다."

"이제부터 시작해야 될 문제는……"

3과장이 입을 열었다.

"그들이 어떤 방법으로 나오느냐 하는 것을 구체적으로 파악해야 하는 겁니다. 대동아 건설이란 미명하에 그들은 국내 정치질서를 뒤집어엎고 새로운 정치권력을 탄생시키려 할지도 모릅니다. 이것이 진정한 목적일지도 모르지요. 그러기 위해서는 돌발적으로 사회 혼란을 야기 시킬 것이 예상됩니다. 여기에 긴급히 대처해야 됩니다.

"배후세력은 국내에 있습니까, 국외에 있습니까?"

진이 물었다. 정보과장이 대답했다.

"아직은 뭐라고 단정할 수는 없습니다. 그러나 지금까지 벌어진 여러 가지 점으로 비추어보아 배후세력이 일본에 있지 않나 생각됩니다."

"우리 요원들이 이미 일본에 가 있습니다."

하고 2과장이 말했다. 3과장이 기침을 했다.

"우리 3과로서는 두 분에게 거는 기대가 큽니다. 특히 최 진 씨는 범인의 얼굴을 아는 유일한 분이기 때문에 앞으로 범인을 체포하는데 가장 큰 힘이 되리라 믿습니다. 김 반장님께서는 경찰 쪽에 많은 정보망을 가지고 계시니까 그것을 활용하면서 우리를 협조해 주시면 고맙겠습니다."

"알겠습니다. 저도 그렇게 생각하고 있습니다."

김 형사는 콜라를 흔들어 마셨다. 회의가 끝난 다음 김 형사와 진은 그곳을 나왔다. S기관 본부는 시내 중심가에 자리 잡은 20층짜리 건물의 5층에 자리 잡고 있었다. 건물의 아래위는 은행과 각종 상사들로 들어차 있었는데, S기관 본부도 무역회사 간판을 하나 달고 있었다. 그곳을 나오면서 진은 그 교묘한 위장에 새삼 머리가 흔들어졌다.

"정말 감쪽같은데……"

김 형사도 뒤돌아보면서 한마디 했다.

"우리는 이제부터 한 조가 되어 움직여야 할 것 같소."

진은 대꾸하지 않았다. 그는 누구에게도 아버지의 복수를 빼앗기고 싶지 않았다. 자신의 손으로 복수해야 한다는 생각은 갈수록 굳어져 가기만 했다.

서울—도쿄 킬러

　키가 크고 눈매가 사나운 교관이 가방 속에서 피스톨을 하나 꺼내 진에게 내밀었다. 총신이 짧은 손바닥만 한 것으로 검은 빛이 나는 것이었다.
　"브라우닝 신형입니다. 총알이 10발 들어갈 수 있는데 총신이 짧은데 비해 의외로 명중률은 높습니다."
　진은 권총을 가만히 쥐어보았다. 손에 와 닿는 감촉이 싸늘하면서도 안정감이 있었다. 권총을 만져본 적은 있었다. 그러나 너무 오래되어 처음 손에 쥐어보는 것 같았다.
　"쏴본 적 있어요?"
　"네, 전에 장교로 복무할 때 쏴본 적은 있습니다만, 다 까먹었습니다."
　"그렇다면 처음 만져보는 기분으로 시작해 보십시오. 먼저 자세부터 잡을 줄 알아야 합니다."

진은 교관이 시키는 대로 자세를 잡아보았다.

"오른손잡이는 권총을 잡을 때 오른쪽 무릎에 힘을 주기 마련입니다. 무의식적이지요. 오른손에도 자연 힘을 줍니다. 그렇지만 너무 갑자기 힘을 주면 사격이 빗나가게 됩니다. 그럴 필요는 없습니다. 손목을 부드럽게 놀릴 수 있도록 해야 합니다. 옷 속에 들어있는 권총을 순간적으로 빼낼 수 있도록 손을 잘 놀려야 합니다."

교외에 자리 잡고 있는 사격장에는 진 외에도 여러 명이 사격 연습을 하고 있었다.

"처음에는 팔을 길게 뻗고 권총을 높이 쳐들어야 합니다. 그리고 목표를 향해 팔을 천천히 내리면서 조준을 하십시오. 조준이 되었다고 생각하면 숨을 멈추고 가만히 방아쇠를 잡아당기십시오."

진은 귀마개를 끼우고 첫발을 발사했다. 타깃(Target)은 미동도 하지 않았다.

"총이 손에 익어야 합니다. 계속 발사해 보십시오."

진은 연속해서 방아쇠를 당겼다. 10발을 모두 발사했지만 한 방도 맞지가 않았다. 두 번째 탄창을 끼우고 발사하자 타깃이 한 번 흔들렸다.

"원이 그려진 가슴 부분을 조준하십시오. 거기에 맞으면 빨간 불이 켜집니다."

교관이 대신 사격을 해보였다. 방아쇠를 당길 때마다 계속 빨간 불이 켜지곤 했다.

"사격이 정확하다고 해서 다된 건 아닙니다. 발사하기 전에 상대를 정확히 간파해야 합니다. 그렇지 않으면 죄 없는 사람이 죽게 되니까요. 갑자기 사람이 나타나면 얼결에 총을 발사해 버리는 경우가 많습니다. 그렇다고 상대를 판단하는 시간이 늦으면 대신 이쪽이 위험해집니다."

두 시간쯤 사격 연습을 했을 때 마이크에서 진을 부르는 소리가 들려왔다. 별실로 들어가자 여자가 전화를 가리켰다. 김 형사에게서 온 전화였다.

"좀 만나야겠는데 어떠시오?"

"좋습니다."

한 시간쯤 후에 진은 시내 다방에서 김 형사를 만났다.

"웬일이십니까?"

"다름이 아니라 일본에서 미모의 여자가 나타났소."

"누굽니까?"

진은 앞으로 상체를 기울였다.

"오오다께의 딸이오. 이름은 도미에, 아버지의 시체를 인수하려고 온 모양이오."

"시체를 넘겼습니까?"

"그 여자 그저께 온 모양인데, 경찰에서는 그동안 나와 연락이 되지 않아 아직 시체를 넘기지 않았소. 두 시간 전에 겨우 그 여자를 만나 보았는데, 시체는 내일 처리하기로 했습니다."

여자가 아버지의 시신을 가지러 왔다는 사실에 진은 왠지 가슴이 뭉클해지는 것을 느꼈다.

"화장을 하겠군요?"

"물론 그럴 모양인데, 일본으로 가져가질 않고 한국에 뿌려 주겠다는 거요. 오오다께의 원래 고향이 경남 밀양(密陽)이라 그곳에 가져가서 뿌리겠다는 거요."

"효녀군요."

"그런 아버지한테 그런 딸이 있다니 알다가도 모를 일입니다. 그런데 밀양까지 좀 안내를 해달라는데, 최 선생이 수고 좀 해 주시겠소?"

진은 얼른 대답하지 않았다. 그로서는 오오다께 같은 인물의 뒤치다꺼리에 쫓아다니고 싶은 마음이 전혀 없었던 것이다. 진의 그런 마음을 읽었는지 김 형사는 다시 부탁했다.

"늙은 놈이 젊은 여자와 여행하려니까 좀 거북하군요. 남들이 오해를 할 것도 같고, 또 빨리 정리해야 할 일이 있어서 웬만하면 최 선생이 좀 다녀오시오."

"경찰에 맡기는 게 좋지 않을까요?"

"경찰은 그런 일로 출장을 갈 수는 없습니다. 억지를 부리면 갈수야 있지만, 내 생각에는 최 선생이 맡아주는 게 좋겠소. 왜냐하면 오오다께에 대해서 좀 더 자세한 정보를 알아낼 수 있는 기회가 될 것 같기도 해서 말이오."

진은 그럴지도 모른다고 생각했다. 김 형사의 부탁에 더 이상 거절 할 수도 없고 해서 그는 결국 승낙했다.

"좋습니다. 안내하죠."

"고맙소. 귀중한 정보를 얻을지도 모르니까 잘 유도해 보시오. 자, 그럼 그 도미에란 여자를 만나러 갑시다."

다방을 나온 그들은 택시를 타고 팰리스 호텔로 갔다.

거리는 여전히 비가 오지 않아 건조한 열기로 충만해 있었다. 호텔 커피숍에서 도미에를 만난 진은 정신이 번쩍 드는 것을 느꼈다. 노란 티셔츠 차림으로 나타난 그녀는 눈을 비비고 다시 들여다보고 싶을 만큼 미인이었다.

티셔츠 위로 부풀어 오른 풍만한 젖가슴에 진은 압박감 같은 것을 느꼈다.

"이분이 당신을 안내해 드릴 겁니다."

김 형사의 소개에 그들은 서로 인사했다. 여자의 시선은 도발적이라고 할 만큼 강렬했다.

"잘 부탁합니다."

여자가 한국말로 더듬듯이 말했다. 미소를 짓고 있는 것이나 몸가짐이 아버지의 죽음에 충격을 받은 여자 같지가 않았다. 진이 애도를 표하자 그녀는 얼굴에서 웃음을 지웠다.

"같은 경찰이신가요?"

"뭐…… 비슷한 입장이라고 봐도 좋습니다."

진은 주스 잔을 들어 올리면서 탐스러운 젖가슴을 다시 힐끔 쳐다보았다. 보면 볼수록 탐나는 가슴이었다. 자연 아내의 연약한 몸과 비교되었다. 그러나 이내 그는 자신의 그러한 마음에 분노를 느끼면서 주스를 벌컥 들이켰다. 아버지가 처참한 시체로 발견된 지 며칠도 안 된 터에 벌써 다른 여자에게 탐욕을 느끼는 자신이 그는 더없이 저주스러웠다. 그러면서도 여자에게 호기심이 느껴지는 것만은 어쩌지 못했다.

도미에가 폐를 끼치게 돼서 미안하다고 말했다. 그가 괜찮다고 하자 그녀는 다시 미소를 지었다. 긴 머리채가 유난히 검은 빛을 띠고 있었다.

　이튿날 아침 진은 도미에와 함께 장의차를 타고 화장터로 향했다. 도미에는 어제와는 달리 검정 옷차림이었다. 오오다께의 썩은 시체를 담은 관이 화덕 속으로 들어가자 도미에의 눈에 눈물이 맺혔다. 허나 그뿐이었다. 그녀는 이내 평온한 표정으로 작업하는 광경을 지켜보았다.
　진은 일이 끝날 때까지 밖에서 담배를 피우고 있었다. 그는 도미에의 움직임을 날카롭게 주시했지만 그녀에 대해서는 얼른 판단이 서지 않았다. 그녀에게서 애통해 하는 표정이 전혀 보이지가 않았다. 그 대신 자못 진지한 분위기 같은 것은 느껴지고 있었다.
　일이 끝난 것은 점심때가 지나서였다. 시내로 들어온 그들은 점심식사를 마친 다음 곧 고속버스 편으로 출발했다.
　도미에는 검은 보자기에 싼 함을 무릎 위에 올려놓은 채 줄곧 차창 밖을 내다보고 있었다. 그녀에게는 농촌 풍경이 신기해 보이는 것 같았지만 진에게는 누렇게 타 죽어가는 들판이 말할 수 없이 황량해 보였다.
　"한국은 처음인가요?"
　"네, 처음이에요. 이렇게 아름다운 줄은 몰랐어요."
　그녀는 웃으며 대답했다.
　"가뭄만 아니라면 더 아름다웠을 겁니다. 헌데 왜 혼자 오셨습니까?"
　"올 사람이 없어서요."

"형제분이 없습니까?"

"저 혼자예요."

"한국말을 잘 하시는군요."

"조금…… 배웠어요."

도미에는 어머니가 일본인이라는 것, 그리고 아버지와 일찍 헤어져 다른 곳으로 개가한 것 등을 이야기했다. 왜 아버지와 헤어졌는지, 그리고 도미에 자신이 어떻게 살아왔는지 등은 말하지 않았다. 그러나 그것만으로도 진은 그녀가 매우 외로운 여자라는 것을 알 수가 있었다. 얼마 후 진은 그녀에게서 풍기는 향긋한 체취를 맡으며 잠이 들었다.

버스를 한 번 더 갈아탄 다음에야 그들은 밀양 읍에 닿을 수가 있었다. 이미 서쪽 하늘은 석양으로 붉게 물들어져 있었고, 마을 곳곳에서는 저녁 밥 짓는 연기가 안개처럼 피어오르고 있었다.

읍은 강을 끼고 있어서 더없이 풍치가 좋았다. 그들은 강변으로 나갔다.

바닥까지 훤히 내려다보이는 강물을 한동안 바라보다가 도미에는 함을 싼 보자기를 풀었다. 그리고 함 속에 든 뼛가루를 강변과 물 위에 뿌렸다. 하얀 뼛가루는 미풍에 날려 금방 흩어졌다. 마지막으로 그녀는 나무상자를 물 위에 띄워 보냈다.

모든 일이 끝났을 때 도미에는 갑자기 밝은 표정이 되었다. 그것은 할일을 다 했다는 듯 한 그런 표정이었다.

그들은 강가에 있는 바위 위에 올라가 앉았다. 붉은 석양빛은 점점 꺼져가고 있었다. 건너편 산 밑에는 벌써 어둠이 배어들고 있었다.

"정말 고마웠어요."

그녀가 진정어린 목소리로 말했다.

"이거 얼마 안 되지만 받아 주세요."

진은 자기 앞으로 내밀어진 사례비 봉투를 보자 기분이 언짢아졌다. 그는 이맛살을 찌푸리며 그것을 완강히 거절했다.

"죄송합니다."

여자는 민망했던지 얼굴을 붉히면서 한동안 침묵을 지켰다. 진은 시계를 들여다보고 나서 말했다.

"오늘 밤은 어차피 이곳에서 자야겠습니다."

도미에는 알겠다는 듯 고개를 끄덕였다.

"며칠 여기서 지내고 싶어요. 너무나 아름다워요. 모든 것이……"

그녀는 아버지의 고향에서 무엇인가를 찾아보고 싶어 하는 눈치였다.

노을이 사라지자 이내 어둠이 밀려왔다. 그와 함께 서늘한 강바람이 불어왔다.

"도미에 씨, 아버지가 어떻게 돌아가신 줄 알고 있습니까?"

진의 갑작스런 물음에 그녀는 깜짝 놀라며 돌아서서 그를 바라보았다.

"호텔에서 추락했다고 들었어요."

"그건 사실입니다. 그밖에는?"

"자세한 건 잘 몰라요."

"알고 싶지 않습니까?"

"알고 싶어요. 그렇지만 지금은 그런 말 듣고 싶지 않아요. 나중에 들려주세요."

진은 피우던 담배를 손가락으로 튕겼다.

"우린 지체할 수 없습니다. 자세한 걸 알아야 합니다. 그리고 당신 아버지에 관한 것을 나한테 모두 말해 줘야 합니다. 알겠습니까?"

진의 얼굴이 무섭게 일그러지는 것을 보자 그녀는 긴장했다.

"기분 나쁘게 했다면 미안합니다."

"아니에요. 말씀해 주세요. 왜 돌아가셨는지를……"

"말하죠. 왜 돌아가셔야 했는지 그 원인은 저도 잘 모릅니다. 그러나 그 경과는 어느 정도 알고 있습니다. 도미에 씨는 아버지를 어떻게 생각하고 계십니까?"

도미에는 밑으로 고개를 숙였다. 한참 후에 그녀는 얼굴을 쳐들었다. 옆모습의 윤곽이 어둠을 배경으로 뚜렷이 부각되어 있었다.

"저는 생전에 아버지를 미워했어요. 아버지는 제가 어렸을 때 우리 모녀를 버렸어요. 어머니가 개가하자 저는 외조모 밑에서 혼자 자랐죠. 이렇게 커서 모델 생활을 할 수 있게 된 건 완전히 제 힘이었어요. 저는 제가 비뚤어지게 나가지 않은 것만도 다행이라고 생각해요. 자라나면서 저는 외로울 때마다 아버지를 미워했어요. 그래선지 아버지가 돌아가셨다는 말을 들었을 때도 별로 슬프지가 않더군요."

"지금도 미워하십니까?"

"이젠 그렇지 않아요. 다 잊어버리기로 했어요. 담배 한 대 주시겠어요?"

진은 담배를 꺼내 주었다. 불을 붙여 주자 그녀는 긴 손가락 사이로 끼우고 멋지게 연기를 내뿜었다.

"아버지는 생전에 뭘 하셨습니까?"

"일 년에 한두 번 정도 만났기 때문에 저는 아버지에 대해 별로 아는 것이 없어요. 또 알고 싶지도 않았구요. 제 생각에는 아마 무슨 사업을 한 것 같았는데 확실한 건 모르겠어요."

"아버지에겐 모욕적인 말이 될지 모르지만 이해하십시오."

"괜찮아요. 무슨 말씀을 하셔도 전 기분 나쁘지 않아요. 말씀하세요."

"도미에 씨 아버지는 일제시대에 일본군 헌병장교로서 같은 한국 사람을 많이 학대했습니다. 민우현 선생이라고 하면 당시에 유명한 독립투사였습니다. 그런데 그분도 도미에 씨 아버지한테 타살됐습니다."

진은 도미에의 손가락 사이에서 담배가 미끄러 떨어지는 것을 보았다.

"그게 정말인가요?"

"이번에 확인된 사실입니다. 그렇게 친일 행위를 했기 때문에 당신 아버지는 해방이 되자 피해자들의 보복이 두려워서 일본으로 도피해 간 겁니다. 아버지가 왜 일본에 거주하게 됐는지 모르셨나요?"

"몰랐어요. 알고 싶지도 않았어요."

그녀는 충격을 받았는지 목소리가 떨리고 있었다.

진은 담담한 목소리로 오오다께를 추적했던 일, 그리고 그의 죽음을 목격하게 된 경위 등을 그녀에게 이야기해 주었다. 그녀는 시종 공포에 찬 눈으로 그를 바라보았다.

"내 생각에는 오오다께 선생이 조직에 의해 살해되지 않았나 해요. 그 조직이란 불법단체를 말하는 겁니다."

"살인범은 어떻게 됐나요?"

"현재 수사 중에 있는데 아직은 종적을 모르고 있습니다."

그녀는 진에게 다시 담배를 청했다.

"그런 말씀을 하시니까 말씀드리는 건데 아버지는 생전에 좋지 않은 일에 관계하고 계셨던 것 같아요. 정확한 건 알 수 없지만 방금 말씀하신 것 같은 불법조직에 관계하셨던 것 같아요."

"솔직히 말씀해 주셔서 감사합니다. 그런데 어떻게 해서 그렇게 생각하시게 되셨죠?"

"아버지는 큰 범죄 사건이 있을 때마다 신문에 이름이 오르내렸어요. 제가 알기로는 감옥에도 몇 번 들어갔다 나왔어요."

그녀는 말을 끊었다가 다시 이었다.

"그래서 저는 아버지를 더욱 미워했는지도 몰라요. 저는 아버지의 죽음을 당연한 것으로 받아들이고 싶어요. 정당하게 살지 않은 사람들의 말로란 으레 그런 식으로 비참하게 끝나는 게 아니겠어요?"

죽은 아버지를 비판할 수 있다는 건 매우 힘든 일이다. 이 여자는 유행의 첨단을 걷고 있으면서도 생존의 가치가 무엇인가를 알고 있는 것이다. 별나고 멋진 처녀다. 진은 가슴을 펴고 밤공기를 깊이 들이마셨다.

그들은 함께 강변 모래밭을 천천히 거닐었다. 이미 어둠이 덮여 강물 위에는 별이 빛나고 있었다. 도미에의 팔이 진의 팔을 자연스럽게 감았다. 진은 잠자코 내버려두었다. 바람에 흐트러진 여자의 머리칼이 그의 목을 간지럽혔다.
"오오다께 선생이 관계하고 있던 조직 이름을 모르십니까?"
"모르겠는데요."
"아버지를 살해한 범인에게 복수하고 싶지 않습니까?"
그녀는 걸음을 멈추고 서서 그를 올려다보았다. 그리고 가만히 머리를 흔들었다. 그러나 이미 진은 결심하고 있었다. 그는 도미에의 어깨를 두 손으로 움켜쥐고 세차게 흔들었다.
"왜 그러죠? 아무리 아버지가 밉다고 하지만 범인에 대해서 복수심도 느껴지지 않나요?"
도미에는 진의 힘에 밀려 가슴을 부딪혀왔다. 젖가슴의 팽팽한 탄력이 진의 머리를 혼란시켰다.
"아버지는 가실 길을 가신 거예요. 복수심 같은 것은 조금도 느끼지 않아요."
"그렇다면 좋소. 그건 어디까지나 도미에 씨 자신의 일이니까 내가 상관할 바가 아니라고 생각합시다. 그 대신 나는 부탁을 하겠소."
"무슨 부탁인가요?"
"우리에게 협조해 주시오. 우리는 지금 단순히 범인을 체포하는 일뿐만 아니라 국가의 안전을 위협하는 조직을 분쇄하려 하고 있소. 도미에 씨가 진정코 정의와 평화를 사랑하는 사람이라면 협조해 주리라 믿고 있소."
"그 조직은 아버지와도 관계가 있나요?"

"물론이죠. 도미에 씨 아버지는 그 일을 수행하려고 한국에 입국한 것이고 그러다가 살인을 하고 조직에 의해 제거된 겁니다. 백주에 사람을 공공연히 죽이는 범죄 조직을 그대로 두고 볼 수는 없는 거 아닙니까?"

도미에는 얼른 대답하지 않았다. 진은 말을 계속했다.

"우리와 직접적인 이해관계가 없다고 해도 우리는 그들을 분쇄하는 데 힘을 모아야 합니다. 그렇지 않으면 언젠가는 우리 자신도 다치게 됩니다. 협조 안하시겠습니까?"

도미에의 한쪽 손이 진의 옷깃을 움켜잡았다. 그녀는 거칠게 숨을 몰아쉬고 있었다. 젖가슴이 출렁거리고 있는 것이 똑똑히 보였다.

"일본과 한국 국민이 서로 협조하지 않으면 그 조직을 분쇄할 수는 없습니다."

"그런 일은 경찰에 맡기는 게 정상적인 일이 아닐까요? 일본 경찰에 협조를 구하시면 될 텐데요."

진은 기대가 멀어지는 것을 보자 허탈감마저 들었다. 그는 소리를 높였다.

"경찰의 힘만으로는 안 되는 일이 있습니다. 알겠습니까? 도미에 씨는 오오다께 선생의 따님이기 때문에……"

"무서워요. 그런 일은 싫어요. 저는 현재의 생활에 만족하고 있어요. 이해해 주세요."

"알겠습니다."

진은 입을 다물고 강 건너 어둠 속에 있는 산기슭을 바라보았다. 강 가운데로 조그만 돛배가 한 척 지나가고 있었다. 진은 강쪽을 바라보며 입을 열었다.
"나는 경찰이 아닙니다."
도미에가 한걸음 물러섰다.
"우리 아버지도 며칠 전에 살해됐습니다. 이유는 그겁니다. 내가 이 일에 뛰어든 이유 말입니다."
진은 말을 마치고 도미에를 바라보았다. 그녀의 눈이 어둠 속에서 크게 확대되고 있었다.
"우리 아버지는 어느 신문사 논설위원이었죠. 그런데 그 불법 조직을 규탄하는 사설을 썼습니다. 그리고 납치되어 시체로 발견되었습니다. 그때 나는 결심했습니다. 아버지의 원수를 갚고, 그 조직을 분쇄하고야 말겠다고 말입니다. 비록 실패하더라도, 그리고 그 때문에 내 생명이 끊어진다 해도 결코 내가 한 일이 무가치한 일은 아닐 겁니다. 범죄 조직이 활개치고 있는 것을 뻔히 알면서도, 아버지가 그들에게 살해된 것을 분명히 알면서도 모른 체한다는 것은 비겁하고 부끄러운 일입니다. 나는 누구보다도 아버지를 존경했습니다. 아버지는 저를 사랑했습니다. 정말 참을 수 없습니다."
도미에는 다시 다가왔다. 그리고 진의 어깨에 머리를 기댔다. 진은 가만히 그녀의 어깨를 안아주었다. 달빛에 그녀의 눈에 맺힌 눈물이 반짝거리고 있었다.
"결혼하셨어요?"
"했습니다."
그는 아내를 사랑한다고 말하려다가 그만두었다.
"아이도 있나요?"

"아들이 하나 있습니다."

"저는 나쁜 여자예요. 그런 것을 다 묻다니……"

그들은 다시 걸어갔다. 진은 손을 내려 그녀의 허리를 감았다. 허리의 유연한 움직임이 팔에 가득이 전해왔다.

"당신은 훌륭한 분이에요. 부끄러워요."

"그렇지 않습니다. 나는 다만 마땅히 해야 할 일을 하는 것뿐입니다."

"도와 드리겠어요. 당신이 경찰이라면 그럴 마음이 없었을 거예요. 경찰이 아니기 때문에 도와 드리고 싶은 거예요. 더구나 저는 책임을 느껴요. 아버지가 조직에 관계했다는 사실 때문에……"

그들은 강가를 벗어나 마을 쪽으로 걸어갔다.

마을은 어둠에 잠겨 있었다. 창문에 비치는 불빛들이 더없이 평화스러워 보였다.

"그런데 혼자서 그 일을 하시는 거예요?"

"아닙니다. 특수기관에서 조사를 시작했는데, 나도 거기에 협조하기로 했습니다. 그렇지만 나는 독자적으로 활동할 생각입니다. 거기에 협조를 약속한 것은 그 기관의 힘이 필요했기 때문입니다."

"그 기관은 어떤 기관인가요?"

"한국의 국가 안전을 담당하고 있는 특수기관이란 것만 알아 주십시오."

그들은 저녁식사를 한 다음 조그만 찻집에 들러 차를 마셨다. 텅 빈 실내에서는 옛날 유행가 가락이 흘러나오고 있었다. 도미에는 모든 것이 신기한지 주위를 한동안 휘둘러보다가 생각난 듯이 물었다.

"제가 할 일은 무엇인가요?"

"아버지가 생전에 관계했던 조직에 대해서 알아봐 주십시오. 가능하면 그 조직에 침투해서 내막을 파헤쳐 주십시오."

도미에는 한 손으로 턱을 괴고 생각에 잠겼다. 진은 남은 차를 마저 마셨다. 그리고 집주소와 전화번호를 적은 메모지를 그녀에게 주었다.

"되도록 빨리 알아봐야겠지요?"

"빠를수록 좋습니다. 필요한 비용은 보내 드리겠습니다."

"필요 없어요. 그만한 돈은 제게도 있어요."

찻집을 나온 그들은 여관을 찾아갔다. 여관에 들기 전에 진은 도미에에게 물었다.

"방을 두 개 얻을까요?"

"싫어요. 혼자 자기는 무서워요."

그들은 방 하나를 얻어 들었다. 방에 들어서자 진은 가슴이 조금 설레었지만 이내 평온한 기분으로 돌아갈 수가 있었다.

여관 직원이 이불을 가져왔는데 한 채뿐이었다. 진이 이불 한 채를 더 요구하자 그는 남은 것이 없다고 거절했다.

"한 이불 속에서 자면 안 되나요?"

도미에가 이상하다는 듯이 물었다. 당황한 쪽은 오히려 진이었다.

"좋도록 합시다."

진은 그 여자가 보는 앞에서 옷을 벗었다. 팬티 차림의 그의

모습은 당당했다. 도미에는 눈 하나 까닥하지 않고 그를 바라보더니

"멋져요."

하고 중얼거렸다. 진은 몸이 확 달아오르는 것을 억누르면서 이불 속으로 먼저 들어갔다. 나도 결혼 전에는 바람깨나 피웠지, 하고 그는 생각했다.

도미에는 순식간에 옷을 벗었다. 불도 끄지 않은 채 그녀는 스스럼없이 움직였다. 진은 시선을 돌렸다가 다시 그녀를 바라보았다. 브래지어와 팬티만 남자 그녀는 타는 듯 한 눈으로 진을 쳐다보았다. 젖과 엉덩이가 가는 허리를 두고 균형 있게 자리 잡고 있었다. 피부와 몸의 곡선이 무척 아름답다고 진은 생각했다. 그녀는 흑발을 한쪽 어깨 위로 늘어뜨리면서 허리를 굽혔다. 둥근 젖가슴이 깊은 홈을 이루면서 밖으로 밀려나오는 것을 보자 진은 욕정이 치솟았다. 그녀는 이불 속으로 미끄러져 들어왔다. 달콤한 체취가 물씬 풍겨왔다. 이부자리가 작았기 때문에 그들의 몸은 서로 밀착되었다. 여자의 부드러운 살결이 그의 몸 속으로 빨려 들어오는 것 같았다. 진은 눈을 감았다. 여자가 풍기는 체취는 그를 환각 상태로 몰아넣고 있었다.

"이렇게 편안한 밤은 처음이에요."

여자가 그의 귀 밑에서 속삭였다. 여자의 머리가 그의 팔 안에 들어왔다. 진은 잠자코 그녀의 머리를 쓰다듬어 주었다. 도미에를 발가벗긴 다음 이 무더운 여름밤을 쾌락 속에 젖어 보고 싶은 충동이 부글부글 끓어올랐다. 손만 벌리면 여자는 안겨 줄 것이다. 여자는 모든 것을 바칠 준비가 되어 있는 것 같았다. 어

떻게 보면 탕녀 같고, 또 어떻게 보면 지나치게 발랄한 여자 같기도 했다. 오오다께의 딸과 한 방에서 살을 맞대고 자다니 정말 이상한 인연이었다.

"그 늙은 형사와 함께 왔다면…… 이렇게 한 방에서 자지는 않았을 거예요."

"내가 젊기 때문이겠죠."

"그것만은 아니에요."

도미에의 미끄럽고 탄력 있는 다리가 그의 두 다리 사이로 미끄러져 들어왔다.

"더워요. 브래지어 좀 풀러 줘요."

그는 한 손으로 브래지어를 벗겼다. 탐스러운 젖가슴이 그의 어깨를 압박해 왔다. 도미에는 괴로운 듯 몸을 꿈틀거리기 시작했다.

"당신은 위선자 같아요."

한참 만에 그녀가 화가 난 듯 말했다. 그러나 진은 공허하게 웃었다.

"맞는 말이오. 나는 위선자요."

그는 갑자기 상체를 일으켜 여자를 부둥켜안았다. 그리고 그녀의 입술을 덮쳐눌렀다. 도미에의 두 팔이 그의 목을 끌어안았다. 진은 깊숙이 밀려들어오는 그녀를 밀어 버리고 몸을 일으켰다. 그의 몸은 순식간에 뻣뻣이 얼어붙어 버렸다. 그는 엎드린 채 베개 위에 얼굴을 묻었다. 이 순간을 이겨내야 한다는 것을 그는 잘 알고 있었다. 그의 어깨를 도미에의 손이 부드럽게 쓰다듬었다.

"괜찮아요."

그녀는 달래듯이 속삭였다.

"정말 미안한데……"

"괜찮아요. 이해할 수 있어요. 제가 밉죠?"

진은 고개를 끄덕였다. 오늘 밤만은 아버지를, 아내를, 아들을, 그 밖에 모든 것을 잊고 싶었다. 벌거벗은 여자의 육체를 옆에 놓고 도덕을 생각한다는 것은 정말 괴로운 일었다.

"부인 예뻐요?"

"미인은 아니오. 평범한 여자요."

"부인을 사랑하세요?"

"부부관계란 사랑보다는 신뢰에 바탕을 두고 있는 거요. 사랑이란 그 다음의 문제요."

"아기는 누구 닮았나요?"

"나를 닮은 것 같아요."

"저 나쁜 여자지요?"

"그렇게 보이지는 않소. 모순을 함께 지닌 것 같기는 하지만……"

일단 여자를 포기하자 그는 편안한 마음을 가질 수가 있었다.

이튿날 그들은 일찍 잠을 깼다. 눈이 마주치자 도미에는 활짝 웃었다. 진도 미소했다. 지난밤을 아무 일없이 무사히 보냈다는 것이 그의 기분을 맑게 해주고 있었다.

"다음에 만날 때는 저를 내버려두면 안돼요."

"두고 봅시다."

그의 말에 도미에는 눈을 흘기면서 등을 돌렸다. 진은 브래지어 끈을 끼워주면서 그녀의 목에 입술을 대었다.
 그날 오후, 진과 김 형사는 S기관 별실에 앉아 있었다. 진은 도미에를 전송하고 막 돌아온 길었다.
 "그 여자한테서 좋은 정보 없었소?"
 김 형사가 콜라를 마시면서 물었다.
 "별다른 건 없었습니다. 오오다께가 범죄 조직에 관계한 것 같다는 말은 했습니다."
 "혹시 그 여자한테 손을 대지는 않았소? 상당히 미인이고 육체파던데……"
 "그런 일 없었습니다."
 그들은 함께 소리 없이 웃었다. 그때 전화벨이 울렸다. 김 형사가 급히 전화를 집어 들었다.
 "조사해 봤습니다만 일치하는 지문은 없었습니다."
 "사진은?"
 "몽타주와 비슷한 사진들은 모아뒀습니다."
 "그럼 지금 갈 테니까 기다리고 있어."
 김 형사는 전화를 끊고 진을 바라보았다.
 "호텔에서 채취한 지문들을 조사시켜 보았는데, 일치하는 것이 없대요. 함께 가봅시다."
 그들은 함께 경찰국으로 갔다. 그곳 지하실에는 각종 범죄에 관련된 자료가 산더미처럼 쌓여 있었다. 전과자의 이름만 있으면 1시간 안에 그에 대한 자료를 뽑을 수 있도록 그것들을 질서 정연하게 정리되어 있었다.

그들은 2층으로 올라가 구석진 방으로 꺾어 들어갔다. 책상 앞에 앉아 있던 양복 차림의 젊은 사내가 일어서서 김 형사를 향해 경례를 했다. 김 형사는 사내가 내미는 봉투를 받아들고 소파에 가 앉았다.

"최 선생이 찾아보시오. 난 그자 얼굴을 모르니까."

진은 봉투 속에 들어 있는 것을 꺼내 보았다. 그것은 전과자의 사진이 붙어 있는 카드 뭉치였다. 카드는 반으로 접혀 있었는데, 앞면에는 사진이 붙어 있었고, 그와 함께 넘버와 이름, 그리고 죄명이 적혀 있었다. 안쪽에는 인적사항과 범죄 내용이 상세하게 기록되어 있었다.

뒷면에는 열 개의 지문이 찍혀 있었다.

거의 2백 장이나 되는 카드를 들여다보았다. 한 시간 후에 그는 카드를 도로 봉투 속에 쓸어 담았다.

"없습니다."

"분명히 전과자일 텐데……"

김 형사는 얼굴빛을 흐리면서 봉투를 젊은 사내에게 돌려주고는 일어섰다.

그곳을 나온 그들은 냉면집으로 갔다.

"전과자가 아닌 경우도 생각해 봐야 하지 않습니까?"

"전과자가 아니라면 정말 찾기가 어려워질 거요. 그렇지만 지문을 남기지 않고 치밀하고 대담하게 범행한 것을 보면 초범이 아니에요. 프로급 킬러가 분명해요."

프로급 킬러라는 말에 진은 두려움과 함께 강한 호기심을 느꼈다. 그놈은 어떤 놈일까? 전문적으로 사람을 죽이는 킬러라면 대단히 무서운 놈일 것이다.

"최 선생 아버님 머리를 관통한 총알은 S25 자동소음권총에서 발사된 거요. 그 권총은 얼마 전 일본에서 만든 건데, 우리 국내에는 몇 자루밖에 없소. 범인이 그걸 사용한 걸 보면 특수한 놈이 분명해요."

"국내에서 그런 권총을 소지하고 있는 사람들은 어떤 사람들입니까?"

"모두가 특수 수사기관 간부나 고위 레벨에 있는 사람들이지요. 등록된 수는 모두 해서 12명입니다. 그동안 조사를 해봤는데, 그 권총을 도난당한 사람은 하나도 없었소."

"그 권총을 가지고 있는 사람들은 모두 믿을 만합니까?"

"믿을 수밖에 없죠. 모두가 실력자들이니까."

식사를 마친 그들은 다시 S기관 본부로 돌아왔다. 김 형사는 연거푸 담배 두 대를 피우고 나더니 수화기를 집어 들고 국제선을 불렀다.

"도쿄 좀 급히 불러주시오."

수화기를 내려놓고 10분쯤 기다리자 신호가 왔다.

"아, 여보세요. 여기는 도쿄입니다."

여자 교환원의 맑은 음성이 잡음 하나 없이 들려왔다.

"경시청을 부탁합니다."

"잠시 기다려 주셔야겠습니다."

김 형사는 다시 담배를 뽑아 물었다. 진이 재빨리 불을 붙여주었다. 1분도 못되어 신호가 떨어지는 소리가 났다.

"형사과의 모오리 형사를 부탁합니다."

모오리 형사는 자리에 없었다. 김 형사는 전화번호를 일러준 다음 수화기를 놓았다.

"잘 아시는 분입니까?"

"서로 손해가 안 가는 범위 내에서 협조하고 있지요. 재작년에 살인범이 하나 일본으로 도망친 일이 있는데 그놈을 쫓아 거기까지 간 적이 있지요. 그때 모오리 형사가 나서서 범인을 체포해 줘서 인사로 한국에 초대까지 했어요. 그 자식 그런데 여자를 너무 좋아해서……"

"일본 경찰은 믿을 만합니까?"

"글쎄, 그다지 완전하다고 할 수는 없어요. 일본의 굵직한 조직에는 손도 못 대고 있는 실정이니까. 그렇지만 모오리란 자는 열성적이고 정직한 데가 있는 것 같아요. 좀 즉물적인 데가 있긴 하지만……"

반 시간 후에 전화벨이 울렸다. 도쿄의 모오리 형사한테서 온 전화였다.

"어떻게 지내십니까?"

"한국에 가서 미녀들 헌팅이나 하고 싶은 생각뿐입니다."

"나는 도쿄 처녀들을 울리고 싶은데요."

두 사람은 함께 웃었다. 조금 후에 웃음을 뚝 그치고 그들은 본론으로 들어갔다.

"웬일이십니까?"

"부탁이 하나 있습니다. 긴급을 요하는 겁니다."

"말씀하십시오."

"다름이 아니라 S25 자동소음권총에 대해선 데……"

"살인사건입니까?"

"그 이상입니다. 그쪽 S25 제조회사에 문의해서 암거래된 숫자를 파악했으면 합니다. 한국에 흘러들어 온 것이 몇 자루나 되는지 그리고 그것을 입수한 자가 누구인지 좀 자세히 알고 싶습니다. 한국에 현재 공식적으로 등록돼 있는 것은 모두 12자루입니다."

"알겠습니다. 가능할지 모르지만 한번 조사해 보겠습니다."

"그리고 또 한 가지 있습니다. 몽타주를 몇 장 보낼 테니까 그와 비슷한 자가 있으면 알려 주십시오. 사진이 없어서 애를 먹고 있습니다."

"인적사항을 말씀해 주십시오."

"아는 게 하나도 없습니다. 전문적인 킬러가 아닌가 하는 생각이 듭니다만 아직 확실한 건 알 수가 없습니다."

"알겠습니다. 힘닿는 데까지 알아봐 드리지요. 참, 오오다께 건은 어떻게 됐습니까?"

"아직 단서도 못 잡고 있습니다. 부탁드린 그자가 바로 범인입니다."

"하아, 그렇군요. 오오다께의 딸이 한국에 갔는데 만나 보셨나요?"

"만나 봤습니다. 지금쯤 하네다 공항에 도착했을 겁니다."

"아, 그래요?"

"굉장한 미녀이던데요."

"유명한 모델입니다."

"오오다께는 어떤 인물입니까?"

"말썽이 많은 작자였죠. 저하고는 관계가 깊었습니다. 제가 두 번이나 그자를 체포했으니까요."

"그자가 관계한 조직은 어떤 조직입니까?"

"전화로는 말씀드리기가 곤란합니다."

"그러면 한번 만날까요?"

"좋습니다. 만나지요. 어떻게 만날까요? 이번에는 김 선생께서 도쿄로 오시지요. 저번에는 제가 대접을 받았으니까 이번에는 갚아 드려야겠습니다."

"원, 별말씀을……. 아무튼 수일 내로 가겠습니다."

"오시기 전에 전화를 주십시오. 공항에 나가겠습니다."

"뭐 그러실 필요까지는 없습니다."

전화를 끊고 난 김 형사는 진을 바라보았다.

"영어회화를 할 줄 아시나요?"

"할 줄 압니다."

"그럼 됐습니다."

그는 진에게 담배를 권하고 나서 시계를 들여다보았다.

"이건 비밀인데…… 인터폴 아시지요?"

"국제경찰 말씀입니까?"

"네, 바로 그건데, 현재 인터폴의 활동이 몇 년 전에 비해 많이 강화됐습니다. 서울에도 작년에 지부가 설치되었고, 인터폴이 활동을 하고 있습니다. 이건 비밀이기 때문에 일반은 모르고 있는 사실입니다. 현재 프랑스인과 중국인이 한 조가 되어 움직이고 있죠. 중국인은 홍콩에서 파견되어 온 젊은 친군데, 겉으로 보기에는 한국인과 다를 바 없습니다. 프랑스인은 책임자로

나이는 40대, 과묵한 인상입니다. 혹시 모르니까 그들한테도 몽타주를 보입시다."

김 형사는 수화기를 들고 다시 다이얼을 돌렸다. 한참 만에 목소리가 들려왔다. 상대는 한국인 조수인 것 같았다.

"두 분 다 안 계십니다."

"급한 일로 그러는데 지금 어디 있는지 모르겠소?"

"잠깐 기다려 보십시오. 전화를 해보겠습니다."

5분쯤 지나 다시 조수가 나왔다.

"지금 두 분은 스칸디나비아 클럽에서 술을 마시고 계십니다. 그쪽으로 오시랍니다."

스칸디나비아 클럽은 외국인들이 주로 찾는 고급 사교장으로 한국인은 쿠폰을 가진 회원만이 출입할 수가 있었다. 김 형사가 신분증을 보이자 수위는 잠자코 문을 열어주었다.

조명이 잘된 넓은 실내에는 조용한 탱고가 흐르고 있었고, 거기에 맞춰 몇 쌍의 남녀가 홀 중앙에서 춤을 추고 있었다.

두 외국인은 파트너 하나씩을 데리고 구석진 자리에 앉아 있었다. 여자들은 옷깃에 배지를 달고 있는 것으로 보아 국내 여대생들인 것 같았다. 두 외국인은 동시에 일어서서 김 형사와 진을 맞이했다.

프랑스인은 옷맵시가 멋진 늘씬한 모습이었고, 기름 바른 머리를 올백으로 빗어 넘긴 중국인은 뚱뚱한 편이었다.

"이쪽은 프랑스의 끼자르씨, 이쪽은 팽(彭)씨…… 난 영어를 모르니까 최 선생이 통역을 해 주십시오. 이 사람들도 영어는 잘합니다."

여대생들은 호기심어린 눈으로 새로 나타난 그들을 바라보고 있었다. 진은 그 여대생들을 외면한 채 글라스에 얼음을 채우고 흔들었다.

"무슨 일입니까?"

까자르가 궁금하다는 듯 물었다. 진은 여대생들을 힐끔 보고 나서 말했다.

"아가씨들을 쫓아 버릴 수 없습니까? 학생이니까 집에 가서 공부도 해야 될 텐데……"

프랑스인은 불쾌한 빛을 띠었다. 그러나 생각을 바꾸었는지 자기 파트너의 귀에 입을 대고 속삭였다. 이윽고 여대생들이 가고 나자 진은 몽타주 두 장을 탁자 위에 꺼내놓았다. 한 장은 선글라스를 끼고 있는 모습을 그린 것이었고 다른 한 장은 옆모습을 나타낸 것이었다.

"꼭 체포해야 할 살인범입니다. 인적사항에 대해서는 아무것도 아는 것이 없습니다. 특징은 콧잔등이 꺼져 있다는 점입니다. 선글라스를 끼고 있어서 몽타주도 이 정도밖에 그릴 수가 없습니다. 전과자 리스트에도 없는 걸 보면 혹시 외부에서 들어오지 않았나 하는 생각도 듭니다. 여러 가지 점으로 미루어 보아 프로급 킬러가 아닌가 생각됩니다."

"어떻게 해서 이자를 찾게 됐나요?"

팽이 고기를 씹으면서 물었다.

"얼마 전에 호텔에서 추락사건이 있었는데 이자가 거기에 관련되어 있습니다."

두 외국인은 한동안 몽타주를 뚫어지게 들여다보았다. 한참 후 그들은 머리를 가로저었다. 까자르가 입을 열었다.

"현재 우리 인터폴이 찾고 있는 중요 인물은 모두 해서 50명쯤 됩니다. 모두가 거물들이지요. 이중 직업적인 킬러는 15명입니다. 그런데 그들 중에 이런 인물은 없습니다. 처음 보는 놈입니다. 콧잔등이 이렇게 꺼졌다면 금방 눈에 띌 텐데 본 적이 없습니다."

"리스트에 올라 있지 않을 수도 있는 거 아닙니까?"

"그야 그렇지요."

"그러니까 그쪽을 좀 알아봐 주십시오."

까자르는 다시 몽타주를 들여다보았다. 깊이 박힌 두 눈이 매처럼 빛나고 있었다.

"마약이나 밀수 같은 것은 조직이 있기 때문에 찾아내기가 그렇게 어렵지는 않습니다. 그렇지만 킬러의 세계는 조직이 있는 게 아니고, 독자적으로 행동하는 것이 특징입니다. 그들은 한 건을 끝내면 막대한 보수를 가지고 어디론가 잠적해 버립니다. 그리고 몇 년 동안 나타나지 않습니다. 돈이 떨어질 때쯤에야 겨우 나타납니다. 그러니 찾기가 매우 어렵습니다."

"잘 알고 있습니다. 결국 안 되겠다 이 말씀입니까?"

"조사야 해 드리겠습니다. 본부에 조회를 하면 알아봐 줄 겁니다. 그렇지만 보나마나 허탕일 겁니다."

"허탕이라도 좋습니다. 하여튼 좀 알아봐 주십시오."

진은 고기를 씹고 있는 팽을 바라보았다. 그는 술보다도 안주를 많이 먹어대고 있었다.

"홍콩에 오래 계셨다고 들었습니다만……"

"오래 있지는 않았습니다. 대만, 필리핀, 태국, 인도네시아에서도 일했습니다. 홍콩에 가기 전에는 월남에 있었죠. 월남이 패망하자 홍콩으로 간 겁니다. 참, 이자는 한국인인가요?"

팽은 포크로 찌를 듯이 몽타주를 가리켰다.

"글쎄, 그럴 가능성이 많습니다. 동양인 스타일이고, 한국말을 하는 걸 들었으니까요."

진은 오오다께가 추락사하던 날 팰리스 호텔 프런트에서 마주친 킬러를 생각했다. 그때 호텔 직원과 주고받은 킬러의 목소리는 조용하면서도 거친 음성이었다.

"한국도 월남전에 많이 참가했죠?"

"많이 참가했습니다."

팽은 고기를 씹느라고 한동안 대화를 중단했다. 동양인이라 그런지 그는 까자르 보다는 아시아 문제에 대해서 아는 것이 많은 것 같았다.

"당시 월남전에 참전한 미군들 중에는 쇼크로 성격 파탄을 일으킨 자가 적지 않습니다. 전장에서 싸우다보면 사람 목숨이 파리 목숨보다 못하다는 걸 실감하게 되지요. 그러다보면 쇼크로 이상 성격을 갖게 되는 수가 많습니다. 그러한 사람들은 사회에 돌아가서도 정상적인 사회생활을 하지 못합니다. 피를 그리워한다고나 할까요. 하여튼 미국 사회에서 일어난 살인사건의 범인들 중 상당수가 월남전 참전용사들이라는 사실만 보더라도 그 쇼크가 얼마나 컸던가를 알 수가 있을 겁니다. 제가 이런 말씀을 드리는 건 전문적인 직업 킬러 중에 월남전 참전용사가 몇 명 있기 때문에 하는 말입니다. 그들 외에 외인부대 출신들도 있습니다. 결국 킬러들의 출신 성분을 따져보면 전쟁 경험자가 과반수를 차지하고 있습니다. 그들에게는 도덕이나 양심, 또는 눈물 같은 것은 추호도 없습니다. 돈만 많이 주면 지구의 어디라도 가서 살인을 합니다. 그것이 직업이고 거기에 만족을 느끼고 있으니까요."

진은 위스키 잔을 반쯤 비우고 다시 팽을 바라보았다. 팽은 새끼손가락으로 콧구멍을 쑤셨다.

"국제적인 킬러 중에 아직까지 한국 출신 동양인은 없습니다. 만일 그자가 전문가라면 새로운 인물임에 틀림없습니다. 알려지지 않은 킬러도 많으니까요. 미국의 경우처럼 그자도 혹시 전쟁 경험자가 아닐까요? 그쪽으로 한번 보사해 볼 필요는 있을 겁니다."

진이 통역을 해주자 김 형사는 수긍이 간다는 듯 고개를 끄덕거렸다.

"동양인 킬러들은 주로 홍콩을 중심으로 활약하고 있습니다. 대부분 거기에서 거래가 이루어지지요. 며칠 후 제가 홍콩에 갈 일이 있으니까 그곳에서 한번 알아보지요."

"감사합니다."

그들이 그곳을 나왔을 때는 막 10시가 지나고 있었다. 김 형사는 비틀거리고 있었다.

"내일은 군(軍) 범죄자들을 조사해 봅시다. 특히 살인 전과가 있거나…… 아직 체포되지 않은 살인범들을 중점적으로 조사해 봅시다."

"몽타주를 많이 찍어서 뿌리면 어떨까요?"

진이 물었다. 김 형사는 손을 저었다.

"그건 안 되지요. 오히려 상대방에게 경계심만 더 조장하게 되지요. 놈이 해외로 도피해 버리거나 하면 영영 못 잡게 되는 겁니다."

진은 김 형사와 헤어져 집으로 돌아왔다. 피로가 몰려왔다. 욕실에 들어가 샤워를 하고 난 그는 아내가 깎아주는 사과를 먹으면서 석간신문을 집어 들었다. K일보에는 아버지를 죽인 범인을 잡지 못하는 경찰 수사와 무능력을 질타하는 기사와 함께 대동회의 정체를 파헤치고 공격하는 글이 크게 보도되어 있었다. K일보는 최동희의 죽음을 계기로 대동회와 대결할 결의가 굳어진 것 같았다. 그것은 마치 선전포고 같아서 진은 피가 끓어오르는 것을 느끼지 않을 수 없었다. 한 가지 문제되는 것은 K일보측이 아직 그들에 대한 충분한 정보를 가지고 있지 못하다는 것이었다.

K일보에 적당히 정보를 흘려주면 충격적인 기사가 되지 않을까. 이렇게 생각한 진은 수화기를 집어 들었다. 손에서는 땀이 배어나오고 있었다.

8월 14일 밤 8시, 이제 막 어둠이 깃들기 시작하는 김포공항에 일단의 일본인들이 내렸다. Y측에서 파견한 10명의 킬러들이었다.

가벼운 몸차림에 조그만 여행가방 하나씩만을 든 그들은 어디서나 볼 수 있는 관광객들 같았다. 밖으로 나온 그들은 제각기 분산되어 행동했다. 그들을 위해 마중 나온 사람도 없었고 안내자도 없었다. 이미 약속이 되어 있었던 듯 그들은 2명이 1조가 되어 다섯 군데의 호텔에 투숙했다. 호텔은 이미 예약이 되어 있었다. 도착 즉시 그들은 한곳으로 전화를 걸었다. 그것으로 일차 접선은 끝난 것이다. 간단히 샤워를 하고 난 그들은 레스토랑으로 내려가 최고급 식사로 배를 채운 다음 다시 방으로 돌아왔다. 10시가 되자 노크소리와 함께 미녀들이 나타났다. 머리끝에서부터 발끝까지 철저히 서비스를 해줄 여자들이었다. 이윽고 그들은 여자와 함께 전라가 되어 침대 속으로 들어갔다. 10명의 킬러들은 스케줄에 따라 이렇게 똑같이 행동했다.

8월 15일 저녁 8시에서 9시 사이에 그들은 모두 호텔 정문 앞으로 나왔다. 세 대의 포드20이 그들을 차례로 태운 다음 의정부 쪽으로 빠져나갔다.

40분 후 의정부에 들어선 세 대의 포드는 좁은 샛길로 한동안 꼬불꼬불 들어갔다. 이윽고 공터에 도착한 그들은 라이트를 끄고 조용히 차에서 내렸다. 그곳에서 50미터쯤 들어간 곳에 외딴 2층 양옥이 한 채 있었다. 뒤쪽은 숲이 우거진 언덕바지였고 주위는 아직 주택이 들어서지 않은 채 빈터로 남아 있었다. 양옥집 안에서는 커튼 사이로 은은히 불빛이 새어나오고 있었다. 그들은 일제히 선글라스를 꺼내 끼었다. 먼저 한 명이 담을 넘어 들어갔다. 그 순간 안에 매어놓은 셰퍼드가 요란스럽게 짖어대기 시작했다. 킬러는 개 쪽으로 침착하게 다가가 소음권총을 발사했다. 두 발을 맞자 셰퍼드는 비명을 멈췄다. 그가 대문을 열어주자 밖에서 대기하고 있던 킬러들이 몰려들어 왔다.

"누구야?"

현관문이 열리면서 거친 사내의 목소리가 울려왔다. 앞장선 킬러의 주먹이 상대의 얼굴을 벼락같이 후려치자 상대는 끙 하는 신음 소리와 함께 뒤로 쿵 하고 나가떨어졌다. 킬러는 다시 한 번 사내의 얼굴을 걷어찬 다음 안으로 뛰어 들어갔다. 다른 킬러들도 그 뒤를 따라 들어갔다.

안은 넓은 홀이었다. 붉그레한 전등불 아래서는 벌거벗은 남녀들이 문어처럼 흐느적거리고 있었다. 섹스파티가 절정에 이르고 있는 순간이었다. 불이 환하게 밝혀지자 바닥에 뒹굴고 있던 남녀들은 놀란 토끼처럼 뛰어 일어났다. 남자들은 열댓 명쯤 되어 보이는데, 하나같이 약골들이었다. 그중 몇 명이 맥주병과 의자를 들고 달려들었다. 그러나 부질없는 짓이었다. 그보다 먼저 킬러들의 억센 주먹이 그들을 강타했다. 퍽퍽 하고 둔탁하게 부딪치는 소리가 비명에 섞여 한동안 방안을 울렸다. 그들은 벌거벗은 사내들을 무자비하게 때려눕혔다.

한참 후 홀에는 눈알이 튀어나오고, 이빨이 부러지고 갈비뼈가 꺾어진 사내들의 신음 소리만이 남아 있었다. 여자들만 다른 방에 가둬둔 다음 킬러들은 부상한 사내들을 꿇어앉혔다.

킬러들을 안내해온 자가 두목으로 보이는 자를 앞으로 나오게 했다.

"네가 의정부파 두목이지?"

"다, 당신들은 누구요?"

"이 자식아, 묻는 대로 대답해!"

주먹과 무릎으로 다시 내지르자 사내는 입에서 피를 토했다.

"아이구, 살려 주십시오."

"네가 두목이지?"

"네, 네, 그렇습니다."

"거짓말하면 죽여 버린다. 대마초는 어디서 공급받지?"

"강원도에서……"

"강원도 어디야?"

"설악산 부근입니다."

"자세히 말해 봐."

두목은 떨리는 손으로 약도를 그렸다. 약도를 받아든 사내는 그것을 호주머니 속에 구겨 넣었다.

"이자들은 모두 네 부하인가?"

"그, 그렇습니다."

"이제부터 너희들은 두목의 말을 들을 필요가 없다. 우리가 대신 이 조직을 맡는다. 너희들은 우리와 함께 일해야 한다. 우리는 전국에 있는 대마초 조직을 하나로 통합할 계획이다. 지금보다 조직은 더욱 강화되고 확대될 것이다. 너희들에게는 지금보다 더 후한 보수가 지급될 것이다. 만일 우리 계획을 반대하는 자가 있으면 가차 없이 제거해 버린다."

사내가 손짓을 하자 킬러 한 명이 두목 앞으로 바싹 다가섰다. 선글라스에 가려진 일본인 킬러의 표정은 돌처럼 차가워 보였다. 그는 기계처럼 명확히, 그리고 재빨리 움직였다. 귀 밑에 강한 타격을 받은 두목은 으윽 하는 신음 소리를 내면서 앞으로 몸을 기울였다. 킬러의 잘 닦여진 구둣발이 이번에는 가슴 밑을 한껏 걷어찼다. 두목은 뒤로 쿵 하고 쓰러지더니 가슴을 쓸어안고 몇 번 꿈틀거렸다. 조금 후 그는 눈을 허옇게 뒤집어 까면서 뻣뻣이 굳어갔다.
　눈앞에서 두목이 죽어가는 것을 본 부하들은 공포에 새파랗게 질리면서 부르르 떨었다. 사내가 다시 손짓을 하자 킬러 두 명이 시체를 끌고 나갔다.
　"너희들이 본 바와 같이 우리는 이런 식으로 반대자나 배반자를 제거한다. 우리에게 복종하는 한 너희들의 안전과 생활은 보장될 것이다. 그러나 복종하지 않는 자에 대해서는 우리는 가장 잔인하게 처치한다. 너희들 의견은 어때?"
　"시, 시키는 대로 하겠습니다."
　의정부파 대마초 밀매자들은 일제히 허리를 굽혀 충성을 맹세했다.
　"이 조직은 그대로 살린다. 잘못된 점은 수시로 보고해서 그때그때 시정해 나갈 것이다. 너희들이 주의해야 할 점은 앞으로 너희들을 지휘할 사람이 누군지를 알려고 해서는 안 된다는 것이다. 모든 것은 극비다. 너희들은 지시받은 대로 행동하기만 하면 되는 거다. 내 말 알아듣겠나?"
　"네."
　일제히 대답했다.
　"다른 조직에 대해서 아는 대로 말해 봐."
　"네, 서울에 명동파가 있는데 제일 큰 조직입니다."
　"알고 있어. 여자가 두목이라는 것도 알고 있어. 그 여자를 어디가면 만날 수 있지?"
　"제가 안내하겠습니다. 부두목이 그 여자 애인입니다."
　장발의 청년이 일어서면서 말했다.

"연락이 있을 때까지 너희들은 대기하고 있어. 여기 부두목은 누군가?"

"접니다."

여자처럼 섬세하게 생긴 자가 몸을 일으켰다.

"좋아. 네가 일단 여기를 맡고 있어. 지시가 닿는 대로 행동을 개시한다."

킬러들은 모두 밖으로 나와 급히 서울로 향했다. 도중에 그들은 시체를 들판에 집어던졌다.

그들이 도착한 곳은 명동에 자리 잡고 있는 어느 바 앞이었다. 안내를 맡은 장발청년이 사내에게 말했다.

"그 여자 애인이 이곳에서 기도를 보고 있습니다. 그래서 매일 그 여자가 이곳에 놀러옵니다."

그들은 흩어져서 바 안에 들어갔다. 장발이 사내의 귀에 대고 속삭였다.

"저어기 빨간 티셔츠 보이죠? 바로 그들입니다."

부르스에 맞춰 두 남녀가 바싹 끌어안고 춤을 추고 있는 것이 보였다. 흰 양복 차림의 남자는 레슬러처럼 거구였고 청바지에 빨간 티셔츠를 입은 여자는 40 가까이 되었는데도 아주 요염해 보였다.

킬러들은 자리에 흩어져 앉아 맥주부터 마셨다. 장발이 계속 지껄였다.

"저 여자 별명은 여웁니다. 유명한 바람둥이죠. 기분 내키는 대로 남자를 갈아 치웁니다. 이번에는 꽤 오래 가는데요."

춤이 끝나자 그들은 객석으로 돌아와 앉았다. 여자의 젖가슴은 티셔츠 위로 터질 듯이 부풀어 있었다.

몸이 가늘게 생긴 일본인 킬러 하나가 그들 쪽으로 다가가 여자에게 춤을 청했다. 여자는 힐끔 킬러를 바라보더니 애인을 묵살한 채 자리에서 일어섰다.

대수롭지 않게 생각하던 여자의 눈이 스탭을 밟아가자 차츰 기쁨으로 들뜨기 시작했다. 붉은 입술이 저절로 열리면서 가쁜 숨이 새어나왔다. 킬러는 허리를 부드럽게 주무르면서 한쪽 다리를 그녀의 가랑이 사이에 밀어 넣었다. 그리고 몸을 돌릴 때마다 무릎으로 그녀의 사타구니를 슬슬 비벼댔다. 여자의 호흡이 가빠질 대로 가빠지자 킬러는

"나갑시다."

하고 말했다. 여자는 일본말을 어느 정도 알아들었다.

"아, 당신 일본 사람?"

킬러는 미소로 대답했다.

"당신 여자 후리는 데는 최고야. 반했어."

여자는 킬러의 목을 끌어안고 가슴을 흔들었다. 객석으로 돌아온 그들이 함께 나가려고 하자 여자의 애인이 벌떡 일어섰다.

"이 새끼, 넌 누구야?"

그는 킬러의 멱살을 움켜쥐더니 밖으로 끌고 나갔다. 목이 가느다란 킬러는 한 주먹에 날아갈 것 같았다. 여자는 자리에 앉은 채 담배를 피워 물었다. 얼굴에는 낙담하는 빛이 역력했다. 그러나 5분쯤 지나 돌아온 사람은 애인이 아니라 킬러였다. 여자는 놀라서 발딱 일어섰다.

"괜찮아요?"

킬러는 고개를 끄덕이면서 옷에 묻은 흙을 털었다.
 킬러를 따라 밖으로 나간 그녀는 골목을 들여다보고 깜짝 놀랐다. 거구의 애인이 벽을 짚으면서 가까스로 몸을 일으키고 있었는데 얼굴은 끔찍할 정도로 일그러져 있었다.
 "놀랐어요. 당신 뭐하는 사람이에요?"
 여자는 차에 시동을 걸다 말고 일본인에게 물었다. 킬러는 대답 대신 여자의 허리를 끌어안았다.
 그들은 곧장 호텔로 직행했다. 킬러는 침대를 사용하지 않고 바닥에서 움직였다. 벌거벗은 여자의 육체는 너무 완숙해서 약간 징그러울 정도였다.
 일본인은 검푸른 젖꼭지를 비틀었다. 여자가 비명을 지르자 그는 나머지 젖꼭지까지 비틀었다. 화가 난 여자가 소리치면서 달려들자 그는 따귀를 철썩 하고 갈겼다.
 "왜 그러는 거예요? 왜?"
 그러나 그는 재미있다는 듯이 여자를 후려갈겼다. 여자는 매질이 심해지자 저항을 멈추고 갑자기 그에게 복종하는 태도를 취했다. 킬러는 라디오를 틀었다. 경쾌한 음악이 흘러나왔다.
 "춤춰! 춤!"
 그는 손짓을 해보였다. 여자는 멈칫거리다가 이윽고 리듬에 맞춰 몸을 흔들어대기 시작했다.
 킬러는 침대에 걸터앉아 맥주를 마시면서 여자의 춤추는 모습을 바라보았다. 얼굴은 조금 웃고 있었다. 남자가 흡족해 있다고 생각하자 여자는 노골적인 섹스 자세로 엉덩이를 최대로 흔들어댔다. 젖가슴이 무거운 듯 덜렁거리고 있었고, 산발한 머리는 수세미처럼 뒤엉킨 채 바람을 일으키고 있었다. 맥주 한 병을 다 들이키고 난 일본인은 서서히 여자에게 다가서서 자신도 춤추기 시작했다.

리듬은 점점 빨라지고 있었다. 그들은 상체를 뒤로 젖힌 채 하체를 접근시켰다. 여자가 미치겠다는 듯 소리를 질렀다. 남자도 기묘한 소리를 냈다. 음악이 끝나자 그들은 땀에 젖은 몸을 서로 부둥켜안고 바닥에 뒹굴었다.

양탄자는 여자가 흘리는 땀으로 홍건히 젖어들고 있었다. 몸이 가는 남자는 절묘하게 몸을 움직였다. 그때마다 여자는 까무라쳤다가 깨어나곤 했다.

약 한 시간이 지나자 여자는 더 움직이지 못하고 축 늘어져버렸다. 남자가 흔들었지만 그녀는 움직이려고 하지를 않았다.

"하, 항복했어요. 당신 같은 남자는 처음이에요. 사람이 아니야. 아, 죽겠어. 그만해요."

여자는 눈을 감은 채 포만감에 젖어 있었다. 일본인은 이글거리는 눈으로 여자를 뚫어질 듯이 응시하다가 왼손으로 그녀의 목을 받쳐 들면서 오른손으로 목을 강하게 내려쳤다. 여자는 눈을 크게 뜨면서 입을 벌렸지만 입에서 소리가 나오지는 않았다. 그는 주먹을 들어 여자의 늑골을 올려쳤다. 여자의 몸이 파르르 경련하다가 굳어졌다.

일을 치르고 난 일본인은 욕실로 들어가 다시 샤워를 하고 난 다음 의자에 기대앉아 담배를 피웠다.

담배 한 대를 다 피울 동안 그는 무표정한 얼굴로 시체를 바라보았다. 벌거벗은 여자의 시체는 가랑이를 벌린 채 바닥 위에 누워 있었다. 속눈썹을 단 두 눈은 희멀겋게 부릅떠진 채 천정을 응시하고 있었다.

일본인은 시체를 침대 위에 눕힌 다음 시트를 덮었다. 그리고 천천히 옷을 입고 밖으로 나왔다.

도중에 웨이터와 부딪쳤지만 그는 가볍게 웃어 보이면서 그대로 지나쳤다.

아까의 그 바로 돌아온 그는 그때까지 기다리고 있던 일행과 합류했다. 그가 고개를 끄덕여 보이자 X의 일원이 웨이터를 불렀다.

"별실 없나?"

"있습니다."

"우리를 안내해. 그리고 기도를 불러줘."

별실로 들어가 기다리고 있자 곧 기도가 나타났다.

일본인에게 늘씬하게 얻어맞은 그는 콧잔등에 커다란 반창고를 붙이고 있었고 한쪽 눈은 잔뜩 부어 있어서 거의 감겨 있다시피 했다.

별실로 들어온 그는 사나이들이 죽 늘어앉아 있는 것을 보고 기가 질리는 것 같았다. 더구나 아까 자기를 놀라운 솜씨로 구타한 갈비같은 자가 웃고 있는 것을 보자 완전히 사색이 되었다. 그러나 그는 어떻게든 체면을 만회해 보려는 듯 얼굴을 찡그리면서 자리에 털썩 주저앉았다.

"아까는 미안하게 됐소. 내가 대신 사과드리지."

X의 일원이 기도에게 맥주를 따르면서 말했다. 기도는 일본인을 노려보다가 맥주를 꿀꺽꿀꺽 마셨다.

"그 여자는 어디 있소? 그 여자한테 손을 대면 정말 당신 재미없어."

"그 여자에 대해서는 잊도록 하시오. 앞으로는 그 여자와 손을 끊고 우리와 함께 일합시다."

"뭐라고? 당신들은 누구야? 우리 애들 데리고 오면 당신들은 뼈도 못 추려. 누구보고 끊으라는 거야?"

기도는 어떻게든 기를 살려 보려고 큰소리를 치고 있었다. 그러나 말소리와는 달리 큰 몸은 위축되고 있었다.

"목소리를 좀 낮춰! 점잖게 말할 때 들어. 당신이 명동파 부두목이란 걸 알고 있으니까 그 조직을 우리한테 넘기도록 해. 두목은 앞으로 안 나타날 테니까, 그렇게 알고 우리의 지시에 따르도록 해."

"안 돼! 도대체 너희들은 누구야! 정체를 밝혀!"

기도가 벌떡 일어서자 킬러 두 명이 문 앞을 가로막았다. X의 일원이 계속 말했다.

"우리에 대해서는 알 필요 없다. 시키는 대로만 하면 돼."

"그 여자는 어디 있어? 어디로 데려갔어?"

"그 여자를 찾을 생각은 하지 마. 꽃다발이나 준비해."

"그럼 너희들이 죽였단 말이냐?"

주먹이 그의 턱을 강타했다. 그는 쿵 소리를 내며 쓰러졌다가 비틀거리며 일어섰다.

"조직을 넘길 테냐, 안 넘길 테냐? 너를 죽이는 건 간단하다. 경찰에 넘길 수도 있다."

"나를 죽인다구? 내가 소리치기만 하면 사람들이 몰려들걸.

죽여 봐. 조직은 절대 못 넘겨. 반드시 복수하고 말 테다!"

킬러 한 명이 뒤쪽에서 그의 목을 꺾었다. 기도는 으윽 하면서 의자위에 털썩 주저앉았다. 그 사이에 다른 킬러 한 명이 재빨리 잭나이프를 꺼내들고 탁자 위에 놓인 그의 손등을 힘차게 찔렀다.

칼은 손바닥을 뚫고 탁자에 깊이 박혔다. 검붉은 피가 손등 위로 분수처럼 퍼져 나와 탁자를 흥건히 적셨다. 목이 꺾인 기도는 비명도 지르지 못한 채 눈만 부릅뜨고 있었다. 그의 목을 꺾고 있던 킬러는 목을 풀고 대신 그의 다른 팔을 뒤로 꺾어 쥐었다. 꼼짝할 수 없게 된 기도는 무릎을 털썩 꿇으면서 울음을 터뜨렸다.

"대답해라. 이게 마지막 기회다. 우리에게 복종할 테냐 안할 테냐?"

"하, 하겠습니다. 시키는 대로 하겠습니다."

핏방울이 탁자 밑으로 뚝뚝 떨어지고 있었다. 백지장처럼 하얗게 질린 기도의 얼굴은 죽은 사람이나 다름없어 보였다.

"우리에 대해서는 알려고 하지 마라. 모든 건 전화로 지시하겠다. 그리고 오늘 일어난 일은 일체 입 밖에 내서는 안 된다."

"잘 알겠습니다."

8월 16일 오후 7시, 패시픽 호텔 20층에 자리 잡고 있는 연회실에서는 성대한 파티가 막 열리고 있었다. 참석자들의 얼굴은 다양했다. 파티마다 으레 얼굴을 내미는 사람들이 대부분이었지만 그들은 그들대로 먹고 마시고 적당히 박수를 쳐 주는 박수부대로서 필요하기 때문에 초대된 것이었다. 그러나 이 파티에서 가장 귀하게 대접받을 사람들은 불과 몇 명밖에 되지 않았다. 주최자 측은 장관을 비롯한 수 명의 고급관리들을 윗자리에 앉혔다. 파티가 무르익자 사회자가 장관의 인사말을 알렸다. 소음이 가라앉고 사람들의 귀와 눈이 장관에게 쏠렸다. 장관은 40이 갓 넘은 듯 한 젊은 모습이었다.

"우선 민간 주도의 인력수출협회(人力輸出協會)가 발족한데 대해 축하하는 바입니다. 오래 전부터 우리는 이러한 기구가 정부 레벨이 아닌 민간 레벨에서 구상되어 발족되기를 기다려 왔습니다. 때늦은 감이 있지만 이제 그 빛을 보게 된 데 대해 거듭 축하하는 바입니다. 고도성장으로 우리나라의 인력은 과거의 원시적인 노동력에서 기술적인 노동력으로 크게 진보했습니다. 따라서 우리의 기술 인력은 해외에서 널리 인정받게 되었고 그 수요가 날로 늘어가고 있는 실정입니다. 국내에 과잉 자원으로 남게 된 기술 인력을 적시에 해외로 진출시키는 일은 이제 국가적인 중요 사업으로 등장했습니다. 여러분도 잘 아시다시피 기술 인력은 국제 시장 경쟁에서 가장 귀중한 상품으로 평가받고 있습니다. 인력을 어떻게 상품으로 평가할 수 있느냐고 항의할 분이 계실지 모르겠습니다만 제 말의 본 뜻은 그것이 아님을 이해해 주시기 바랍니다. 좀 더 직설적으로 말씀드린다면 기술 인력이야말로 해외에서 달러를 벌어들이는 데 있어 가장 효과적인 요인이라는 것입니다. 이러한 점에 비추어볼 때 우리의 기술 인력을 해외에 수출하는 것은 그 어느 수출 못지않게 중요한 일이라고 하겠습니다. 그리고 앞으로 인력 수출을 전담하게 될 인력수출협회 임무야말로 가장 무겁다고 하겠습니다. 정부는 민간 주도로 이루어지는 인력 수출 계획을 앞으로 적극 지원할 생각입니다."

장관은 5분쯤 더 말을 한 다음 자리에 앉았다. 우레 같은 박수 소리가 실내를 떠나갈 듯이 채웠다.

"감사합니다."

인력수출협회 이사장이라고 하는 자가 장관에게 정중히 머리를 숙였다. 장관은 웃으며 손을 내밀었다.

길쭉한 얼굴에 광대뼈가 튀어나오고 금테 안경을 낀 50대의 이사장은 지금까지 사회에는 전혀 알려지지 않은 인물이었다. 그러한 그가 인력수출협회라는 것을 만들고 사회 저명인사들을 초대해서 파티를 열고, 정부의 지원 약속까지 받아내는 것을 보면 수완이 보통이 아닌 것 같았다. 배후에 든든한 후견인이 있다는 설이 나돌았지만 알 수 없는 일이었다.

이번에는 이사장이 일어섰다.

"우리는 1차 사업으로서 일본에 5천 명의 여성을 보낼 계획을 세우고 있습니다."

박수가 터져 나왔다. 이사장은 미소를 지으면서 말을 이었다.

"8월 중에 우선 간호보조원으로 일할 여성 2백 명을 선발하여 파견할 계획입니다. 선발된 여성들은 일본으로 건너가 6개월간 교육을 받은 후 간호보조원으로 일할 것입니다. 전 일본 종합병원장 회의에서 한국 여성들을 받아들이기로 결정을 보았습니다."

또 박수 소리가 터져 나왔다. 이사장은 자리에 앉으면서 장관에게 또 정중히 인사했다.

"정말 감사합니다. 정부의 배려가 없었다면 어려운 일이었습니다."

"원, 무슨 말씀을……. 모두가 국가를 위하는 일 아닙니까. 우리 인력이 해외에 많이 진출해서 활약할 수 있다면 국내에 있는 우리들에게도 좋은 일이지요. 그런데 한 가지 드릴 말씀이 있는데……"

장관은 맥주잔을 들었다가 놓았다. 이사장은 장관 쪽으로 상체를 기울였다.

"네, 말씀하십시오."

"기술 인력은 아무래도 남자들이 우수하고 또 달러 가득률도 여자보다는 높으니까 가능하면 남자들을 많이 파견시켜 주십시오. 개발도상국들이 원하는 것도 남자들이니까요."

이사장의 낯빛이 흐려졌다. 그러나 이내 그는 웃음을 흘리면서 고개를 끄덕였다.

"잘 알겠습니다. 그렇지 않아도 그 방향으로 일을 추진하려고 하고 있습니다. 그런데 참고로 말씀드립니다만 기술이라는 것을 떠나서 순수한 자원이라는 면에서는 남자들보다는 여자들의 해외진출 전망이 훨씬 밝습니다. 외화 가득률도 무시 못 할 정도로 높습니다."

"무슨 말씀인지 이해가 잘 안 가는군요. 좀 자세히 말씀해 주십시오."

"단적으로 말해서…… 한국 여자들의 인기가 좋습니다."

"그 인기라는 건 무엇을 뜻하는 겁니까? 일은 잘한다는 뜻입니까, 아니면 여성적인 매력이 외국 남자들의 눈에 돋보인다는 뜻입니까?"

분위기는 갑자기 딱딱해지는 것 같았다. 장관은 날카롭게 질문을 던지고 있었다. 이사장은 당황했다.

"그야 일을 잘한다는 뜻 이지요……"

"그렇다면 별문제입니다만……. 그런데 제가 알기로는 우리 남성들도 해외에서 근면하다는 평을 받고 있습니다."

"그야 그렇습니다. 그런데 이런 게 있습니다. 외국에서는 기술이 없는 한국 남자들을 필요로 하지는 않습니다. 한국 남성이 해외에 진출하려면 교육비를 많이 투자하여 장기간 기술을 습득하지 않으면 안 됩니다. 반면 여성들은 그러한 기술 없이도 해외에 진출할 수가 있습니다. 다시 말씀드려 교육비를 투자하지 않고도 여성들은 얼마든지 해외진출을 할 수가 있습니다. 적어도 중학교 졸업 이상이면 해외진출이 가능합니다. 현재 한국에는 미혼 처녀들이 7백만 명 이상이나 됩니다. 이들 중 극소수만이 직업을 가지고 있고, 그 나머지는 모두 실업자로서 무시 못할 세력을 형성하고 있습니다. 이들이 그대로 국내에 남아 아기를 낳는다면 인구 정책면에서도 큰 곤란을 겪게 될 겁니다. 따라서 저는 여자들의 해외진출이 보다 권장할 만한 일이라고 생각합니다."

"인구정책면에서도 여자를 외국에 내보내는 것이 좋다 이 말씀이군요?"

"이를테면 그렇습니다."

장관은 조금 소리 내어 웃었다. 그러나 그 웃음 속에는 어쩐지 꺼림칙한 기미 같은 것이 남아 있는 것 같았다. 이사장의 말은 그럴 듯했다. 남아돌아가는 여성의 노동력을 밖으로 내보내 외화를 벌어들인다— 액면대로 받아들인다면 훌륭한 계획이라고 볼 수 있었다. 그러나 미혼 여성들이 대량으로 외국에 수출되는 데 있어 문제가 없을 수 있을까. 그들이 과연 예정대로 직장 생활을 할 수 있을까. 여자인데다 교육도 별로 받지 못했다. 입을 벌리고 있는 유혹의 함정에 빠져들 가능성은 얼마든지 있다. 장관은 이마에 손을 짚으면서 잠깐 눈을 감았다. 귀찮은 일에 말려들었다는 생각이 들었다.

홍콩의 밤

8월 18일 오후 9시, JAL기는 홍콩 상공을 날고 있었다. 인터폴의 팽은 사탕을 씹으면서 창밖을 내다보았다. 불야성을 이룬 홍콩시가의 야경이 한눈에 비쳐들었다. 좋게 보면 홍콩은 인간이 만들어낸 가장 멋진 환락가라고 할 수 있었다. 그러나 나쁘게 보면 국제범죄의 소굴이라고도 할 수 있었다. 세계의 유명한 범죄인들치고 홍콩에 나타나지 않는 자는 거의 없었다.

팽은 상체를 의자에 기대면서 눈을 감았다가 떴다. 바로 앞에서 스튜어디스가 허리를 굽힌 채 어느 노파와 이야기를 나누고 있었다.

스튜어디스의 짧은 미니스커트 자락이 둥근 히프 위로 밀리면서 풍만한 허벅지 사이에 달라붙어 있는 삼각팬티가 터져버릴 듯이 팽팽하게 부풀어 올라 있었다. 팽은 사탕을 우두둑 깨물면서 낮게 신음을 토했다. 스튜어디스가 노파와 이야기를 끝내자 그는 그녀를 불렀다. 그쪽으로 다가서는 그녀의 가슴이 크게 흔들렸다.

"언제 일본으로 돌아가십니까?"

"오늘은 홍콩서 일박하고 내일 오후에 도쿄에 돌아갈 예정이에요."

그녀는 영어로 명쾌하게 대답했다.

"그럼 됐군요. 아주 급한 편지를 하나 부탁하려고 하는데 들어 주시겠습니까? 직접 전달해 주시면 수고비는 넉넉히 드리겠습니다."

팽은 진지한 표정으로 말했다.

"찾기가 쉬운가요?"

스튜어디스는 팽을 유심히 바라보았다.

"쉽습니다."

스튜어디스는 허리를 비틀면서 웃었다.

"좋아요."

"그럼 있다가 내릴 때 드리겠습니다."

스튜어디스가 가고 나자 그는 지갑 속에서 빳빳한 10달러짜리 지폐 스무 장을 꺼내 봉투 속에 집어넣었다. 그리고 봉투 겉면에

"인터내셔널 호텔 909, 팽"이라고 적었다.

5분 후 비행기는 공항 활주로로 미끄러져 들어갔다. 이윽고 비행기가 멎고 승객들이 내리기 시작하자 팽도 자리에서 일어섰다. 그는 승객이 모두 나간 다음 제일 마지막으로 내렸다. 트

랩 출입구에 아까의 그 스튜어디스가 서 있었다. 그는 봉투를 내밀면서

"잘 부탁합니다."

하고 말했다.

봉투를 받아드는 여자의 눈이 빛났다. 팽은 그 길로 인터내셔널 호텔로 향했다. 미리 예약해 둔 방을 확인하고 난 그는 프런트를 보고 있는 계원에게 팁을 주면서 부탁했다.

"팽이라는 사람을 찾는 여자가 오면 언제라도 내 방으로 안내해주시오."

"네, 알겠습니다."

두둑한 팁에 웨이터는 두 번이나 허리를 굽혔다.

방으로 들어온 그는 옷을 벗고 샤워를 했다. 몸은 살이 많이 쪄서 둔해 보였다. 그는 거울을 들여다보며 튀어나온 자신의 배를 근심스러운 듯 손바닥으로 두드렸다. 그의 입은 쉴 사이가 없었다.

끊임없이 먹어대니 살이 찔 수밖에 없었다. 그것을 알면서도 그는 부지런히 먹어치웠다.

샤워를 하고 나자 입안이 컬컬했다. 그는 냉장고 속에서 맥주를 꺼내 잔에 따랐다.

옷을 벗고 있는 것이 좋아서 그는 벌거벗은 채로 방안을 왔다 갔다 하면서 맥주를 마셨다. 맥주가 들어가자 답답하던 가슴속이 시원해지는 것 같았다. 조금 후 그는 교환을 통해 경시청을 불렀다.

"경시청입니다."

경찰 특유의 메마른 대답이 들려왔다.
"살인과의 왕경부를 부탁합니다."
왕경부는 부재중이었다. 팽은 자택 전화번호를 알아내어 집으로 다시 전화를 걸었다. 왕경부는 그때까지 술에 곤드레가 되어 집에 뻗어 있었다. 팽이 홍콩에 주재하고 있을 때 그들은 가까이 지냈었다.
"어이, 이게 누구야?"
그는 깜짝 놀란 것 같았다.
"오랜만입니다. 어떻게 지내십니까?"
"나야 별일 없소. 지금 어디 있소?"
"지금 인터내셔널 호텔에 있습니다. 조금 전에 이곳에 도착했습니다."
"호텔에 있지 말고 지금 곧 나오시오. 내가 좋은 술집에 안내하겠소."
"지금은 안되겠습니다. 내일 좀 만났으면 좋겠습니다, 왕경부님."
"무슨 급한 일이라도 있나요?"
수화기 저편에서 술 트림 하는 소리가 들려왔다. 팽은 얼굴을 찌푸렸다.
"우리가 쫓고 있는 마약사범이 얼마 전에 이쪽으로 온 것 같습니다. 홍콩 경찰이 지금 그자의 꼬리를 잡고 있다는 말을 들었는데……"
"그 건이라면 알려줄 정보가 있소. 내일 만납시다."
그들은 약속 장소와 시간을 정한 다음 전화를 끊었다. 팽은 이번에는 인터폴 홍콩지부로 전화를 걸었다. 아무도 전화를 받지 않았다. 투덜거리면서 수화기를 내려놓았다.

그때 노크 소리가 들려왔다. 팽은 술잔을 든 채 방문을 열었다. 사복으로 갈아입은 스튜어디스의 모습이 문 앞을 가로막고 있었다. 벌거벗고 있는 팽을 보자 그녀는 좀 놀라는 듯 한 제스처를 써 보였다. 그러나 그것은 괜한 짓일 뿐 그녀는 어느새 방 안으로 들어서고 있었다.

팽은 문을 닫아건 다음 그녀에게 맥주잔을 내밀었다. 그녀는 미소를 지으면서 잔을 받았다. 그녀는 소매 없는 셔츠에 블루진 바지를 입고 있어서 무척 섹시하게 보였다. 브래지어를 하지 않아 셔츠 위로는 굵은 젖꼭지가 튀어나와 있었고, 착 달라붙는 바지 위로는 미끈한 허벅지와 둥근 엉덩이가 팽팽한 긴장을 이르고 있었다.

그녀는 맥주를 쭉 들이 킨 다음 산발한 머리를 한번 가볍게 흔들었다.

"기다리셨나요?"

"기다렸소."

"만일 제가 오지 않았다면……"

"올 줄 알았어."

"자신만만하시군요."

팽은 대답하는 대신 여자 앞으로 다가가서 그녀의 허리를 껴안았다.

"아, 더워요. 샤워 좀 하고 오겠어요."

에어컨이 작동하고 있는데도 실내는 더웠다. 그녀는 옷을 훌

홀 벗어던지고는 욕탕 속으로 뛰어 들어갔다. 그도 뒤따라 들어 갔다.

두 사람은 소나기 밑에서 뒤엉켰다. 물에 젖은 젖가슴이 팽의 가슴을 짓눌러 왔다. 팽은 여자를 물이 쏟아지는 타일 바닥 위로 눕혔다. 바닥에 떨어지는 물소리가 여자의 신음 소리를 집어삼 키고 있었다.

"짐승…… 짐승……"

여자는 손톱과 이빨로 남자의 몸을 파헤치고 있었다. 그러나 남자는 그럴수록 더욱 힘껏 여자를 조이고 있었다.

정사를 치르고 난 그들은 상대방의 몸을 샅샅이 씻어준 다음 방으로 돌아와 다시 맥주를 마셨다. 팽은 맞은편 의자 위에 다리 를 꼰 채 비스듬히 앉아 있는 스튜어디스를 지그시 바라보았다. 여자는 벌거벗은 몸을 가리려고도 하지 않은 채 그대로 태연히 앉아 있었다. 젖가슴과 엉덩이 부분이 눈에 띄게 잘 발달된 여자 였다. 눈을 치뜨고 있는 것이 조금도 피로해 보이지가 않았다. 두 번째 게임을 위해서 가볍게 휴식을 취하고 있는 것 같은 그러 한 모습이었다.

새벽녘까지 스튜어디스와 게임을 벌인 팽은 거의 낮 12시가 가까워서야 눈을 떴다. 여자는 이미 옷을 입고 의자에 앉아 담배 를 피우고 있었다. 팽이 손을 내밀자 여자가 피우던 담배를 내밀 었다.

"기분이 어때요?"

스튜어디스가 물었다.

"좋아. 몇 킬로는 빠졌을 거야."

그는 팬티를 주워 입고 냉장고로 다가가서 주스를 한 컵 따라 마셨다.

"이젠 가도 좋아. 참, 이름이 뭐지?"

"마스꼬라고 불러요."

"음, 마스꼬…… 다음에 또 한 번 만나지. 그때는 잠을 자지 않겠어. 나는 운동은 귀찮아서 하지 않아. 그 대신 여자와 함께 노는 데는 적극적이야. 그것도 일종의 스포츠니까. 살 빼는 데는 제일 좋은 방법이지. 내 이름은…… 진이야."

여자가 코웃음을 쳤다.

"거짓말하시지 않아도 돼요. 인터폴의 팽 선생님이라는 거 알고 있어요."

팽은 주춤했다. 깜짝 놀란 그는 주스 잔을 내려놓고 여자 쪽으로 다가갔다.

"이 돈은 필요 없어요."

여자는 백에서 봉투를 꺼내 탁자 위에 집어던졌다. 완전히 농락당했다고 생각되자 팽은 화가 치밀었다.

"목적이 뭐야?"

그는 여자의 따귀를 후려갈긴 다음 그녀를 침대 위에 내동댕이쳤다. 그녀는 낯빛 하나 흐리지 않고 일어나 앉았다.

"뚱뚱한 분치고는 성질이 급하시군요."

"여자라고 못 때릴 줄 알아?"

"이번에 여기서 하실 일 취소하세요."

팽은 더욱 놀랐다.

"프렌치커넥션 말인가?"

"네, 바로 그거예요. 만일 그걸 그만두시지 않으면 위험할 거예요."

"협박하는 건가?"

"그건 마음대로 해석하세요."

팽은 목이 축축이 젖어오는 것은 느꼈다. 인터폴이 국제 마약조직인 프렌치커넥션을 추적하기는 2년 전부터였다. 프랑스인을 두목으로 한 이 마약조직은 세력이 급속도로 확대되어 지금은 세계 구석구석까지 그 손이 미치고 있었다. 팽이 쫓고 있는 인물은 도쿄—서울—홍콩—타이페이를 책임 맡고 있는 거물이었다. 이자를 잡기만 하면 프렌치커넥션도 상당한 타격을 받을 것이 틀림없었다. 팽은 현재 그자에게 가장 깊이 접근하고 있었다. 그런데 이렇게 협박을 가해온 것이다.

"이런 식으로 협박을 하는 건 무슨 이유지?"

"프렌치커넥션의 손 안에 당신이 들어 있다는 걸 보여 주기 위해서예요."

"언제라도 죽일 수 있다 이 말이군."

그는 천천히 옷을 입었다. 그녀가 하는 말은 정말이었다.

"당신도 그 조직원인가?"

"저는 심부름만 할 뿐이에요."

그는 몸을 돌리면서 여자의 뺨을 세차게 후려갈겼다.

"가서 말해 둬. 내가 죽기 전에 먼저 죽이겠다고 말이야. 이따위 협박에 주저앉는다면 벌써 직업을 바꾸었어. 알아? 내 손으로 그 미꾸라지 같은 놈을 잡고 말 테니까 그렇게 보고해. 모가지를 비틀어 버리기 전에 빨리 꺼져!"

여자의 입에서는 피가 흐르고 있었다.
"가엾은 사람…… 다시 만나기 힘들겠군요."
그녀는 중얼거리면서 조용히 밖으로 나갔다.

"빌어먹을……"
그는 지난밤의 즐거움이 싹 가시는 것을 느꼈다.
인터폴 지부로 전화를 걸고 난 다음 그는 지난밤 왕경부와 약속한 장소로 향했다. 택시 속에서 그는 내내 기분이 언짢았다. 마스꼬를 쫓아 버리긴 했지만 불안한 기분을 씻어 버릴 수가 없었다.
홍콩 경시청의 왕은 팽과는 대조적으로 호리호리한 몸매에 키가 컸다. 레스토랑에서 만난 그들은 식사를 하면서 이야기를 시작했다.
"우리가 그자 꼬리를 잡고 있는 거 어떻게 알았소?"
"홍콩 인터폴에서 연락이 왔습니다. 뭔가 잡고 있는 것 같은데 도무지 움켜쥔 채 알려 주지를 않는다고……"
왕경부는 안경을 벗었다가 도로 끼었다. 팽은 입 속에 고기를 한 덩이 집어넣고 열심히 씹었다.
"사실은 비밀리에 그놈을 체포하려고 했는데, 어느새 정보가 새나갔군. 잘 아시겠지만 지금 우리 경찰은 최악의 상태요. 연일 신문에 얻어맞고 있고, 그 바람에 간부급들은 한자리에 오래 붙어 있지를 못해요. 경찰이 무능한데다 암흑가와 손을 잡고 있다는 말이 공공연히 나돌고 있을 정도니까 짐작이 갈 거요. 그래서 이번 기회에 거물급을 하나 잡아서 위신을 세워 보려고 극비리에 활동을 하고 있었지요."

"공을 혼자 차지할 셈이었군요."

"그렇다고 볼 수 있지."

왕은 밥맛이 없는지 입을 느릿느릿 놀렸다.

"그자가 아직 홍콩에 있습니까?"

"아직 있소."

"소재를 파악했습니까?"

"소재는 아직 몰라요. 그렇지만 체포는 시간문제요. 그놈 부하 하나가 정보를 알려 주기로 했으니까."

"그놈 사진을 가지고 있습니까?"

왕경부는 안주머니 속에서 사진 한 장을 꺼내 팽에게 디밀었다. 그것을 들여다본 팽은 고개를 저었다.

"이건 가짭니다. 그놈은 변장에 능해서 진짜 얼굴을 아는 사람은 거의 없습니다."

"이런…… 속았군."

왕경부는 포크로 사진의 얼굴을 쿡 찔렀다.

"같은 조직원이라 해도 두목의 얼굴을 모를 거요. 어떻습니까? 내가 그놈 얼굴을 알고 있으니까 합동으로 수사하는 게 좋지 않을까요?"

"그놈 진짜 사진을 가지고 있단 말이오?"

"가지고 있죠."

"그러지 말고 그 사진을 이미 넘기시오."

"작년부터 그놈을 추적해 왔는데 쉽게 포기할 수야 없지요. 내 손으로 꼭 잡고야 말 테니까 두고 보시오."

"우리 사이에 이러기요?"

왕이 긴 얼굴에 미소를 머금으면서 말했다. 팽도 미소를 조금 지었다.

"이해가 상충할 때는 할 수 없는 일 아닙니까?"

"천 달러 줄 테니 사진을 주시오."

"원, 무슨 말씀을……"

"그게 적단 말이오?"

"정 그렇다면 2천은 받아야겠습니다. 1만 정도 받고 싶지만 아는 사이에 그럴 수는 없고……"

식사를 마친 팽은 만족한 듯 상체를 뒤로 젖혔다. 왕경부가 나이프를 집어던졌다.

"좋소. 2천 달러를 주겠소. 사진을 봅시다."

팽은 웃으면서 저고리 안주머니에 손을 집어넣었다. 곧이어 창백해진 그는 다른 호주머니를 뒤져 보았다. 모두 뒤져도 사진은 나오지 않았다.

"이럴 수가…… 분명히 가져왔는데……"

"없어졌소?"

"없어졌는데요."

지갑 속을 보았지만 돈은 그대로 들어 있었다.

"소매치기 당했군요."

"그 사진하고 몽타주만 없어졌는데요."

"몽타주는 뭐요?"

"그건 서울서 부탁받은 킬러 것인데……"

팽은 스튜어디스와 하룻밤 지낸 일을 이야기하지 않았다. 그 여자에게 사진과 몽타주를 도둑당하고 협박까지 받았다는 것을 알게 되면 왕이 웃을 것이다. 정말 인터폴 요원치고는 어리석기 짝이 없는 실수였다.

"지갑은 있고 그것만 없어진 걸 보니까 그놈들한테 미행당한 거 아니오?"

왕은 적이 낭패하는 빛이었다. 팽은 고기를 씹으면서 마스꼬를 생각했다. 정말 그 계집을 씹어 먹고 싶었다. 2천 달러가 날아가 버린 것을 생각하니 분통이 터져 견딜 수가 없었다.

"잃어버린 건 할 수 없고 몽타주나 그려 둡시다."

"다음에 연락하겠소."

팽은 서둘러 일어났다.

인터폴 홍콩지부 책은 같은 중국인이었다. 그는 프렌치커넥션에 대해 아무런 정보도 가지고 있지 못했다. 팽은 시내에 자리잡고 있는 JAL 지사를 찾아갔다.

"도쿄 행은 몇 시에 있습니까?"

"오늘 밤 9시에 있습니다."

안내 데스크에 앉아 있는 여직원이 상냥하게 대답했다.

"마스꼬라고 하는 스튜어디스를 급히 만나야겠는데 연락을 좀 취해 줄 수 없겠소?"

"잠깐 기다려 주십시오."

안내원은 전화로 여기저기 알아보는 것 같았다. 잠시 후 그녀는 웃으면서

"지금 행방을 알 수 없는데요."

하고 말했다.
 빌어먹을, 망할 년 같으니라구. 잡히기만 해봐라. 팽은 땀을 뻘뻘 흘리면서 호텔로 돌아왔다. 옷을 벗고 막 샤워를 하려고 하는데 전화벨이 울렸다.
 "마스꼬예요. 화내지 마세요."
 웃음이 담긴 목소리가 가까이서 들려왔다.
 "이런 망할…… 좀 만나!"
 "지금 연애를 하고 있어서 안돼요. 앞으로 그런 사진 가지고 다니지 마세요. 찾을 생각도 하지 말구요. 아시겠죠? 그 대신 따로 복사해 둔 건 아니겠죠?"
 "복사해 두었어. 이곳 경찰에 그걸 넘기면 1만 달러는 받을 수 있어."
 "경찰에 넘긴 건 아니겠죠?"
 "아직 안 넘겼어. 그렇지만 넘기는 건 시간문제야."
 "바보 같으니!"
 전화가 일방적으로 끊겼다. 팽은 신경질적으로 수화기를 집어던졌다가 다시 집어 들고 교환을 불렀다.
 "방금 그 전화 어디서 온 건지 모르나?"
 "9층 15실에서 건 거예요."
 "고맙소."
 9층 15호실이면 바로 부근이다. 팽은 참을 수 없도록 화가 치밀었다. 계속 놀림을 당하고 있다고 생각하자 초조해지기까지 했다.
 밖으로 나온 팽은 15호실을 찾았다. 15호실은 복도를 사이에 두고 바로 맞은편에 있었다. 권총을 빼든 팽은 가슴을 펴고 숨을 한번 몰아쉬었다. 그리고 방문을 박차고 방안으로 뛰어들었다.

침대 위에서는 두 남녀가 벌거벗은 채 뒹굴고 있었다. 분명히 인기척을 들었을 텐데 완전히 이쪽을 묵살한 채 서로 애무를 계속하고 있었다. 어이가 없어진 팽은 잠시 멍청하게 서 있다가 고함을 질렀다.

"모두 일어나! 쏴 버리겠다!"

비로소 두 사람이 고개를 돌려 팽을 바라보았다. 여자는 웃는 얼굴이었고 남자는 얼굴을 찌푸리고 있었다.

"문이나 닫아."

금발이 마스꼬를 부둥켜안은 자세에서 영어로 말했다.

덩치가 커서 마스꼬는 완전히 그 밑에 깔려 얼굴만 내밀고 있었다. 팽은 뒷걸음질로 다가가 문을 닫았다.

금발은 팽이 들고 있는 권총 따위는 안중에도 없는 것 같았다. 그는 몸을 가릴 생각도 하지 않은 채 침대에서 내려와 팬티를 집어 들었다.

가슴은 온통 털로 덮여 있었다. 그는 자랑스러운 듯이 몸을 펴 보이고 나서 천천히 팬티를 입었다. 팽은 권총을 들고 있는 자신이 위축되는 것을 느꼈다.

"용건을 이야기하게."

금발이 팬티 바람으로 소파에 앉으면서 말했다. 마스꼬도 팬티만 걸친 채 그 옆으로 다가가 앉았다.

"권총은 치우세요. 기분 잡쳐요."

마스꼬가 여전히 생글거리면서 말했다. 팽은 권총을 집어넣고 맞은편 자리에 앉았다.

"프렌치커넥션에 대한 수사를 중지하시오. 이건 당신에게 하는 최후 통첩이야."

금발이 노란 눈을 매처럼 뜨면서 말했다.

"그럴 수 없어."

팽은 상대방을 경계했다.

"필름과 복사한 사진을 가져오면 1만 달러 주지."

"인터폴이 범죄 조직의 돈을 절대로 먹지 않는다는 건 잘 알 텐데……"

금발이 고개를 끄덕였다. 표정이 굳어지고 있었다.

"알겠어. 그럼 더 이상 할 말이 없군."

금발은 몸을 일으키려다가 도로 주저앉았다.

"그 몽타주에 그려진 납작코도 당신이 찾고 있는 인물인가?"

"그래. 몽타주를 돌려 줘."

"이렇게 하면 어떨까? 우리가 그 납작코에 대한 정보를 줄 테니까 당신은 그 대신 우리 조직에 대한 수사를 중지해 주는 걸로……"

팽은 정신이 번쩍 들었다. 괜찮은 협상이라는 생각이 들었다. 이놈들과의 약속이야 나중에 파기해도 좋은 것이다. 범죄 조직과의 사이에 협정이 존재한다는 것 자체가 우스운 일이다.

"그 납작코에 대해서는 당신이 어느 정도 정확한 정보를 가지고 있지?"

"그자의 국적, 성명, 나이, 경력…… 이 정도면 상세한 정보일 거야."

"좋아. 한번 믿어 보지."

"프렌치커넥션에 대해서는 손을 떼는 거지? 이건 약속이야. 약속을 어기면 우리는 살려 두지 않는 성미야."

"나도 마찬가지야."

"필름과 복사물을 즉시 돌려줘."

"그런 건 없어. 그 사진 한 장뿐이야."

"정말인가?"

"정말이야."

"얼굴을 기억하고 있는 건 당신뿐이니까 몽타주를 만들 생각은 하지 마."

"물론이지."

팽은 담배를 피워 물었다.

금발은 팽이 보는 앞에서 마스꼬를 애무하고 있었다. 그의 손이 겨드랑이 밑으로 해서 그녀의 젖가슴을 주물러대자 팽은 시선을 돌렸다. 질투가 났지만 그는 꾹 참았다.

"납작코에 대한 정보는 언제 주겠는가?"

"있다가 저녁때 주겠다. 마스꼬 편으로 보내 주지."

"그런데 어떻게 그자를 알고 있지?"

"우리도 그자를 찾고 있었다."

"왜?"

"그자가 다른 조직의 청부를 맡고 우리 조직원을 한 사람 죽였어. 시카고 책임자를 죽인 거야. 벌써 몇 년 전 일이지만 우리는 그놈을 잊지 않고 있어."

"그놈이 어디 있는 줄 알고 있나?"

"몰라. 그놈에 대한 신상카드만 가지고 있어. 지금은 행방을 몰라. 아주 멀리 가서 숨어 버린 모양이야."

팽은 납작코가 의외로 거물급 킬러라는 것을 알았다. 프렌치 커넥션 시카고 책임자를 죽였다면 여간한 놈이 아니다.

팽은 자기 방으로 돌아와 침대 위에 벌렁 누웠다. 한참 누워 있자 졸음이 밀려왔다.

잠을 깼을 때는 오후 5시가 지나고 있었다. 그는 문득 생각난 것이 있어 인터폴 지부로 전화를 걸었다. 중국인이 전화를 받았다. 그는 팽보다 경력이 긴 편이었다.

"몇 년 전 프렌치커넥션 시카고 책임자가 살해된 거 알고 계십니까?"

"시카고 책임자…… 응, 알고 있지요."

"어떻게 죽었는지 알고 계십니까?"

"에 또…… 머리에 총을 맞고 죽었소."

"좀 알아볼 일이 있어서 그럽니다. 범인은 체포됐나요?"

"아직 체포 안됐을 거요."

"범인이 누굽니까?"

"몰라요. 반대 조직에서 살해한 걸로만 알려졌지 그밖에는 알려진 게 없어요."

팽은 전화를 끊고 창밖을 바라보았다. 밖에는 어느새 비가 내리고 있었다. 빗줄기가 창공을 세차게 두드려대고 있었다. 바람까지 불고 있었다. 이렇게 날씨가 나쁘면 마스꼬는 오늘 비행기를 타지 못할 것이다.

그녀의 풍만한 육체가 눈앞을 어지럽혔다. 증오감과 함께 매력이 느껴지는 여자였다. 더 이상 상대하면 안 되는 줄 알면서도 그는 마스꼬가 기다려졌다.

호텔 아래 길 위에는 사람들이 홍수를 이루고 있었다. 서울 못지않게 사람이 많았다.

그는 소파로 돌아와 앉았다. 조금 전의 전화 내용이 어느새 가슴속 깊이 들어와 박혀 있었다. 시카고 책임자의 머리를 관통시킨 놈이라면 무시무시한 놈이다. 그런 놈이 아직까지 인터폴에 알려지지 않았다니 이상한 일이다. 서울의 김 형사가 그런 놈을 찾고 있다니 우스운 일이다. 서울 경찰이 손을 대기에는 너무 큰 놈이다. 도저히 맞붙을 수 있는 적수가 아니다. 그러나 부탁한 거니까 정보는 알려 주어야 한다.

비바람이 몰아치는 거리로 나가기 싫어 그는 그대로 주저앉아 있었다. 어둠이 깃들기 시작했지만 마스꼬는 나타나지 않고 있었다.

그는 맥주병을 땄다.

9시가 지났을 때 노크 소리가 들려왔다. 팽은 비틀거리는 몸짓으로 문 쪽으로 다가갔다. 밖에는 마스꼬가 아닌 다른 여자가 서 있었다.

"누굴 찾는 거요?"

팽은 퉁명스럽게 물었다.

"마스꼬 대신으로 제가 왔는데요. 기분 나쁘시다면 돌아가겠어요."

능숙한 영어 발음이었다. 마스꼬에 비해 여자는 체격이 작아

보였다. 그러나 몸의 굴곡은 놀랄 만큼 발달되어 있었다. 웃고 있는 모습도 아름다웠다. 그녀 역시 티셔츠에 블루진 바지 차림이었다.

"아니, 괜찮아요. 들어와요."

팽은 부드럽게 낯빛을 고쳤다.

여자는 방으로 들어오자마자 백 속에서 조그만 봉투를 하나 꺼냈다.

"이거 전해 주라고 해서 가져왔는데요."

팽은 봉투를 받아, 보지도 않고 탁자 위에 던져놓았다.

"이젠 돌아가도 되겠지요?"

여자가 생글생글 웃었다. 팽은 여자에게 다가가 허리를 끌어안았다.

"국적이 어디요?"

"필리핀이에요. 당신은?"

"중국. 밖엔 비가 오고 있어. 바람도 불고 있고. 이럴 땐 침대 속에 있는 게 제일 좋지."

"다른 남자가 기다리고 있어요."

팽은 여자를 노려보았다.

"당신들한테는 물러날 수 없어. 한 발짝도 물러날 수 없지."

그는 여자의 티셔츠를 머리 위로 벗겨냈다. 여자는 몇 번 몸을 뒤틀다가 그가 하는 대로 내버려두었다.

젖가슴이 공처럼 탄탄했다. 지퍼를 내리자 팬티도 입지 않은 맨살이 나타났다.

"나에게 몸을 바치라고 하던가?"

홍콩의 밤 · 211

그는 옷을 벗으면서 물었다. 여자가 그의 목을 끌어안으면서 쓰러졌다.
"그런 게 무슨 상관이에요?"
"명령만 받으면 누구한테나 몸을 주나?"
"물론이죠. 명령을 거역할 수는 없으니까요."
"나를 구워삶으라고 하던가?"
"네, 그랬어요. 멋있게 해치우라고 그랬어요."
"내가 정복당할 거라고 생각하나?"
"물론이죠. 해 볼까요?"
여자는 그가 어서 공격해 들어오기를 기다리고 있었다.
"당신한테 지시를 내린 놈은 지금쯤 내가 녹초가 되어 있는 걸로 알고 있겠군."
팽의 손이 갑자기 딱 소리를 내면서 여자의 뺨에 부딪쳤다. 여자는 화들짝 놀라 일어났다.
"왜 그러는 거예요?"
"빨리 꺼져! 나를 놀리지 말라고 일러!"
그는 다시 한 번 여자를 후려갈겼다. 여자는 허둥지둥 옷을 입더니 그를 쏘아보았다.
"약속을 안 지키면 어떻게 되는 줄 알죠?"
"뭐라구?"
"전 당신이 죽는 걸 원치 않아요. 서로 협조하면서 얼마든지 즐길 수 있잖아요."
"모가지를 비틀어 버릴 테다."
그가 잡기 전에 여자는 재빨리 밖으로 뛰어나가 버렸다. 팽은 방안을 서성거리다가 탁자 위에 놓여 있는 봉투를 집어 들었다. 봉투 속에는 타이프지와 함께 사진이 한 장 들어 있었다. 그는 먼저 사진을 들여다보았다. 사진은 흑백으로 손바닥 크기만 한 것이었고 복사를 한 듯 조금 흐려 보였다. 거기에는 몽타주와 비슷한 얼굴을 가진 사내가 침울한 얼굴로 담배를 물고 있었다. 콧잔등은 푹 꺼져 있었고 이마 밑으로 움푹 들어간 눈은 그늘이 져서 음침해 보였다. 튼튼한 턱뼈와 광대뼈는 얼굴에 강인한 인상을 품어주고 있었다. 머리는 짧게 깎은 스포츠형이었고 옷은 소매 없는 러닝셔츠만을 입고 있었다. 팽은 사진을 놓고 이번에는 타이프지를 펴들었다. 영어로 타이핑된 내용을 읽으면서 그는 흥미를 느꼈다.

△다비드 킴(David Kim) = 42세. 국적 미국. 출생지 및 과거경력은 일체 알려지지 않음. 직업군인으로 다년간 복무한 사실이 있지만 밝혀진 것은 월남전 이후의 것들뿐임. 최종 계급은 육군 상사. 월남전에서는 게릴라 요원으로 활약. 이 시기에 마피아에게 포섭당해 1968년 미국인 군수업자 R을 사이공에서 암살. 계속 살인청부를 맡다 휴가를 내어 귀국. 1969년 프렌치커넥션 시카고 책임자를 암살. 이 사실이 알려져 군 수사기관의 조사를 받게 되자 군적을 이탈. 마피아의 살인청부를 거절, 협박을 받게 되자 마피아 단원을 살해하고 국외로 도주. 스웨덴에서 월남전 반대 그룹(월남전에서 이탈해 온 미국 탈영병 그룹)에 가담해 있다가 1972년 아프리카로 잠입. 이때부터 수년 동안 외인부대에

가담하여 아프리카 신생제국의 내란에 참가. 그 후 아프리카를 떠났다는 소문이 있으나 지금까지 행방을 알 수 없음.

팽은 고개를 갸우뚱하면서 다시 한 번 그것을 읽어 보았다. 다비드 킴, 전혀 새롭고 괴이한 이름이지만 보기 드물 정도로 무서운 킬러다. 42세라면 킬러로서 가장 완숙될 단계다. 가장 큼직한 것에 도전할 수 있는 나이다.

팽은 침대에 누워 잠을 청했다. 이틀쯤 더 머물다가 서울로 돌아가야겠다고 그는 생각했다.

다음 날도 비가 내렸다. 아침 10시쯤에 그는 침대 위에서 전화를 받았다. 왕경부에게서 온 전화였다.

"재미 좀 봤소?"

"천만에요. 혼자서 쓸쓸히 지냈습니다."

팽은 왕경부가 지난 이틀 동안의 여자관계를 모두 알고 있는 것 같은 기분이 들었다. 그러나 그것은 잠깐 스쳐간 생각에 불과했다.

"혼자 지내는 게 좋지요. 여자란 마약 같은 것이니까요. 지금 좀 나와서 그놈 몽타주 그리는 데 협조해 주시겠소?"

팽은 얼른 대답을 못하고 머뭇거렸다. 프렌치커넥션에 대한 수사나 수사 협조를 중단할 것을 이미 약속한 바 있다. 그들은 그 대가로 다비드 킴에 대한 정보를 제공해 주었다. 약속을 어기면 다시 협박을 가해 오겠지. 그런 협박쯤이야 으레 있는 것이니까 겁날 게 없다. 몽타주를 그리는 데 협조한 것을 그들이 알 리는 없을 것이다.

"좋아요. 지금 가겠습니다."

팽은 수화기를 놓고 침대에서 일어났다. 가능하면 자신의 손으로 프렌치 커넥션의 간부 한 명을 체포하고 싶은 마음은 변하지 않고 있었다.

왕경부를 만나러 가는 도중에 그는 우체국에 들러 다비드 킴에 대한 자료를 국제우편으로 서울로 보내는 것을 잊지 않았다.

한 시간 후에 그는 왕경부의 방에 있었다. 거기에는 이미 몽타주 전문의 화가가 대기하고 있었다.

그날 저녁 팽은 왕경부를 다시 만났다. 그리고 밤늦게까지 술을 마셨다. 왕경부는 팽이 마음대로 취하게 내버려두었다. 그렇지만 그 자신은 별로 취하지 않고 있었다. 잔뜩 취한 팽은 헤어질 때까지 프렌치커넥션에 대해 주로 이야기를 했다. 이야기 내용은 한결같이 욕설이었다.

"개 같은 자식들, 인터폴의 팽을 무시해도 분수가 있지 나를 협박해? 내가 겁쟁이인 줄 알았다간 오산이지. 왕경부, 난 절대 그놈을 포기하지 않을 거요. 꼭 그놈을 체포해서 그자들 혼쭐을 빼놓고 말 거요."

"잘해 보시오."

왕경부는 스트리퍼 쪽을 바라본 채 심드렁하게 대꾸했다. 팽은 상체를 흔들었다.

"이러다간 그놈을 놓고 우리가 다투겠는데요. 아무튼 그놈을 먼저 체포하는 사람한테 영광을!"

팽은 술잔을 높이 쳐들었다가 단숨에 쭉 들이켰다. 11시 반쯤에 왕경부는 전화를 받고 급히 가야 할 데가 있다고 말하면서 먼저 자리를 떴다. 팽은 혼자 앉아 그대로 술을 마셨다. 그리고 1시쯤에 그곳을 나왔다.

몹시 취해서 곧 쓰러질 것 같았지만 그는 용케 몸을 가누면서 비틀비틀 걸어갔다. 밤이 깊어 거리에는 불빛도 많이 사라지고 별로 사람이 없었다. 비를 그대로 맞고 가던 그는 갑자기 오줌이 마려워 주위를 둘러보았다. 그러나 오줌을 눌 만한 적당한 장소가 눈에 띄지 않았다. 그는 망설이다가 좁은 골목으로 꺾어져 들어갔다.

그가 막 물기를 털어내면서 바지 지퍼를 끌어올렸을 때 골목 입구에 차가 한 대 와서 멎었다. 그리고 두 사람이 차 속에서 나와 골목 안으로 들어섰다.

팽은 순간적으로 도망을 쳐야 한다고 생각했다. 무기도 준비하지 않은 그는 비로소 자신이 얼마나 부주의했는가를 깨달았지만 이미 너무 늦은 뒤였다. 골목 반대편으로 들어갔다. 그러나 취한 몸이라 몇 걸음 못 가 넘어지고 말았다. 뒤따라 뛰어온 자들이 구둣발로 그를 몇 번 걷어찼다. 그때 골목 맞은편에서 행인이 나타났다. 당황한 그들은 팽을 차 쪽으로 끌고 갔다. 팽이 발버둥을 치자 그들은 그의 목에 권총을 들이댔다.

"순순히 말을 들어!"

팽은 다리에 힘이 빠지는 것을 느꼈다. 그는 주저앉았다가 다시 일어나 걸었다. 그들은 팽을 짐짝처럼 차 속에 쑤셔 박았다. 시동을 걸고 있던 차는 요란스럽게 엔진 소리를 내면서 어둠 속으로 달려갔다.

뒤통수를 심하게 얻어맞은 팽은 가물가물해지는 의식을 붙잡으려고 이를 악물었다. 차는 바닷가를 달리고 있었다. 바다는 칠흑 같은 어둠 속에서 광포하게 울부짖고 있었다.

"너…… 너희들은 누구냐?"

팽은 겨우 입을 열어 물었다. 그의 왼쪽에 앉아 있는 사나이가 총구로 그의 머리를 찔렀다.

"너는 우리와 한 약속을 어겼어. 경고했던 대로 우리는 너를 처단한다."

"약속을 어긴 일이 없다!"

팽은 곁눈질로 그자를 바라보았다. 마스꼬와 함께 벌거벗고 뒹굴던 그 금발이었다. 운전석 옆에도 사나이가 하나 돌아앉아 권총을 겨누고 있었는데, 그는 중국인인 것 같았다.

차는 서서히 속력을 줄이고 있었다. 팽은 마지막 순간이 다가왔다고 생각했다.

"약속을 어기지 않았다! 정말이다!"

지푸라기라도 붙잡고 싶은 심정이 된 팽은 필사적으로 마구 외쳤다.

"거짓말 마라. 몽타주를 그리게 해준 걸 다 알고 있어."

중국인이 이마에 주름살을 잡으면서 말했다. 순간 팽은 왕경부의 모습이 생각났다. 아니, 그럴 리가 없다. 왕경부가 그럴 리가 없다.

"그런 짓 하지 않았다! 잘못 알고 있는 거야!"

"왕경부를 만나서 무얼 했는지 알고 있어. 왕경부가 직접 알려 주었다.

"그럼 왕경부도 너희들과 한패란 말이냐?"

"정보를 제공해 주고 있지. 보수가 후하니까."
팽은 눈앞이 캄캄해져 왔다. 너무 충격이 커서 그는 더 이상 입을 열수가 없었다.
차가 속도를 줄인 가운데 금발이 먼저 팽의 옆구리에 권총을 발사했다. 중국인은 팽의 가슴을 쏘았다. 차 문이 열리고, 팽의 몸은 바다 속으로 굴러 떨어졌다.
그가 떨어지는 소리는 파도 소리에 묻혀 들리지도 않았다. 일을 끝낸 범인들의 차는 급커브 하더니, 빗물을 튀기면서 쏜살같이 오던 길로 달려갔다.

포효하던 바다에 내던져진 팽의 시체는 의외로 빨리 발견되었다.
이튿날 오후 범행 장소에서 4킬로나 떨어진 해변 가에서 낚시질하던 노인이 조류를 타고 떠내려 오는 시체를 발견, 경찰에 신고함으로써 팽의 신원이 밝혀진 것이다.
타살 시체는 으레 살인과의 왕경부에게 보고되기 마련이었다. 왕경부는 팽의 죽음을 전화로 인터폴 홍콩지부에 연락했다. 인터폴은 긴장했다.
"누가 죽였습니까?"
"전혀 짐작이 가지 않습니다."
왕경부는 목소리 하나 흩트리지 않고 담담하게 대답했다.
"프렌치커넥션을 쫓고 있었는데, 혹시 그놈들의 소행이 아닙니까?"
"글쎄, 모르겠습니다."

"우리도 조사하겠지만, 왕경부님께서 이번 사건을 철저히 수사해 주셨으면 고맙겠습니다."

"아, 말씀 안하셔도 잘 알고 있습니다. 팽씨와는 생전에 가까웠는데…… 참 안됐습니다."

왕경부는 전화를 끊고 길게 하품을 했다.

8월 25일 저녁,

진은 스칸디나비아 클럽으로 까자르를 만나러갔다. 그 프랑스인으로부터 갑자기 만나자는 연락이 온 것이다.

까자르는 혼자서 술을 마시고 있었다. 진을 바라보는 그의 눈은 조금 넋이 나간 듯이 보였다. 진이 자리에 앉자 그는 봉투 하나를 꺼내어 그에게 주었다.

"이건 팽이 홍콩에서 보낸 겁니다. 부탁하신 킬러에 대한 자료인 것 같습니다."

진은 봉투 속에 든 것을 꺼내보았다. 그리고 내심 깜짝 놀랐다. 매우 귀중한 자료라는 생각과 함께 킬러에 대한 두려움이 처음으로 일었다.

"팽씨는 홍콩에서 아직 안 돌아왔습니까?"

까자르는 무겁게 고개를 저었다.

"팽은 죽었습니다."

그의 목소리는 느슨하게 풀려 있었다. 진은 잘못 들은 것 같았다.

"뭐라구요?"

"팽이 죽었단 말입니다."

"아니, 왜요?"

"살해됐습니다. 누가 죽였는지는 모릅니다. 권총에 맞아죽었는데 시체는 바다에 있었습니다."

진은 다시 자료를 들여다보았다. 그것은 마치 팽이 남긴 귀중한 유품인 것 같았다.

까자르와 헤어진 그는 그 길로 김 형사를 만나러 갔다. 김 형사는 본부에서 그를 기다리고 있었다.

"팽이 홍콩에서 시체로 발견됐습니다."

"뭐라구요? 언제 죽었단 말이오?"

"며칠 전에 죽은 것 같습니다. 총에 맞아 죽었는데 바닷가에서 발견됐답니다."

"원, 세상에…… 그럴 수가 있나……"

김 형사는 혀를 끌끌 찼다. 진은 봉투를 내밀었다.

"팽이 죽기 전에 보낸 겁니다."

김 형사는 급히 봉투 속에 들어 있는 자료를 꺼내 보았다.

"이건 아주 귀중한 건데…… 이 정도라면 대강 윤곽을 잡을 수 있소."

김 형사는 사진 속에서 무엇을 찾으려는 듯 한참 그것을 들여다보았다.

"보통 놈이 아닌 것 같습니다."

"여기에 써진 게 사실이라면 정말 국제적인 킬러인 것이 분명해요."

김 형사는 심각한 표정을 지었다.

"그런데 어째서 놈이 서울까지 흘러왔을까요?"

"글쎄…… 또 청부살인을 하기 위해서겠지요. 그런데 사진을 보니까 미국인이 아니고 동양인 같이 보이는군요. 인디언 같이 보이기도 하고……"

진은 자신이 생각한 것을 말할 필요성을 느꼈다.

"제가 보기에는 이자가 본래 한국인이 아닌가 하는 생각이 듭니다."

김 형사가 의아한 눈길로 진을 쳐다보았다.

"어떻게 그렇게 단정할 수 있지요?"

"우선 생긴 모습이 동양인입니다. 둘째 한국말을 사용할 줄 압니다. 셋째…… 이자의 이름을 보십시오. 다비드 킴이라면 원래 성이 김가였을 가능성이 큽니다. 자기의 성을 그대로 살려서 미국식 이름을 짓지 않았나 생각됩니다."

진의 말에 김 형사는 크게 고개를 끄덕였다. 그는 진의 관찰력에 상당히 놀라는 것 같았다.

"듣고 보니 과연 그렇소."

"그러니까 먼저 이자의 과거를 샅샅이 조사할 필요가 있습니다. 어떻게 해서 미국 국적을 취득했는지 그것을 조사해야 합니다. 그것을 알아낼 방도가 있을까요?"

"여러 각도에서 조사해야 되겠지요. 이민 케이스, 유학생, 초청 등…… 내일 외무부에 가서 한번 알아봅시다."

"만일 그자가 한국 출신이라는 게 확인만 된다면 체포할 가능성은 많아지는 게 아닐까요?"

"그렇다고 볼 수 있지요."

진은 일어나서 신문철을 가져왔다. 그리고 7월 17일자 신문부터 펴보았다.

"저는 요사이 신문을 주의해서 보고 있습니다. 특히 대마초 관계 기사에 흥미를 느끼고 있습니다."

"뭐 특별한 거라도 있나요?"

진은 붉은 줄을 쳐놓은 기사를 손가락으로 짚었다. 그것은 "대마초 의정부파 두목 피살"이란 제하의 기사였다.

"나도 그 기사는 읽었소. 으레 있을 수 있는 일이지요."

진은 차례대로 신문을 보여주었다.

"연이어 명동파 여두목이 호텔에서 살해됐습니다."

"그 기사도 봤소. 그런데 이 사건이 우리 일과 무슨 관계라도 있나요?"

"아직 단정을 내릴 수는 없습니다. 그렇지만 조사해 볼 필요는 있습니다."

진은 김 형사가 내미는 담배를 받아 피웠다.

"경찰에서 마약 관계를 담당하지 않았나요?"

"아니오. 그건 내 담당이 아니오."

"그렇다면 제가 좀 자세히 말씀드려야겠습니다. 이 신문을 보시면 알겠지만 지난 1주일 동안에 대마초 밀매조직 10개 파 두목이 모두 살해됐습니다."

"그랬던가요?"

김 형사는 놀란 시선으로 1주일 분 신문을 훑어보았다.

"정말이군요. 조직 간의 싸움이겠지요. 그렇지만 이건 좀 심한데……"

"심한 정도가 아니라…… 밀매조직이 모두 붕괴됐습니다. 조직 간의 싸움이라면 모두가 죽지는 않았을 겁니다. 어떤 강력한 자가 나타나 전국 밀매조직을 하나로 통합하기 위해 두목들을 제거했을 가능성이 많습니다. 그런데 여기에 유의할 점이 하나 있습니다."

"뭡니까?"

"살인자들 중에 일본인들이 끼어 있다는 말이 있습니다. 목격자들의 진술에 의하면 거의가 일치하고 있습니다."

김 형사의 눈이 커졌다.

"10명 모두 일본 놈이 죽였다는 말입니까?"

"아직 모두 확인이 되지 않았지만 확인된 것만 봐도 6명이 일본인 킬러에 의해 살해된 것 같습니다."

"이런 정보는 어디서 얻었나요? 경찰인가요?"

"아닙니다. 이것은 신문사 기자한테서 알아냈습니다. 신문에는 보도되지 않았지만 담당기자들은 어느 정도 알고 있는 사실입니다."

"왜 그게 보도가 안됐죠?"

"경찰에서 보도 관제를 한 모양입니다. 아직 증거도 없고 범인이 체포되지 않은 마당에 일본인들을 용의자로 발표한다면 일본 측의 항의를 받을 우려가 있고 또 수사 기술상 당분간 발표를 보류할 필요가 있기 때문에 보도 관제를 한 모양입니다. 제 견해로는…… 일본인 킬러들이 등장한 것으로 보아 이번의 대량 살인에 대동회의 배후세력이 관계되지 않았나 생각됩니다. 일본인 킬러들을 동원할 정도라면 대동회 배후세력뿐이 더 있겠습니까."

김 형사는 팔짱을 끼면서 고개를 끄덕였다. 그리고 감탄하는 눈으로 진을 바라보았다.

"듣고 보니까 정말 그렇군요. 그들이 왜 대마초까지 손을 뻗었을까요?"

"그거야 수익성이 높기 때문이겠죠. 대마초 한 개비에 2백 원씩 거래되고 있으니까 큰 수입원이 될 수가 있습니다. 그들은 현재 막대한 자금을 필요로 하고 있기 때문에 그것을 마련하기 위해 앞으로 수단방법을 가리지 않을 겁니다. 이번 대량 살인이 그 첫 신호라고 볼 수 있겠죠."

이야기를 듣고 난 김 형사는 즉시 경찰국에 전화를 걸었다. 마약 담당형사와 선이 닿자 그는 흥분해서 물었다.

"국내 대마초 밀매조직 두목들이 모두 살해됐다는데 그게 정말이오?"

"그렇습니다."

"범인들 중에 일본인들이 끼어 있다고 들었는데 그것도 정말이오?"

"비밀입니다만…… 사실인 것 같습니다."

"수사는 어느 정도까지 진전됐소?"

"지금 목격자들의 진술을 토대로 일본인 용의자들을 찾고 있지만 아직 범인들을 하나도 잡지 못했습니다. 벌써 출국해 버린 것 같습니다."

김 형사는 흥분한 탓인지 손을 흔들었다.

"목격자가 나타나지 않은 것은 어디 어디요?"

"의정부파와 명동파, 그리고 광주에 있는 족제비파와 부산의

자갈치파입니다. 이들 4명의 두목들은 이틀 사이에 모두 살해됐습니다. 그런데 목격자도 없이 시체만 발견됐습니다."

"부하들을 족쳐 보지 않았소?"

"족쳐 봤습니다만 모르는 모양입니다. 자기들도 누가 죽였는지 모르겠다는 겁니다."

"그자들을 좀 만나봐야겠소."

전화를 끊고 난 김 형사는 실내 전화로 제3과장에게 인원차출을 요청했다. 곧 3과 소속의 가장 거친 사나이 세 명이 나타났다. 모두가 30대로 보이는 그들은 첫눈에도 운동으로 단련된 완강한 몸매를 지니고 있음을 알 수가 있었다. 잠바 차림의 그들은 호주머니 속에 손을 박은 채 조용히 행동했다.

진과 김 형사는 그들을 데리고 경찰국으로 직행했다.

그들이 도착하자 아까 김 형사와 통화한 담당형사가 그들을 3층으로 안내했다.

"그들을 족치실 겁니까?"

계단을 오르면서 담당형사가 물었다. 김 반장은 손가락을 튕겼다.

"필요하다면 족쳐야죠."

"그건 곤란합니다. 이들이 대마초 밀매자들이란 건 경찰도 알고 있지만 확실한 증거가 없어서 구속도 못하고 있는 실정입니다. 오늘 중으로 이들을 내보낼 생각입니다. 만일 그랬다가는 말썽이 납니다. 신문이 떠들면 곤란합니다. 상부에서도 고문을 금하고 있습니다. 그리고 고문을 하면 그놈들은 영영 입을 다물어 버릴 겁니다. 그들을 내보내서 행동하게 한 다음 조직을 뿌리

뽑을 생각입니다. 아마 지금보다는 더 강력한 밀매조직이 생길 것 같습니다."

"일본인들이 관련되어 있는 것을 어떻게 생각하시오?"

"글쎄, 일본말을 사용했다고 해서 일본인이라고 단정할 수는 없는 거 아닙니까. 재일교포일 수도 있고…… 또 그전부터 대마초는 일본으로 많이 흘러들어 갔으니까 범인들 중에 일본인이 끼어 있다고 해서 특별한 것은 없겠죠."

그들은 이중문을 밀고 안으로 들어갔다.

넓은 실내에는 아무 장식품도 없었다. 바닥은 콘크리트로 되어 있었고, 벽은 두꺼운 나무판자로 방음장치가 되어 있었다. 한쪽 벽에는 낡은 목제 책상이 하나 놓여 있었고, 다른 쪽 벽 앞에는 긴 벤치가 하나 놓여 있었다. 실내에 있는 것이라곤 그것뿐이었다. 벤치 위에는 4명의 사나이들이 쭈그리고 앉아 있었다. 졸고 있던 그들은 인기척에 눈을 떴다. 모두가 잠을 자지 못했는지 눈들이 벌겋게 충혈 되어 있었다. 30대에서 50대 사이의 남자들이었다.

"단순히 대마초 관계를 캐려고 하는 게 아니오. 살인사건을 조사하는 것도 아니오. 그보다도 더 큰 문제요. 국가안전에 관한……. 알겠지요?"

김 반장이 낮은 소리로 엄하게 말하자 담당형사는 고개를 끄덕였다.

"그렇게 알고 자리를 비켜 주시오. 말썽이 나면 우리가 책임지겠소."

"알겠습니다."

담당형사는 인적사항이 적힌 카드를 내준 다음 심각한 표정으로 사라졌다.

김 반장이 눈짓을 하자 제3과의 요원 하나가 거구의 레슬러처럼 생긴 사내에게 손짓했다. 사내는 왼손을 온통 붕대로 감고 있었다.

"너 이리 와."

지적당한 사내는 슬그머니 몸을 일으켰다. 명동파의 부두목이었다. 김 반장이 카드를 들여다보며 물었다.

"당신, 왜 여기 끌려왔지?"

"저는 정말 억울합니다. 저 보고 대마초를 팔았다는 건 정말 억울합니다. 증거를 대십시오, 증거를!"

사내의 얼굴은 땀으로 번들거리고 있었다.

"당신이 명동파 부두목이라고 하는데 잘못된 건가?"

"억지로 갖다 붙인 겁니다. 생사람 잡지 마십시오!"

"생사람을 잡아서는 안 되지. 그렇지만 거짓말을 해서도 안 되지. 두목은 어떻게 해서 죽었지? 누가 죽였어?"

"두목이라니요? 전 그런 거 모릅니다."

주먹이 그의 턱에 세차게 부딪혔다. 휘청거리며 쓰러지려는 그를 다른 요원이 후려갈겼다. 세 사람이 잠시의 틈도 주지 않고 샌드백을 두들기듯이 그를 난타했다. 주먹과 발이 한 번씩 날을 때마다 그의 몸에서는 '퍽퍽' 하는 소리가 났다. 그는 무릎을 꿇더니 앞으로 힘없이 꼬꾸라졌다. 세 명의 요원들은 한 번의 실수도 없이 정확하게 두들겼다. 그들의 행동은 냉혹하고 단호했다. 앉아서 이것을 바라보고 있는 사내들의 얼굴이 흙빛으로 변하고 있었다.

쓰러진 사내는 도로 일으켜 세워졌다. 얼굴은 벌써 알아볼 수 없을 정도로 부르터져 있었고 코에서는 피가 흘러내리고 있었다. 그는 헐떡거리면서 비참한 모습으로 떨어대고 있었다. 다시 그는 복부에 강한 충격을 받고 허리를 굽혔다. 이번에는 밑에서 무릎이 올라왔다.

"어이쿠!"

그는 비명을 지르면서 얼굴을 싸쥐고 뒤로 나가떨어졌다. 구둣발이 그의 옆구리를 걷어찼다. 어깨를 밟고 돌려대자 그는 다시 울부짖으면서 몸부림쳤다.

3과의 요원들은 땀 한 방울 흘리지 않고 그를 구타했다. 묵묵히 열중하는 그들의 모습은 보는 사람으로 하여금 공포를 불러일으키게 하기에 족했다. 쓰러진 사내가 더 이상 일어나지 못하자 그들은 그의 팔을 뒤로 비틀어 꺾은 다음 주먹으로 잔등을 내려쳤다.

"마, 말씀드리겠습니다!"

10분 만에 사내는 울음을 삼키면서 입을 열었다. 한쪽 눈두덩이 시퍼렇게 부어올라 있었다.

"진작 말할 것이지……"

김 반장은 의자를 끌어다 놓고 앉아서 사내의 따귀를 철썩 갈렸다.

"말해 봐. 그 여우 년을 죽인 놈들이 누구냐?"

"그, 그건 모릅니다. 저도 죽을 뻔했습니다."

"짐작도 안 가나? 여우가 죽는 걸 봤나?"

"보지 못했습니다. 그렇지만 그 여자를 죽인 놈 얼굴은 알고 있습니다. 그놈이 그 여자를 호텔로 데려가서 죽인 겁니다."

"혹시 그놈 일본인 아닌가?"

"네, 맞습니다. 일본말 하는 걸 들었습니다. 일본 놈은 여러 명이었고, 한국인도 끼어 있었습니다. 그들은 저에게 조직을 넘기라고 협박했습니다. 무조건 넘기라는 거였습니다. 거절했더니 칼로 이손을 찔렀습니다. 할 수 없이 조직을 넘기기로 약속했습니다."

"그 여자는 어떻게 해서 호텔까지 가게 됐지?"

"한 놈이 유혹했습니다."

"지령을 내리는 놈이 누구냐?"

"알 수 없습니다. 전화로만 지시를 내리기 때문에 얼굴을 모릅니다. 저는 이제 어떡합니까? 그놈들이 저를 죽일 겁니다."

사내는 울기 시작했다.

도쿄의 밤

 커튼 사이로 달빛이 스며들고 있었다. 한밤중이었다. 넓은 침실에서는 밭은기침이 새어 나오고 있었다.
 기침 소리는 점점 높아지고 있었다. 안타까운지 몸을 뒤척이는 소리와 함께 침대가 삐걱거리는 소리도 들려왔다.
 잠을 이루다 못한 수상은 몸을 일으켰다. 몸은 땀으로 흥건히 젖어 있었다. 그는 침대 밖으로 내려서다 말고 옆에 잠들어 있는 아내의 얼굴을 들여다보았다. 달빛에 흐릿하게 떠 보이는 아내의 잠든 얼굴은 수심에 잠겨 있는 듯했다. 새삼 아내가 퍽 늙었다는 생각이 들었다. 아내는 10년 전보다 훨씬 야위어 있었다. 수상의 아내라는 중압감 때문에 단 하루도 심신이 편할 날이 없었을 것이다. 지난 40년 동안 옆에서 울고 웃고, 떼를 쓰던 얼굴이 문득 생소해 보였다. 이미 늙어 버린 얼굴을 보자 그는 갑자기 측은하게 생각되었다.

아내의 얼굴을 쓰다듬고 싶은 충동을 누르면서 그는 침대를 내려와 창가로 다가갔다. 커튼을 젖히자 달빛에 잠긴 정원이 환히 내다보였다. 달빛에 비친 그의 얼굴은 창백하고 피로해 보였다. 국사를 감당하기에는 자신의 몸이 너무 쇠약해져 있다는 것을 그는 잘 알고 있었다.

정원 맞은편 나무 밑에 경호원이 나무처럼 움직이지 않고 서 있는 것이 보였다. 언제 보아도 그 자리에는 항상 경호원이 서 있었다.

수상은 가운 차림으로 밖으로 나갔다. 아내의 잠을 깨우지 않으려고 그는 조심스럽게 문을 닫았다.

아직 여름이 계속되고 있었지만 밤공기는 차가웠다. 그는 호주머니 속에 손을 찔러 넣은 채 경호원이 서 있는 쪽으로 천천히 다가갔다.

갑자기 수상이 나타나자 경호원은 당황했다. 그는 어쩔 줄 모르면서 수상을 쳐다보기만 했다.

"수고가 많군. 졸립지 않나?"

수상이 부드럽게 물었다.

"괜찮습니다."

경호원은 부동자세로 서서 긴장된 목소리로 대답했다.

"담배 가진 거 있나?"

수상이 금연하고 있는 줄 알고 있는 경호원은 더욱 놀랐다. 그는 머뭇거리다가 담배를 꺼내 수상에게 주었다.

"담배가 좋지 않습니다."

"괜찮아."

그것은 고급 담배가 아닌 값이 싼 담배였지만 수상은 상관하지 않고 입으로 가져갔다. 라이터 불을 켜주는 경호원의 두 손이 떨리고 있었다. 불빛에 수상의 주름진 얼굴이 나타났다가 사라졌다. 수상은 경호원이 값싼 담배를 피우고 있다는 그 검소한 생활태도에 적이 감동하고 있었다.

"자, 수고하게."

그는 경호원에게 웃어 보인 다음 정원을 천천히 거닐었다. 담배 연기가 입 속으로 들어가자 다시 기침이 나왔다. 주치의의 권고로 그는 작년부터 담배를 끊어왔다. 어떻게 해서든지 건강을 되찾아 그전처럼 국사에 다시 전력해 보고 싶은 것이 그의 소망이었다. 그러나 갈수록 건강은 악화되어 가고 있었다. 너무 신경을 많이 쓰고 체력을 지나치게 소모해 버린 탓으로 생긴 병이었다. 주치의는 여러 가지 병이 겹친 탓이라고 말했지만 수상은 거기에 귀를 기울이지 않았다. 여러 가지 종류의 약을 정해진 시간에 복용하고, 일정한 시간 동안 휴식을 취하고, 일정량의 식사를 하는 것 등이 이제 그는 귀찮기만 했다. 그는 예순 일곱의 나이가 결코 20년쯤 더 젊어질 수 없다는 것을 잘 알고 있었다.

수상은 잔디 위에 놓여 있는 벤치 위에 앉아 가만히 하늘을 쳐다보았다. 구름 한 점 없는 하늘에서는 별들이 초롱초롱 빛나고 있었다. 비는 좀처럼 오지 않을 것 같았다.

거의 두 달 가까이 비가 오지 않는 바람에 전국은 가뭄에 허덕이고 있었다. 특히 농토가 바짝 말라붙어 곡식이 모두 타죽는 바람에 금년의 쌀농사는 대흉작이 예상되고 있었다. 인력으로 어쩔 수 없는 일이긴 하지만 이렇게 타죽어 가는 곡식을 볼 때마다 수상은 가슴이 저려왔다. 누구보다 농민들의 심정을 이해하고 있는 그로서는 이보다 더 가슴 아픈 일이 없었다. 그는 거의 매일 밤 한밤중에 일어나 하늘을 쳐다보기도 하고 관상대로 직접 전화를 걸어보기도 했다. 비가 오지 않는 것이 자신의 부덕의 소치인 것 같아 한없이 괴롭기만 했다. 만일 지금이라도 비가 와 주기만 한다면 그는 비를 흠뻑 맞으며 이 밤을 꼬박 지 샐 것 같았다.

그는 한숨과 함께 담배 연기를 내뿜었다. 이미 오래 전부터 생각해 오던 것에 대해 이제 결단을 내려야 할 때라고 그는 생각했다. 국가는 아직도 그가 수상의 직무를 수행해 주기를 바라고 있었다. 그는 그만큼 지도력이 있었다.

그 자신도 국가를 위해 더 일을 해야 한다는 것을 잘 알고 있었다. 국가는 현재 국내외적으로 큰 시련을 받고 있었다. 무엇보다도 전운(戰雲)이 감돌고 있었지만 지금처럼 그 위험에 목전에 다가온 적은 일찍이 없었다. 적군은 휴전선 전역에 걸쳐 전 병력을 집결하고 있었다. 신호만 떨어지면 이 조그만 강토는 불바다가 되는 것이다.

전쟁에 대비해서 수상은 지난 10년 동안 피눈물 나는 노력을 경주해 왔었다. 동맹군이 철수한다고 했을 때 그는 굳이 막지 않았었다. 모든 것을 동맹국 지원에 의존하고 사고방식까지 그런 식으로 변모해 버린 세태를 그는 차제에 뜯어고쳐야 할 필요를 느꼈다. 그것은 일종의 정신혁명이기도 했다. 이 혁명의 완수에 의해서만 국민이 자신감을 가질 수 있고 국가를 지킬 수 있다고 그는 믿었던 것이다. 동맹군이 완전 철수하던 날 그는 홀로 밤을 지새면서 비장한 눈물을 흘렸다. 그것은 만감이 교차하는 눈물이었고 새로운 결의를 다지는 눈물이었다. 이튿날 그는 전 국민에게 호소했다. 떨어진 옷을 기워 입고 점심을 수제비로 때우더라도 국방을 튼튼히 해야 한다고. 전 국민은 일시에 호응해 주었다. 이에 힘을 얻어 그는 전쟁에 대비해서 만반의 준비를 갖출 수가 있었다. 이제는 어떠한 계략에도 대처할 준비가 되어 있었다. 그러나 그가 진실로 바라는 것은 전쟁의 방지였다.

만일 전쟁이 일어나면 국토가 초토화되는 것은 기정사실이었다. 그동안 전 국민이 피땀 흘려 이룩한 경제 건설은 한줌의 재로 화할 것이고 이 강토는 수백 수천만이 흘리는 피로 붉게 물들 것이다. 생각만 해도 모골이 송연해지는 일이었다. 어떻게든 전쟁을 막아야한다. 전쟁이 일어나면 파멸이다. 다시 우리는 후진국이 되는 것이다.

사태가 이러한 줄 알면서도 수상은 이제 자신이 국정을 감당할 수 없음을 잘 알고 있었다. 마음과는 달리 몸은 하루가 다르게 악화되어 가고 있었던 것이다. 보다 젊고 현명하고 용기 있는 인물이 수상 직을 맡아주면 안심하고 떠날 수 있을 것 같았다.

그가 전 국민의 존경을 받는 지도자가 된 것은 그가 누구보다도 국민들의 아픔을 잘 알고 있었기 때문이다. 전직 지도자들이 귀족이나 대부호 출신인데 반해 그는 가난한 농부의 아들이었다. 그래서 배고픔이 얼마나 고통스러운 것인가를 뼈저리게 체험했고 이것이 그의 인생의 바탕을 형성하는 데 중요한 역할을 하게 되었다. 후에 그가 청운의 뜻을 품었을 때에도 그의 마음은 항상 서민들의 고통 속에 살고 있었다. 그리고 마침내 수상이 되었을 때 그는 만성병처럼 번져 있는 국민의 가난을 뿌리 뽑기 위해 전력을 기울였다. 그리고 세계가 깜짝 놀랄 정도로 기적적인 경제성장을 이룩함으로써 이 땅에서 가난을 추방하는데 성공했다. 이러한 그에게 국민의 존경이 쏠린 것은 당연한 일이었다.

수상이 된 뒤에도 그의 소박한 인품은 서민다움을 잃지 않고 있었다. 그는 서민들과 이야기하기를 몹시 좋아했다. 다음과 같은 일화는 그의 그러한 성품을 말해 주는 매우 인상적인 것이라고 할 수 있다.

어느 날 밤 그는 잠바 차림으로 수행원 한 사람만을 데리고 거리로 나왔다. 도중에 차를 내린 그는 뒷골목으로 들어가 어느 포장집 앞에서 걸음을 멈추었다. 마침 안에서는 두 명의 지게꾼이 술을 마시고 있었다. 그들은 취한데다 수상이 색안경을 끼고 있었기 때문에 그를 알아보지 못했다.

"잘 살게 됐다고 하지만 못사는 놈은 항상 그 꼴이라고. 잘 사는 놈만 잘 살고 못사는 놈은 못살고…… 이런 정치는 나도 할 수 있다구."

가만히 듣고 보니 그들은 수상을 비판하고 있었다. 얼굴이 시뻘게진 수행원이 그들을 제지하려는 것을 수상은 눈짓으로 말렸다. 수상을 실컷 욕하고 나서야 그들은 비로소 수상을 알아보았다. 놀란 그들은 코가 땅에 닿도록 절을 하면서

"죽을죄를 졌습니다. 용서해 주십시오."
하고 말했다. 수상은 그들의 손을 잡아주면서 이렇게 말했다.

"원, 무슨 말씀을 그렇게 하십니까? 정말 좋은 말씀 많이 들

었습니다. 이렇게 솔직한 말을 듣기는 정말 처음입니다."

　수상은 그들과 술 한 잔까지 나눈 뒤 그곳을 떠났다.

　인기척에 수상은 고개를 돌렸다. 어느새 옆에는 아내가 다가와 있었다. 아내는 근심스러운 듯 그를 바라보았다.

　"공기가 찬데 들어가시지요."

　"괜찮아. 여기가 좋은데……. 당신도 이리 와 앉아."

　그는 아내의 손을 잡아끌었다. 아내의 손은 따뜻했다.

　"웬 담배를……"

　"음, 갑자기 피우고 싶더군. 하나 얻었지."

　그들은 약속이나 한 듯 밤하늘을 바라보았다. 한참 후 수상은 신음하듯 입을 열었다.

　"당신만은 나를 이해하겠지."

　"알고 있어요."

　아내의 눈에 눈물이 괴는 것을 그는 보았다. 나이가 들었어도 아내의 긴 목은 부드러운 선을 이루고 있었다. 그것이 그는 아름답다고 생각했다.

　"이 몸으로는…… 모든 것이 무리야."

　"알고 있어요. 저도 사실은 진작 말씀드리려고 했어요."

　"당신이 호미를 들고 김매는 것을 보고 싶은데……"

　"저도 그러고 싶어요."

　기침 때문에 그들은 한동안 대화가 중단되었다. 수상은 기침이 가라앉기를 기다렸다가 다시 말했다.

　"아침에 나는 발표할 생각이야."

"그렇게 빨리……?"

아내는 놀란 눈으로 그를 바라보았다. 그는 고개를 끄덕였다.

"음…… 빠를수록 좋아. 당신 생각은 어떤지?"

아내는 너무 감정이 복받치는지 대답을 못하고 머뭇거리다가 갑자기 그의 어깨에 얼굴을 묻고 흐느끼기 시작했다. 수상은 아내를 부축하고 일어섰다.

"울지 마. 다 국가를 위한 일인데 서러워할 이유 없잖아."

"당신은 정말…… 훌륭했어요."

그들은 정원을 가로질러 침실로 들어갔다.

수상은 S(국가안전국) 국장에게 직접 전화를 걸었다. 한밤중에 걸려온 전화에 S국장은 몹시 놀라고 있었다.

"각하, 웬일이십니까?"

"밤중에 전화해서 미안합니다."

"괜찮습니다."

"지금 좀 만나고 싶은데, 수고스럽지만 와 주겠소?"

"곧 가겠습니다."

수상은 이번에는 KIA(K정보국) 국장에게 전화를 걸었다.

"주무시는데 미안합니다."

"각하, 오래 뵙지 못해 죄송합니다. 건강은 어떠십니까?"

"염려해 주는 덕분에 괜찮습니다. 지금 곧 만나고 싶어서 전화를 걸었습니다."

"바로 가겠습니다."

전화를 끊고 난 수상은 가운 차림 그대로 집무실로 갔다. 긴장한 탓인지 이마에는 어느새 땀이 배어 있었다. 그는 소파에 깊이 몸을 묻고 눈을 감았다. 불빛에 드러난 그의 머리는 거의 반백이 다되어 있었다. 고뇌에 찼던 지난날들을 말해 주는 듯 그의 이마에는 깊은 주름이 잡혀 있었다. 그는 손으로 이마를 짚었다. 마디가 굵은 손가락이 그의 강인한 의지를 잘 드러내주고 있었다.

한밤중에 호출을 받은 두 사람은 반시간도 채 못 되어 황급히 나타났다.

그들은 수상 앞에 조심스럽게 마주앉았다. 수상은 맥주를 가져오게 하여 두 사람에게 손수 그것을 따라주었다.

"요즘 새로운 정보는 없습니까?"

KIA국장은 잔을 입으로 가져가다 말고 똑바로 수상을 바라보았다. 40대 초반의 그는 안경을 끼고 유행에 뒤떨어진 양복을 입고 있는 것이 일국의 정보 책임자라기보다는 대학교수 같은 타입이었다. 눈빛이 예리하게 빛나는 것 외에는 자신의 모든 특징을 감추고 있는 듯 한 인상이었다.

"지난 15일 파리에서 적의 군사 전문가와 베트남군 정보요인이 비밀리에 만났습니다. 우리 측 정보에 의하면 그들은 두 시간 동안이나 회담을 가졌습니다. 회담 내용은 무기 거래에 관한 것이었습니다."

수상은 상체를 일으켰다. 어느새 표정이 굳어 있었다.

"정확한 정보인가요?"

"믿을 만한 정보입니다. 1주일 후인 22일 적의 군 총사령관이 극비리에 베트남을 방문한 사실이 그것을 뒷받침해 주고 있습니다. 과연 얼마만큼의 무기를 구입하는가 하는 게 문제가 되겠습니다."

"베트남이 팔려고 내놓은 무기는 모두 미제가 아닌가요?"

"그렇습니다. 월남전에서 노획한 미국 무기들입니다."

"성능은 어떤가요?"

"재래식 무기치고는 우수한 성능을 가지고 있습니다."

수상은 손등으로 이마의 땀을 닦았다.

"만일 그들이 무기를 구입한다면 전력 면에서 어느 정도의 보탬이 되겠나요?"

"무기의 양에 달려 있습니다."

"어느 정도나 구입할 것 같은가요?"

"정확한 정보는 더 기다려 봐야 하겠습니다만, 대체로 10억 달러 선이 되지 않을까 생각합니다."

"그만한 양이라면 어느 정도의 전력인가요?"

"화력 면에서 약 10분의 1 정도의 보탬이 됩니다."

"상당한 화력이군요."

수상은 신음하듯 중얼거렸다.

"그들이 전력을 증가하면 우리는 그 이상으로 준비해야 합니다. 그들보다 조금이라도 약하면 우리는 침략을 받게 됩니다."

"옳은 말씀입니다. 무슨 수를 써서라도 거기에 대한 정확한 정보를 알아내시오. 무기 구입량, 무기 종류, 구입 시기 등 정확히 알아내시오."

"알겠습니다."

지시를 받은 KIA국장의 표정이 굳어졌다.

수상은 말없이 앉아 있는 S국장을 바라보았다. S국장은 KIA

국장과 비슷한 나이지만 훨씬 젊어 보인다. 차림도 아주 대조적이다. 머리는 기름을 발라 양쪽으로 갈라붙이고 양복은 최신 스타일로 주름하나 잡혀 있지 않다. 얼굴은 여자처럼 희고 큰 것이 전형적인 미남형이다.

"국내에 특별한 움직임은 없습니까?"

"별로 손쓸 만한 것은 나타나지 않고 있습니다. 그렇지만 사소한 것도 철저히 조사하고 있습니다. 조직적인 범죄는 무조건 조사하고 있습니다."

그의 목소리는 하나도 거침없이 매끄러웠다. KIA국장이 안경 너머로 그를 의아한 듯 바라보며 조심스럽게 물었다.

"대동회의 정체에 대해서 항간에 말이 많던데…… 도대체 어떤 단체입니까?"

수상이 여기에 덧붙여 말했다.

"거기에 대해서는 나도 신문을 읽은 바가 있습니다. 대동회를 비판한 사설을 쓴 K일보 논설위원이 피살되었다고 하던데, 정말 그 사설 때문에 살해된 건가요? 그게 정말이라면 철저히 조사해서 발본색원하도록 하시오."

S국장은 술잔을 응시하다가 고개를 쳐들었다. 그리고 KIA국장과 수상을 번갈아가며 보았다.

"우리가 조사한 바로는 대동회는 문제될 만한 단체가 아닙니다. 발언이 좀 진취적이고 과격하기 때문에 오해를 받고 있는 것 같습니다. K일보 논설위원의 죽음을 대동회와 관련시켜 생각하는 것도 이러한 오해에서 빚어진 것 같습니다. 현재 대동회는 서민용 아파트를 대량 짓고 있고 각 면단위로 양로원도 짓고 있습니다. 고아원도 짓고 있는 걸로 알고 있습니다. 지금까지 우리 나라 민간 사회단체 중에서 이만큼 국민 복리를 위해 활동한 단체는 없습니다. 국가에서도 하기 힘든 일을 현재 대동회는 해내고 있습니다. 그들이 다른 욕심이 있다면 이렇게 수백억이 소용되는 사업은 벌이지 않았을 것입니다."

"듣고 보니 훌륭한 일을 하고 있군요."

수상은 잘 알겠다는 듯 고개를 끄덕였다. S국장이 덧붙여 말했다.

"이런 단체는 국가에서 육성을 해 주어야 한다고 생각합니다. 그렇다고 비위 사실마저 덮어두자는 건 아닙니다. 조사할 일이 있으면 조사하되 어디까지나 선의의 방향으로 이끌어 주어야 한다고 생각합니다."

수상이 KIA국장을 바라보았다. 그는 굳은 표정으로 앉아 있었다. S국장이 다시 말했다.

"대동회에 대해서는 물론 앞으로도 주시를 하고 있겠습니다. 그렇지만 그들이 착수하고 있는 건전한 사업에 방해가 돼서는 안 되기 때문에 우리 S국으로서는 신중을 기할 수밖에 없습니다. 아무튼 지금까지의 조사 결과로는 대동회에는 문제가 될 만한 점이 없습니다."

"정치적인 발언은 어떻게 생각하십니까?"

KIA국장이 의미심장한 듯 물었다. S국장은 그의 질문을 받는다는 것이 기분 나쁜지 미간을 조금 찌푸렸다.

"그건 우리가 간섭할 일이 못됩니다. 누구나 정치적인 견해를 말할 수 있는 자유는 있는 것이니까요. 그리고 정치문제는 정치적인 차원에서 다룰 일이지 우리가 간섭할 것은 못됩니다."

"도대체 그 어마어마한 자금은 어디서 난 겁니까?"

S국장은 수상을 잠깐 바라보았다. 수상은 소파에 등을 기댄 채 눈을 감고 있는 것이 두 사람의 이야기를 경청하고 있는 것 같았다.

"종교 단체에서 기부를 받고 있는 걸로 알고 있습니다."

"종교 단체에서 그렇게 많은 돈을 기부할 수 있을까요?"

"신기독교 세계총연맹이라는 단체로 전 세계에 선교활동을 벌일 정도로 재정이 튼튼한 모양입니다. 아마 한국을 모델케이스로 선정해서 집중지원을 하고 있는 것 같습니다."

"그런가요? 대동회의 움직임을 보면 전혀 종교적인 분위기가 느껴지지 않던데요?"

"그럴 겁니다. 처음부터 그런 것을 보이면 사람들이 저항감을 느낄 테니까 그런 것일 테죠. 일단 본 궤도에 오르면 선교 사업에 나설 겁니다."

"정말 그렇다면 다행입니다만······"

두 사람의 시선이 불꽃을 튀기며 부딪쳤다.

수상은 눈을 감은 채 생각했다. 국내 양대 책임자들인 이들 두 사람은 그가 가장 신뢰하고 있는 인물들이었다. 두 사람은 누구도 따를 수 없는 치밀하고 명석한 두뇌를 소유하고 있었고, 젊은 만큼 패기와 야심도 가지고 있었다. 수상은 그들이 서로 협조해서 일해 줄 것을 바랬지만 그게 잘 안 되는 것 같았다. 일을 수행해 나가는데 있어서 S국장은 KIA국장보다는 훨씬 비정한 데가 있었다. 그 점만 좀 고친다면 그는 거의 완벽에 가까운 인물이었다. 수상은 눈을 떴다.

"두 분을 이렇게 부른 건 앞으로 더욱 협조해서 일해 줄 것을 부탁드리려고 그런 겁니다. 두 분은 가장 중요한 일을 맡고 있는 만큼…… 서로 협조해야 합니다. 내가 없더라도 잘해 나가리라고 믿습니다. 어느 때보다도 시국이 어려운 만큼…… 두 분의 책임은 막중합니다. 특별히 두 분만을 불러 부탁드리는 것이니 명심해 주기바랍니다."

"각하, 혹시……?"

"나를 추궁하지 마시오. 내일 아침 각료 회의가 열릴 테니 참석하시오."

두 사람의 얼굴이 동시에 하얗게 굳어졌다. KIA국장이 외치다시피 말했다.

"각하! 안됩니다! 저도 그만두겠습니다!"

"각하! 그럴 수는 없습니다! 국민이 받아들이지 않습니다!"

S국장도 흥분하고 있었다. 수상은 손을 저었다. 얼굴에서는 계속 땀이 흐르고 있었다.

"제발 부탁이오. 나를 이해해 주시오. 나도 이래서는 안 된다는 걸 알고 있지만 도저히 몸이 말을 듣지 않소. 나 같은 건 이제 필요 없는 놈이오."

"몇 달 정양을 하십시오. 지금 물러나신다면 누가 이 국정을 맡겠습니까? 아마 큰 혼란이 올 겁니다."

KIA국장의 눈에 물기가 번지고 있었다. S국장은 여전히 굳은 표정이었다.

"혼란이 예상되기 때문에 두 분에게 내가 마지막으로 부탁하는 겁니다. 서로 협조해서 앞으로 이 난국을 타개해 나가기를 바랍니다."

수상은 두 사람이 더 이상 말을 붙이지 못하게 단호히 말했다. 두 사람은 한 시간쯤 더 버티고 앉았다가 침통한 얼굴로 자리에서 일어섰다. 그들의 뒷모습을 보자 수상은 가슴이 저미는 것만 같았다. 수상은 한동안 멍하니 서 있다가 옆방에 대기하고 있는 비서를 불렀다.

"아침 9시에 비상 각료회의를 소집하도록 연락을 취하게. 그리고 특별방송을 좀 해야겠어."

비서가 급히 나가자 수상은 책상 앞에 다가앉아 펜을 집어 들었다.

8월 28일 오전 9시, 수상관저의 대회의실 안은 기침 소리 하나 없이 조용했다. 두 명의 정보 책임자를 포함한 전 각료들은 30분 전부터 대기하고 있었다.

9시 5분이 되자 안쪽 문이 열리면서 수상이 들어섰다. 각료들은 모두 일어서서 수상을 맞았다. 수상이 천천히 착석하자 그들도 뒤따라 자리에 앉았다. 한동안 무거운 침묵이 흘렀다. 모두가 수상을 바라보고 있었다. 수상은 짙은 감색 양복 차림을 하고 있었다. 드디어 그가 입을 열었다.

"바쁘신데 이렇게 오시게 해서 미안합니다. 다름이 아니라…… 나는 오늘 국민들 앞에 사의(辭意)를 표할까 합니다. 더 이상 국정을 맡기에는 건강이 허락지 않기 때문에 이런 결심을 하게 된 겁니다."

회의실 안에 갑자기 소요가 일었다. 폭탄선언이었기 때문에 모두가 놀라는 것은 당연했다. 수상이 기침을 하자 실내는 다시 조용해지면서 무거운 침묵으로 뒤덮였다.

"이렇게 어려운 때에 물러난다는 것이 국가와 국민에게 죄가 된다는 것을 알고 있지만, 한편 생각하면 보다 젊고 유능한 인물이 하루라도 빨리 국정을 맡도록 자리를 내주는 것이 도리인 것 같아 이런 결심을 하게 된 겁니다. 그러니 내 뜻에 이의를 제기하지 마시고 그대로 받아 주시기를 바랍니다. 또한 일체의 잡음이나 동요 없이 여러분들은 그대로 자리를 지키시고 보다 성실히 국사에 임해 주셨으면 감사하겠습니다. 이러한 저의 결심은 어디까지나 국가와 국민을 위한 것이니 그렇게 알고 이해해 주시기 바랍니다."

다시 소요가 일었다.

"각하, 안됩니다. 재고해 주시기 바랍니다!"

"국민들은 각하만 믿고 따르고 있습니다."

"저희들도 물러나겠습니다!"

수상은 그들의 말이 끝날 때까지 눈을 감고 있었다. 모두가 그에게는 충신들이었다. 그러나 어쩐지 그 모든 소리들이 공허하게만 들렸다. 소요가 가라앉기를 기다려 수상은 다시 말을 이었다.

"이 문제를 가지고 더 이상 논란을 벌이지 않았으면 고맙겠습니다. 내 결심을 기정사실로 받아들이고 다음 문제를 생각해 주시기 바랍니다. 나는 이제 여러분들에게 보다 중요한 문제를 제기하려고 합니다. 잘 아시겠지만 현재 우리나라는 국내외적으로 가장 어려운 처지에 놓여 있습니다. 무엇보다도 적의 침략이 우려되고 있습니다. 이러한 난국을 타개해 나가는 데 있어서는 강력한 행정력이 필요합니다. 그런데 현재의 내각책임제로는 아무래도 행정력이 많은 제약을 받게 마련입니다. 그래서 차제에 나는 내각책임제 대신 대통령중심제로 바꾸어서, 보다 강력한 지도체제를 확립하는 게 어떨까 하고 생각합니다. 이 문제는 벌써부터 거론되어 왔기 때문에 더 이상 토론할 여지가 없을 줄 압니다. 국회에 이 헌법개정안을 제출해서 통과되면 1개월 이내에 국민투표를 실시하고, 국민투표에서 예정대로 통과하면 3개월 이내에 대통령 선거를 실시했으면 합니다. 이렇게 시기를 촉박하게 잡은 것은 이 난국을 타개하는 일이 급하기 때문입니다. 예정대로 된다면 12월에 대통령이 선출될 겁니다. 새 대통령은 틀림없이 현명하고 용기 있는 분일 것이고, 나보다도 훌륭하게 국사를 다루어나갈 것입니다. 그때까지 각료회의는 국가비상대책회의로서 선거가 평화롭게 치러질 수 있도록 만전을 기하기 바랍니다. 신임 대통령이 선출 될 때까지 나도 수상직을 수행해 나갈 것입니다."

수상이 건강상의 이유로 자리를 물러날지 모른다는 소문은 벌써부터 나돌고 있었다. 그러나 그것이 이렇게 빨리 폭탄처럼 터질 것이라고는 아무도 예상 못한 일이었다. 그래서 모두가 경악을 금치 못하고 있었다.

"10시에 방송이 있을 예정이니까 이제 그만 일어섭시다."

그러나 아무도 일어나는 사람이 없었다. 모두가 그대로 버티고 앉아 침통한 얼굴로 수상을 바라보고 있었다.

"각하, 재고해 주십시오."

"각하, 그럴 수는 없습니다."

그들은 여전히 수상의 결단을 돌리려 하고 있었다. 그러나 수상은 전혀 동요의 빛을 보이지 않았다. 그 누구도 그의 결심을 바꾸게 할 수는 없었다.

"각하……"

"아, 더 이상 거론하지 않았으면 좋겠소."

수상은 각료들의 입을 손을 흔들어 막았다. 그리고 그들이 일어서지 않자 먼저 그곳을 나갔다.

수상이 사라지자 실내는 갑자기 소란스러워졌다. 여기저기서 한숨이 새어나오고 어떻게 대책을 세워나가야 하는가 하는 문제로 이야기가 오갔다. 그러나 결국은 수상의 결정에 따를 수밖에 없다는 쪽으로 의견이 기울어졌다.

10시가 가까워 오자 그들은 기자회견실로 나갔다. 이미 각 방송국의 라디오와 TV가 작동하고 있었고, 일간신문과 통신기자들도 긴장한 얼굴로 앉아 있었다.

수상은 10시 정각에 나타났다. 얼굴은 상기되어 있었지만 움직임은 어느 때보다도 침착해 보였다.

진은 텔레비전 화면에 나타난 수상의 모습을 뚫어지게 바라보고 있었다. 다방 안에 있는 사람들 모두가 긴장한 모습으로 화면을 응시하고 있었다.

수상은 침착한 목소리로 사임 의사를 밝히고 있었다.

"……우리는 이 난국을 극복하고 새로운 시대의 장을 열어야 할 것입니다. 그리하여 우리의 의지대로 이끌어나갈 수 있는…… 이 지상에서 가장 자유롭고 평화로운 국가를 건설하는 데 우리의 온 지혜와 노력을 경주해야 할 것입니다. 저는…… 새로운 지도자와 함께 국민 여러분이 이 민족적인 대업을 틀림없이 완수하리라고 확신 합니다……"

여기저기서 박수 소리가 터져 나왔다.

진은 급히 담배에 불을 붙여 물었다. 그의 눈빛은 우울했고 입은 굳게 다물어져 있었다. 그는 담배를 깊이 빨면서 꺼칠한 턱을 손바닥으로 쓰다듬었다.

반 시간쯤 앉아 있자 김 형사가 나타났다. 그는 자리에 앉으면서

"수상께서 발표하시는 거 봤소?"

하고 물었다.

"봤습니다. 놀랐습니다."

진은 심각하게 말했다. 김 형사도 몹시 심각한 표정이 되어 있었다.

"앞으로 새 지도자가 나올 때까지는 상당한 혼란이 있을 거요. 시국이 이런데다 너무 갑작스런 발표라서 정신을 차릴 수 없을 거요."

"수상에 필적할 만한 인물이 있을까요?"

"글쎄…… 그만한 지도력과 인품을 가진 인물을 찾기는 어려울 거요. 배짱과 용기도 대단한 분이니까."

"갑자기 물러난다는 말을 들으니까 야속한 생각이 듭니다. 이럴 때 물러나면 어떻게 하라는 겁니까?"

진은 불만스러운 듯 말했다.

"나도 마찬가지 기분이오. 그렇지만 다른 이유도 아니고 건강 때문에 그러는 것이니 하는 수 없는 일이지요. 수상의 말대로 이 난국을 극복하고 새로운 시대를 열도록 노력해야지요."

"대동회가 어떻게 나올지 궁금합니다."

"최 선생 생각은 어떠시오?"

"선거는 앞으로 넉 달밖에 남지 않았습니다. 이 기간 동안이 가장 어려운 고비일 거고 불순분자들은 이 기회를 최대한 이용할 겁니다."

"내 생각도 그렇소. 바짝 정신을 차리지 않으면 오히려 우리가 당할지도 모를 거요."

"다비드 킴에 대한 조회는 어떻게 됐습니까?"

"틀렸소. 군 범죄자 리스트에도 그런 자는 없고, 외무부에서도 없다는 연락이 왔어요."

"그자는 현재 국내에 없는 게 아닐까요?"

"국외로 도주했을 가능성도 있지요. 그렇지만 출국했다 해도 가명을 사용했을 테니 찾기가 어렵겠지요."

"그자 사진을 복사해서 공개적으로 조사하는 게 어떨까요? 혹시 그자에 대한 정보를 제공하는 사람이 있을지도 모르는 거 아닙니까?"

"그렇게 되면 저쪽에 위험이 닥친 걸 알려 주는 셈이 되니까 좋은 방법은 아니지요. 그렇지만 달리 방법이 없으면 그 수라도 써야지요. 그 문제에 대해서는 상부의 의견을 들어보도록 합시다. 그리고…… 오늘 밤 9시에 국장 주재 하에 정보 분석회의가 열리니까 우리는 대기하고 있으라는 지시를 받았소."

진은 아직까지 S국장을 본 적이 없었다. 어떻게 생긴 인물인지 궁금했다.

"S국장을 자주 만나십니까?"

"나도 아직 한 번도 보지 못했소. 좀처럼 얼굴을 나타내지 않는다고 들었소. 오늘 밤 볼 수 있을지도 모를 거요."

"어떤 인물입니까?"

"그것도 모르겠소. 갑자기 S국장을 맡게 된 것만 알지 그밖에는 알 수가 없소. 전혀 알려지지 않은 인물인데, 수상이 KIA국장과 함께 가장 신임하는 사람임에는 틀림없소. 특수기관에 있기 때문에 이력이 알려지는 것을 꺼려야겠지요. 그건 그렇고…… 내일 도쿄에 좀 다녀오지 않겠소? 모오리 형사를 만나야겠는데, 아무래도 내가 바빠서 최 선생이 대신 좀 다녀왔으면 하는데……"

진은 순간적으로 도미에를 생각했다. 그녀로부터는 지금까지 아무 연락도 없었다.

"다녀오겠습니다."

그는 선뜻 대답했다.

"모오리 형사가 잘해줄 겁니다. 안부 전해 주시고…… 거기서 할 수 있는 한 많은 정보를 얻어 내십시오."

"알겠습니다."

진은 도미에에 대한 이야기를 꺼낼까 하다가 그만두었다.

S국 정보 분석회의는 9시 정각에 열렸다. 이 회의는 국장의

지시에 따라 언제라도 열리도록 되어 있고 간부들만이 참석한다. 냉방이 잘 된 실내에서는 국장의 매끄러운 목소리만이 들려오고 있었다. 국장을 제외한 각 과장들과 반장들은 무거운 표정으로 귀를 기울이고 있었다.

"……개헌안의 국회통과는 예정대로 될 것이고 국민투표도 찬성 쪽으로 무난히 치러질 것입니다. 남은 것은 선거인데 우리는 어떤 난관을 무릅쓰고서라도 이번 선거를 성공리에 끝마쳐야 합니다. 앞으로 선거까지는 4개월이 남았는데 이 기간 동안에 여러 가지 불안요소가 고개를 쳐들 것이고 혼란을 조성하는 무리도 있을 겁니다. 그렇지만 선거를 방해하고 사회 혼란을 획책하는 어떠한 공작도 우리는 단호히 분쇄해야 합니다. 나는 각하와 약속한 대로 각하의 지시에 의해 선거를 방해하는 어떠한 공작도 반역 행위로 간주하고 이를 과감히 척결해줄 것을 여러분에게 부탁합니다. 지금 이 시기가 우리에게는 가장 위험한 때라는 것을 여러분들은 명심해야 할 것이고 각자의 맡은 바 임무의 중요성을 깨닫고 지금 이 시간부터 비상근무에 들어가 주기 바랍니다."

국장은 머리 위로 쑥 올라온 가죽 회전의자에 상체를 기대고 있었다. 몸도 움직이지 않고 그는 입만 움직이고 있었다. 그의 눈은 간부 한 사람 한 사람을 날카롭게 주시하고 있었다. 간부들은 모두가 무겁게 침묵하고 있었다.

"앞으로의 수사방향을 정하겠습니다. 마약이나 밀수, 기타의 일반 범죄는 그것이 아무리 조직적인 것이라 해도 선거 기간 동안에는 손을 대지 마십시오."

모두가 의아한 듯이 국장을 바라보았다. 국장은 오른손을 쳐 들었다가 도로 내렸다.

"지금 우리 인력으로는 선거를 안전하게 치르게 하는 것만도 벅찬 일입니다. 일반 범죄 조직에 손을 쓸 여유가 없습니다."

국장은 간부들의 반응을 살피고 나서 다시 말했다.

"그러니까 선거가 끝날 때까지만 일반 범죄 조직 수사는 경찰의 수사 선에서 머물게 하고 우리 S국은 선거 보안에만 전력을 기울이자는 겁니다. 선거 저해요인을 발본색원하고 선거를 무사히 치르게 하는 것이야 말로 현재 우리의 최대과업입니다. 이 점을 명심하기 바랍니다. 이의 있나요?"

아무도 입을 여는 사람이 없었다. 모두가 국장의 말에 동의하는 것 같았다. 그때 제3과장인 엄인회가 몸을 움직였다.

"문제가 하나 있습니다."

모두가 그를 바라보았다. 그는 준수하게 생긴 얼굴을 정면으로 들어올렸다.

"저번에 말씀드린 대동회 건인데…… 현재 이 단체에 대한 수사를 중단하면 안 될 것 같습니다."

"그 이유는……?"

국장이 턱을 쳐들고 반말 비슷하게 물었다. 3과장은 조용한 음성으로 말했다.

"대동회가 만일 이번 선거에 관계하게 된다면 큰 혼란이 예상됩니다."

"대동회가 선거를 방해할 거란 말인가요? 그렇다면 대동회를 없애 버리시오!"

"그게 아닙니다. 대동회가 어떤 후보를 밀어서 그들의 정치적인 목적을 달성하려 들지도 모른다는 말입니다."

모두가 놀란 눈으로 3과장을 바라보았다. 3과장은 확신에 가까운 표정을 짓고 있었다.

"그럴 가능성이 있나요? 1과장은 어떻게 보나요?"

"여러 가지 점으로 보아 그럴 가능성이 없다고 볼 수는 없습니다."

제1과장은 강파르게 마른 얼굴을 끄덕이면서 말했다. 국장의 미간이 좁아지고 있었다.

"그런 확증이 있나요?"

"아직 확증은 없습니다."

"대동회에 대해 말이 많다는 건 나도 알고 있습니다. 어느 단체나 무슨 일을 과감히 전개하다 보면 욕을 먹는 수가 많습니다. 그렇지만 그런 욕의 대부분은 사실과는 많이 다르게 마련입니다. 확증도 없이 대동회를 때려잡을 수는 없습니다. 수상 각하께도 말씀드린 바 있지만 대동회는 현재 그 어느 단체보다도 국민 복리를 위해 힘쓰고 있습니다. 종교단체의 지원으로 많은 돈을 쏟아 넣고 있다고 들었는데…… 우리는 바로 이 점을 높이 사야 합니다. 몇 가지 과오가 있다 하더라도 그들이 좋은 일을 하고 있으면 그것을 보호해 주는 것이 우리 S국의 임무이기도 한 것입니다. 그렇다고 내가 대동회를 비호하자는 건 아닙니다. 대동회가 반국가적인 단체라는 확증이 있다면 가차 없이 척결하십시오. 그렇지만 확증도 없이 선입견을 가지고 일을 처리하지는 마십시오. 신중을 기해 일해 달라 이 말입니다. 지금까지 우리가 처리한 일들 가운데는 너무 성급하게 확실한 증거도 없이 처리한 일들이 없지 않아 있었습니다. 앞으로는 그러한 실수가 있어서는 안 되겠습니다."

국장은 간부들을 쭉 훑어보았다. 그 눈길이 더 할 말이 있느냐는 투였다. 그때 3과장이 역시 입을 열었다.

"대동회가 반역적인 단체라는 것은 이미 사실로 나타나 있습니다. 더 이상 확인할 필요가 없습니다."

국장과 3과장의 시선이 부딪쳤다. 모두가 놀란 시선으로 3과장을 바라보았다. 그러나 3과장은 얼굴빛 하나 흩트리지 않고 있었다.

"어떤 점에서 그 단체가 반역적이라는 겁니까?"

국장은 상체를 앞으로 기울이면서 앞에 놓인 담배를 지어들었다.

3과장은 자세를 꼿꼿이 했다.

"그들의 강령이 그것을 입증하고 있습니다. 군국주의와 대동아 건설은 과거 일제시대의 망령입니다. 다시 일제시대로 돌아가자는 주장이나 다름없습니다. 이보다 더 반역적인 주장은 없습니다."

웃음소리가 들려왔다. 국장이 낮은 소리로 웃고 있었다.

"그건…… 3과장이 너무 신경과민이기 때문에 그렇게 생각하는 거 아니오? 우리가 과거 역사에 얽매여 있을 필요는 없는 것이오. 역사는 얼마든지 되풀이 될 수 있는 것이고 생각하기에 따라서는 발전적인 것으로 받아들일 수도 있는 겁니다. 또 그런 주장이야 우리나라와 같은 자유국가에서는 얼마든지 있을 수 있는 겁니다. 3과장은 그러한 주장이 정치권력 화하는 걸 우려하고 있는 것 같은데, 그거야 국민들의 심판에 맡겨야겠죠. 국민들이 기피하면 누가 무슨 주장을 해도 먹혀들어가지 않을 테니까 말입니다."

"그건 그렇습니다. 그렇지만 대중 조작이란 게 있지 않습니까. 국민의 판단력을 흐리게 하는 건 오늘날 어려운 일이 아닙니다. 적당히 돈을 뿌리고 매스컴을 주물러 놓으면 여론을 조작하는 건 쉬운 일입니다."

"3과장은 너무 비약해서 생각하는데, 그렇게까지 염려할 필요는 없습니다. 정치적인 주의 주장에 대해서까지 신경을 쓸 여유는 없습니다. 우리 S국은 정치적으로 엄정 중립을 지켜야 합니다. 어떤 단체가 합법적인 절차를 밟아서 정치활동을 할 경우 우리는 정치 문제를 떠나 반역적인 범죄 조직만 박멸하면 됩니다. 다시 강조하지만 이번 선거기간 동안에는 선거보안에 전력을 경주해주기 바랍니다."

국장은 결론을 내리듯 이렇게 말하고 몸을 일으켰다. 그러자 3과장이 다시 입을 열었다.

"대동회가 범죄 조직가 결탁하고 있다는 증거가 있습니다."

침묵이 흘렀다. 국장은 도로 자리에 앉으면서 바라보았다. 3과장은 일어나서 회의실 옆방으로 통하는 문을 열었다. 아까부터 대기하고 있던 최 진과 김 형사가 회의실 안으로 들어왔다. 3과장은 그들을 앉게 한 다음 국장을 바라보았다.

"미처 말씀을 못 드렸습니다만 이분들은 대동회 관계를 조사하기 위해 우리 3과에서 특별히 도움을 청한 분들입니다. 이분은 얼마 전 대동회 관계 사설을 썼다가 살해된 K일보 논설위원 최동희 씨의 아드님 되시는 최 진씨, 그리고 이쪽은 형사반장 김상배 씨입니다. 이분들은 상당히 접근해 있고, 대동회가 범죄조직의 후원을 받고 있다는 사실에 모두 동의하고 있습니다."

국장은 날카로운 시선으로 두 사람을 바라보았다. 그리고 고개를 끄덕이면서 말했다.

"말씀해 보시지요."

최 진이 먼저 그동안 일어났던 일들을 이야기했다. 그리고 다비드 킴의 사진과 그에 대한 신상카드를 내놓았다. 그것을 들여다본 국장의 표정이 굳어지고 있었다.

"이자가 대동회 회원이란 말이오?"

"그건 확실치 않습니다. 그러나 관계가 있는 것만은 틀림없습니다."

"좋소. 이자에 대한 수사를 계속하시오. 그렇지만 대동회의 사업을 방해하지는 마시오. 사실이 드러날 때까지는 신중을 기해야 하니까."

국장은 잠깐 멈췄다가 다시 말했다.

"수사결과는 수시로 나한테 보고하시오."

"알겠습니다."

3과장이 대답했다.

"대동회의 배후 관계를 알아보기 위해 최 진 씨가 내일 도쿄로 떠날 예정입니다."

"아마추어일 텐데 이런 일을 할 수 있을까요? 위험 부담이 많을 텐데……"

국장이 걱정스럽다는 듯 말했다.

"아주 우수한 요원입니다. 그동안 틈틈이 사격 연습도 하고 교육도 받았습니다."

3과장이 자신 있게 말했다.

"그렇다면 안심이지만…… 자신 있나요?"

"도와줄 사람이 있습니다. 경시청의 모오리 형사란 사람이 도와줄 겁니다."

김 형사가 대신 말했다. 2과장이 뚱뚱한 몸을 움직였다. 파이프를 문 채 그는 느릿느릿 말했다.

"도쿄에 가시면 우리 제2과 요원들과 만나 보시지요. 모오리 형사보다는 더 도움이 클 겁니다."

"알겠습니다."

진은 탁자 밑으로 뻗은 다리를 움직였다. 어쩐지 답답하다는 느낌이 들었다.

회의가 끝나자 3과장이 그들을 데리고 과장실로 자리를 옮겼다. 그는 조금 흥분하고 있는 것 같았다.

"대동회에 대한 수사는 지금보다 더 박차를 가해야 합니다. 누가 뭐라고 해도 수사를 중단해서는 안 됩니다."

"알겠습니다."

두 사람은 동시에 대답했다.

"우리 국장은 탐탁지 않게 생각하는 것 같지만 그건 잘못된 생각입니다. 국장도 생각을 고치게 될 겁니다."

진은 그런 것에는 관심 없다는 듯 이야기를 돌렸다.

"다비드 킴에 대해서는 공개수사를 해보는 게 좋겠습니다.

그자에 대해서는 팽이 보내준 자료 이상은 밝혀지지가 않습니다. 사진을 복사해서 전단을 뿌리면 혹시 무슨 정보가 있을지도 모릅니다."

"반장님 생각은 어떠십니까?"

"저도 같은 생각입니다. 좋은 방법은 아니지만 지금으로서는 달리 방법도 없고 하니까 그 수를 써보는 수밖에 없을 것 같습니다. 사태는 점점 급해지는데……"

"알겠습니다. 전단을 뿌리도록 합시다."

진은 집으로 가기 전에 김 형사와 함께 맥주 집에 들렀다. 시원한 맥주를 들이키자 더위가 가시는 것 같았다. 그는 오늘 본 S 국장을 생각하고 있었다. 머리에 기름을 바르고 티 하나 없이 깨끗하게 차려 입은 그 모습은 미남인데도 불구하고 몹시 차가운 인상이었다. 매끄럽게 흘러나오던 목소리는 흡사 녹음테이프를 틀어놓은 것 같이 전혀 감정이 배어 있지 않았다.

"국장 인상이 어때요?"

김 형사가 물었다.

"글쎄요…… 좀 비정한 데가 느껴지는 인상이던데요."

"내가 보기에는 멋진 인상이던데……"

두 사람은 함께 미소했다.

집으로 돌아온 진은 아내에게 간단히 여행 가방을 꾸리게 했다. 아내가 가방을 챙기는 동안 그는 아버지 방으로 들어가 사진을 가만히 응시했다. 새로운 결의가 가슴을 채워왔다.

다비드 킴(암호명 B)은 우울한 눈빛으로 호텔 창밖을 바라보고 있었다. 여자와 한바탕 일을 치르고 난 뒤였지만 기분은 여전히 무겁게 가라앉아 있었다.

그는 고개를 돌려 여자를 바라보았다. 여자는 벌거벗은 몸으로 침대 위에 누워 있었다. 움직이지 않는 것이 잠이 든 모양이었다.

킬러는 다시 창밖으로 시선을 돌렸다. 자정이 가까워 오고 있었지만 거리는 아직도 불빛이 휘황찬란했다. 그는 창문에 비친 얼굴이 유심히 바라보았다. 그것은 지금까지의 그의 얼굴과는 전혀 다른 정말 낯선 얼굴이었다. 꺼진 콧잔등 하나 고친 것으로 이렇게 얼굴 모습이 달라질 수 있을까 하고 그는 생각했다. 수술이 아물기까지는 정말 지루한 나날이었다. 이제 붕대를 풀고 실밥을 뽑았으니 며칠 후에는 한국에 돌아갈 수 있을 것이다.

그가 이런 생각을 하고 있을 때 전화벨이 울렸다. 그는 천천히 수화기를 집어 들었다.

"서울서 전화 왔습니다."

여자 교환수의 졸리는 듯 한 목소리가 들려왔다. 킬러는 긴장한 표정으로 자세를 바로 했다.

"누구야? B인가?"

목쉰 소리가 들려왔다. 킬러는 수화기를 바꿔 들었다.

"네, 그렇습니다."

"Z다. 수술은 어떻게 됐나?"

"잘됐습니다. 오늘 붕대를 풀었습니다."

"내가 연락할 때까지 그곳에 있도록 해. 움직이면 안 된다. 네 신원이 밝혀졌다. 이름과 과거 경력, 그리고 얼굴도 밝혀졌다.

밝혀지지 않은 것은 과거 한국에서의 경력뿐이야. 내가 보기에는 그것도 곧 밝혀질 것 같아. 그러니까 함부로 움직이지 말고 근신하도록 해."

킬러는 표정이 굳어졌다. 그는 꼼짝하지 않고 그대로 수화기를 움켜쥐고 있었다.

"골치 아픈 놈이 하나 나타나서 너를 뒤쫓고 있다."

"누굽니까?"

"최동희의 아들 최 진이라는 놈인데, S국의 지원을 받고 뛰고 있어. 아버지의 원수를 갚겠다고 그러는 것 같은데…… 내일 1시 비행기로 놈이 도쿄로 가니까 그놈을 처리해 버려. 그대로 두면 골치 아프다."

"어떻게 생긴 놈입니까?"

"여기서 우리 요원이 뒤따라 갈 테니까 나중에 합류해."

"알겠습니다."

"깨끗이 처리해야 한다."

"알겠습니다."

"이곳 상황은 알고 있겠지?"

"알고 있습니다. 이곳 신문에도 수상 사임 발표가 톱으로 나왔습니다."

"다시 연락하겠다."

전화 끊기는 소리가 들리자 킬러는 수화기를 놓고 일어섰다.

그는 팬티 바람으로 방안을 왔다 갔다 했다. 자신의 정체가 이렇게 노출되기는 처음이었다. 어떻게 알았을까? 최동희의 아들이라는 놈은 어떻게 생겼을까. 자신이 초조해 있는 것을 알자 그는 기분이 상했다.

  냉장고 속에서 맥주를 꺼냈다가 그는 그것을 도로 집어넣고 옷을 입었다. 그리고 방을 나와 나이트클럽으로 내려갔다. 울적하고 초조한 기분을 잊고 밤새 곤죽이 되도록 취하고 싶었다.

  가득 들어찬 사람들 사이를 헤치고 안으로 들어간 그는 벽 가에 자리를 잡고 앉았다. 반라의 여인이 다가왔지만 그는 거들떠보지도 않았다.

  진이 탄 KAL의 승객은 거의 젊은 여자들이었다. 수십 명이나 되는 여자들 사이에 끼어 앉은 진은 꽃밭 속에 앉아가는 기분이었다.

  한국 처녀들은 외국에 취직해서 간다는 사실 하나만으로도 너무 기쁜지 끊임없이 웃으며 재잘거리고 있었다. 가난한 처녀들이 외국에 취직까지 되어 나가니 기쁠 수밖에 없겠지, 하고 진은 생각했다.

  그의 옆자리에도 두 처녀가 나란히 앉아 계속 땅콩과 오징어 다리를 먹어대면서 이야기꽃을 피우고 있었다. 진은 그녀들의 이야기에 귀를 기울이고 있다가 이윽고 졸기 시작했다. 얼마 후에 누가 어깨를 툭툭 건드리는 바람에 그는 눈을 떴다. 옆자리의 처녀가 생글거리면서 그에게 땅콩 한 주먹을 내밀고 있었다.

  "이거 드세요."

  "감사합니다."

  진은 웃으면서 땅콩을 받았다.

  "아저씨도 일본에 가세요?"

"네, 그렇습니다."
처녀는 토실토실하게 살이 오른 것이 귀여운 모습이었다. 맑은 눈동자에는 세상 물정을 모르는 순진스러움이 가득 담겨 있었다. 명랑하면서도 부끄러움이 많은 것 같은데, 친구들 힘을 빌어 용감하게 말을 걸어온 것 같았다.
"일본에 자주 가시나 보지요?"
"아니오. 두어 번 가본 적이 있습니다."
"일본에 오래 계실 거예요?"
"아니오. 일이 끝나면 곧 돌아올 겁니다."
그때 뒤에 앉아 앉아 있던 처녀 하나가 앞쪽으로 머리를 들이밀면서
"어머, 넌 핸섬한 아저씨하고 밀월여행하고 있니?"
하고 말했다.
여기저기서 까르르 하고 웃음이 터졌다. 처녀는 얼굴이 홍당무가 되면서 입을 다물어 버렸다. 진은 처녀의 기분을 가라앉히려고 이것저것 생각나는 대로 물었다.
"이번에 인력수출협회라는 게 발족했던데…… 혹시 거기 통해서 가는 거 아닙니까?"
"네, 맞아요."
"취직이 확정돼서 가는 겁니까?"
"네, 일본에 가서 교육을 받은 다음 간호원으로 일하기로 됐어요."
그녀의 이름은 이순복(李順福), 나이는 스물한 살이고 고등학교를 졸업했다는 것이다. 집에서 놀고 있다가 이번에 운이 좋

아 해외에 취업을 하게 되었다고 그녀는 약간 흥분된 어조로 말했다.

"봉급은 얼마나 되나요?"

"교육기간 동안은 숙식을 제공받고 1백 달러고, 정식 간호원이 되면 3백 달러예요."

진은 입 속에 떫어지는 것을 느꼈다. 이러다가는 한국 처녀들이 모두 일본으로 빠져나갈지도 모른다는 생각이 들었다.

"착실히 일해서 돈 많이 벌어가지고 오십시오."

처녀는 얼굴을 붉혔다. 기쁨 뒤에 안개처럼 서린 고독감 같은 것이 얼핏 스쳐가는 것 같았다.

비행기는 태평양 위를 날아가고 있었다. 이윽고 일본 해안선이 멀리 보이자 처녀가 다급한 듯이 입을 열었다.

"저어기…… 한번 만날 수 없을까요?"

"좋습니다. 만나서 식사나 같이 합시다."

"그런데 저는 지리도 모르고 시간이 어떻게 될지……"

"주소를 가르쳐 주십시오. 그러면 제가 한번 찾아가지요."

처녀는 눈을 깜박이다가 말했다.

"어디로 가는지 주소를 몰라요."

"도쿄에서 교육을 받을 건가요?"

"그것도 자세히 모르겠어요. 잠깐 기다려 보세요. 물어보고 오겠어요."

처녀는 자리에서 일어나 뒤쪽으로 갔다. 진이 돌아보니 맨 뒷자리에 선글라스를 낀 사내 하나가 앉아 있었다. 처녀와 이야기를 나누는 것으로 보아 아마 그 사내가 인솔 책임자인 것 같았다. 선글라스를 끼고 있는 것이 왠지 기분이 나쁜 인상을 풍기고 있었다.

처녀는 곧 돌아와서 조금 실망한 빛으로 말했다.

"인솔하는 사람도 잘 모르겠대요. 자기는 하네다 공항까지만 우리를 데려다 주기로 했대요."

"그럼 이렇게 합시다. 도쿄에 있는 히비야 공원에서 만납시다. 일요일에는 시간이 있을 테니까 돌아오는 일요일 12시 정각에 공원입구에서 만납시다. 만나서 점심이나 하고 시내 구경을 합시다."

"네, 좋아요."

처녀는 밝은 표정으로 대답했다.

"그런데 아저씨, 만일 그날 못 나오게 되면 어떡하지요?"

"그럼 하는 수 없지요. 나중에 기회가 있으면 또 만나게 되겠지요."

"아이, 아저씨를 꼭 만나고 싶은데……. 제가 연락을 드릴 수 없을까요?"

그럴 필요까지는 없는 것이다. 그러나 처녀는 갑자기 외국에 가게 됨으로써 생기는 두려움과 외로움을 혼자 감당하기가 벅찬 것 같았고 그래서 초면이나마 그의 위로를 받고 싶어 하는 눈치 같았다.

"그렇다면 도쿄 경시청에 전화를 걸어서 모오리 형사를 찾으십시오. 그에게 말해 두면 저와 연락이 될 겁니다."

"괜히 제가 귀찮게 굴지나 않는지……"

"아니, 천만에…… 괜찮아요."

처녀는 수첩을 꺼내어 진이 일러주는 대로 적었다.

"아저씨, 형사이신가요?"

"아니오."

10분 후 비행기는 하네다 공항에 도착했다. 진이 입국 수속을 마치고 출구를 빠져나오자 대합실에 안내방송이 흘러나오고 있었다.

"서울서 오신 최 진 씨를 찾습니다. 최 진 씨는 방송을 들으시는 대로 2층에 있는 3번 스낵바로 가 주시기 바랍니다."

방송은 영어와 일어로 나오고 있었다.

진은 담배를 붙여 물면서 에스컬레이터 쪽으로 걸어갔다. 에스컬레이터 옆에는 기둥이 하나 서 있었는데 그것은 전면이 거울로 되어 있었다. 진은 무심히 거울 속을 바라보았다. 순간 선글라스의 두 사나이가 자기를 바라보고 있는 것이 거울 속으로 얼핏 보였다. 한 사나이는 아까 비행기 뒷좌석에 앉아 있던 그 인솔 책임자인 것 같았다. 진은 에스컬레이터 위로 발을 내디디면서 반사적으로 뒤를 돌아보았다. 낯선 사나이는 인솔 책임자보다 훨씬 건장해 보였고 운동으로 단련된 튼튼한 몸을 가지고 있는 것 같았다. 진은 신경에 거슬리는 그자들을 다시 쳐다보지 않고 3번 스낵으로 다가갔다.

햄버거와 커피를 양손에 들고 부지런히 입을 놀리고 있던 중년의 뚱뚱한 사내가 작은 눈을 치뜨면서 진을 바라보았다.

"최 선생이죠?"

뚱뚱한 모습과는 달리 말씨가 빨랐다. 진이 그렇다고 하자 사내는 오른손에 들고 있던 커피 잔을 내려놓으면서 그에게 악수를 청했다.
"경시청의 모오립니다. 오시느라고 수고 많았습니다."
그는 연방 햄버거를 먹어대면서 작은 눈으로 진을 살피고 있었다.
"일어를 하실 줄 아십니까?"
"약간은……"
"그럼 영어와 일어를 섞어서 말하죠. 난 한국말을 몰라서……"
"좋습니다. 웬만한 건 알아들을 수 있습니다."
"이거 하나 드시겠습니까?"
"감사합니다."
진은 모오리가 내미는 햄버거를 받아서 먹기 시작했다. 배가 고팠던 참이라 그는 그것을 깨끗이 먹어치웠다. 이 일본인은 즉물적으로 생겼으면서도 호감이 가는 타입 같았다. 대범하게 행동하는 것 같으면서도 조그만 두 눈은 무엇인가를 끊임없이 찾고 있었다.
"일본인을 좋아하십니까?"
"별로 그렇지는 않습니다."
"그럼 싫어하신다는 말씀입니까?"
"그렇습니다."
진은 상대방의 눈치를 보지 않고 대답했다. 모오리는 고개를 끄덕였다.
"왜 일본인을 싫어하십니까?"
"모르겠습니다. 본능적이라고 볼 수 있습니다."

밖으로 나온 그들은 차에 올랐다. 모오리 형사가 직접 최신 스타일의 닷산을 운전했다. 고속도로를 시속 1백 킬로로 질주하다가 그는 갑자기 핸들을 꺾어 샛길로 들어섰다.

"어떤 놈이 미행하는 것 같은데……"

그가 백미러를 들여다보며 말했다.

"흰 무스탕 보이죠? 선글라스 낀 놈이 운전하고 있군요."

진은 뒤를 돌아보았다. 과연 흰색 차 한 대가 1백 미터쯤 간격을 두고 따라오고 있었고, 운전대에 앉아 있는 선글라스 사내의 모습이 보였다.

"상관하지 마십시오. 으레 있는 일이니까. 최 선생이 아니라 나를 미행하고 있을 겁니다."

미행자는 공항에서 본 그 건장한 사나이 같았다. 그자가 분명하다면 모오리 형사의 말은 틀리다. 미행당하고 있는 사람은 오히려 내 쪽이다. 내 신분이 드러났다는 말인가? 내가 도쿄에 오는 것을 어떻게 알았을까. 진은 슬그머니 모오리에게까지 의심이 갔다. 그러나 모오리를 의심하면 여기서는 한 발짝도 움직일 수가 없다.

"권총을 두고 왔는데…… 하나 빌릴 수 없을까요?"

"잘 아실 텐데. 여기서는 수사권을 발동할 수 없습니다."

"알고 있습니다. 그렇지만 불가능한 것도 아니지 않습니까?"

"좋습니다. 요령껏 하셔야 합니다."

모오리 형사는 품속에서 피스톨을 꺼냈다.

"콜트 신형이죠. 가볍고 작아서 휴대하기가 좋습니다. 성능은 우수한 편입니다."

그것은 검은 빛이 나는 조그마한 피스톨이었다. 진은 그것을 허리춤에 찔러 넣으면서 다시 뒤를 돌아보았다. 무스탕은 여전히 뒤따라오고 있었다.

"신경 쓰지 마십시오. 우리 이야기나 합시다. 김 형사는 바쁜가 보죠?"

"네, 갑자기 선거가 있게 돼서……"

"아, 그렇죠. 앞으로 한국은 당분간 진통을 겪겠더군요."

"네, 그럴 것 같습니다."

"헌법개정안은 통과될 것 같습니까?"

"그건 가능합니다. 모두가 수상의 결정을 긍정적으로 받아들이고 있으니까요."

"신임 대통령은 누가 될 것 같습니까?"

"모르겠습니다. 아직 후보자가 나오지 않았으니까요."

그들은 도쿄 호텔 앞에서 차를 내렸다.

진은 호텔 안으로 들어가기 전에 주위를 유심히 둘러보았다. 그러나 미행해 오던 그 백색 무스탕은 보이지 않았다.

모오리 형사가 예약해둔 방은 15층에 있었다. 엘리베이터에 오르기 전에 모오리 형사가 말했다.

"목욕이나 하고 푹 쉬십시오. 8시에 오겠습니다."

진은 웃으면서 고개를 끄덕였다. 엘리베이터 속에는 그 혼자뿐이었다. 그는 한 손으로 넥타이를 늦추면서 한숨을 내쉬었다. 피로가 엄습했다.

엘리베이터가 5층에 닿았을 때 문이 열리고 한 사람이 들어왔다. 진은 고개를 들고 그 사람을 바라본 순간 숨이 뚝 멎는 것을 느꼈다. 공항에서부터 그를 미행해 온 그 건장한 선글라스의 사나이가 거기에 우뚝 서 있었던 것이다. 너무 갑작스런 일이었기 때문에 진은 눈앞이 캄캄해지고 다리가 후들후들 떨렸다. 상대가 바윗덩이같이 버티고 있다는 것밖에는 아무것도 느껴지지 않았다. 생각을 정리할 틈도 없는 일순간이 지났다.

"당신이 최 진인가?"

목소리는 땅속에서 들려오는 듯 깊이 가라앉아 있었다. 진은 재빨리 허리춤으로 손을 가져갔다. 그가 피스톨을 채 빼들기 전에 강한 일격이 그의 얼굴에 가해져 왔다. 진은 벽에 세차게 머리를 부딪히면서 무너져 내렸다.

이번에는 구둣발이 그의 턱을 걷어찼다. 그는 얼결에 상대의 다리를 휘어잡고 개처럼 허벅지를 물어뜯었다. 사나이가 신음을 토하면서 주먹으로 진의 얼굴을 난타했다. 진은 필사적으로 몸을 일으키면서 이마로 상대의 턱을 들이받았다. 불과 5분도 채 못 된 짧은 동안이었지만 두 사람은 엘리베이터 속에서 맹수처럼 뒤엉켜 싸웠다. 진은 자신도 놀랄 정도로 투지에 불타 주먹을 휘둘렀다. 두 사람 다 무기를 사용할 틈이 없었다. 공간은 좁았고 두 사람의 움직임이 엘리베이터를 뒤흔들고 있었다. 갑자기 진은 숨을 쉴 수가 없었다. 어느새 그의 목은 사나이의 통나무 같은 팔뚝 안에 들어 있었다. 사나이는 뒤에서 그의 목을 조이면서 숨통을 끊으려 하고 있었다. 진은 발버둥을 치면서 팔꿈치로 사나이의 옆구리를 쳤지만 상대는 끄떡도 하지 않았다. 그때 엘리베이터가 멈추면서 문이 열렸다. 진은 의식이 흐릿해지는 것을 느끼면서 힘없이 쓰러졌다.

진이 생명을 구한 것은 정말 우연이었다. 그가 정신을 차렸을 때 옆에는 모오리 형사가 근심스러운 표정으로 앉아 있었다.

"야아, 정신이 들었군. 어때 괜찮소?"

진은 얼굴을 일그러뜨리면서 겨우 일어나 앉았다. 팔다리를 움직여 보았지만 부러지거나 한 곳은 없는 것 같았다. 그러나 조금 움직이는 순간 온통 온몸이 쿡쿡 쑤시고 저려왔다.

"여긴 병원입니까?"

"그렇소. 호텔에 갔더니 여기에 입원했다고 해서 달려왔지요. 의사 말이 활동하는 데에는 지장이 없겠다는데…… 얼굴이 상해서 당분간 치료를 받아야겠다고 합니다. 정말 이만해서 다행입니다."

진은 화장실로 가서 거울을 들여다보고는 깜짝 놀랐다.

콧잔등이 부어서 눈까지 밀려올라가 있었고 광대뼈는 흡사 혹처럼 부풀어 올라 얼굴의 균형을 완전히 깨뜨리고 있었다. 뿐만 아니라 목에는 붕대가 감겨 있었고 귀는 찢어져 피가 엉켜 붙고 있었다. 그는 입을 벌려 보았다. 입 속도 헐어 있었고 이빨 두 개가 부러져 있었다.

모오리 형사가 들려준 바에 의하면 진이 위기를 면하게 된 것은 호텔 웨이터 덕분이라는 것이었다. 10층에 있던 웨이터가 위로 올라가기 위해 버튼을 눌렀기 때문에 엘리베이터가 멈추면서 문이 열렸다는 것이다.

"웨이터가 소리치자 범인은 비상구 쪽으로 도망쳤답니다."

모오리 형사는 부서진 선글라스를 내보였다.

"범인이 떨어뜨리고 간 건데 어떻게 생긴 놈입니까?"

"자세히 보지 못했습니다. 처음 보는 놈인데…… 무서운 힘을 가지고 있었습니다."

진은 진저리가 쳐졌다. 인간이 그렇게 무서워 보이기는 처음이었다. 피가 돌지 않는 석고 같은 놈이었다.

"단순히 위협만 하려고 그런 게 아닐까요?"

"아닙니다. 저를 분명히 죽일 목적으로 나타난 겁니다. 놈이 무기를 사용할 틈을 제가 주지 않았기 때문에 놈은 저를 죽이지 못한 겁니다. 하긴 그놈은 맨손으로도 저를 충분히 죽일 수 있었습니다."

진은 다비드 킴을 생각해 보았다. 범인의 건장한 모습이 그와 비슷한 데가 있었다. 그러나 콧잔등이 꺼지지 않은 점이 달랐다. 놈의 코는 정상이었다.

"놈은 한국인이었습니다. 한국말로 제 이름을 물어봤습니다."

"한국에서부터 미행해 온 게 아닐까요?"

"글쎄…… 그랬을지도 모르지요."

진은 인솔 책임자와 범인의 관계가 얼핏 생각났다. 그들은 왜 공항에서 만났을까. 인솔 책임자는 분명 인력수출협회 직원일 것이다. 그렇다면 범인도 인력수출협회와 관계가 있단 말인가. 진의 생각은 여기서 끊어졌다. 갑자기 장막 같은 것이 앞을 가로막았던 것이다. 그는 이 의문을 가슴속에 그대로 접어둔 채 자리에서 일어섰다.

"아니, 왜 이러는 거요?"

모오리 형사가 그를 붙잡았다.

"여기서 이렇게 누워 있을 수만은 없습니다. 호텔로 가겠습니다."

"더 치료해야 하니까, 그대로 입원해 있도록 하시오."

"입원까지 할 필요는 없습니다."

진은 고집에 모오리 형사는 머리를 흔들며 따라 나왔다. 범인에게 숙소가 알려졌으니 다른 호텔로 옮기자고 했으나 진은 도쿄 호텔로 돌아갔다. 그들은 호텔 방에 앉아 즉시 용건을 이야기했다.

"김 형사가 부탁한 것을 조사해 봤습니다. 하지만 그 회사에서는 S25 자동소음권총을 12자루만 한국에 팔았답니다."

"12자루면 현재 한국에 공식적으로 등록돼 있는 숫잡니다. 우리가 알고 싶은 것은 암거래된 숫잡니다."

"그건 알아내기가 어렵더군요. 탈세 관계도 있고 하니까 알려줄 리가 만무하지요."

"그 회사는 무기만 전문으로 생산하고 있습니까?"

"네, 일본 유수의 군수업체로 재벌회사죠. 대륙산업(大陸産業)이라고…… 아낭 기사꾸라는 사람이 회장으로 있는데, 비행기까지 생산하고 있지요. 군수산업 붐을 타고 재벌이 되었지만 요즘은 전 세계 군수업체가 너무 치열하게 경쟁하는 바람에 판로가 점차 위축되어 가고 있는 것 같아요. 판로를 개척하려고 무척 애를 쓰고 있는 것 같은데…… 어디서 전쟁이 터져야 재미를 보지 그렇지 않고는 재미 보기가 어렵겠지요."

진은 얼핏 머리를 스쳐가는 것이 이었다. 그는 수첩을 꺼내들고 아낭 기사꾼에 관한 것을 적었다.

"아낭에 대해 좀더 자세히 말씀해 주십시오. 과거 경력 같은 거랄지 인품에 대해 아는 대로 말씀해 주십시오."

모오리 형사의 표정이 의아하게 변했다. 최진이 그런 것까지 알 필요가 있느냐 하는 그런 표정이었다. 그러나 그는 이내 대답해 주었다.

"과거에는 유명한 암흑가 두목이었죠. 잘 아시겠지만 일본의 암흑가는 배후에 정치권력을 업고 있어서 그 역사가 깁니다. 그런 이유 때문에 세력도 막강해서 정치 판도에 깊이 개입할 때도 있습니다. 아낭은 매음과 마약 부문에서 제 일인자였습니다. 거기서 축적한 돈으로 군수업에 손대 재벌이 된 거죠. 이러한 사실은 확인된 건 아니지만 아는 사람은 알고 있는 비밀입니다. 그리고 인품이라고 한다면 말할 것이 없습니다. 비정하기 짝이 없고 돈을 벌기 위해서는 무슨 짓이라도 할 그런 위인이죠. 요즘은 무기를 팔아먹기 위해 혈안이 되어 있는 걸로 알고 있습니다."

"암흑가와는 손을 끊었습니까?"

"아직도 배후에서 스폰서 노릇을 하고 있다는 소문이 있는데, 확실한 건 알 수가 없습니다."

진은 모오리 형사가 따라주는 맥주를 마셨다. 터진 입 속에 술이 들어가자 쓰리고 아팠다.

"오오다께는 어떤 조직에 관계하고 있었습니까?"

"오오다께는 재일 한국인이었다가 일찍이 일본으로 귀화했는데, 저와는 특별한 관계에 있었습니다. 제가 그자를 두 번이나 잡아넣었죠."

"전문적인 깡패였습니까?"

"그렇죠. 그렇다고 보스로 군림한 건 아니고 2류 정도로 활약했죠. 재일 한국인 그룹에서는 그래도 영향력이 컸죠. 죽기 전까지 밀착해 있던 조직은 국화(菊花)라는 조직으로 암흑가에서는 가장 역사가 길고 세력이 큰 단체입니다. 거기서 오오다께는 주로 정치인들이나 사업가들을 상대로 중개 역할을 담당했습니다. 늙은 노장이라 앞에 나서서 일하지는 못하고 막후 인물로 들어앉은 거죠."

"경찰도 암흑가를 인정하고 있습니까?"

"인정합니다. 워낙 역사가 길고 뿌리가 깊어서 어느 선 이상은 접근이 불가능합니다. 결국 적당한 선에서 그들과 타협하든가 묵인하는 수밖에 없지요."

모오리는 조금도 꺼리는 기색이 없이 말했다. 진은 좀 어이가 없었다.

"사실이 있는데도 가만둡니까?"

"사실이 밝혀지면 물론 체포하지요. 그렇지만 보스를 체포하는 경우는 거의 드물죠. 완전에 가깝도록 증거가 인멸되니까요. 그리고 체포해도 보스는 얼마 안 가 석방되기 마련입니다."

"국화를 이끌고 있는 인물은 누굽니까?"

"고오노 분사꾸(河野文作)라는 잔데, 그건 표면적으로 알려진 거고, 사실은 아낭이 배후에서 조종을 하고 있다는 소문이 있습니다."

진은 술잔을 들다가 도로 내려놓았다. 아낭과 오오다께를 잇는 하나의 연줄이 그의 뇌리에 깊이 들어와 박혔다.

"오오다께는 이번에 무슨 일로 한국에 갔을까요?"

"글쎄, 저도 그 문제를 조사해 봤는데, 아직 그걸 모르겠습니다. 중요한 일을 위해 한국에 간 것만은 사실인 것 같은데…… 무슨 일인지 알 수가 없습니다. 웬만한 건 정보망을 통해서 알 수가 있는데 그것만은 알 수가 없습니다."

"오오다께는 얼마 전 한국에서 결성된 대동회라는 단체를 찾아왔던 것 같습니다."

모오리 형사의 눈이 번득였다.

"저도 대동회에 대해서는 얼핏 들은 것 같습니다만…… 어떤 단체입니까?"

"일본의 신흥세력이 추구하는 이른바 신제국주의론을 업고 나온 단체입니다. 일제의 유물인 대동아 건설을 주장하고 있는데…… 아무래도 배후에 일본 세력이 있는 것 같습니다. 그 작금이 일본에 있는 신기독교 세계총연맹에서 나오고 있다는데 그건 위장이고 보다 더 큰 지원 세력이 있지 않나 생각됩니다."

진은 그동안 일어났던 일들을 대충 이야기했다. 모오리의 조그만 눈이 휘둥그레졌다.

"오오다께가 한국에 간 이유를 대강 알 수 있겠군요. 이쪽에서도 조사를 해보죠."

"오오다께가 국화와 관계가 있다면 국화와 대동회와의 관계를 생각해 볼 수 있지 않을까요?"

"충분히 가능하죠."

"국화는 어떤 정치세력을 지원하고 있습니까?"

"신일본(新日本)이라는 세력인데, 신흥세력 중에 가장 강력하죠."

"지도자가 누굽니까?"

"요시다 마사하루(吉田正治)라고 현직 참의원 의원으로 소장파죠. 처음엔 공산당원이었다가 지금은 극우파의 혁신인물로 부상하고 있죠."

"그에 대한 자세한 자료를 얻고 싶은데……"

"좋습니다. 준비해 드리겠습니다."

"고오노와 아낭에 대해서도 부탁드리겠습니다."

"좋습니다."

진은 가방 속에서 다비드 킴의 사진을 꺼냈다.

"이자가 바로 오오다께를 죽인 놈입니다. 읽어 보시면 알겠지만 전문적인 킬러입니다."

사진을 들여다보고 경력을 읽어본 모오리 형사의 표정이 어느새 굳어 있었다.

"무서운 놈이군요."

"아주 무서운 놈입니다. 국제적인 킬러인데도 지금까지 거의 알려지지가 않았습니다. 혹시 이자에 대한 정보를 가지고 계십니까?"

"나도 처음 보는 놈입니다. 웬만한 놈은 다 알고 있는데…… 이자는 본 적이 없습니다."

모오리는 일어서다 말고 진에게 숙소를 옮길 것을 당부했지만 진은 듣지 않았다. 놈이 같은 장소에서 두 번씩이나 범행을 저지르지는 못하리라는 것이 그의 생각이었다. 또한 놈에게 얻어맞은 데 대한 반발심이 시간이 흐를수록 솟구치고 있었다. 피하지 말고 정면 대결해야 한다. 쫓기는 건 싫다. 다시 만나면 놓치지 않을 생각이다.

"형사를 하나 붙이도록 하죠."

"아니, 싫습니다. 괜찮습니다."

진은 한사코 거절했다. 모오리가 가고 나자 그는 방문을 단단히 걸어 잠근 다음 서울로 국제전화를 신청했다. 밤이 깊은데도 김 형사는 귀가하지 않고 본부에 남아 있었다.

"웬일이십니까? 이렇게 늦게까지?"

"비상근무 아니오. 모오리 형사 만났소?"

"네, 조금 전까지 함께 있었습니다."

"별일 없었소?"

"미행을 당했습니다. 한 놈이 엘리베이터 속에서 저를 죽이려고 했습니다."

"저런! 다치지 않았소?"

김 형사의 목소리가 숨 가쁘게 들려왔다.

"괜찮습니다. 문제는 제가 미행당했다는 사실입니다. 미행자는 한국말을 하고 있었는데 처음 보는 놈이었습니다. 선글라스를 끼고 있어서 정확한 인상은 알 수 없습니다."

"미행했다면 심각한 문제요. 최 선생이 도쿄에 간다는 걸 놈들이 미리 알고 있었던 게 분명해요."

"그뿐이 아닙니다. 놈은 제 이름까지 알고 있었습니다."

"뭐라구요? 최 선생 이름까지 알 정도면 신분이 드러났다는 말 아니오?"

"그렇습니다."

"이거 큰일이군. 어떻게 해서 알게 됐지?"

"앞으로 보안을 철저히 해야 될 것 같습니다."

"최 선생, 혹시 떠나기 전에 누구한테 일본에 간다는 말하지 않았소?"

"하지 않았습니다. 집사람한테만 말했는데 그 사람한테는 누구한테도 말하지 말라고 단단히 일렀습니다."

"그렇다면 우리 S국 내에서 비밀이 샜다는 건가?"

"알 수 없는 일 아닙니까?"

"알겠소. 확인해 보도록 합시다. 모오리 형사한테서는 들을 만한 정보가 있던가요?"

"네, 몇 가지 있습니다만 아직 결정적인 건 없습니다. S25 자동소음권총은 대륙산업이라고 하는 군수회사 제품인데 암거래된 숫자는 파악하기가 불가능합니다. 대륙산업 회장은 아낭 기사꾸라는 인물로 현재 재벌급에 속해 있습니다. 과거에는 암흑가의 보스였고, 지금도 국화라는 범죄 단체의 실질적인 막후 인물로 알려져 있습니다. 그리고 국화가 지원하고 있는 정치세력이 바로 신일본이라고 하는 신흥세력인데, 요시다 마사하루라는 현직 참의원이 이끌고 있답니다. 그러니까 대륙산업과 국화, 그리고 신일본이 서로 연관성을 가지고 있다고 보겠습니다."

"오오다께에 대해서 알아봤나요?"

"그자는 국화 소속입니다."

"알겠소. 자세한 건 만나서 이야기합시다."

"한 가지 또 있습니다."

"뭡니까?"

"얼마 전에 발족한 인력수출협회에 대해서 조사를 좀 해 주십시오. 이상한 점이 있습니다."

"어떤 점이 이상한가요?"

"이번에 일본에 올 때 거기서 선발한 한국 처녀들과 같은 비행기에 탔었습니다. 그런데 그 인솔 책임자라는 자가 저를 미행한 놈과 공항에서 접선하는 걸 봤습니다."

"음, 그거 이상하군요. 내가 한번 조사해 보겠소. 부디 몸조심하시오."

"다시 전화 드리겠습니다."

수화기를 놓고 난 진은 거울을 들여다보았다. 이런 얼굴로는 도미에를 만나고 싶지 않다. 그렇다고 상처가 가라앉을 때까지 기다릴 수도 없다. 그는 콧잔등에 붙어 있는 반창고를 떼어 버리고 다시 거울을 들여다보았다. 흉칙한 몰골이 조금 나아진 것 같았다. 이윽고 그는 도미에에게 전화를 걸었다. 곧 신호가 갔지만 한참 기다려도 전화를 받지 않았다. 그는 10분쯤 기다렸다가 다시 다이얼을 돌렸지만 마찬가지였다.

어두운 방안에서 그는 눈을 뜬 채 앉아 있었다. 신경은 자꾸만 문 쪽으로 향하고 있었다. 킬러가 곧 나타날 것만 같아 그는 잠을 이룰 수가 없었다. 탁자 위에 놓인 피스톨도 그에게는 위안이 되지 못했다. 놈은 두 번 다시 실수를 저지르지 않기 위해 이번에는 치밀하게 접근해 올 것이다.

자정이 지나 그는 다시 도미에에게 전화했다. 그러나 신호만 갈 뿐 아무도 전화 받는 사람이 없었다.

그 시간에 도미에는 긴자(銀座)의 어느 나이트클럽에서 춤을 추고 있었다. 상대는 국화의 보스인 고오노라고 하는 40대의 사내였다.

암흑가의 보스 같지 않게 빼빼 마른 사내는 점잖고 능숙하게 여자를 리드하고 있었다. 그래서인지 겉보기에는 일류 회사의 간부 같은 인상을 풍기고 있었다.

사실 그로서는 현재 한창 인기 있는 모델을 안고 춤을 추고 있는 만큼 가장 신사다운 태도를 취하지 않을 수 없었다. 저절로 굴러들어온 이 미녀를 어떻게든 놓치지 말고 손아귀에 쥐어 놓아야 한다고 그는 처음부터 생각하고 있었다.

한편 도미에는 그녀대로 계산을 하고 있었다. 그녀가 고오노를 만난 것은 이번에 세 번째였다. 처음 만났을 때는 커피를 마셨고, 두 번째는 식사를 함께 했다. 도미에는 아버지가 생전에 남들에게 딸 자랑을 하지 않은 것을 내심 감사하게 생각했다. 만일 아버지가 딸 자랑을 했다면 고오노 일당이 그녀를 먼저 알아보았을 것이다. 그러나 다행히도 고오노 일당은 그녀를 가장 인기 있는 모델로만 알고 있을 뿐 그밖에 대해서는 아무것도 모르고 있었다.

그녀는 별로 어렵지 않게 고오노에게 접근할 수가 있었다. 여기에는 물론 그녀가 얼굴이 널리 알려진 인기 있는 모델이라는 사실이 크게 작용했었다.

처음 그녀는 아버지가 속해 있던 조직을 알기 위해 경시청의 모오리 형사를 찾아갔다. 모오리 형사는 주저하다가 그 조직을 알려주었고, 그때부터 그녀는 국화에 대한 자료를 수집하기 시작했다. 그리고 어느 정도 국화에 대한 윤곽을 파악했다고 생각되자 조직을 향해 접근했다. 고오노는 춤의 명수였다. 그는 그것을 즐길 줄을 알았다. 이것을 안 도미에는 고오노가 단골로 드나드는 홀을 거의 매일이다시피 찾아갔다. 물론 혼자가 아니고 바보 같은 남자 친구 하나와 동행이었다. 그리고 고오노가 가까이서 바라볼 수 있는 장소에서 보라는 듯이 남자 친구와 춤을 추곤 했다. 뛰어난 미모인데다가 인기 모델이었기 때문에 그녀의 존재는 금방 고오노의 시야에 들어가 박혔다. 예상했던 대로 고오노는 사람을 보내왔다.

전갈을 가지고 온 사내는 그의 경호원인 것 같았다. 보통 사람의 두 배쯤 되어 보이는 경호원은 얼굴을 험악하게 일그러뜨리면서 무조건 고오노에게 가자는 것이었다. 그녀와 동행인 남자 친구는 창백한 표정으로 그 자리에 꼼짝 않고 앉아 있기만 했다. 도미에는 누구인지 모르지만 이건 실례가 아니냐고 쏘아붙이면서 거절했다. 경호원은 눈을 부릅뜨더니 그녀를 끌고 가려고 했다.

"이거 놔요!"

그녀는 발딱 일어서면서 사내의 뺨을 철썩 하고 갈겼다. 실내에 있던 사람들의 시선이 일제히 그녀에게 쏠렸다. 화가 난 경호원이 손을 들어 그녀를 후려치려고 했을 때 고오노가 그들에게 다가섰다.

"무슨 짓이야! 저리 비켜!"

고오노는 경호원을 물리치고 그녀에게 정중히 사과했다.

"미안하게 됐습니다. 용서하십시오."

너무 정중했기 때문에 오히려 도미에가 어리둥절할 정도였다. 그러나 영리한 그녀는 곧 그것이 보스들만이 구사할 수 있는 트릭이라는 것을 알아차렸다.

"한번 추실까 해서 그런 건데…… 다시 사과드립니다."

"피곤해서 그만두겠어요."

그녀는 남자 친구의 팔짱을 끼고 일어섰다.

모욕을 당한 고오노는 표정이 일순 무섭게 변하는 것 같았지만 그녀는 거들떠보지도 않고 그곳을 빠져나왔다.

그런데 이튿날 어떻게 알았는지 고오노로부터 그녀의 아파트로 전화가 왔다. 인기모델인 만큼 그녀의 전화번호를 알아내는 것은 그다지 어려운 일이 아니었을 것이다. 그녀로서는 그렇게 빨리 접근하게 된 것이 놀라울 정도였다.

"사과도 할 겸 차라도 한 잔 함께 했으면 합니다만……"

그녀는 사양하다가 못 이기는 체하고 그의 제의를 받아들였다. 이렇게 해서 고오노와의 교제가 시작된 것이다. 그 다음부터는 만나는 것이 한결 자연스러워졌다.

고오노는 자기를 사업가라고 소개했다. 도미에는 꼬치꼬치 캐묻지 않았다. 세 번째 만났을 때는 그를 신뢰하고 있다는 태도를 보였다. 고오노는 흡족한지 더욱 신사답게 행동했다. 홀을 비추는 조명등이 갑자기 어두워졌다. 허리를 받친 고오노의 손에 힘이 가해졌다. 도미에는 상체를 상대의 가슴에 안겼다. 고오노는 여자가 풍기는 향기에 취하는지 눈을 지그시 감았다.

"밤 새워 추고 싶은데……"

"저두요. 꿈꾸는 것 같아요."

그녀의 팽팽한 젖가슴이 앞으로 파고들었다. 고오노는 그녀의 머리에 코끝을 갖다 대고 숨을 들이켰다.

"이렇게 기분 좋게 취보기는 처음인데……"

"저도 처음이에요."

도미에는 머리를 살살 흔들었다.

"집에 가겠어요."

"집까지 바래다주겠소."

고오노의 쭉 째진 눈이 이글거린다. 도미에는 웃으며 고개를 끄덕인다.

불이 켜지자 그들은 자리로 돌아와 남은 술을 마시고 일어섰다. 비틀거리는 도미에를 고오노가 부축하고 밖으로 나갔다.

잔뜩 달아오른 고오노는 운전사와 경호원까지 물리치고 손수 차를 몰았다. 그의 차는 최고급이라 방안같이 아늑했다. 도미에는 눈을 감은 채 사내의 어깨에 머리를 기대고 있었다. 근육질로 된 사내의 어깨는 마치 돌처럼 단단한 느낌이었다. 겉보기에는 몹시 말라보이지만 몸은 억세게 단련되어 있는 것 같았다.

"우리 집으로 갑시다."

"사모님이 계실 텐데요?"

"없어. 난 혼자 살고 있소."

도미에는 시계를 보았다. 시간은 벌써 새벽 2시를 가리키고 있었다. 차는 나가다(永田) 거리의 신호등을 무시하고 교차로를 가로질러 곧장 달려갔다.

교통 순찰차가 사이렌을 울리며 쫓아오는 것을 보자 도미에는 깔깔거리고 웃었다. 차가 속도를 내자 순찰차는 뒤로 멀리 처져 보이지 않게 되었다.

고오노의 집은 네리마구(練馬區) 다까마쓰오(高松町)에 있었다. 집은 울창한 숲속에 싸여 밖에서는 보이지 않았다. 대문을 들어가 한참을 더 가자 비로소 2층 양옥이 나타났다. 셰퍼드 두 마리가 귀청을 찢을 듯이 짖어대기 시작했다. 차가 멎자 우람하게 생긴 청년 한 명이 뛰어와 문을 열어주었다.

"별일 없었나?"

"네, 회장님한테서 전화가 한 번 온 것 외에는……"

"뭐라고 하던가?"

"전화를 기다리겠다고 하셨습니다."

"몇 시에 왔지?"

"10시쯤에 왔습니다."

차에서 내린 도미에는 이미 몸을 바로하고 있었다. 사내가 이끄는 대로 그녀는 층계를 올라갔다.

가정부로 보이는 젊은 여자가 현관에 서서 그들을 향해 머리를 깊이 숙여 인사했다. 그 뒤쪽에 청년 한 명이 또 서 있었다. 도미에는 직감적으로 이 집이 엄중하게 경호되고 있음을 깨달았다.

그들은 2층으로 올라갔다. 도미에는 곧 가야 한다고 생각했지만 호기심이 이는 것을 어쩌지 못했다. 두려움이 없는 것은 아니지만, 그녀는 여자치고는 매우 용감하고 당돌한 데가 있었다. 그들은 응접실로 들어갔다. 도미에는 드넓은 응접실을 보자 압도되는 기분을 느꼈다. 바닥에는 촉감이 좋은 고급 융단이 깔려 있었고 실내 여기저기에는 값비싼 장식품들이 조화 있게 놓여 있었다.
 도미에는 푹신한 의자에 몸을 묻은 채 고오노가 움직이는 것을 바라보고 있었다. 고오노는 저고리를 벗더니 음악을 낮게 틀어놓은 다음 그녀의 옆으로 다가와 앉았다.
 "집이 너무 멋져요."
 그녀가 부러운 듯이 말했다. 고오노는 강파른 턱을 손바닥으로 쓰다듬으면서 빙그레 웃었다.
 "이런 집에서 사모님도 없이 혼자 사시는 거예요?"
 "집사람은 아이들하고 다른 곳에서 살고 있소. 양육비를 충분히 대주고 있으니까 불편은 없어요."
 별거하고 있는지 이혼했는지 알 수가 없었다. 고오노의 신분을 알고 있기 때문에 응접실의 화려한 분위기가 어쩐지 고오노와는 동떨어진 느낌이 들었다. 암흑가의 보스는 어쩌면 고독한 사내인지도 모른다고 그녀는 생각했다. 그때 전화벨이 울렸다.
 "잠깐 실례하겠소."
 고오노는 탁자 위에 놓인 전화를 그대로 둔 채 옆방으로 건너갔다. 고오노가 문까지 닫는 것으로 보아 그녀를 경계하고 있는 것이 분명했다. 몹시 중요한 통화인 것 같았다. 도미에는 주저하다가 수화기를 집어 들었다. 굵은 남자의 목소리가 우렁우렁 들려왔다.
 "Y다. 어디를 그렇게 쏘다니나?"
 "아, 회장님…… 죄송합니다. 일이 좀 있어서……"
 "계집애와 노닥거리는 것도 일인가? 요즘 계집애한테 열을 올리고 있다는 말이 있던데……?"

"죄송합니다."

"도미에라는 모델이라고 하던데 정말인가?"

"죄송합니다."

"그 애가 미녀라는 건 나도 알고 있어. 그렇지만 계집하고 관계가 깊어지면 좋을 거 하나도 없어. 계집이란 한번 즐기는 것으로 그쳐야 해."

"깊은 관계는 아닙니다. 춤 한번 췄을 뿐입니다. 그렇지 않아도 회장님께 한번 인사시킬 생각입니다."

"나 같은 늙은이한테 그런 젊은 애는 어울리지 않아. 소화불량이야."

"여러 가지로 쓸모가 있을 것 같습니다. 무기 판매에도 멋진 모델을 등장시키면 새로운 스타일의 선전이 될 것 같습니다."

"수영복 차림의 모델을 탱크 위에 올려놓고 사진을 찍으란 말인가?"

"그것도 새로운 방법 아니겠습니까?"

"음, 그럴듯한데……. 그렇다면 모델이 좋아야지."

"이 여자는 얼굴도 몸도 일류입니다. 만나 보시면 알겠지만……"

"한번 시간을 내서 만나지."

"회장님께서 후견인이 돼 주신다면 쾌히 승낙할 겁니다."

"알았어. 그건 그렇고……"

엿듣고 있는 도미에의 얼굴에서는 땀이 송글송글 배어나오고 있었다. 그녀는 땀을 닦을 생각도 잊은 채 온 신경을 수화기에 집중하고 있었다.

"한국은 현재 선거를 앞두고 초긴장 상태에 놓여 있어. 선거를 무사히 치르기 위해 모든 수사 정보기관이 치안유지에 전력을 기울이고 있어. 그중에서도 S국이 가장 신경을 곤두세우고 있어. Z가 보낸 정보에 의하면 S국은 이미 우리들 활동을 눈치 채고 손을 쓰기 시작했다는 거야. 어제만 해도 한 놈이 입국해서 경시청의 모오리란 놈을 만난 모양이야. 이쪽에서 B가 제거하려고 했는데 실패했어."

"그렇다면 우리도 대비를 해야겠습니다."

"물론이지. 선거가 앞으로 3개월밖에 남지 않았으니까 일을 앞당겨야겠어."

"알겠습니다."

"내일 R이 Z와 회담을 위해 서울에 가니까 수행하도록 해. 혹시 S가 눈치를 채고 달려들지 모르니까 철저히 보호해야 할 거야. S한테 걸려들면 뼈도 못 추린다."

"알겠습니다. 회장님께서는 동행하지 않으십니까?"

"나는 다른 일이 있어서 안돼. 그리고…… 상품은 계속 수령하고 있나?"

"네, 어제까지 1백 50명을 받았습니다."

"어때? 쓸 만하던가?"

"네, 엄선해서 보냈는지 쓸 만한 것들이 많았습니다. 볼품없는 것은 추려서 바로 사창가로 보냈습니다."

"잘했어. 그런데 계획을 좀 변경시켜야 되겠어. 국내 공급이 너무 활발해지면 기관에 발각될 염려가 있으니까, 국내 공급을 최소한도로 줄이고 먼저 마피아에게 넘겨야 되겠어. 실무자가

도쿄의 밤 · 287

와 있으니까 떠나기 전에 만나봐. 값을 조절하려고 들지 모르니까 한 푼도 깎아서는 안 돼. 하나에 2천 달러 이하는 절대 안 된다고 해."

"알겠습니다."

"또 한 가지 있어. 어제 입국한 S국 요원을 처치하도록 해. B가 지원 요청을 해왔어. 그는 다리에 부상을 입어서 움직일 수가 없나봐."

"지금 그놈은 어디에 있습니까?"

"도쿄 호텔 15층 5호실에 투숙하고 있어. 경시청의 모오리란 놈이 주시하고 있으니까 조심해야 될 거야."

"그놈 이름이 뭡니까?"

"이것 봐, 내가 그런 것까지 말해 줘야 되겠나? 언제부터 자넨 그렇게 게을러졌어? 지금은 앉아서 일을 처리할 때가 아니란 말이야."

"죄송합니다. 주의하겠습니다."

전화가 끊기는 소리가 들려왔다. 도미에는 수화기를 가만히 내려놓고 숨을 내쉬었다. 냉방이 되어 있는데도 그녀의 등으로는 땀이 흘러내리고 있었다.

고오노도 땀을 닦으면서 나왔다. 굳어진 그의 표정이 도미에 옆에서 부드럽게 풀어지고 있었다.

"무슨 전화를 그렇게 오래 하세요?"

"음, 사업 이야기라 좀 길어졌어."

그들은 가정부가 가져온 주스를 마셨다. 도미에는 얼어붙기 시작하는 몸을 풀려고 자주 몸을 움직였다. 그러나 두려움은 이미 그녀의 목덜미까지 기어오르고 있었다.
"샤워나 좀 하지."
"어머, 그럴 수 있나요?"
"함께 하자는 건 아니니까 염려 말고 해."
"그럴까요."

도미에는 억지로 웃어 보였다. 가보는 데까지 가보자는 생각이 그녀에게 다시 용기를 북돋아주고 있었다.

욕탕은 응접실 한쪽에 붙어 있었다. 그녀는 안으로 들어가 문을 잠그려고 했지만 고리가 없었다.

주저하다가 그녀는 옷을 벗었다. 정 할 수 없을 경우 이미 각오는 하고 있었다. 여기까지 깊이 들어와 음모의 일각을 붙잡은 이상 물러날 수는 없다는 생각이 들었다. 이 용감하고 호기심 많은 아가씨는 자신이 갑자기 변신해 버린 것을 깨달았다.

"흥, 나를 무기 팔아먹는데 모델로 쓰겠다고? 어디 한번 해 보라지."

그녀는 혼자 중얼거렸다.

그녀는 쏟아지는 물줄기를 가슴으로 받았다. 탄탄한 젖가슴에 부딪히자 물방울이 사방으로 튀었다. 거울 속에 드러난 자신의 육체를 바라보며 그녀는 허리를 조금 뒤틀어 보았다. 자신 보기에도 이만하면 나무랄 데 없는 육체다. 육체는 이제 더 이상 커질 수 없을 정도로 만개되었다. 남자가 손을 대기만 하면 터져 버릴 것 같다. 이 육체를 최대한으로 이용해야 한다. 가는 데까지 가보면 모든 것을 알게 되겠지. 그녀는 비누로 가슴을 문질렀다. 미끄러운 감촉이 가슴에 야릇한 기분을 몰고 왔다.

그때 문이 열리고 고오노가 들어왔다. 그는 팬티까지 벗어 버린 알몸이었다. 겉보기에는 마른 몸이 벗고 보니 군살 하나 없는 완전한 근육질로 뭉쳐 있었다. 몸은 흉터투성이였고 가슴으로부터 하복부까지는 시커먼 털로 뒤덮여 있었다.

"안 돼요!"

도미에가 피할 사이도 없이 그의 팔이 그녀의 허리를 휘어 감았다.

"떠들지 마. 시끄러우니까."

"이거 놓으세요!"

"그럴 수야 없지."

고오노는 그녀를 번쩍 안아들었다. 그녀는 발버둥 치면서 주먹으로 사내의 가슴을 쾅쾅 쳤다. 그러나 고오노는 웃으면서 그녀를 안고 욕조 속으로 들어갔다. 가득 채워져 있던 물이 밖으로 넘쳐흘렀다.

그녀가 몸부림칠수록 고오노는 더욱 세게 그녀를 죄었다. 그가 팔다리로 뒤에서 그녀를 얽어 버리자 그녀는 꼼짝할 수가 없었다.

"목욕이란 남녀가 함께 해야 좋아. 그대로 가만있어."

그의 손이 젖가슴을 더듬자 도미에는 눈을 감았다. 이 정도야 참을 수 있다고 그녀는 생각했다. 사내의 손이 밑으로 내려오고 있었다. 이제 그는 신사의 탈을 벗고 노골적으로 나오고 있었다. 도미에는 눈을 떴다.

"강제로 이러는 건 싫어요."

"싫어도 할 수 없지. 나는 수백 명의 여자들을 강간해 봤으니까 힘들 건 없어."

"저는 안 될 걸요. 이런 짓하면 앞으로는 절대로 만나지 않겠어요."

"멋대로 굴지 마. 만나고 안 만나고는 내가 결정할 일이야."

정말 그럴지도 모른다고 그녀는 생각했다. 암흑가의 보스니까 여자 하나 다루는 것이야 어려울 게 없을 것이다. 말을 안 들으면 납치 해다가 강제로 욕을 보이겠지. 많은 여자들이 암흑가에 걸려들어 죽어간 것을 그녀는 소문으로 들어 알고 있었다. 자신도 그렇게 될지 모른다고 생각하자 그녀는 등골이 오싹했다. 그러나 말은 당돌하게 나오고 있었다.

"이거 놓으세요. 가겠어요."

"안 돼. 갈 수 없어. 일단 여기 들어온 이상 각오했겠지."

"그렇지만 강제로 하는 건 싫어요. 전 아직 선생님을 깊이 알지도 못하는데……"

"차차 알게 되겠지."

고오노의 손이 이번에는 그녀의 엉덩이를 쓰다듬었다. 그녀는 위에서 내려덮치는 그의 입술을 받았다.

그는 새파란 젊은이처럼 정열적인 키스를 퍼부었다. 도미에는 숨이 막혀 도리질을 했다.

"나는 마음에 드는 여자가 있으면 반드시 손에 넣는 성미야."

"대단하시군요."

"그 대신 내 말을 잘 들으면 끝까지 후원해 주지. 인기모델로 계속 남아 있고 싶으면 내가 시키는 대로 해. 뒤에서 밀어줄 테니까."

"싫은데요."

"돈도 많이 벌게 해줄 수 있어."

"그것도 싫어요."

고오노는 그녀의 젖가슴을 꽉 움켜쥐고 비틀었다.

"인기도 돈도 싫단 말이야?"

"싫어요."

"별난 여자군. 하긴 난 그런 점이 좋아. 지금까지 내가 만난 여자들은 거절한 적이 없었지."

고오노는 그녀를 안고 밖으로 나왔다. 물을 닦으려고도 하지 않은 채 그는 침실로 그녀를 안고 갔다. 도미에는 저항한다는 것이 쓸데없는 짓이라는 것을 알았다.

"말을 안 들을 텐가?"

고오노는 그녀를 침대 위에 눕혀놓고 내려다보았다. 무서운 눈이었다. 도미에는 눈을 감았다가 떴다.

"강제로 당하는 건 아니에요. 이건 제 자유의사예요."

"좋아. 역시 멋진 아가씨군."

고오노의 젖은 몸이 위에서 덮쳐왔다. 보다 깊은 내막을 알기 위해서는 이 방법밖에 없다는 것을 그녀는 잘 알고 있었다. 여기서 뿌리치고 나가 버린다면 이자가 폭력을 사용할지도 모를 일이고 그렇게 되면 계획은 수포로 돌아간다.

"숫처녀인가?"

"아니에요."

"솔직하군."

"감출 것도 없죠."

그녀는 사내의 무기가 몸속으로 쑥 들어오는 것을 느끼자 눈을 감아 버렸다. 그래서는 안 되는 것인 줄 알면서도 그녀는 어느새 낮게 신음 소리를 내고 있었다. 바로 이것이 여자의 약점이다. 마음에 없는 섹스도 일단 시작하고 나면 불이 붙는 것이다. 괴로운 쾌락이다. 그녀는 몸을 떨면서 고오노의 어깨를 깨물었다. 그러나 호리호리한 그는 이 방면에서 절륜한 힘과 기술을 가지고 있었다. 그녀는 가물가물해지는 의식을 붙잡으면서 먼저 항복해서는 안 된다고 생각했다. 이 남자를 이겨내야 한다. 사내가 승리감을 갖지 못하도록 해야 한다. 패배한 여성은 매력을 상실하는 법이다. 남자로 하여금 자꾸만 도전해 오도록 패배감을 안겨 주어야 한다. 패배한 남자는 그것을 만회하려고 다시 달려드는 법이니까. 도미에는 팔다리로 사내를 휘어 감았다. 그리고 몸을 흔들어대기 시작했다. 순간 고오노는 주춤하는 것 같았다. 확실히 그의 얼굴에 놀라움이 나타나고 있었다.

한 시간이 지났다. 땀으로 젖어 버린 시트 위에서 그들은 아직 움직이고 있었다. 고오노의 헐떡거리는 숨소리가 침대의 삐걱거리는 소리와 함께 장단을 맞추고 있었다. 도미에는 다리가 꺾어지는 것 같았지만 이를 악물고 참아내고 있었다. 무너지는 고오노의 모습이 그녀에게 마지막 힘을 주고 있었다.

"넌 진짜 모델이다!"

마침내 고오노가 신음을 토하면서 그녀의 옆으로 굴러 떨어졌다.

"겨우 이거예요?"

그녀는 볼멘소리로 물었다. 고오노는 죽겠다는 듯 손을 휘저었다.

"나이 탓이야. 할 수 없어."

"피이, 시시해."

그녀는 욕탕으로 뛰어가 샤워를 틀었다. 다리가 떨리고 현기증이 일었지만 그녀는 참아냈다. 이 정도야 견딜 수 있다. 녹초가 되어버린 고오노는 아까와는 달리 욕탕으로 들어올 생각을 하지 않았다. 그녀는 콧노래를 불렀다. 머리가 무거웠지만 고오노가 패배를 인식하도록 일부러 소리를 냈다.

"굉장해. 내가 만난 여자 중에서는 챔피언이야."

그녀가 샤워를 끝내고 나가자 침대 위에 누워 있던 고오노가 중얼거리듯 말했다. 도미에는 그에게 다가가 이마 위에 가볍게 입을 맞추었다.

"푹 주무세요. 전 이제 가보겠어요."

"잠깐…… 할 말이 있어."

고오노가 몸을 일으켰다. 도미에는 침대에 걸터앉으며 담배를 피워 물었다.

"좋은 일거리가 하나 있는데 해보겠어?"

"무슨 일인데요?"

"대륙산업 회장을 소개시켜줄 테니까 한번 만나봐. 거기서 특별한 모델이 필요한 모양이야."

"대륙산업이면 재벌 아니에요?"

"재벌이지. 회장은 나와 가까운 사이야."

"섹스모델이 되라는 건 아니겠죠?"

"아무려면 어때. 보수만 많이 받으면 되지 않아?"

"전 그런 여자가 아니에요. 지금 수입으로도 저는 불편하지 않게 살고 있어요."

고오노가 무엇을 노리고 있는가를 알고 있는 그녀는 일부러 배짱을 부렸다. 인기 있는 일류 모델 걸을 선물로 상납하면 그는 회장으로부터 더욱 신임을 받을 것이다.

"그러지 말고 한번 만나봐. 만나고 싶어 하니까 말이야. 정말 일거리도 있어. 무기판매에 모델을 사용하기로 했어."

"어떻게 모델을 쓴다는 거죠? 저보고 권총을 들고 포즈를 잡으라는 건가요?"

"색다른 거니까 해봐."

"다른 모델을 쓰세요. 전 웃음거리가 되긴 싫어요."

"웃음거리가 될 리 없어. 앞으로의 모델은 패션쇼만 해서는 안 돼. 시야를 넓혀야 해. 이번 일거리를 맡아주면 보수가 많을 거야."

"얼마나 주실래요?"

"얼마면 되겠어?"

"컷 당 백만 엔."

"좋아, 주지. 그 대신 회장에게 잘 보여야 해. 우리 관계를 말해서도 안 돼. 우리 관계는 앞으로도 지속되는 거니까 그렇게 알고 있어. 내가 시간 나는대로 연락을 할 테니까 언제라도 나올 준비를 하고 있어."

"생각해 보죠."

고오노는 인터폰으로 지시를 내렸다.

"차를 대기시켜. 손님을 집에까지 정중히 모셔다 드려."

그들은 입을 맞추고 나서 헤어졌다. 도미에는 밖에 대기하고 있는 차에 올랐다. 빨리 가야 한다. 빨리 가서 전화를 걸어야 한다. 그녀는 초조해지는 마음을 달래려고 몸을 뒤로 젖히고 눈을 감았다.

밖은 이미 어둠에 걸히고 있었다. 그녀는 시부야에 있는 아파트에 들어서자 소파에 털썩 주저앉았다. 온몸의 긴장이 일시에 풀리면서 몸이 엿가락처럼 녹아내리고 있었다. 눈을 감자 금방 졸음이 밀려왔다. 그녀는 조금 귀찮은 생각이 들어 그대로 한동안 반수면 상태 속에 빠져 있었다. 이러다가 나한테 사고라도 나지 않을까. 괜한 짓을 했어. 그러나 발을 빼기에는 이미 너무 늦어 있었다.

그녀는 발작적으로 일어나 커튼을 걷었다. 높은 지대에 세워진 아파트라 전망이 좋았다. 바다처럼 가라앉은 도쿄 시내의 새벽 하늘이 꿈나라처럼 내려다보였다.

이윽고 그녀는 소파에 도로 앉아 모오리 형사에게 전화를 걸었다. 그러나 지금 이 시간에 모오리가 경시청에 있을 리가 없었다. 집 전화번호를 알아내 전화를 걸었지만 그는 집에도 없었다. 대신 부인인 듯 한 여자가 의혹과 질투가 뒤섞인 목소리로 누구냐고 자꾸만 캐물었다. 전화를 끊고 난 그녀는 잠시 생각해보다가 전화번호부를 집어 들고 도쿄 호텔을 찾았다. 곧 번호가 나오자 그녀는 지체하지 않고 전화를 걸었다. 누가 가슴을 밟고 가는 듯 가슴이 쿵쿵 울리고 있었다.

"도쿄 호텔입니다."

"15층 5호실을 부탁합니다."

"잠깐 기다려 주세요."

5호실에 신호가 가는 것 같았지만 반응이 없었다.

"전화를 받지 않는데요."

"수고스럽지만 계속 신호를 넣어 주세요."

교환의 투덜거리는 소리가 들려왔다. 도미에는 수화기를 들고 있는 손에 땀이 촉촉이 배어드는 것을 느꼈다. 어떤 멍청이 같은 사내가 죽음이 다가온 줄도 모르고 자고만 있을까. 아니, 벌써 당한 게 아닐까. 한참 지나자 마침내 반응이 왔다. 잠이 덜 깬 남자의 불투명한 목소리가 들려왔다.

"누구십니까?"

"한국에서 오신 분이죠?"

그녀는 영어로 물었다.

"그렇습니다만……"

태평스러운 목소리에 그녀는 약이 올랐다.

"정신 똑똑히 차리고 들으세요. 일본의 국화 조직이 당신을 죽이려고 하고 있으니 빨리 피하세요."

"감사합니다. 당신은 누굽니까?"

"아실 필요 없어요. 빨리 피하기나 하세요. 당신을 위해서 하는 말이니까 명심하세요."

"글쎄, 고맙기는 하지만……"

"못 믿겠으면 알아서 하세요! 지금쯤 당신을 죽이려고 그쪽으로 가고 있을 거예요."

도미에는 동댕이치듯 수화기를 내려놓고 씩씩거렸다. 어떻게 생긴 남자가 저렇게 태평스러울 수 있을까.

한편 전화를 받고 난 진은 잠이 깨끗이 달아나 버렸다. 정체 불명의 여자로부터 그런 전화를 받고 보니 흡사 꿈을 꾼 기분이었다. 함정이 아닐까. 그럴지도 모른다. 그러나 정말일 수도 있다. 어느 쪽을 생각해도 모두 위험하다. 위험이 닥쳤다고 생각하자 그는 가만있을 수가 없었다. 그는 피스톨을 다시 점검한 다음 그것을 탁자 위에 올려놓고 담배를 피워댔다. 함정이라면 나를 밖으로 유인해서 처치하려는 게 분명하다. 함정이 아니고 그녀의 말이 정말이라면 놈들은 지금 이쪽으로 오고 있을 것이다. 순간 여자가 한 말 가운데 국화 조직이라는 말이 머리를 스치고 지나갔다. 국화 조직이 당신을 죽이려 하고 있으니 빨리 피하세요. 함정이라면 국화 조직이라는 말을 하지 않았을 것이다. 이건 함정이 아니다. 그는 식은땀이 흘렀다. 그렇지만 지금 나가는 것도 위험하다. 놈들은 이미 호텔에 와 있는지도 모른다. 이럴 때 모오리 형사가 있으면 얼마나 좋을까.

진은 옷을 급히 입은 다음 가방을 챙겼다. 그리고 전화로 웨이터를 불렀다. 웨이터가 나타났을 때 그는 소파에 앉아 문 쪽으로 피스톨을 겨누고 있었다. 피스톨을 저고리 호주머니에 넣고 있었기 때문에 웨이터는 그것을 눈치 채지 못했다.

"5호실 찾는 사람 없었소?"

"없었는데요."

"맞은편에 빈방 하나 없소? 방을 하나 더 쓰려고 하는데……"

그는 웨이터에게 팁을 두둑이 주었다. 웨이터는 두말하지 않고 그를 맞은편 12호실로 안내했다.

"이 방은 당신과 나하고만 알고 있도록 합시다. 누구한테도 내가 이 방에 있다는 말을 하지 마시오. 임시로 쓰는 거니까 카드에도 올리지 마시오."

"알겠습니다."

웨이터는 무슨 일인지 궁금해 하는 것 같았지만 굳이 묻지는 않았다.

진은 5호실 문을 잠그지 않은 채 12호실에서 대기했다. 12호실과 5호실은 복도를 사이에 두고 엇비슷하게 마주보고 있었기 때문에 감시하기에 안성맞춤이었다. 그는 밖이 보이도록 문을 조금 열어놓은 다음 문 앞에 의자를 끌어다놓고 앉았다.

반시간쯤 지났을 때 인기척이 들려왔다. 진은 피스톨을 쥐고 5호실 쪽을 노려보았다. 세 명의 남자가 5호실 앞으로 다가서는 것이 보였다. 그들은 머뭇거리지도 않고 안으로 들어갔다. 진은 심장이 멎는 것을 느꼈다. 내가 없는 것을 알면 어떤 얼굴을 할까. 새삼 전화를 걸어준 정체불명의 여자에게 감사한 마음이 들었다. 그 여자가 아니었으면 나는 죽었을지도 모른다. 그 여자는 누굴까.

5호실로 들어간 사내들은 한참이 지나도록 나오지 않았다. 아마 거기서 잠복하고 있는 것 같았다. 내가 돌아오기를 기다리고 있는 모양이지. 대담한 놈들이다.

진은 모오리 형사에게 전화를 걸었다. 그러나 그는 경시청에도 집에도 없었다. 진은 양쪽에 모두 단단히 부탁했다.

"도쿄 호텔 15층 12호실로 급히 전화를 부탁한다고 모오리 씨에게 전해 주시오. 12호실입니다. 5호실에는 전화를 하지 말라고 하십시오."

한 시간이 지나도 사나이들은 5호실에서 나오지 않았다. 그때 12호실의 전화벨이 울렸다. 진은 수화기를 움켜쥐고 누구냐고 고함을 질렀다.

"오, 최 선생, 나 모오립니다. 사고 났습니까?"

"12호실에 숨어 있습니다. 지금 범인 세 명이 5호실에서 나를 죽이려고 기다리고 있습니다. 빨리 체포하십시오."

"알겠습니다. 조심하십시오."

모오리가 기동순찰대를 이끌고 호텔에 나타난 것은 10분쯤 지나서였다. 기동경찰이 5호실을 완전 포위하자 모오리 형사는 12호실로 들어와 5호실로 전화를 걸었다.

"너희들은 완전히 포위됐다. 빨리 손들고 나와라!"

반응이 없이 전화는 도로 끊겼다.

"이 자식들이 저항할 셈인가?"

모오리는 피스톨을 빼들고 5호실로 다가갔다. 기동경찰이 문을 걷어차자 그제야 안으로부터 문이 열렸다.

"무기를 밖으로 던져! 그리고 손들고 나와!"

모오리는 금방이라도 피스톨을 발사할 듯이 소리쳤다.

피스톨 세 자루가 밖으로 던져진 다음 세 명의 사나이들이 머리에 손을 얹고 나왔다. 진은 그들을 자세히 바라보았지만 어제 엘리베이터 안에서 그를 죽이려고 한 자는 없었다.

모오리는 주먹으로 범인들을 한 번씩 후려친 다음 그들에게 수갑을 채웠다.

"이놈들을 경시청으로 끌고 가. 내가 갈 때까지 아무도 면회시키지 마."

기동경찰이 범인들을 끌고 간 다음 진과 모오리 형사는 5호실로 들어갔다.

"어떻게 된 일이오?"

모오리가 이마의 땀을 닦으며 물었다. 진도 얼굴에 흐르는 땀을 닦았다.

"자고 있는데 여자한테서 전화가 왔습니다. 국화 조직이 나를 죽이려고 하니까 빨리 피하라는 전화였습니다."

"그 여자, 이름은 안 밝히던가요?"

"안 밝혔습니다."

"나한테도 여자가 전화를 걸어 온 모양인데……. 누굴까?"

그들은 서로 쳐다보았다. 모오리는 눈을 굴리더니 수화기를 집어 들었다.

"혹시 도미에일지 모르지."

"그 여자가 어떻게?"

진은 의아하게 모오리를 바라보았다.

"도미에라면 그럴 수 있습니다. 나한테 국화 조직에 관한 걸 캐물었으니까, 가능성이 있어요."

도미에 쪽에서는 전화를 받지 않았다.

"이런 제기랄, 놈팽이하고 재미보고 있나."

모오리는 전화를 끊었다가 10분쯤 후에 다시 걸었다. 한참 동안 신호를 보내자 마침내 졸린 듯 한 음성이 들려왔다.

"나, 모오리올시다."

"아이, 뭐예요. 자고 있는데……"

"미안합니다. 나한테 전화했었나요?"

"했어요. 어딜 그렇게 쏘다니세요. 사모님이 으르렁거리시던데……"

"그렇지 않아도 마누라에게 한바탕 당했습니다. 도쿄 호텔에도 전화했나요?"

"했어요. 살려 주려고 전화를 했는데, 그 바보 같은 한국인이 믿질 않아요. 그 사람 죽었나요?"

"죽진 않았소. 덕분에 범인들을 세 명 체포했소."

"흥, 승진되시겠군요. 한턱내세요."

"내고말고요."

"그 한국인 누구예요?"

"당신이 한국서 만났던 최 진 씨요."

"어머나!"

놀란 도미에는 한동안 말을 잇지 못했다. 한참 후 그녀는 입을 열었다.

"빨리 좀 만나요."

"그럽시다. 그러면 어디서 만날까요? 우리가 그 아파트로 갈까요?"

"안돼요, 위험해요."

그들은 어느 조그만 호텔로 장소를 정했다. 모오리는 새벽 거리로 꼬불꼬불 차를 몰다가 미행이 없는 것을 확인하자 차에 속력을 넣었다.

그 호텔은 삼류 호텔이었다. 그들이 먼저 방을 정해 들어가자 30분쯤 지나 도미에가 나타났다. 진을 보자 그녀는 그의 가슴에 안겨들면서 눈물을 흘렸다. 진은 그녀의 어깨를 두드려주면서 억지로 웃어 보였다. 흥분을 가라앉히고 난 도미에는 고오노의 집에서 도청한 내용을 이야기했다.

"내일 어떤 사람이 한국에 가게 되는데 고오노가 함께 동행하기로 했어요. 고오노는 대륙산업 회장의 지시를 받았어요."

"고오노가 수행하는 그 사람은 누군가요?"

"모르겠어요. 이름은 말하지 않고 그냥 R이라고만 했어요. 그리고 R이 만날 사람은 Z라고 했어요. 또 하나는 무슨 상품 이야기를 했는데 아무래도 사람을 말하는 것 같았어요. 일본에서 모두 팔면 위험하니까 마피아에게 넘기라고 했어요."

그녀는 목이 타는지 물을 꿀꺽꿀꺽 마시고 나서 다시 말을 이었다.

"그리고 최 진 씨를 제거하라고 지시를 내렸어요. 어떤 사람이 최 진 씨를 제거하려다 다리를 다쳤으니까 대신 제거하라는 거였어요."

도미에의 이야기를 듣고 난 그들은 어이가 없었다. 그녀의 대담성에 모두가 놀랐다.

"왜 저한테 전화를 걸었을 때 성함을 밝히지 않았죠?"

"최 선생님이 그 호텔에 계신 줄 몰랐으니까요. 도쿄 호텔에 있는 한국인을 제거하라는 말만 들었으니까요."

"그밖에는?"

모오리 형사의 눈이 세모꼴로 빛나고 있었다.

"저를 대륙산업 회장에게 소개시켜 주겠다고 했어요. 그리고…… 무기 판매 모델로 쓰겠다나요. 새로운 아이디어라고 좋아하고 있었어요."

"그건 또 무슨 말씀인가요? 이해가 안 가는데……"

"이를테면 수영복 차림으로 총을 들고 있거나 탱크 위로 올라가서 사진을 찍는 거죠."

"그래서 허락했나요?"

"보수도 많은데 거절할 이유가 없지 않아요?"

"그런 이유가 아니겠지요. 생명이 위험하니까 그놈들에게 접근하는 걸 그만두시오. 만일 발각되면 놈들은 살려두지 않을 겁니다."

"그럴 수는 없어요. 저는 하고 싶어서 하는 거예요."

그녀는 입을 꼭 다물었다. 모오리는 이 고집스런 아가씨를 어떻게 다뤄야 할지 몰라 난처한 기색이었다.

"오오다께 씨의 죽음에 대해서는 우리가 조사하고 있으니까 더 이상 관계하지 마시오. 부탁이오. 복수할 생각은 아예 하지 마시오."

"저는 단순히 복수하기 위해서 그런 게 아니에요. 하고 싶어서 하는 거예요."

그녀는 진을 힐끔 쳐다보았다. 진은 자신의 상처 난 얼굴이 창피스러워 시선을 돌렸다.

"어쩌다가 그러셨죠?"

"싸웠지요. 놈이 나를 죽이려고 했기 때문에……"

진은 얼굴을 찌푸렸다가 물었다.

"그놈이 분명 다쳤다고 하던가요?"

"네, 분명히 들었어요."

그놈이 다리를 많이 다쳤다면 아마 허벅지를 물렸기 때문일 것이다.

"그놈 이름을 듣지 못했나요?"

"이름은 듣지 못했지만…… B라는 암호를 쓰는 건 들었어요. B가 다리를 다쳤으니까 대신 맡으라고 그랬어요."

"B?"

진과 모오리 형사는 동시에 서로를 쳐다보았다. 이로서 Z · R · B 등 세 개의 암호명이 등장한 셈이다. Z는 서울에, R과 B는 도쿄에 있다.

"내일 고오노를 미행하면 Z와 R의 정체를 알 수 있지 않을까요?"

진은 모오리 형사의 협조를 바라는 뜻으로 말했다.

"가능하지요. 고오노가 누구와 동행하는지 공항까지 미행해 보겠습니다. 그 다음은 누가 미행하지요?"

"비행기에 타는 것만 확인하면 미행할 필요 없습니다. 서울로 연락만 취해 두면 됩니다."

"그럼 그렇게 합시다."

진은 다시 도미에를 바라보았다. 그녀는 두 사람의 이야기를 주의 깊게 경청하고 있었다.

"도미에 씨, 전화 내용 중에서 상품에 관한 것을 좀 자세히 말씀해보시오. 그것이 사람을 뜻하는 것 같다고 그랬는데 어떤 이유로 그렇지요?"

도미에는 한참 생각해 보고 나서 대답했다.

"지금까지 상품을 1백 50명을 받았는데 모두 쓸 만하다고 했어요. 그리고 아주 볼품없는 것은 추려서 사창가로 보냈다고 했어요."

"사창가라구요? 정말입니까?"

진은 놀랐다.

"거짓말 아니에요. 정말이에요."

"그렇다면 여자를 수입 해다가 팔아먹는 거 아닙니까?"

"그놈이라면 충분히 그럴 수가 있지요. 아낭은 특히 매음에 전문적인 소질을 가지고 있었으니까요."

모오리가 손가락을 꺾으면서 말했다. 진은 자기와 함께 비행기를 탔던 한국 처녀들이 생각났다. 그는 다시 도미에를 바라보았다.

"그 상품들을 어디서 구입했다는 말은 없던가요?"

"그런 말은 듣지 못했어요. 마피아에게 넘기기로 하고 하나에 2천 달러는 받아야 한다고 했어요."

마피아와의 거래라면 작은 거래가 아니다.

"어떻게 생각하십니까? 인신매매치고는 규모가 큰 것 같은데……"

"그렇군요."

모오리는 대꾸만 할 뿐 자신 있는 의견을 제시하지는 않았다. 진은 그러한 모오리가 불만이었다. 모오리가 활발히 움직여 주어야만 수사가 가능하다. 그렇지 않으면 그는 도쿄에서 아무것도 할 수 없다. 진의 생각을 눈치 챘는지 모오리의 표정이 어두워졌다.

"말씀드린 바 있지만 우리 일본은 범죄 수사에 많은 벽을 느끼고 있습니다. 무엇보다도 범죄 조직이 정치권력과 결탁하고 있다는 사실이 큰 문제입니다. 깊이 수사하다 보면 어느 선에서 제지당하게 마련입니다. 더 이상 수사할 수가 없습니다. 특히 국화 조직 같은 것은 섣불리 손을 댈 수가 없습니다."

"그게 어디 경찰인가요?"

도미에가 신랄하게 비난하고 나섰다. 모오리는 쑥스러운 듯 잠자코 입을 다물었다. 진은 초조했다.

"이번 사건은 적당한 선에서 그만둘 성질의 것이 아닙니다. 한국 측 입장이긴 합니다만……"

"알고 있습니다. 저도 적극 협조해 드리고 싶긴 한데……"

"더 이상 수사할 수 없다는 겁니까?"

진은 조금 언성을 높였다. 모오리는 머리를 저었다.

"그렇지 않습니다. 적극 도와드리고 싶은데, 마음대로 안 되기 때문에 하는 말입니다."

"이번 사건은 한국에만 관련이 있는 게 아닙니다. 일본과도 깊은 관계가 있습니다. 그렇기 때문에 우리는 서로 협조해야 합니다."

"잘 알고 있습니다. 하여튼 적극 힘써 보겠습니다만 잘될지 의문입니다. 난 지금부터 아까 체포한 놈들을 신문하러 가야겠소. 고오노에 대한 수배도 해야겠고, 이곳이 안전해 보이니까 최 선생은 여기에 계시는 게 어떻겠습니까?"

"그렇게 하겠습니다."

모오리가 가고 나자 진은 비로소 도미에를 깊은 눈길로 바라보았다. 그녀도 정감어린 눈으로 그를 쳐다보았다.
　"중요한 정보를 알려줘서 고맙소."
　"앞으로는 더 중요한 정보를 알아내겠어요."
　두 사람은 약속이나 한 듯 옷을 벗고 침대 위로 올라갔다. 잠을 설친 그들은 몹시 졸리운지 곧 잠이 들었다. 진의 팔 안에 안긴 도미에는 행복한 모습이었다.

인육시장(人肉市場)

 진은 시계를 들여다보았다. 시간은 이미 정오를 지나 1시가 되어가고 있었다. 불길한 예감이 머리를 스치고 지나갔다. 설마 그럴 리가 없을 것이라고 생각하면서도 불길한 예감을 지워 버릴 수가 없었다. 일본에 도착하던 날 하네다 공항에서 목격한 인솔 책임자와 킬러의 접선이 아무래도 마음에 걸렸다. 그날 취업차 일본에 온 한국 처녀들은 지금쯤 모두 멀리 사라져 버린 게 아닐까.
 공중전화 부스로 들어간 그는 모오리 형사를 찾았다. 모오리는 경시청에 있었다.
 "그렇지 않아도 최 선생을 기다리고 있었소. 어떤 한국 아가씨한테서 최 선생을 찾는 급한 전화가 왔었소."
 "저하고 만나기로 한 여잔데 약속 장소에 나오지 않았습니다. 못나오게 되면 모오리 형사한테 연락을 취하라고 했었는데 뭐라고 하던가요?"

"빨리 와 달라고 합디다."

"지금 어디에 있답니까?"

"어느 여관에 있는 모양입니다. 같이 갑시다. 지금 계신 데가 어딥니까?"

"히비야 공원 입구에 있습니다."

모오리를 기다리는 동안 진은 몹시 초조했다. 지금쯤 기숙사에 들어 있을 이순복이 왜 여관에 들어 있을까. 여관으로 급히 와 달라고 한 것으로 보아 그녀가 위험한 상태에 빠져 있는 게 아닐까.

20분 후 모오리 형사의 하늘색 닷산이 보이자 진은 그쪽으로 뛰어갔다.

"지바(千葉)의 작은 여관에 있는 모양입니다. 도쿄에서 가깝죠. 한국말을 몰라서 한국말을 조금 아는 친구가 전화를 대신 받았는데, 여자가 울먹이면서 말을 하더랍니다."

차는 질풍같이 달려갔다.

"그 여자와 잘 아는 사이입니까?"

"그렇지는 않습니다. 일본에 올 때 비행기 안에서 만난 여잡니다. 간호원으로 취직하기 위해 이번에 다른 한국 처녀들과 함께 일본에 온 겁니다. 얼마 전 한국에 인력수출협회라는 게 발복했는데 거기서 여자들을 차출해서 보낸 겁니다. 그런데 일본에 오던 날 공항 로비에서 여자들을 인솔해온 자가 어떤 놈과 접선하는 걸 봤습니다."

"그놈이 누굽니까?"

모오리의 눈이 번쩍 빛났다.

"바로 저를 죽이려고 한 놈입니다."

차가 갑자기 속도를 줄였다. 모오리는 진을 쳐다보고 나서 다시 속력을 높였다.

"그렇다면 국화 조직이 수입해 들이는 상품이라는 게 바로 한국 처녀들이 아닙니까?"

"그럴 가능성이 많습니다. 그들이 접선했다는 게 그걸 증명합니다. 이순복 양을 만나보며 그 진상을 알 수 있을 겁니다. 만일 그게 사실이라면…… 이건 보통 일이 아닙니다. 체포한 놈들은 어떻게 됐습니까?"

"지금까지 심문을 했는데 예상했던 대로 불지는 않습니다. 살인미수 혐의와 무기 불법소지로 구속을 해놓고 있습니다. 어떻게 될지 모르겠습니다."

"국화 조직에 있는 놈들입니까?"

"심증은 가지만 증거가 없습니다."

차는 골목으로 꺾어들어 달리다가 멎었다. 차에서 내린 그들은 다시 좁은 골목을 이리저리 돌아다녔다. 이윽고 모오리 형사는 여관 간판이 붙어 있는 어느 허술한 2층 목조 건물 앞에 멈춰섰다.

"이 집입니다."

그들은 문을 열어젖히고 안으로 들어갔다.

머리가 훌렁 벗겨진 중년의 사내가 거칠게 들어서는 두 사람을 의아한 듯 바라보았다. 모오리 형사는 주머니에서 신분증을

꺼내 보인 다음

"경시청의 모오리올시다. 한국 여자가 여기 있죠?"

하고 물었다. 여관 주인은 눈을 치뜨면서 고개를 저었다.

"한국 여자는 없습니다. 여자 손님은 여기에 없습니다."

"여기서 전화가 왔는데 없단 말이오?"

"없습니다. 조사해 보시죠."

여관 주인은 여유 있게 나왔다. 모오리의 코끝이 씰룩거리기 시작했다.

"당신 거짓말하면 재미없어."

"헛참, 없으니까 없다는 거 아닙니까. 의심나면 찾아 보시라구요."

"찾아 볼 필요 없어!"

모오리는 여관 주인의 멱살을 움켜쥐고 끌어당겼다.

"당신 같은 사람은 혼이 좀 나야 해. 당신을 경찰서로 연행하겠다."

"이거 왜 이러십니까! 놓으세요!"

여관 주인이 모오리의 손을 획 뿌리쳤다. 모오리는 기다렸다는 듯이 사내의 뺨을 후려갈겼다. 주인 사내가 한마디씩 할 때마다 그는 뺨을 갈겼다.

"당신 같은 인간은 쓰레기야."

모오리가 수갑을 들고 다가서자 그는 두려운 빛을 보이면서 뒷걸음질을 쳤다.

"여자를 어디다 숨겼지?"

"저…… 저는 잘 모릅니다."

사람들이 몰려나오자 모오리는 주인 사내를 방에 처넣고 문을 잠갔다.

"왜…… 사람을 때리는 겁니까? 경찰이라고 함부로 사람을 때릴 수 있습니까? 정말 이러면 고발하겠어요!"

"고발해 보시지."

모오리의 주먹이 사내의 복부를 내질렀다. 쓰러지는 사내의 팔을 그는 뒤로 비틀어 꺾었다.

"아이구, 나 죽겠네!"

비명을 지르는 사내를 이번에는 진이 벽 쪽으로 몰아붙이고 목을 짓눌렀다. 증오심으로 진의 몸은 떨리고 있었다. 그는 사내를 죽여 버리고 싶었다.

"마, 말씀드리겠습니다."

사내는 주저앉아서 캑캑거렸다.

"빨리 말해 봐."

"조금 전에 떠났습니다."

"어디로?"

"그건 모릅니다."

"이 자식이!"

사내의 머리가 벽에 쿵 하고 부딪혔다.

모오리가 다시 머리를 찧으려고 하자 사내는 두 손을 싹싹 빌었다.

"오…… 오사까로 갔습니다."

"오사까 어디야?"

"그건 정말 모릅니다."

"모를 리가 있나? 사창가로 갔지."

사내는 대답을 못하고 머뭇거렸다. 세게 다그치자 그제서야 고개를 끄덕였다.

"깡패들이 한국 처녀 여섯 명을 데리고 왔습니다. 여기서 하룻밤을 지낸 다음 저보고 입 밖에 내면 죽인다고 해서……"

"몇 시쯤 떠났어?"

"아까 1시쯤 떠났습니다."

"뭘 타고 떠났나?"

"자동차로 떠났습니다. 세 대의 차에 나누어 태워가지고 갔습니다."

"무슨 차야? 넘버를 대봐!"

"넘버는 모르고 차는 모두 포드였습니다."

"빌어먹을! 깡패는 몇 명이었나!"

"여섯 명이었습니다."

진은 아찔한 생각이 들었다.

"여자들은 반항하지 않았나?"

"반항하지 않았습니다. 약을 먹였는지 모두가 시키는 대로 말없이 따라갔습니다."

"당신도 그놈들과 한패지?"

"아, 아닙니다. 저는 아무 관계도 없습니다. 정말입니다."

모오리는 주먹을 쥐고 사내를 노려보다가 더 이상 추궁할 것이 없다고 생각했는지 주먹을 풀었다.

"어떻게 찾을 수 없을까요?"

진은 돌아오는 차 속에서 물었다. 모오리는 머리를 설레설레

흔들었다.

"오사까 사창가는 크기 때문에 찾기가 불가능합니다. 그리고 조직이 잘되어 있기 때문에 접근하기도 불가능합니다. 얼마 전만 해도 사창가에서 수사하던 형사 하나가 살해됐지만 단서 하나 못 잡고 있는 실정입니다."

모오리는 솔직히 꺼려하는 눈치였다. 하긴 실종된 한국 처녀들을 찾아다닐 만큼 그렇게 한가한 것도 아닐 테고 또 책임감을 느껴야 할 것도 없을 것이다.

"또 오사까에 반드시 있다고도 볼 수는 없죠. 거기서 다시 다른 곳으로 갈 수도 있는 것이니까요. 하여튼 오사까 경찰에 연락해서 수배는 해놓겠습니다만……"

"감사합니다."

진은 냉정하게 말했다. 모오리도 같은 동족이라면 이렇게 나오지는 않을 것이다. 애걸하고 싶지는 않다. 그러나 여자는 찾아야 한다. 이대로 모른 체할 수는 없다. 사창굴에 끌려간 여자들을 생각하자 그는 가슴이 쓰렸다.

그가 입을 다물고 있자 모오리는 화제를 돌렸다.

"그건 그렇고…… 고오노는 내일 12시 비행기로 떠납니다. 예약자 명단을 체크해 봤습니다."

"고오노가 수행할 인물은 누굽니까?"

"R이라고 볼 수 있는 인물은 현재 예약자 명단에는 없습니다. 내일 공항에 나가서 다시 확인해 봐야겠습니다."

모오리는 늦은 점심을 들기 위해 어느 식당 앞에서 차를 멈췄다. 진은 식사하고 싶은 마음이 없었지만 잠자코 그를 따라 들어갔다.

자리를 잡고 앉자 모오리는 건너편에 앉아 있는 두 여자에게 윙크를 보냈다. 진은 여자들의 얼굴보다는 손가락을 흥미 있게 바라보았다. 그녀들의 손가락에는 반지가 여러 개 끼어 있었고 날카롭고 긴 손톱은 시뻘겋게 칠해져 있었다. 술을 한잔 들이 키고 난 모오리는 생각난 듯이 안주머니 속에서 봉투를 하나 꺼내 진에게 주었다.

"부탁하신 자료입니다. 그걸 읽어 보시면 어느 정도 필요한 것을 얻을 수 있을 겁니다."

"감사합니다."

진은 보지도 않고 그것을 주머니에 집어넣었다. 모오리가 여자들에게 윙크와 미소를 보내고 있는 동안 그는 생각에 잠겨 있었다. 사건은 손을 댈 수 없을 정도로 걷잡을 수 없이 확대되고 있다. 아버지를 살해한 놈을 찾아내기 위해 뛰어든 것이 이제는 어마어마한 국제범죄 조직과 대항하게 되었다. 단순히 복수심에만 매달릴 성질의 것이 아니다. 문제는 개인적인 것이 아니라 국가적인 것이다.

"저 여자들 몸이 좋은데, 어때요? 대낮에 해치우는 것도 멋진 일이죠."

모오리의 말에 진의 생각은 깨졌다. 모오리는 흥이 나서 지껄였다.

"저런 애들은 남자가 그리워서 못 견디는 애들이죠. 부담 없이 즐길 수 있어서 좋아요."

여자들은 최고로 멋들을 부리고 있었다. 목걸이, 귀걸이, 팔

찌 등이 모두 똑같았고 티셔츠와 청바지를 입은 것도 비슷했다. 얼른 보기에는 쌍둥이 같았다. 그러나 쌍둥이는 아니었다.

"나는 오른쪽 계집애를 먹어치울 테니까 최 선생은 왼쪽 것을 맡으십시오."

모오리는 식사대를 치른 다음 밖으로 나갔다. 진도 따라 나갔다. 뒤이어 여자들이 나타났다. 밖에서 보니 여자들은 몹시 못생긴 얼굴을 가지고 있었다. 그러나 몸은 욕정을 불러일으킬 정도로 훌륭했다.

모오리가 먼저 여자 하나를 태우고 가 버리자 그제서야 진은 당황했다. 그의 주저하는 모습에 여자가 웃으며 택시를 잡으려고 했다.

"아닙니다. 나는 실례하겠소."

진은 당황해서 말했다. 여자의 얼굴이 흐려졌다.

"일본인이 아니신가요?"

"난 한국인이오."

"전 외국인하고 연애하는 게 소원이에요."

"그만둡시다."

진은 여자를 내버려둔 채 그대로 걸어갔다. 갑자기 기분이 울적해지는 것이 견딜 수가 없었다.

"헤이, 바보!"

여자가 뒤에서 불렀지만 그는 한 번도 뒤돌아보지 않은 채 걸어갔다.

계절은 어느새 가을로 다가서고 있었다. 누런빛을 띠기 시작한 가로수 잎들을 바라보면서 그는 천천히 걸어갔다. 구획 정리가 잘된 거리는 깨끗했고, 행인들의 모습은 여유가 있어 보였다. 초조하게 쫓기는 듯 한 서울 거리와는 대조적이었다.

4시 조금 지나 호텔로 돌아온 그는 서울로 전화를 걸었다. 김형사는 기다렸다는 듯이 전화를 받았다.

"메모하십시오. 고오노 분사꾸, 국화 조직의 보스가 내일 12시 비행기로 서울로 갑니다. 예약자 명단에 이름을 그대로 올린 것으로 보아 여권도 그 이름을 그대로 사용하리라고 봅니다. 고오노가 수행할 인물이 있는데 그자의 이름은 알 수가 없습니다. 암호명은 R입니다. R은 서울에서 Z와 비밀 회담을 가질 모양입니다."

"고오노를 놓치지 말고 미행해야 되겠군. 알겠소. 공항에서 대기하고 있겠소. 다른 일은 없나요?"

"저를 죽이려고 한 자의 암호명은 B라고 합니다. 그밖에 두 번째로 저를 해치려고 한 자를 세 명 체포했습니다. 모두가 국화 소속인 것 같습니다."

"안 되겠소. 이제 그만 돌아오시오. 거기 더 있다가는 위험하겠소."

"그럴 수는 없습니다. 조사해야 할 일이 남아 있습니다."

"무슨 일이오?"

"인력수출협회에 대해서는 조사해 보셨나요?"

"조사해 봤는데 아직은 별다른 게 없소."

"여기서 수집한 정보로는, 인력수출협회에서 보낸 한국 처녀들이 취업은커녕 인육으로 팔리고 있습니다. 1인당 2천 달러로 팔리고 있는데 주로 마피아에 넘기고 있는 것 같습니다."

"마피아에?!"

김 형사의 경악에 가까운 목소리가 수화기를 울렸다.

"그렇습니다. 마피아와 거래하고 있습니다. 인력수출협회는 인신매매를 목적으로 설립된 범죄 조직입니다. 아직 확실한 증거를 잡지는 못했지만 곧 밝혀질 겁니다. 이곳에서 사창가에 팔린 처녀들이 몇 명 있는데, 그 여자들을 찾기만 하면 증거는 확보됩니다."

김 형사는 어이가 없는지 한동안 침묵했다가 다시 물었다.

"그럼 그것도 국화와 관련되어 있나요?"

"물론 그렇습니다. 여자들을 처분하는 것은 전적으로 국화가 도맡아 하고 있습니다. 대륙산업의 아낭이 지시를 내리면 고오노가 집행을 합니다. 즉시 인력 수출을 금지시켜 주십시오."

"명확한 증거가 없는 한 그건 어려운 일입니다."

"그럼 빠른 시일 내에 증거를 확보하도록 하겠습니다."

"그렇게 하도록 합시다."

"S국내에서 비밀을 누설시키는 5열이 누굽니까?"

"그것도 아직 조사 중이오. 드러내놓고 조사할 수도 없어서 다소 시간이 걸릴 것 같소. 3과장에게만 이야기를 해놨소. 그곳에 있는 우리 요원들을 만나봤나요?"

"아직 안 만났습니다. 앞으로 만나볼 생각입니다."

"위험하면 그 친구들의 도움을 청하도록 하시오."

"알겠습니다."

정보가 누설되고 있는 마당에 S국 요원들을 어떻게 믿는단 말인가. 그렇지만 안 믿을 수도 없는 일이다. 문제는 5열을 하루

빨리 잡아내야 한다. 그렇지 않으면 S국의 활동은 마비되고 말 것이다.

고오노는 어금니를 지근지근 깨물면서 전화를 받고 있었다.
"실수라니 말이 되나? 지금 우리가 하는 일은 아무리 사소한 것이라도 실수를 해서는 안 돼. 하나라도 실수를 하면 우리는 엄청난 피해를 보게 돼. 왜 그런 실수를 하게 됐지?"
"죄송합니다. 손을 쓰겠습니다. 이번에는 절대 실수하지 않겠습니다."
"국화가 사람 하나를 처리하지 못해 쩔쩔맨다는 건 있을 수 없는 일이야."
"죄송합니다."
"잘해 봐."
전화가 끊기는 소리를 듣고서야 고오노는 수화기를 놓았다. 그의 얼굴은 표독스럽게 굳어져 있었다. 그는 주먹으로 탁자를 찍었다. 탁자 위에 놓여 있는 재떨이가 덜거덕거렸다. 탁자를 사이에 두고 앉아 있던 사나이들의 표정이 굳어지고 있었다.
"이 바보 같은 자식들! 내 얼굴에 똥칠을 하다니, 도대체 이런 창피가 어딨어! 세 놈이 가서 손짓 한번 못해보고 고스란히 붙잡혀?!"
실내는 물을 끼얹은 듯 조용했다. 모두가 기침 소리 하나 내는 것을 두려워하는 듯했다.
"모두들 잘 들어! 실수는 있어서는 안 된다. 용서할 수 없어!"
모두가 실내 한쪽을 바라보았다. 구석진 곳에 세 사나이가 하얗게 질린 얼굴로 서 있었다. 그들은 모오리의 신문을 받고 나서 다른 곳으로 호송되는 도중에 탈출해 온 것이었다. 탈출해 왔기 때문에 실수가 무마될 줄 알았다. 그러나 그렇지 않았다.

"용서해 주십시오. 다시 한 번 기회를 주시면 꼭 그놈을 처치하겠습니다."

세 명 중에서 가장 질린 표정을 하고 있는 자가 몸을 떨면서 말했다.

"닥쳐! 그놈은 눈 뜬 장님인 줄 아나?"

고오노는 탁자 밑에서 도끼를 집어 들고 일어섰다.

"한 놈씩 이리 와!"

사내 하나가 주춤주춤 다가와서 탁자 위에 손을 내밀자 고오노는 도끼로 그것을 사정없이 내려쳤다. 피가 튀면서 잘린 손가락이 나무토막처럼 탁자 밑으로 굴러 떨어졌다. 사내는 이를 악물면서 신음 소리를 내지 않으려고 기를 썼다.

이렇게 세 명의 손가락을 잘라내면서 고오노는 눈 하나 까딱하지 않았다.

탁자 위는 물감을 칠한 듯 검붉은 피로 물들어져 있었다. 고오노는 담배를 피워 물면서 부하들을 둘러보았다. 그리고 맞은편에 앉아 있는 두 명을 턱으로 가리켰다.

"너희 두 명이 그놈을 처치해. 경시청의 모오리 형사가 그놈을 만나고 있으니까 모오리만 미행하면 그놈이 있는 곳을 알 수 있어."

"알겠습니다!"

두 명이 동시에 몸을 일으켰다.

"꼭 처치해야 한다!"
"알겠습니다!"
겉으로 보기에 그들은 일류신사 같았다.

최 진을 노리는 인물이 또 있었다. 다비드 킴이야말로 바로 그 인물이었고, 진을 노리고 있는 자들 중에서 가장 위험천만한 자라고 할 수 있었다. 킬러로서 완전무결한 실력을 갖추고 있는 그는 이번에 진을 처치하는 데 실패한 것을 커다란 수치로 생각했다. 이 실패를 만회하기 위해 그는 국화의 힘을 빌리지 않고 단독으로 진을 해치울 것을 결심했다. 그의 실패에 대해 책임을 물을 사람은 없었다. 그러나 실패를 수치로 생각하고 있는 그로서는 두 번 다시 그런 실패를 하지 않으려고 결심했다.

진에게 물어뜯긴 허벅지는 상처가 꽤 깊어서 아직도 쑤시고 아려왔다. 병원을 나선 그는 고급 양식집으로 들어가 위스키 한 잔을 곁들여 놓고 천천히 점심식사를 했다. 적당히 배를 채우고 나자 그는 밖으로 나와 부근에 있는 조그만 호텔로 들어갔다. 그가 커피숍으로 들어가 자리를 잡고 앉자 웨이터 하나가 급히 다가왔다.

"그 손님 조금 전에 나갔습니다. 어떤 뚱뚱한 손님하고 같이 나갔습니다."

웨이터가 말했다. 킬러는 미간을 좁히면서 선글라스 너머로 웨이터를 쏘아붙였다.

"요금은 지불하고 나갔나?"

"아닙니다. 짐은 그대로 있습니다. 곧 다시 들어온다고 했습니다."

"알았어. 나타나는 대로 곧 알려줘."

그는 웨이터에게 다시 두둑이 팁을 주었다.

30분쯤 지나자 웨이터가 달려왔다.

"방금 방으로 들어갔습니다. 여기를 떠날 모양입니다."

킬러는 잠자코 일어서서 화장실로 들어갔다. 슈트케이스까지 들고 화장실로 들어가는 그를 보고 웨이터는 고개를 갸우뚱했다.

10분쯤 후에 화장실을 나온 킬러는 완전히 다른 사람으로 변해 있었다. 머리는 반백이 되어 있었고, 얼굴에는 선글라스 대신 색깔이 없는 로이드안경을 끼고 있었다. 거기다가 코밑수염까지 달고 있어서 영락없이 50대 이상의 사나이로 보였다. 겨우 그를 알아본 웨이터가 그에게 무슨 말인가 하려고 하다가 제지당했다.

"나를 그렇게 쳐다보지 마. 쓸데없이 입을 놀리면 가만 두지 않겠다."

팔뚝을 잡힌 웨이터는 고통에 못 이겨 얼굴을 찌푸렸다. 킬러의 힘에 놀란 웨이터는 벙어리처럼 입을 다문 채 고개를 끄덕거리기만 했다.

킬러는 밖으로 나와 택시를 불렀다.

"좀 기다립시다. 요금은 충분히 주겠소."

늙은 택시 운전사는 점잖은 노신사의 말에 호텔에서 조금 떨어진 곳에 차를 정차시켰다.

진이 나타난 것은 10분쯤 지나서였다.

그가 택시에 오르는 것을 본 킬러는 택시 운전사의 어깨를 툭 쳤다.

"저 택시를 따라가시오."

진이 탄 택시는 곧장 도쿄역으로 향하고 있었다. 킬러는 적당한 간격을 유지하면서 그 뒤를 쫓게 했다.

진이 역 앞에서 차를 내려 대합실 쪽으로 걸어가자 킬러는 잠시 차 속에 앉아 있다가 밖으로 나와 그쪽으로 다가갔다. 매우 한가한 여행자처럼 그는 어슬렁어슬렁 걸어갔다. 그러나 일단 대합실 안으로 들어선 그는 재빨리 움직였다. 매표구 앞에는 몇 사람이 줄을 서 있었다. 킬러는 진의 말소리에 귀를 기울였다.

"오사까까지 부탁합니다."

진이 열차표를 사들고 개찰구 쪽으로 사라지자 킬러도 얼마 후에 오사까 행 차표를 샀다. 이제는 여유 있게 행동해도 되는 것이다.

플랫폼으로 나와 열차에 오른 그는 맨 뒤 칸에서부터 앞으로 천천히 흘러나갔다. 진은 맨 뒤에서부터 세 번째 칸에 자리를 잡고 앉아 있었다. 킬러의 좌석은 진과는 10미터쯤 떨어진, 엇비슷하게 마주 바라볼 수 있는 곳에 있었다. 시간이 일러 아직 자리들은 비어 있었다. 킬러는 주위를 둘러본 다음 슈트케이스 속에서 장탄이 된 S25를 꺼내 허리춤에 꽂았다. 기회만 주어지면 단숨에 해치워버릴 준비가 된 것이다.

그는 신문을 사서 천천히 읽기 시작했다. 킬러는 권총 때문에 옷을 벗을 수가 없었다. 좀 더웠지만 그는 참고 기다릴 수밖에 없었다.

20분 후에 열차는 도쿄역 구내를 빠져나갔다.

서로 목숨을 노리는 두 사나이는 긴 여행에 대비하려는 듯 상체를 움직이면서 자세를 바로 했다.

진은 이순복 양을 비롯한 한국 처녀들을 찾기 위해 오사까로 가는 길이었다. 모오리 형사에게 알리지도 않고 그는 혼자서 떠난 것이다. 어떻게 해서든지 그녀들을 찾아야 한다는 것이 그의 생각이었다.

그는 신문을 읽다 말고 일어섰다. 그리고 몸을 돌려 뒤에 있는 화장실 쪽으로 걸어가면서 뒤쪽에 앉아 있는 두 사나이를 힐끔 쳐다보았다. 그들은 시선이 마주치자 좀 당황하는 것 같았다. 그러나 상대가 누구인지는 정확히 알 수가 없었다. 이제 비로소 그들이 국화의 똘마니들이며 자기를 노리고 있다는 것을 알 수가 있었다.

소변을 보고 돌아온 그는 뒤통수가 섬뜩해서 견딜 수가 없었다. 놈들을 오사까까지 데리고 갈 수는 없다. 도중에서 따돌려야 한다. 승객들이 보고 있는 앞에서는 나를 해칠 수가 없겠지. 좀 더 주의해서 역에 오기 전에 놈들을 따돌리지 못한 것을 그는 후회했다. 진의 옆자리에 대학생 같은 청년이 앉아 있었다. 청년은 하품을 몇 번 하더니 졸기 시작했다. 얼마 후에 청년은 완전히 상체를 진에게 기대왔다. 진은 몇 번 청년을 밀어내다가 그대로 내버려두었다.

열차는 바다를 끼고 달리고 있었다. 태평양의 짙푸른 물결은 가도 가도 끝이 없는 수평선을 이루고 있었다. 푸른 바다를 보자 진은 마음이 조금 가라앉는 것 같았다. 그때 갑자기 열차가 굴속으로 들어섰다. 칠흑 같은 어둠이 차내를 뒤덮었다. 어둠이 짙은 것으로 보아 굴은 꽤 긴 것 같았다. 전기가 고장이 났는지 불도 켜지 않은 채 열차는 그대로 달리고 있었다.

어둠이 차내를 뒤덮는 순간 진은 공포를 느꼈다. 그것은 거의 본능적인 것이었고, 그는 그 본능에 충실히 따랐다. 그들에게 기회가 있다면 이런 순간일 것이다. 그가 일어선 것은 열차가 굴속에 들어선지 1분도 안되어서였다. 매우 기민하게 움직였다고 볼 수 있었다.

그는 어둠 속을 더듬어 맞은편의 빈자리에 앉았다. 그 순간 어둠 속에서 무언가 시커먼 것이 움직이는 것 같았다. 섬뜩한 전율을 느끼면서 어둠 속을 쏘아보고 있자 쉬익 하는 소리와 함께 으윽 하는 얕은 신음 소리가 들려왔다. 진은 꼼짝하지 않고 그대로 앉아 있었다. 연이어 쉬익 하는 소리가 두 번 계속해서 들려왔고, 이어서 발치께로 둔중한 물체가 쿵 하고 쓰러지는 것이 느껴졌다.

한참 지나자 차내가 밝아졌다. 젊은 여자 하나가 뛰쳐 일어나며 목이 찢어질 듯 비명을 질렀다. 연이어 비명이 일어났다. 진은 바닥에 쓰러져 있는 청년을 부둥켜안고 자리 위에 눕혔다. 자기 어깨에 기대어 자고 있던 청년이 희생되었다는 사실에 그는 깊은 죄책감을 느꼈다. 총알은 목과 가슴을 관통하고 있었다. 자다가 당한 청년은 제대로 소리 한번 못 지른 채 즉사한 모양이었다. 몸에서 분수처럼 쏟아지는 피가 그대로 자리를 흥건히 적시고 있었다.

"총소리도 나지 않았는데……"

누군가가 들으라는 듯이 말했다. 진은 S25 자동소음권총이 자기를 노리고 있다는 것을 알자 오싹 소름이 끼쳤다. 동시에 자기를 미행하던 사나이들 쪽으로 시선이 돌아갔다. 그들은 구경꾼들 뒤쪽에 서서 이쪽을 놀랜 듯이 바라보고 있었다. 진과 시선이 마주치자 그들은 더욱 당황하는 것 같았다. 진은 그들이 범인이라고 소리치고 싶은 것을 꾹 참았다.

열차는 다음 역에서 거의 한 시간 동안 정차했다. 시체를 치우고 경찰이 목격자들의 진술을 듣고 있는 동안 진은 잇달아 담배만 피워댔다. 그 역시 경찰의 조사를 받았다.

"당신은 한국인입니까?"

"그렇습니다."

여권을 보고 난 경찰은 흥미 있다는 듯이 그를 살폈다.

"당신은 바로 피살자 옆에 앉아 있었는데 누가 죽였는지 모릅니까?"

"모르겠습니다."

"수고스럽지만 경찰서까지 같이 가주실 수 없겠습니까?"

"그건 곤란합니다. 저는 지금 급한 일로 오사까에 가는 길입니다."

진은 두 사나이를 힐끔 쳐다보았다. 그들은 자리에 앉아서 긴장한 모습으로 이쪽을 주시하고 있었다.

"당신은 갑자기 자리를 옮겼다고 하던데?"

"그렇습니다. 그 청년이 자꾸 졸면서 기대오는 바람에 귀찮아서 그랬습니다."

"좀 협조를 해 주시면 좋겠는데……"

"지금은 곤란합니다. 정 그러시면 나중에 도쿄 경시청의 모오리 형사에게 연락을 주십시오. 모오리 형사를 통하면 저와 연락이 될 수 있습니다."

"그분을 잘 아십니까?"

"잘 알고 있습니다."

"실례지만 한국 경찰이십니까?"

"그렇다고 볼 수 있습니다."

경찰은 알겠다는 듯 크게 고개를 끄덕인 다음 더 이상 질문해 오지 않았다.

열차는 다시 출발했다. 진은 피에 젖은 자리에 앉을 수가 없어 다른 빈자리에 가서 앉았다. 이번에는 두 사나이를 마주 바라볼 수 있어 뒤통수가 섬뜩하지 않았다.

오사까에 닿은 것은 밤중이었다. 열차가 역 구내로 들어서자 잠바차림의 두 사나이가 차 안으로 뛰어들어 왔다. 그들은 두리번거리다가 진에게 곧장 다가왔다.

"최 진 씨죠?"

"그렇습니다."

진은 몸을 일으켰다.

"오사까 경찰입니다. 잠깐 가실까요?"

"어디로 가자는 겁니까?"

진은 차를 내려 출구 쪽으로 걸어갔다. 그들은 급히 따라붙으면서 말했다.

"도쿄 경시청의 모오리 형사로부터 연락을 받았습니다."

"무슨 연락입니까?"

진은 멈춰서서 그들을 바라보았다.

"곧 돌아오시랍니다. 그리고 신변 보호를 하라는 지시가 내려왔습니다."

"저는 괜찮습니다. 저보다도……"

진은 기둥 위에 서서 이쪽을 바라보고 있는 두 사나이를 가리켰다.

"저 자들을 체포해 주십시오. 저를 줄곧 미행하고 있습니다. 참고로 말씀드린다면 열차에서 일어난 살인사건은 저놈들 짓입니다. 저놈들이 저를 죽이려다가 잘못해서 그 청년을 살해한 겁니다."

그의 말이 채 끝나기도 전에 형사들은 그 두 사나이를 잡으려고 뛰어갔다. 진은 급히 사람들 사이에 끼어 걸어갔다. 가다가 돌아보니 네 사람이 뒤엉켜 다투는 것이 보였다. 바보 같은 자식들. 그는 쓴웃음이 나왔다.

역 광장으로 나온 그는 두리번거리다가 식당으로 들어갔다. 별로 식사하고 싶은 마음이 없었지만 생각을 정리해 보기 위해서는 식당이 좋을 것 같았다.

식사를 하고 나면 바로 사창가로 가야겠다. 창녀와 하룻밤 자더라도 할 수 없는 일이다. 한 명뿐 아니라 여러 명을 상대해야 할지도 모른다. 썩 내키지 않고 바보 같은 짓이지만 구석구석을 뒤져볼 수밖에 없는 일이다. 뒤지다보면 걸리는 것이 있겠지. 찾다가 지치면 포기하고 싶겠지. 그러나 포기하는 것은 실패를 뜻하는 것이다. 누가 더 인내하느냐에 따라 승패는 결정되는 것이다.

식당을 나온 그는 낯선 거리를 느릿느릿 걸어갔다. 거리는 항구도시답게 흥청거리고 있었고 술 취한 사람들이 많았다. 바닷바람 탓인지 초가을치고는 공기가 썰렁했다. 사창가를 가려면 맨 정신으로는 안 된다. 한 잔 걸치자. 그는 싸구려 술집으로 들어가 청주 반 주전자를 시켰다.

"우리는 같은 신세군."

늙은 사내 하나가 혀 꼬부라진 소리로 말했다. 진은 그에게 등을 보인 채 술을 마시고 있다가 고개를 돌려 이쪽을 바라보면서 수작을 보내왔다. 진은 모른 체하고 안주를 집어 입 속에 집어넣었다.

"당신도 혼자…… 나도 혼자…… 우리는 같은 신세 아닌가. 이봐, 젊은 친구…… 젊은 사람이 왜 혼자야?"

사내는 아예 몸을 돌리더니 맞은편에 술잔을 탁 하고 놓았다. 작업복을 걸치고 손마디가 굵은 것으로 보아 노동자 같았다. 쭈글쭈글한 얼굴이 꽤나 흉물스러워 보였다. 진은 잠자코 사내의 빈잔에 술을 따랐다. 사내는 술잔을 들어 올리면서 기분 좋게 웃었다.

"좋아. 당신 아싸리해서 좋아. 흠흠, 내가 반말한다고 기분 나쁘나?"

"아니올시다."

"아니올시다? 흠, 좋아."

사내는 무슨 노래인가 한동안 흥얼거렸다. 매우 기분이 좋은 것 같았다.

"이 노래 아나?"

"모르겠는데요."

"그러겠지. 미조라 히바리가 부른 노래야. 난 그 애를 잡수었지. 어젯밤 꿈에 말이야. 하하하."

빌어먹을. 진은 사내가 따라주는 술을 마시면서 속으로 투덜거렸다.

"당신 말하는 게 서툰데, 외국인인가?"

"그렇습니다."

"어, 이거 반갑군. 그렇다면…… 중국인?"

"한국인입니다."

사내의 얼굴빛이 금방 흐려졌다.

"아, 죠오센징…… 흠, 그러고 보니 마늘 냄새가 나는군."

"마늘 냄새가 싫습니까?"

"구역질이 나지. 죠오센징은 역시 옛날이 살기 좋았을 거야. 내선일체가 아니면 죠오센징은 살기가 어려워."

"웃기지 마시오."

"웃기는 게 아니야. 나는 옛날에 한국에서 오랫동안 근무했어. 그때야말로 정말 황금시대였지. 나는 순사였는데 말씀이야, 나만 보면 죠오센징은 벌벌 기었지. 난 사흘에 한 번씩 계집애를 갈아 치웠어. 반도 계집들은 회처럼 싱싱한 것이 맛이 일품이었지. 아, 이젠 늙어서 그런 맛도 볼 수 없으니 말이야. 이건 좀 따분한데……"

"망할 늙은이 같으니! 지옥에나 떨어져 뒈져라!"

진은 중얼거리면서 일어섰다. 사내는 밖에까지 그를 따라 나왔다.

"이 고약한 놈, 내가 누군데 욕이야? 넌 내 아들 낫세밖에 안돼. 알았어?"

"죽여 버리고 말 테다!"

진은 주먹을 흔들어 보였다. 그가 으슥한 골목으로 들어서자 사내는 또 따라와서 그의 팔을 움켜쥐었다.

"이 마늘 냄새나는 죠오센징아! 무릎 꿇고 나한테 빌어! 폐하, 용서하십시오, 하고 말이야."

"오냐. 하고말고!"

진은 한 손으로 사내의 목을 누르면서 다른 손으로 얼굴을 내리쳤다. 사내는 일격에 무릎을 꺾고 쓰러졌다.

쓰러진 사내는 일어날 기미를 보이지 않았다. 꼼짝 않는 것이 정신을 잃은 것 같아 진은 그를 안아 일으켰다.

"괜찮아. 괜찮아. 이거 놓으라구. 나를 또 때릴 텐가?"

"한국을 멸시하면 때리겠죠."

"그럼 안 그러지, 미안하게 됐소. 당신 결혼 했나?"

"했습니다."

"그럼 오입하고 싶겠군. 헤헤…… 사실은 나도 오입하고 싶은데 호주머니가 비었단 말이야. 어때, 여유가 있으면 함께 가 주겠나? 나를 모시고 말이야."

"좋은 데 있으면 안내하시오. 돈은 내가 낼 테니."

"좋아, 아주 훌륭한 죠오센징이야. 내가 잘 아는 갈보집이 있으니까 그리 안내하지."

"사창가로 가는 겁니까?"

"왜, 사창가면 안 되나?"

"아니 좋습니다."

사내는 그의 팔짱을 끼고 비틀비틀 걸으면서 홍얼홍얼 유행가를 불렀다.

그들은 골목을 한참 동안 걸어가다가 부둣가로 나왔다. 사내가 술 한 잔 더 마시자는 것을 진은 끌다시피 데리고 갔다.

"왜 이리 성급하게 굴지? 하긴 젊으니까 여자 생각이 간절하겠지. 이봐, 미국 년하고 해봤나?"

"못해 봤습니다."

"난 한번 해봤지. 그런데 말이야, 우린 역시 국산이 좋아. 외제는 너무 크고 어두워서 어디가 어딘지 분간할 수가 없더란 말이야."

진은 달을 바라보았다. 사내의 말소리가 흡사 개 짖는 소리처럼 들렸다. 반시간쯤 지나 그들은 아파트처럼 생긴 건물들이 양켠으로 늘어서 있는 골목에 들어섰다. 창에는 드문드문 불이 켜져 있었고, 아직 긴 밤손님을 받지 못한 창녀들이 길에까지 나와 있었다.

창녀들은 가로등 밑에 서서 자기 모습을 비춰 보일 뿐 손님을 끌거나 부르지는 않았다.

사창가가 으레 그러는 것처럼 그곳도 우중충한 빛을 띠고 있었고 썩어가는 인육의 냄새가 풍겨오는 것 같았다. 진은 창녀들의 한숨과 눈물로 얼룩진 벽을 바라보면서 걸어갔다.

"물론 자고 갈 테지?"

사내가 계단을 올라가며 물었다.

"글쎄, 모르겠습니다. 기분이 나면 자고 가고 그렇지 않으면 다른 곳으로 가겠습니다."

"호호, 나는 자지 않고 놀다가 갈 거야. 늑대 같은 마누라가 기다리고 있기 때문에 자고 갈 수는 없어. 이봐, 젊은이, 우리 마누라를 죽여야겠는데 좋은 방법이 없을까? 그 완전범죄라는 거 말이야."

"완전범죄란 없습니다."

그들은 3층에서 걸음을 멈추었다.

복도를 사이에 두고 양켠으로 방이 줄지어 있었다. 웃음소리, 비명 소리, 노래 소리가 복도로 흘러나오고 있었다. 문이 열리면서 담배를 꼬나문 여자의 얼굴이 나타났다. 풀어진 옷자락 사이로 유방이 흔들리는 것이 보였다.

"재미 좋았나? 손님을 데리고 왔지."

"어머, 영감님, 오랜만이에요."

여자는 사내의 손을 잡아끌었다. 진은 따라 들어가다 말고 층계 쪽을 무심코 바라보았다.

침침한 불빛에 꽤 늙어 보이는 신사 하나가 갑자기 얼굴을 돌리면서 저 편으로 돌아서는 것이 보였다. 가방을 들고 있는 것이 여행자인 것 같았다. 저렇게 점잖게 차려입은 노신사가 이런 곳에 출입한다고 생각하니 좀 한심한 느낌이 들었다.

겉에서 보기보다 방안은 깨끗했다. 조그만 부엌이 달린 방안에는 침대가 하나 놓여 있었고, 구석마다 여자다운 솜씨로 장식이 되어 있었다. 창녀는 스물 댓쯤 되어 보였는데, 얼굴이 몹시 부어 있었다. 웃을 때마다 그 얼굴이 우는 것만 같아 진은 시선을 돌리곤 했다.

"왜 그동안 통 안 오셨어요?"

"음, 바람을 좀 피웠지."

사내는 그녀의 엉덩이를 두드려주면서 호호 하고 웃었다.

"이분은 죠오센징이야. 나를 때린 무서운 분이니까 좋은 아가씨나 소개해."

"어머, 그래요, 잠깐 기다리세요."

차를 마시고 있는 동안 창녀는 밖으로 나가더니 다른 여자 하나를 데리고 왔다. 스무 살도 채 안돼 보이는 여자로 조금 병신스러워 보였다. 들어서면서부터 그녀는 히죽 히죽 웃었다. 진은 차를 후루룩 마신 다음 그녀를 따라 일어섰다. 그러자 사내가 그를 붙잡았다.

"이봐, 화대를 내야 할 거 아닌가."

"드리고말고요. 얼맙니까?"

"만 엥만 줘. 아주 싸게 해주는 거야. 당신은 가서 따로 내도록 해."

돈을 주고 돌아서는 그에게 사내는 이죽거렸다.

"이봐, 죠오센징, 잘 가라구. 편지나 종종 보내."

어린 창녀의 방은 바로 옆에 붙어 있었다. 방으로 들어서자 창녀는 바보스런 웃음을 흘리면서 옷을 하나하나 벗어갔다.

"미남이시네요. 잘해 드릴게 옷을 벗으세요."

나이가 어린데도 불구하고 그녀의 젖은 탐스러울 정도로 컸다. 엉덩이도 풍만해 보였다. 저 바보 같은 웃음만 없다면……. 진은 창밖을 바라보았다. 어둠 속에 가라앉아 있는 바다가 갑자기 시야를 덮어오고 있었다. 점점이 떠 있는 불빛이 흡사 별빛 같았다. 뒤에서 여자가 갑자기 그를 껴안으면서 깔깔거리고 웃었다. 진은 돌아서며 그녀의 이마에 입을 맞추었다.

"침대에 올라가 있어. 여기 전화 있나?"

"네, 있어요. 교환전화예요."

창녀는 침대 밑에서 전화통을 끌어내었다. 각 방마다 전화까지 있는 걸 보면 그곳은 기업화되다시피 한 사창가인 것 같았다. 그는 교환에게 전화번호를 일러주고 기다렸다. 그의 목소리에 모오리 형사는 펄쩍 뛰었다.

"그렇지 않아도 기다리고 있었소. 나한테 말도 없이 그럴 수가 있소?"

"미안합니다. 폐를 끼치고 싶지 않아서……"

"폐는 무슨 폐입니까? 별일 없나요?"

"별일 없습니다."

"체포한 두 놈에 대해서 보고가 들어왔는데, 그놈들은 범인이 아닌 것 같소."

"분명히 그놈들일 텐데요……"

"그렇지 않아요. 피살자는 S25에 맞았는데 그놈들은 모두 웨슨 권총을 가지고 있었어요."

그렇다면 미행자가 따로 또 있단 말인가. 진은 모골이 송연했다. 미행자가 또 있다면 분명히 이곳까지 따라왔을 것이다. 엘리베이터 속에서 나를 죽이려고 하던 그놈이 아닐까. 모오리는 매우 우려하고 있었다.

"위험하니 돌아오시오. 당신한테 사고가 나면 내 입장이 곤란해요. 가능하면 권하겠는데 그건 헛수고요."

"그럴 수는 없습니다."
"그럼 그곳 경찰의 보호를 받도록 하시오."
"보호는 필요 없습니다."
지금의 그에게는 경찰은 오히려 방해가 될 뿐이었다. 모오리는 투덜거렸다.
"필요한 일이 있으면 연락을 드리겠습니다. R의 정체는 아직 안 밝혀졌습니까?"
"아직 안 밝혀졌소. 아무튼 몸조심하시오."
통화를 끝낸 진은 긴장했다. S25를 가진 미행자가 있다면 잠시도 방심할 수가 없는 일이다. 기회만 있다면 놈은 나를 죽이려 들 것이다.
그는 일부러 방 문고리를 확인한 다음 침대에 걸터앉았다. 창녀는 전라로 누워서 그를 바라보고 있었다.
"왜 옷 안 벗으세요?"
"이대로가 좋아."
"제가 싫으세요?"
"아니야."
"잘해 드릴게 옷 벗으세요. 전 아저씨 같은 미남이 좋아요."
창녀가 몸을 흔드는 바람에 침대가 삐걱거렸다. 진이 움직이지 않고 못 박힌 듯 앉아 있자 그녀는 낄낄거리고 웃었다.
"왜 그러세요?"
"아무것도 아니야. 피로해서 그래."
그는 정말 피로했기 때문에 저고리만 벗은 채 침대 위에 누웠다. 그녀가 허리끈을 풀고 팬티 속으로 손을 쑥 집어넣자 그는 얼굴을 찌푸렸다.
"이러지 마."
"좋지 않으세요?"
"지금은 싫어."
"그럼 왜 여기 들어 왔어요?"
"알아볼 게 있어서 왔어."

여자의 몸이 굳어졌다. 필요 없는 남자라고 생각하자 그녀의 얼굴에서는 바보 같은 웃음도 사라졌다. 이번에는 진이 씁쓸하게 웃었다. 그는 창녀에게 담배를 권했다.

"공짜로 물어보겠다는 게 아니야, 아가씨. 기분 나쁜 얼굴 하지 마."
"뭘 알고 싶으세요?"
"한국 여자들을 찾고 있어. 새로 온 한국 처녀들 말이야."
"왜 그러세요?"
"이유는 알 필요 없어. 급히 좀 찾아야 해."
"전 모르겠어요. 보지도 못했어요."

진은 돈을 꺼내 그녀의 손에 쥐어 주었다. 창녀는 금방 얼굴이 풀어졌다.

"미안해요. 돈만 받고……"
"괜찮아. 어떻게 알 수 없을까?"
"잠깐 기다려 보세요. 그 사람이면 알 수 있을지도 몰라요."

창녀는 옷을 입고 밖으로 나갔다. 진은 피스톨을 빼들고 문을 응시했다. 언제 킬러가 나타날지 알 수가 없었다. 잠시 후 이마가 홀렁 벗겨진 사내가 창녀와 함께 들어왔다.

"여기에는 한국 여자들이 없습니다."

사내는 들어서자마자 이렇게 말했다. 그리고 그 여자들을 찾는 이유를 물었다. 매우 적대적인 어조였으므로 진은 적지 않은 돈을 내놓았다.

"찾아야 할 사람이 있어서 그럽니다. 아시는 대로 말씀해 주십시오."

늙은 사내는 돈을 헤아려 보고 나서 처음보다는 좀 부드럽게 말했다.

"외국 여자들만 따로 모아서 장사하는 데가 있습니다. 그쪽으로 가보면 한국 여자들이 있을지도 모릅니다."

"어디쯤 됩니까?"

"여기보다는 좀 험한 곳입니다. 택시로 10분쯤 걸립니다."

"좀 안내해 주실 수 없겠습니까? 돈은 더 드리겠습니다."

"갑시다."

사내는 선뜻 일어섰다. 진은 조심스럽게 사내 뒤를 따라 나갔다. 킬러가 언제 불쑥 나타날지 몰랐으므로 그는 호주머니 속에 든 피스톨을 쥐고 주위를 날카롭게 응시하면서 걸어갔다. 창녀나 술 취한 사람을 보아도 그는 긴장했다. 층계를 모두 내려가 택시를 잡을 때까지도 미행자는 보이지 않았다. 차가 달리는 동안에도 그는 자주 뒤를 보았지만 미행해 오는 차는 없는 것 같았다. 그렇다고 마음을 놓아서는 안 된다. 미행자는 치밀한 계산하에 움직일 것이 분명하다.

새로 들어선 곳은 아까의 사창가보다 더욱 음산한 분위기를 띠고 있었다. 좁은 골목에서는 창녀들이 우굴 거리고 있었고 길

양 편으로는 오래된 목조 건물들이 잇대어 서 있었다. 역시 부둣가였기 때문에 비릿한 소금 냄새가 풍겨오고 있었다.
"이 골목 중간쯤에 가면 외국인 전용이 있습니다. 여러 나라 여자들이 모여 있으니까 거기 가서 한번 찾아 보슈."
사내는 돈을 받아 쥐더니 오던 길로 되돌아갔다. 골목으로 들어서자 창녀들이 거칠게 그를 끌었다. 그때마다 진은 여자들의 손을 뿌리쳤다.
"헤이, 놀다가요. 잘해 드릴게요."
"당신 같으면 외상도 좋아요."
여기저기서 창녀들이 한마디씩 했다. 진은 웃으면서 그녀들을 지나쳤다. 자주 그는 뒤를 돌아보았지만 미행자는 보이지 않았다. 금발 머리가 보이자 그는 비로소 걸음을 멈추었다. 놀랍도록 큰 가슴을 가진 서양 여자가 그의 얼굴을 향해 담배 연기를 내뿜으면서 윙크를 했다.
"여기가 외국인 전용인가요?"
하고 그는 영어로 물었다.
"그래요. 들어와요. 밤새 놀아 줄게."
"당신은 너무 커서 안 되겠는데……"

한편 진이 늙은 사내와 함께 택시를 타고 사라진 것을 확인한 다비드 킴은 진이 들었던 방으로 갔다. 멋지게 차려입은 노신사가 들어서자 창녀는 입이 저절로 벌어졌다. 킬러는 그녀를 침대 위에 올려놓고 브래지어 속에 돈을 쑤셔 넣었다.
"아까 그 남자 어디 갔지?"

차가운 눈초리에 그녀는 몸을 움츠렸다.
"그 사람 찾으러 오신 거예요?"
"그래 어디 갔는지 알려줘."
"한국 여자들을 찾으러 갔어요. 그래서 주인 아저씨랑 함께 나갔어요."
"거기가 어디야?"
"전 잘 몰라요. 이따가 아저씨한테 물어 보세요."
"여기서 기다릴 테니까 오면 불러줘."
킬러는 침대 위에 누워 말없이 담배만 피워댔다. 그가 너무 굳은 표정을 하고 있기 때문에 창녀는 함부로 접근하는 것을 피했다.
"오늘 온 손님들은 다 이상해요."
킬러는 천정만을 응시하고 있었다. 붉은 조명등을 받은 그의 얼굴은 죽은 사람 얼굴 같았다.
반 시간쯤 지나 창녀는 늙은 사내를 데리고 왔다. 킬러는 일어서서 사내를 맞았다.
"아까 그 손님 어디로 안내했지요?"
그의 목소리는 공허로울 정도로 조용했다. 늙은 사내는 고개를 저었다.
"안내하다니요. 그런 일한 적 없습니다."
"나를 그곳으로 안내해 주면 더 많이 사례하겠소. 거기로 안내하시오."
"필요 없어요. 난 또 무슨 일이라구."
돌아서 나가려는 사내의 팔을 킬러가 낚아챘다. 다른 한 손이 그의 옆구리를 후려치자 사내는 무릎을 꺾으며 엎어졌다. 그것을 본 창녀가 비명을 지르며 뛰쳐나가려고 하자 킬러는 목을 비틀어 쥐었다.

"조용히 해, 죽여 버릴 테다."

킬러는 사내의 멱살을 움켜쥐고 일어섰다. 조용히 떠 있는 두 눈을 보자 사내는 전율했다.

"안내해 드리겠습니다."

"도망칠 생각 하지 마."

킬러는 사내를 앞세우고 밖으로 나왔다. 사내는 상대가 너무 위압적이고 무서웠기 때문에 시키는 대로 그를 안내했다.

"한국 여자들을 찾고 있었다구?"

택시가 목적지에 거의 다 왔을 때 킬러가 물었다.

"네, 한국 여자들을 찾고 있었습니다. 그래서 외국인 전용 사창가에 가보라고 했습니다."

"거기에 한국 여자들이 있나?"

"잘 모르겠습니다."

택시에서 내린 그들은 골목 어귀에서 걸음을 멈추었다.

"아까 여기까지 안내했습니다. 그 사람이 이 골목으로 들어갔습니다."

"나를 여기에 안내했다는 말 누구한테도 하지 마."

킬러는 골목 안으로 뚜벅뚜벅 걸어 들어갔다. 사방에서 몰려드는 창녀들을 그는 한손으로 밀어젖혔다. 이윽고 그는 금발의 창녀와 부딪쳤다. 금발은 가슴을 내밀면서 다가섰다.

"담배 한 대 주시겠어요?"

킬러는 담배를 꺼내 그녀에게 내밀었다.

"한국 여자를 찾는 손님 없었나?"

여자가 웃었다. 킬러는 그녀를 벽에 밀어붙인 다음 티셔츠 밑으로 손을 집어넣어 뱃가죽을 움켜쥐었다. 창녀는 고통을 못 이겨 얼굴을 일그러뜨렸다.

"포, 포주한테 가 보세요."

"포주는 어디 있어?"

"저기 저 집이에요."

창녀는 불이 환히 켜져 있는 2층의 한 방을 가리켰다.

그때 진은 포주를 향해 웃고 있었다. 포주가 의심을 사지 않도록 그는 일부러 술에 취한 척하고 있었다. 중년의 뚱뚱한 포주 여인은 담배를 뻐끔뻐끔 피우면서 실눈으로 진을 찬찬히 바라보았다.

"좋은 색시들 많은데 왜 하필이면 한국 색시를 찾죠?"

"나는 한국 사람이오. 그러니까 한국 색시를 찾는 거죠."

"중국 여자는 어때요?"

"싫습니다."

"인도의 여자는?"

"싫다니까요. 비싸게 줘도 좋으니까 한국 여자를 소개해 주시오. 외국 여자들을 많이 겪어봤지만 한국 여자가 최곱니다. 없으면 가겠습니다."

진이 자리에서 일어서자 포주는 급히 담배를 비벼 끄면서 손을 흔들었다.

인육시장 · 343

"성급하기도 하시네. 앉아 봐요."

"다른 여자는 싫습니다."

"앉아 보라니까요."

진은 못이기는 체하고 의자에 주저앉았다. 포주는 진을 지그시 바라보았다.

"한국 색시가 하나 있기는 한데…… 좀 비싸요."

"비싸도 좋아요. 어서 안내하시오."

"급하기도 하셔. 오늘 새로 들어온 앤데 아직 딱지도 안 떼서 비싸요."

"딱지도 안 뗐다니, 그건 무슨 말이오?"

"아직 손님 하나 안 받았다 이 말이에요."

"그럼 숫처녀란 말인가요?"

"그래요."

진은 휘파람을 불면서 손가락을 튕겼다.

"당장 불러 주시오. 숫처녀 맛을 안 보고 갈 수가 있나. 빨리 데려 오슈."

"화대를 내셔야지요."

"얼마요?"

"5만 엥!"

"별로 비싸지도 않군."

진은 선뜻 돈을 세어 주었다. 돈을 받아 든 포주는 기분이 좋은지 콧노래를 부르면서 그를 방으로 안내했다. 2층의 제일 구석진 방으로 들어간 그는 여자가 나타나기를 초조하게 기다렸다. 10분쯤 지나자 흐느끼는 소리와 욕지거리가 방문 앞에서 들려왔다.

"그치지 못해! 아가리를 찢어놓을 테다! 몸을 파는 애가 너 혼자인 줄 아니? 빨리 들어가서 손님 모셔!"

이것은 포주의 목소리였다. 뒤이어 여자의 가냘픈 한국말 소리가 들려왔다.

"아주머니 살려 주세요! 제발 살려 주세요! 이것만 시키지 않으면 무슨 일이든지 하겠어요! 제발 살려 주세요!"

"이년이, 아직 맛을 덜 봤나?"

굵직한 남자의 목소리와 함께 퍽퍽 하는 소리가 들려왔다. 공포에 질린 여자는 얻어맞으면서도 제대로 신음 소리 하나 내지 못하고 있었다. 진은 침대에서 벌떡 일어났다. 금방이라도 뛰쳐나가 남자를 때려눕히고 싶은 것을 그는 겨우 눌러 참고 있자니 몸에 경련이 일었다.

이윽고 문이 열리고 여자가 떠밀려 들어왔다. 여자는 두 손으로 얼굴을 가린 채 들어왔다.

진은 문을 닫아 건 다음 여자의 어깨에 손을 얹었다. 그러자 여자는 몸을 부르르 떨면서 뒷걸음질을 쳤다.

"아저씨 저를 살려 주세요! 제발 살려 주세요! 저는 창녀가 아니에요!"

여자는 두 손을 마주 비비며 필사적으로 애원했다. 아직 스무 살도 채 못돼 보이는 앳된 얼굴은 온통 눈물로 뒤범벅이 되어 있었다.

"서울서 왔나?"

진은 부드럽게 물었다. 처녀는 울음을 삼키며 얼른 고개를 끄덕였다.
　한국말에 그녀는 한층 놀라는 것 같았다.
　진은 처녀를 침대 위에 끌어다 앉혔다. 처녀는 당하는 줄 알았는지 그의 손에서 벗어나려고 몸부림쳤다.
　"쉬, 조용히 해! 살고 싶으면 내 말을 잘 들어! 널 구해 주려고 왔으니까 무서워하지 마!"
　처녀는 입을 다물면서 눈을 크게 떴다.
　"내 말 알아듣겠어?"
　처녀는 고개를 아래위로 흔들었다. 진은 그녀의 떨리는 어깨를 힘차게 안아주었다.
　"무서워하지 마. 용기를 내야 해. 여기에 아가씨들 여섯 명이 왔지?"
　"네……"
　그녀는 울음을 삼키느라 겨우 말했다.
　"다른 여자들은 어디 있지?"
　"저쪽 골방에 갇혀 있어요."
　"이순복이라는 여자도 있나?"
　"네, 있어요."
　"놈들에게 당하지는 않았나?"
　처녀는 손으로 얼굴을 가렸다.
　"여기 오기 전에 우리한테 약을 먹였어요. 그리고 강제로……"
　"알았어. 그만!"
　진은 담배를 피워 물고 방안을 서성거렸다.

"여기 지키는 놈들이 있나?"

"네, 두 명이 지키고 있어요. 무서워요."

"안심해. 내가 시키는 대로만 해. 다른 한 명은 어디 있지?"

"아래층 출입구에 있어요."

진은 불을 끈 다음 창밖을 내다보았다. 골목에는 여전히 창녀들이 득실거리고 있었다. 창녀들 사이를 뚫고 나간다는 것은 어려운 일이다. 부근에 진을 치고 있는 깡패들이 몰려들 것이 뻔하다. 진은 뒷 창문을 내다보았다. 창문 바로 밑에는 조그만 빈터로 쓰레기가 잔뜩 쌓여 있었다. 마침 청소차 한 대가 쓰레기를 퍼 담고 있었다. 쓰레기를 퍼 담고 있는 인부가 두 명, 그리고 운전사가 한 명 보였다. 진은 처녀를 가까이 오게 했다.

"저기 쓰레기터로 통하는 문은 없을까?"

"없어요. 앞으로 해서 돌아가야 해요."

"그럼 할 수 없군. 침대보를 찢어서 끈을 만들어야겠어."

처녀는 이제 완전히 진을 신뢰했는지 적극적으로 그를 돕기 시작했다. 진은 칼로 침대보를 찢어 길게 서로 이어서 줄을 만들었다. 그리고 한 끝을 침대 모서리에 단단히 붙들어 맨 다음 창문을 뜯었다.

"이 줄을 타고 밑으로 내려갈 수 있겠지?"

"네, 할 수 있어요."

"내가 돌아올 때까지 문을 잠그고 있어. 다른 사람한테는 절대 열어줘서는 안 돼."

진은 방문을 조용히 열고 밖을 내다보았다. 복도에는 아무도 보이지 않았다.

"골방은 어디 있지?"

"복도 맨 끝에 있어서 여기서는 보이지 않아요."

진은 천천히 복도를 걸어갔다. 이방 저 방에서 여자들의 교성이 들려오고 있었다. 복도를 꺾어 돌자 맞은편에 빗장을 질러놓은 문이 보였고, 그 앞에 사내 하나가 의자에 앉아 졸고 있었다. 삐걱거리는 소리에 사내가 눈을 떴다. 덩치가 크고 험상궂게 생긴 사내로 훈도시만 차고 있었다.

"누구야?"

일어서려는 사내의 이마에 진은 권총을 들이댔다.

"떠들면 쏴 버린다! 조용히 문을 열어! 빨리!"

권총 끝으로 이마를 찌르자 사내는 벌벌 떨면서 빗장을 걷어내고 문을 열었다.

어둠 속에 공포에 질린 눈들이 보였다.

"순복이! 불을 켜!"

그가 낮게 외치자 곧 불이 켜졌다. 놀란 여자들이 몸을 일으켰다. 모두가 초라한 모습들이었고 하나같이 공포에 질려 있었다. 진을 알아본 순복이는 울음을 터뜨렸다.

"조용히들 해요! 떠들면 안 돼!"

그는 사내를 방안으로 밀어 넣은 다음 문을 걸어 잠갔다.

사내는 무릎을 꿇고 빌었다. 빌면서도 조그만 두 눈은 빈틈을 노리고 있었다. 진은 놈의 사타구니를 힘껏 걷어찼다.

사타구니를 쥐고 나뒹구는 사내의 입에 걸레 뭉치를 틀어막고 손발을 칭칭 동여맨 다음 그는 다시 놈을 무자비하게 구타했다. 증오심으로 뭉친 그는 혼신의 힘을 다해 사정없이 사내를 후려갈겼다. 복부를 힘차게 난타한 다음 목울대를 구둣발로 내려 밟자 사내는 마침내 눈을 까뒤집으면서 정신을 잃었다. 공포에 질려 벌벌 떨고 있는 여자들을 돌아보면서 그는 얼굴에 흐르는 땀을 닦았다.

"이놈을 처치하지 않으면 아가씨들이 위험해. 발소리를 내지 말고 조용히 나를 따라와."

그들은 골방을 나와 조심스럽게 걸어갔다. 복도 끝에 다다랐을 때 방문이 열리며 창녀 하나가 나타났다. 흑인 여자였다. 놀라서 소리치려는 그녀를 끌어안으면서 진은 그녀의 입에 총구를 쑤셔 박았다.

그의 솜씨는 놀라울 정도로 기민했다. 방안으로 끌려들어간 그녀는 진이 내려치는 권총자루에 맞아 금방 기절해 버렸다.

"미안한 일이지만 우리가 살기 위해서는 할 수 없어."

청소차는 쓰레기로 거의 채워져 가고 있었다. 진은 창밖으로 줄을 늘어뜨린 다음 여자들을 돌아보았다.

"내가 먼저 아래로 내려갈 테니까 한 사람씩 이 줄을 타고 내려와요."

그러자 여자 하나가 몸을 떨면서 울었다.

"저…… 저는 못해요. 무서워요."

"이런 바보 같으니…… 용기를 내봐!"

진은 그녀의 뺨을 철썩 하고 후려갈긴 다음 줄을 타고 밖으로 나갔다. 두어 번 몸을 흔들자 그의 몸은 그대로 땅바닥에 굴러 떨어졌다. 차에 쓰레기를 퍼 담던 인부 두 명이 삽을 휘두르며 달려왔다.

"이 도둑놈들, 꼼짝 마!"

"난 도둑이 아니오! 저걸 보시오!"

이미 첫 번째 여자가 줄을 타고 내려오고 있었다.

"여자들이 위험하니까 좀 도와주시오! 여자들을 도와주면 사례하겠소."

진은 돈 뭉치를 꺼내보였다. 인부 하나가 뛰어가더니 운전사를 데려왔다. 그들은 진을 포위한 채 자기들끼리 쑤군거렸다. 숨 가쁜 순간이 지나갔다. 진은 그들이 방해할 경우 청소차를 탈취할 생각이었다. 이미 두 명의 여자가 내려와서 진의 뒤에 붙어서서 몸을 떨고 있었다.

"당신들이 방해하면 나중에 경찰이 가만있지 않을 거요. 우리를 가까운 경찰서로 데려다 주시오!"

진은 그들의 발치에 돈 뭉치를 던졌다. 머뭇거리던 그들 중의 하나가 돈을 집어 들었다. 운전사가 차를 가리켰다.

줄을 타고 내려온 여자들은 차에 기어올라 쓰레기더미 속으로 파고들었다. 그녀들의 기민하고 필사적인 행동에 진은 입이 벌어졌다.

다섯 번째 여자가 내려왔을 때 방에 불이 켜지고 여자의 비명 소리가 높다랗게 울려왔다. 진은 이층 방을 올려다보았다. 창가에 안경을 낀 노신사가 우뚝 서서 이쪽을 노려보고 있었다.

바로 저놈이다! 진은 속으로 부르짖었다. 노신사가 피스톨을 겨누는 순간 진은 땅 위로 재빨리 엎드려 한 바퀴 굴렀다. 총소리도 나지 않았는데 인부 하나가 비명을 지르며 쓰러졌다.

진도 반사적으로 피스톨을 발사했다. 총소리가 주위를 진동했다. 이층의 유리창 하나가 와르르 소리를 내면서 부서져 내렸다. 창가에 서 있던 노신사가 보이지 않자 진은 재빨리 차 쪽으로 기어가 운전대에 뛰어올랐다.

"빨리 갑시다."

"갈 수 없어요. 인부가 총에 맞았는데 어떻게 가요!"

진은 피스톨로 운전사의 관자놀이를 찔렀다.

"이 자식아, 빨리 운전해! 죽여 버릴 테다!"

운전사는 사색이 된 채 액셀을 밟았다. 차는 공터를 가로질러 어둠 속으로 달려갔다. 깡패 몇 명이 몽둥이를 들고 쫓아왔지만 곧 보이지 않게 되었다.

"어디로 가는 겁니까?"

운전사는 떨면서 물었다.

"가까운 경찰서로 안내해!"

쓰레기를 잔뜩 실은 청소차가 들어오자 경찰은 눈이 휘둥그레졌다. 더구나 쓰레기더미 속에서 여자들이 나타나자 더욱 놀라는 것 같았다. 여자들은 흉측한 몰골을 하고 있었다. 그러나 살아났다는 사실에 모두가 소리 내어 엉엉 울었다. 다섯 여자들 중 이순복이 보이지 않았다. 진은 순복의 울부짖는 소리가 들리는 것만 같아 괴로웠다.

신고를 받은 일본 경찰은 사창가로 출동하면서 진이 동행하는 것을 거부했다.

"한국 처녀 하나가 붙잡혀 있습니다. 구해야 합니다."

"우리가 알아서 할 테니 당신은 꼼짝 말고 여기 있어!"

진은 따로 독방으로 들어가 조사를 받았다.

"한국인이 여기서 수사를 하는 건 위법입니다. 잘 아시겠습니까?"

딱딱하게 생긴 경찰이 담배를 권하며 물었다. 진은 사양했다.

"알고 있습니다. 하지만 여자들을 구해야 했기 때문에 할 수 없었습니다."

"그건 우리 일본 경찰을 무시한 겁니다. 우리한테 부탁해도 그런 일은 충분히 해결할 수 있습니다. 당신은 권총으로 운전사를 위협했다지요?"

"그렇습니다."

진은 내뱉듯이 대답했다.

"권총을 압수하겠습니다. 평화로운 우리나라에 와서 총질을 하다니 용서할 수 없습니다."

진은 권총을 꺼내어 책상 위에 거칠게 놓았다.

"한국 여자들이 사창가에 팔려가고 있는데도 일본 경찰은 모르고 있습니다. 내가 나서지 않았으면 저 여자들은 창녀가 됐을 겁니다. 그래도 내가 잘못입니까?"

"아무튼 당신은 여기서 그 따위 짓을 할 권한이 없어요. 알겠어요? 도대체 어떻게 해서 이런 짓을 하게 됐지요?"

"도쿄 경시청의 모오리 형사를 불러 주십시오. 그러면 이야기하겠소."

경찰은 진을 한동안 바라보고 나서 잠자코 방을 나갔다. 십 분쯤 지나 돌아온 경찰은 태도가 한결 누그러져 있었다.

"비행기로 곧 오시겠답니다. 아까는 실례했습니다."

"부탁이 있습니다. 여자들을 목욕시키고 잠을 좀 재워야겠는데 가까운 호텔로 좀 안내해 주십시오. 그리고 여자들 경비도 부탁합니다."

"그거야 어렵지 않습니다."

한 시간쯤 지나자 사창가로 출장 나갔던 경찰들이 인부의 시체를 싣고 돌아왔다.

"한국 여자는 찾지 못했습니다. 다른 곳으로 빼돌린 모양입니다."

예상했던 일이지만 진은 가슴이 찢기는 것 같았다.

반역(反逆)의 무리들

8월의 마지막 날, 서울에는 실로 두 달 만에 눈물 같은 비가 내리고 있었다. 전 국토가 가뭄에 허덕이다 못해 거의 빈사상태에 빠져 있을 때 내린 비인만큼 그것은 정말 눈물 같은 비였다. 작물이라는 작물은 모두 타죽어 대흉작이 예상되는 가운데 극도로 흉흉해져 있던 민심은 가을과 함께 찾아온 이 단비를 기쁨보다는 원망으로 맞았다. 곡식이 모두 말라죽은 뒤에 비가 내린들 무슨 소용이 있느냐고, 사람들은 하늘을 보고 원망했다. 그러나 사람들이 모두 그렇게 원망스러운 감정에 빠져 있을 때 국가를 전복하려는 무서운 음모는 눈에 띄지 않게 신속히 전개되고 있었다.

오후 2시, KAL의 거대한 기체가 예정대로 김포공항 상공에 들어오자 늙은 형사반장 김 상배는 출구 쪽으로 천천히 걸어갔다. 국화 조직의 보스인 고오노 분사꾸가 어떻게 생긴 인물인지 그는 전혀 알지 못하고 있었다. 입국자 명단을 체크하고 있는 공항 직원이 고오노가 나타날 경우 사인을 해주기로 했기 때문에 그는 안심하고 출구 옆에 기대서서 담배를 피웠다.

30분 후에 입국자들이 하나 둘 출구로 빠져나오기 시작했다. 김 형사는 담배를 새로 피워 물면서 공항 직원을 쏘아보았다. 비가 오는 바람에 사람들이 모두 구내로 몰려들고 있어서 대합실은 장바닥처럼 와글거렸다.

입국자들이 거의 빠져나왔을 때 공항 직원이 김 형사를 향해 빨간 카드를 들어보였다. 김 형사는 출구 쪽으로 다가오는 빼빼 마른 사나이를 바라보았다. 짙은 감색 양복에 머리를 깨끗이 갈라붙이고 조그만 여행가방을 들고 있는 사나이의 모습은 전형적인 신사 타입이었다. 그러나 김 형사는 강파른 턱과 사나운 눈매로 이루어진 보스다운 위엄을 놓치지 않고 바라보았다.

고오노는 어떤 건장한 청년과 동행이었다. 김 형사는 그 청년이 혹시 R이 아닐까하고 생각했지만 그가 고노오를 바싹 달라붙으며 수행하는 것을 보고는 적이 실망했다.

이윽고 그들이 택시를 타는 것을 보자 김 형사도 급히 택시를 잡아탔다. 넓고 곧은 아스팔트 위로 빗발이 뿌옇게 쏟아지고 있었다. 질주하는 차량들이 뿌리는 물보라가 원형을 그리고 덮쳐올 때마다 택시는 주춤하며 속도를 줄이곤 했다. 조심스러운 운전에 다급해진 김 형사는 운전사에게 재촉했다.

고오노가 탄 택시는 곧장 시내 쪽으로 접어들더니 30분 후에 킹 호텔 앞에 정차했다. 김 형사는 차에서 내려 다른 문으로 해서 안으로 들어갔다.
　고오노 일행은 프런트를 열쇠를 받아들고 엘리베이터 쪽으로 사라졌다.
　형사는 프런트로 다가서서 증명을 꺼내보였다.
"방금 그 일본인들 몇 호실에 들었나?"
"10층 3호실에 들었습니다."
웨이터가 사무적으로 대답했다.
"방 하나만 사용하나?"
"네, 특실입니다."
"카드를 좀 볼까?"
　웨이터는 잠자코 두 장의 카드를 내보였다. 고오노 분사꾼는 직업란에 상업이라고 적고 있었다. 다른 젊은 수행원의 이름은 다꾸지 에이조(田口榮造), 역시 직업은 상업이었다. 김 형사는 수첩에 그자의 이름을 적어 넣은 다음 웨이터에게 단단히 주의를 주었다.
"그 사람들한테 형사가 찾아왔었다는 말 절대 하지 말게, 알겠나?"
"잘 알겠습니다."
　김 형사는 전화 부스로 들어가 본부로 전화를 걸었다. 그리고 3과장이 나오자 지원요청을 했다.
"세 사람만 보내 주십시오. 그리고 이것은 비밀로 해두는 게 좋겠습니다."
"알았습니다."
　전화를 걸고 난 김 형사는 지배인실을 찾아갔다.

"경찰에서 왔습니다. 무리한 부탁을 하려고 하는데 들어주셔야겠습니다."

중년이 뚱뚱한 지배인은 세련된 태도로 그에게 자리를 권했다. 김 형사는 손을 흔들어 사양했다.

"10층 3호실 전화를 전부 체크했으면 하는데 협조해 주셔야겠습니다."

"도청하시겠다는 겁니까?"

"일테면 그렇지요."

"그건 곤란한데요."

김 형사는 상대를 쏘아보았다.

"나는 협조를 구하는 겁니다. 내가 이대로 돌아가면 내 부하들이 나타나서 이 호텔을 때려 부술 거요. 그렇게 되면 아마 장사를 못하게 될 겁니다."

김 형사가 돌아서 나가려고 하자 지배인은 황급히 그를 붙들었다.

"죄송하게 됐습니다. 저는 그저 원칙을 고수하느라고 그랬습니다. 필요하시다면 체크하십시오."

"감사합니다. 교환실에 자리를 하나 만들어 주시오. 우리 직원이 거기에서 대기할 수 있도록 말입니다."

"알았습니다."

"그리고 104호실과 102호실을 비워 주시오. 요금은 규정대로 지불하겠소."

"손님이 모두 들어 있는데요."

"알고 있어요. 이유를 대서 다른 방으로 옮기도록 하시오. 10

분 후에 우리가 들어가겠소."

지배인은 난처한 듯이 그를 바라보았지만 그는 더 이상 말하지 않고 밖으로 나왔다.

커피숍에 앉아 커피를 마시고 있을 때 3과 요원 세 명이 급한 걸음으로 나타났다. 김 형사는 그들에게 커피 한잔씩을 권한 다음 지시를 내렸다.

"10층 3호실에 일본인 두 명이 들어 있는데 그중 고오노란 자는 일본 암흑가의 보스고 또 한 놈은 그의 경호원인 것 같소. 상대가 상대인 만큼 우리 요원들은 모두 주의를 해야 될 거요. 한 사람은 지금부터 교환실에 들어가서 103호실 통화를 전부 체크하도록 하시오."

김 형사는 어깨가 떡 벌어진 두 요원을 바라보았다.

"동지들은 102호실과 104호실에 들어가 대기하시오. 나는 여기서 대기하고 있겠소. 10층 웨이터에게 단단히 부탁해서 3호실의 동태를 수시로 보고받도록 하시오. 전화로 나를 찾을 때는 김 사장을 찾으시오."

세 명의 요원들은 커피를 마시고 나자 잠자코 일어서서 나갔다. 말없이 움직이는 그들의 행동에는 복종과 신념의 태도가 짙게 배어 있었다.

김 형사는 신문을 하나 사서 훑어보기 시작했다. 이제부터 몇 시간이고 기다려야 하기 때문에 단단히 마음의 준비를 해둘 필요가 있다. 그렇지 않으면 기다리는 것처럼 고역스러운 일이 없는 것이다. 조금 후에 그는 카운터로 다가가 아가씨에게 말을 걸었다.

"이것 봐, 아가씨. 난 지금 살인범을 쫓고 있어."

"어머, 아저씨. 그럼 형사이신가요?"

"그래, 형사야. 김 사장을 찾는 전화가 오면 즉시 나한테 연락해줘. 내 자리는 저 구석이니까 말이야."

아가씨는 끄덕이면서 불안한 듯이 그를 바라보았다.

"살인범이 이 호텔에 들어 있나요?"

"음. 그렇다고 볼 수 있지. 다른 사람한테 그런 말하면 절대 안 돼."

자리로 돌아온 김 형사는 길게 하품을 했다. 자, 준비는 다된 셈이다. 그물은 완전할 정도로 걸려 있다. 도망칠 테면 도망쳐봐라. 일본 암흑가의 보스와 김 상배의 대결이다. 절대 놓치지 않겠다.

한편, 감시를 당하고 있는 줄도 모르는 고오노는 샤워를 하고 나서 다꾸지와 맥주를 마셨다. 비오는 거리를 내려다보며 맥주를 마시는 기분은 아주 유쾌한 것이다. 그래서 그런지 그의 눈에 비친 서울 거리는 하잘 것 없는 천민들의 거리처럼 보였다. 멀지 않아 이 땅을 차지할 것이라는 부푼 기대가 그로 하여금 한층 오만한 기분을 갖게 했는지도 모른다.

그때 전화벨이 울렸다. 다꾸지가 긴장된 얼굴로 전화를 받아 고오노에게 넘겨주었다.

"지부로부터 전화입니다."

고오노는 앉은 채로 전화를 받았다.

"고오노입니다."

"Z다. R은?"

듣기에 거북한 쉰 목소리가 나지막하게 들려왔다.
"루브는 오늘 못 오십니다. 미행을 염려해서 어제 홍콩으로 떠났습니다. 내일 밤 이곳으로 오실 겁니다."
"시간은?"
"밤 9시에 김포공항에 도착할 예정입니다."
"알았다. 이쪽에서 전화를 할 테니까 지금부터 일체 전화를 삼가라."

전화가 일방적으로 끊기자 고오노는 웃으면서 수화기를 내려놓았다. 교환실에서 103호실 통화를 도청한 S국 요원은 즉시 커피숍에서 기다리고 있는 김 형사에게 연락을 취했다.

"R이란 인물이 홍콩을 경유해서 내일 밤 9시에 김포공항에 도착한답니다. 고오노가 Z에게 전한 말입니다. 홍콩으로 떠난 날짜는 8월 30일, 바로 어젭니다."

"Z의 전화번호는?"

"알 수 없습니다. Z쪽에서 먼저 걸어온 전화였습니다. 그리고 Z는 지부의 두문자인 것 같습니다. Z를 지부라고도 불렀습니다. R은 루브라고 불렀습니다.

홍콩 경유 김포공항 착 내일 밤 9시, Z→'지부??, R→??루브'...... 김 형사의 머리는 재빨리 움직였다.

그는 급히 102호실로 올라가 도쿄 경시청의 모오리에게 긴급 전화를 걸었다. 그러나 모오리는 자리에 없었다. 간 곳도 알 수가 없었다. 그는 투덜대면서 전화를 전보로 바꾸었다.

△발신=김상배(金相培)

△수신＝일본국 동경도 경시청 형사과 모리미치랑(日本國 東京都 警視廳 刑事課 毛利美治郎)
대지급(大至急), 암호명 R은 8월 30일 일본 출발,
홍콩경유로 한국 도착 예정. R에 대한 조사 지급 요망.
연락처는 종전과 동일

전보를 치고 난 김 형사는 S국 본부 제1과 암호분석실로 전화를 걸어 Z(지부)와 R(루브)대한 분석을 부탁했다. 10분도 못되어 전화가 왔다.
"Z는 Zebu의 머리글자로 등에 혹이 있는 흑소라는 말입니다. R은 Rebu의 두문잡니다. 시골뜨기라는 말입니다."
"수고했습니다."
김 형사는 다시 커피숍으로 내려왔다. 내일 밤 R이 나타날 때까지는 별일이 없을 것 같다. 그러나 예외가 있을 수 있으므로 대기하고 있어야 한다. 두 시간이 지나도 고오노의 움직임은 없었다. 아마 낮잠을 자고 있겠지. 김 형사는 지친 나머지 졸음이 왔다. 그는 하품을 연거푸 하면서 눈을 감았다. 그때 3과장 엄인회가 출입문을 밀고 들어섰다. 김 형사를 발견한 그는 상대가 깨지 않도록 조심스럽게 맞은편에 앉았다. 그러나 김 형사는 이내 눈을 뜨고 멋쩍은 표정을 지었다.
수사 진행과정을 듣고 난 3과장은 팔짱을 끼고 한동안 생각에 잠겼다. 김 형사보다 젊은 그는 젊다는 것의 온갖 장점을 다 구비하고 있었다. 지적 마스크를 받쳐주고 있는 탄력성이 몸을 움직일 때마다 엿보이고 있었다. 김 형사는 내심 부러운 마음으

로 과장을 바라보았다.

"고오노 일당의 사진을 찍어두시오."

"옆방에서 카메라를 가지고 대기 중입니다."

"내일 입국하는 R이란 자도 잘 찍어 두시오."

"모오리 형사한테서 희소식이 오기만 하면 R을 찾아낼 수가 있습니다."

"일본에 간 요원으로부터 소식 있나요?"

"인력수출협회를 통해서 나간 한국 처녀들이 인육으로 팔리고 있다는 보고가 들어왔습니다. 여기에는 마피아까지 개입되어 있는 것 같습니다. 문제는 인력수출협회와 국화가 밀착되어 있다는 사실입니다. 바로 고오노가 판매책을 맡고 있는 것 같습니다. 물론 고오노를 움직이는 놈은 아냥입니다."

과장의 눈썹이 꿈틀하고 움직였다.

"왜 그것을 지금까지 말 안했지요?"

"아직 확실한 증거가 없어서 그랬습니다."

"인력수출을 당장 금지시키고 협회 간부들을 체포하는 게 어떨까요?"

"조금만 기다려 주십시오. 결정적인 증인이 확보될 때까지 기다려 주십시오. 곧 일본에서 연락이 오리라고 봅니다."

"그럼 그렇게 합시다."

"그리고 이건 기밀 누설에 관한 건데, 앞으로 어떻게 처리하실 생각입니까?"

엄 과장은 식은 찻잔을 스푼으로 저으면서 심각한 표정으로 고개를 끄덕였다.

"정보가 누설되고 있다는 건 우리 S국이 현재 위기에 처해 있다는 말이 됩니다. 과연 우리 기관이 어느 정도 5열이 침투해 있는지 그걸 알아내는 게 문젭니다. 그 문제는 내가 알아서 처리할 테니 과히 염려하지 마십시오. 5열을 색출하는 건 시간문제일 겁니다."

김 형사는 의문이 있는 것을 그대로 집어삼켰다. 제3과장이라고 5열이 아니라는 보장은 없는 게 아닐까. 김 형사는 가슴이 축축이 젖어드는 것을 느꼈다. 그때 그에게 전화가 왔다. 그는 카운터로 뛰어가 전화를 낚아챘다.

"X라는 자로부터 고오노에게 전화가 왔습니다. 사람을 보낼 테니 대기하고 있으라는 전화였습니다."

"시간은?"

"그건 말하지 않았습니다. X는 일명 더블 엑스라고도 불렀습니다."

"더블 엑스?"

"그렇습니다."

전화를 끊고 자리로 돌아온 그를 3과장이 긴장된 시선으로 바라보았다.

김 형사는 담배를 비벼 끄면서 코끝을 매만졌다.

"X라는 인물이 나타났습니다. 고오노와 밖에서 만날 모양입니다. X는 더블 엑스로도 통하는 것 같은데, 무슨 뜻입니까?"

"더블 엑스(XX)는 더블 크로써(Double Crosser)라고도 부르죠. 배신자라는 뜻입니다."

김 형사는 과장의 실력에 감탄한 듯 크게 끄덕였다.

"암호명치고는 멋집니다. 그렇다면 우리가 확보한 암호명은 현재 세 가지가 됩니다. 하나는 Zebu(흑소), 두번 째는 Rebu(시골뜨기), 나머지는 XX(배신자) 이렇게 셋입니다. 또 하나 B가 있는데 이자는 일본에서 최 진을 살해하려고 한 놈인데 암호명을 사용하는 것으로 보아 송사리는 아닌 것 같습니다. 암호의 뜻은 아직 모르겠습니다."

3과장은 암호명을 모두 메모한 다음 일어섰다.

"인원이 더 필요하지 않겠습니까?"

"세 명 정도 더 보내 주십시오. 교대도 해야겠고……"

"알겠습니다."

과장이 가고 나자 김 형사는 102호실과 104호실에 전화를 걸었다.

"3호실을 잘 감시하시오. 곧 한 놈이 나타날 테니까 눈치 채지 않게 사진을 찍어 두시오."

비는 하루 종일 내리고 있었다. 많이 내리는 비가 아니고 추적추적 끊임없이 내리는 비였기 때문에 때늦은 장마 같았다.

103호실에 방문객이 나타난 것은 5시쯤이었다. 정장을 한 건장한 사나이가 안으로 들어가자 104호실의 요원이 김 형사에게 전화를 걸었다. 담배를 너무 많이 피워 두통을 느끼고 있던 김 형사는 머리를 흔들며 일어섰다.

밖에는 청색의 택시 한 대가 대기하고 있었다. 몹시 낡아 보이는 그 코로나 택시는 겉으로 보기에는 분명히 영업용 택시였지만 사실은 S국의 위장 차였다. 낡은 택시야말로 눈에 띄지 않게 미행하는 데는 가장 적격이다. 종래에는 검은색 지프를 많이 이용했지만 그것이 너무 눈에 잘 띄어 미행에 부적당하자 지금은 거의 택시나 최신 유행차로 대체되고 있다.

 김 형사가 택시 문을 열고 안으로 들어가자 운전석에 기대어 자고 있던 요원이 벌떡 상체를 일으켰다.

 "출발할까요?"

 "아니, 조금 기다립시다."

 김 형사는 호텔 출입구 쪽에 눈을 박은 채 무뚝뚝하게 대답했다. 10분쯤 기다리고 있자 고오노가 나타났다. 고오노 일행은 곧 안내자를 따라 검은색 시보레에 올랐다.

 "저 차를 따라갑시다."

 서두르는 김 형사의 피곤에 젖어 있던 눈은 이미 날카롭게 빛나고 있었다.

 검은색 시보레는 최신형으로 유연하게 빗속을 헤치고 달려갔다. 코로나 택시는 일정한 간격에서 조금도 벗어나지 않으려고 애쓰면서 뒤를 쫓아갔다. 그 바람에 청계천 고가도로 입구에서 신호등을 무시하고 진입하자 여기저기서 급브레이크를 거는 소리가 요란스럽게 들려왔다 뒤이어 노란 비옷 차림의 교통경찰이 호각을 불면서 뛰어왔지만 그때는 이미 차가 빗속으로 사라지고 있을 때였다.

 시보레는 청계천 5가에서 갑자기 고가도로를 내려가 장충동 쪽으로 급선회했다. 그리고 도중에 골목으로 빠져 한참을 달리다가 수목이 울창한 어느 양옥 앞에서 정차했다. 김 형사가 탄 택시는 뒤로 물러설 수도 없어서 그대로 앞으로 나갔다. 마침 앞에 택시가 또 한 대 있었기 때문에 다행히 미행을 커버할 수가 있었다. 앞에 선 택시는 길을 막고 있는 시보레를 향해 요란스럽게 클랙슨을 울렸다.

대문이 열리고 안으로 시보레가 사라지자 김 형사는 그 앞을 지나치면서 안을 들여다보았다. 넓은 대문에 고급 승용차들이 정차해 있고, 지금 막 차에서 내린 고오노 일행을 나비넥타이를 맨 젊은 보이가 맞아들이는 것이 보였다.

"비밀요정인 것 같은데요."

운전 요원의 말에 김 형사는 가볍게 끄덕이고는 눈에 띄지 않는 곳에서 차를 내렸다.

그는 가지고 온 비닐우산을 받쳐 들고 고오노 일행이 사라진 집 앞으로 다가갔다. 철제로 된 대문은 굳게 잠겨 있었고 안에서는 아무 소리도 들려오지 않았다. 대문에는 문패도 없었다. 그는 집 앞을 지나쳤다가 차 쪽으로 도로 돌아왔다.

비를 피해 차 속으로 들어간 김 형사는 난처한 표정으로 담배에 불을 댕겼다. 대문 앞에서 미행이 제지당했으니 실로 난처하다. 뚫고 들어갈 수도 없는 노릇이다. X…… 더블 엑스…… 배반자…… 그 정체만이라도 알 수 있으면 큰 수확이다.

그는 생각 끝에 골목을 사이에 두고 비밀요정과 마주 보고 있는 집으로 다가갔다. 그 집은 오래된 한옥이었다. 초인종을 누르고 주인을 찾자 5분쯤 지나 그와 비슷한 나이의 남자가 나타났다. 그는 신분을 밝히고 몇 시간 동안 그의 집을 잠복처로 이용할 수 없겠느냐고 물었다. 물론 충분한 사례를 하겠다는 것을 덧붙여 말했다. 주인은 처음에는 몹시 경계하는 빛이었으나 그가 부드럽고 정중하게, 그것도 사례까지 하겠다고 말하자 쾌히 승낙했다.

"비밀요정 단속하러 오셨군요. 그렇지 않아도 주택가에 요정이 있다고 해서 요즘 말썽이 많은데⋯⋯ 하여간 저런 것은 단속을 해야 해요. 빽이 좋은지 단속을 해도 버젓이 영업을 하고 있으니 원⋯⋯"

"주인이 누굽니까?"

"뭐⋯⋯ 여배우라고 하던데요. 전에 한 때 배우였다는데 이름은 모르겠습니다."

김 형사는 문간방으로 안내되어 들어갔다. 길 쪽으로 나 있는 조그만 창문의 높이가 다행히 별로 높지 않았으므로 그는 선 채로 맞은편 양옥 대문을 바라볼 수가 있었다.

기다리는 시간은 지리 했다. 비가 오고 있었기 때문에 날이 일찍 저물었다. 한 시간 남짓 창가에 붙어 있자니 늙은 놈이 할 짓이 아니라는 생각이 들었다. 주저앉고 싶은 것을 그는 가까스로 참으면서 맞은편 철제 대문을 멀거니 바라보았다.

이 시간에 암호명 X인 조남표와 고오노는 단 둘만이 비밀 회담을 벌이고 있었다. 이 밀담은 Z와 R의 극비 회담을 앞둔 보다 구체적인 실무 회담이라는 점에서 역시 중요한 대좌라고 할 수 있었다.

방안은 적당히 넓었고 사방의 벽에는 암적색의 커튼이 드리워져 있어 몹시 무거운 분위기를 풍겨주고 있었다. 천정에서 길게 늘어뜨린 전등은 그들의 머리 위에서 30와트의 은은한 빛을 뿌리고 있었고 전등 위쪽은 갓으로 빛이 차단되고 있어서 어두워 보였다. 작동중인 에어컨에서 흘러나오는 소리가 두 사람의 조용한 대화를 때때로 방해하곤 했지만 그들은 참을성 있게 회담을 이끌어나가고 있었다.

그들이 먼저 나눈 이야기는 그동안의 사업 내용이었다. 마약과 밀수에서는 눈에 띄게 순익이 오르고 있다고 X가 말했다. 두 가지 합쳐 월 17억이던 것이 계획대로 22억을 초과했다고 그는 억세 보이는 턱을 쓰다듬으면서 덧붙여 말했다. 여름 햇볕에 검게 그을린 그의 얼굴은 기름으로 번들거리고 있었고, 쭉 째진 두 눈은 두꺼운 눈꺼풀에 가려 거의 보이지가 않았다. 그는 왼손으로 글라스를 들고 그 속에 얼음을 가득 채운 다음 그것을 천천히 흔들었다. 진홍빛 액체가 얼음에 뒤섞이면서 뽀얗게 거품을 일으켰다. 그는 술로 조금 입술을 축인 다음 그것을 다시 흔들었다. 왼손 무명지에 낀 홍보석 반지가 불빛에 반사되어 영롱한 빛을 뿜었다.

고오노는 긴 콧대를 손가락으로 어루만지면서 Y에게 지시받은 것을 알아보기 위해 질문을 던졌다.

"약에는 대마초가 포함되어 있습니까?"

"아니죠. 그건 별도로 계산하고 있죠. 며칠 후부터 본격적인 생산단계에 들어갑니다. 판매루트는 모두 확보해 놓았기 때문에 우선 1일 20만 개는 쉽게 처분할 수 있습니다."

고오노는 알겠다는 듯 고개를 끄덕였다.

조남표는 Y의 부하에 불과한 이자를 상대로 조목별로 보고를 해야 한다는 것이 몹시 못마땅했지만 그것을 표정에 드러낼 만큼 입장이 유리하지가 못했으므로 숫자를 들어가면서 충실하게 설명해 나갈 수밖에 없었다. 칼자루를 쥐고 있는 쪽은 일본 측이다. 그들이 지원을 중단하면 남은 여생은 구렁텅이로 빠질 수밖에 없다.

그는 교도소에서 쌓아온 10년의 원한을 그대로 품은 채 병들어 죽어가는 자신의 모습을 상상하자 불쾌한 기분이 들었다. 그러자 목소리는 더욱 유들유들해지고 있었다.

"판매망을 완전히 우리가 장악했기 때문에 대마초 1개비당 가격을 마음대로 올려도 괜찮습니다. 그래서 우선 백 원씩 올려서 3백 원으로 가격을 책정할 계획입니다. 그렇게 되면 경비를 빼고 매월 17억의 순익이 보장됩니다. 2백 원씩 했을 때보다는 5억이 더 느는 셈이죠."

고오노는 담배에 불을 붙인 다음 수첩을 꺼내 메모했다. 그의 왼손이 메모지를 넘길 때 흑요석의 반지에서 반짝하고 광채가 일었다.

"호텔이 투자로는 제일 쳐지는 것 같은데 어떻습니까?"

"사실 그렇습니다. 그렇지만 장기적인 안목에서 볼 때는 가장 안전하고 확실한 장사죠. 경찰이 간섭할 리도 없고 관광객은 날로 늘어나니까 말입니다."

현재 그들의 소유로 되어 있는 호텔은 모두 4개로, 서울에 있는 킹, 콘티넨탈, 내셔널 그리고 부산의 패시픽 등 모두 일류 호텔이다. 명목상으로 합작일 뿐 사실은 수입의 전부가 그들의 손에 들어간다. 이 4개의 호텔은 특히 국제 수준의 도박장까지 갖추고 있어서 한 달 순익이 5억 원대를 마크하고 있다.

엄청난 벌이지만 마약이나 밀수 등에 비하면 별로 큰 돈벌이가 못 된다는 것이 일본 측의 견해다. 조남표는 자신의 경영수완이 낮게 평가 되는 것 같아 기분이 언짢았다. 누가 뭐라 해도 그는 현재 어마어마한 사업을 혼자 도맡다시피 하고 있다. 뒤에서 Z의 입김이 크게 작용하고 있기는 하지만 Z는 이론만 제시할 뿐 실제 바닥에서 주판을 튕기며 실무를 다루는 것은 그 자신이다. 마약, 밀수, 호텔, 대마초, 인력 수출 등 그가 맡고 있는 일은 실로 엄청나다. 그러나 이 엄청난 사업들을 그는 하나도 실패하지 않고 성공적으로 이끌어나가고 있는 것이다.

그는 전과가 있고 해서 결코 표면에 나서서 사업을 지휘하지는 않는다. 언제나 배후에서 검토를 하고 지령을 내린다. 한 예로 4개의 호텔에는 그가 스카우트한 최고의 경영자들이 부사장으로 앉아 있다. 사장은 일본 측 사람으로 Y가 편의상 붙여놓은 것에 불과하므로 유령이나 다름없다. 부사장들은 조직 밖의 인물들로 다만 두뇌를 제공하고 월급을 받을 뿐이다. 조남표는 바로 이들 뒤에서 감시하고, 결점을 보완하고, 지시를 내린다. 그 결과 사업은 번창 일로에 있다. 그런데도 이 일본인은 칭찬은커녕 신통치 않다는 표정이다.

"인력 수출은 예정대로 되겠습니까?"

"수일 내로 5백 명을 보낼 예정입니다. 지금 거의 선발이 끝나가고 있습니다. 이런 추세로 나간다면 10만 명 수출은 무난할 것 같습니다. 수송만 해결된다면 2개월 내에 10만 명 수출은 어렵지 않습니다."

이 말에 고오노는 놀라는 것 같았다. 그는 눈을 빛내면서 X를 바라보았다.

"비행기 편이 제약이 많으면 그 대신 배편을 알아보는 게 어떨까요?"

"그렇지 않아도 손을 쓰고 있습니다."

X가 담배를 한 개비 빼어 물자 고오노가 불을 붙여주었다. X는 비로소 기분이 느긋해졌다.

"일본에 보내온 견본을 보자 마피아가 군침을 흘리더군요. 그래서 이쪽의 공급 사정이 좋다면 아예 마피아를 이쪽으로 보내서 직접 거래를 트는 게 어떻겠느냐고 Y가 말씀하셨습니다. 일본을 거쳐서 공급하는 것보다는 여기서 직접 세계 각국에 수출해 버리라는 겁니다. 그것이 훨씬 신속하고, 경비도 적게 먹히고, 의심도 덜 받을 거라는 겁니다. 연락만 취하면 내일이라도 마피아가 올 수 있습니다."

"좋습니다. 마피아에게 연락을 취해 주시오. 두 달 사이에 10만 명이 빠져나가면 당국에서 이상하게 생각할지 모르지만 오히려 질질 끄는 것보다는 재빨리 해치우는 게 나을 것 같습니다. 오래 끌다 보면 아무래도 꼬리가 밟힐 테니까."

X는 술을 들이 키고 나서 얼굴을 찌푸렸다. 빈 글라스에 고오노가 술을 따랐다. X는 거기에 얼음을 채우고 나서 아까처럼 또 그것을 흔들었다.

"문제는 선거가 앞으로 3개월여밖에 남지 않았다는 사실입니다. 9월 5일에 헌법개정안이 국회에서 표결에 붙여집니다. 보나마나 통과가 확실합니다. 그리고 9월중에 국민투표, 3개월 후인 12월에 선겁니다. 이 선거기간 동안에 Z는 대략 1조 원을 투입할 계획을 세우고 있습니다."

반역의 무리들 · 371

고오노의 입이 멍하니 벌어졌다. 눈빛도 초점이 없는 듯했다. 그는 정신을 차려야겠다는 듯 얼음을 한 조각 입 속에 집어넣고 우적우적 씹었다. X는 말을 계속했다.

"선거가 예정보다 일찍 앞당겨졌기 때문에 그만큼 선거 비용도 많이 들게 된 겁니다. Z와 R의 회담에서 이 문제가 주요 의제로 제기될 건데, 물론 그대로 통과되겠지요. 그렇게 되면 결정에 따라 1조 원을 마련하는 것이 우리의 임무입니다. 이것을 마련하지 못하면 우리는 책임을 지고 물러나야 되겠지요."

"심각한 문제군요."

고오노도 긍정하는 빛을 보였다. X는 상대의 표정을 살피고 나서 다시 말을 이었다.

"양측이 발 벗고 나서지 않으면 단기간 내에 1조 원을 마련하는 것은 불가능합니다."

"그렇겠지요. 그렇다면 우선 현재 하고 있는 사업을 대폭 확장하는 것이 급선무이겠군요."

"그래야겠지요. 그렇지만 시장이 좁은 만큼 거기에도 한계가 있습니다. 우선 호텔만 해도 한 달에 5억 이상은 무립니다. 약은 현재의 10에서 15까지 늘릴 수가 있을 겁니다. 무역(밀수)은 현재의 7에서 20까지 올릴 수 있습니다. 그리고 대마초는 배로 늘려서 30까지 올려보겠습니다. 물론 이 선은 모두 데드라인입니다. 경찰과 대규모 충돌을 전제하고 그어 본 겁니다. 이 선을 넘으면 경찰이 손을 못 대고 대신 군대가 투입될 것입니다. 비상계엄이라도 선포해서 우리를 쫓으면 우리는 망하는 겁니다. 앞으로 자금 확보 기간은 넉넉잡고 석 달로 잡는다면 호텔에서

15, 약에서 45, 무역에서 60, 대마초에서 90, 그리고 인력 수출을 10만으로 잡을 때 거기서 1천, 여기에다 현재까지 확보해둔 2백 명을 합하면…… 합계 1천 4백 남짓 됩니다. 아무리 기를 써봐야 1조 원까진 요원합니다. Y께 이 점을 잘 말씀드리셔야겠습니다."

고오노는 침묵을 지켰다. 그로서는 Y의 자금을 끌어들이지 않고 한국 내에서 자금을 끌어 모아야 했다. 그것이 Y가 그에게 내린 지시였다.

Y는 자신의 개인 자금을 가능한 한 내놓지 않으려고 애쓰고 있었다. 그것은 한 국가를 전복하려는 이 거대한 음모가 만일 실패할 경우 그때까지 투입한 자금을 회수하는 것이 불가능하기 때문이었다. 물론 현재 모든 자금은 Y에게서 나오고 있지만 Y는 최소한도로 투자를 억제하면서 요령 있게 자금을 활용토록 권장하고 있었다. Y가 이번의 중대회의에 참석하지 않고 고오노를 대신 보낸 것도 자금 지원을 최소한 줄여보려는 저의에서였다. 고오노는 이제 Y의 지시 내용을 말해야 할 차례라고 생각했다.

"물론 Y께 말씀드리겠습니다만 Y께서도 요즘 자금 사정이 좋지 않은 것 같습니다. 군수산업의 경쟁이 치열해진데다 판매에 제약이 많기 때문에 생각대로 잘 안 되는 것 같습니다. 그래서 Y께서는 현재 한국에 있는 자금과 조직을 잘 활용해서 최대한으로 자금을 확보해 보고, 그래도 부족하면 지원을 하시겠다고 말씀하셨습니다."

X의 낯빛이 흐려졌다. 그는 눈을 가늘게 뜨면서 고개를 조금

숙였다. 오른쪽 이마에 있는 흉터가 불빛을 받아 번들거렸다. 이윽고 그가 얼굴을 쳐들었다.

"Y께서는 선거 자금이 1조 원이나 필요하다는 것을 모르실 겁니다. 아신다면 아마 말씀이 달라질 겁니다."

"물론 그거까지는 모르실겁니다. 대략 5천까지는 계산하고 있었습니다."

"그렇다면 5천을 전제로 하고 그런 말씀을 하셨던가요?"

"그렇습니다."

"큰일이군."

X는 중얼거리면서 글라스를 빙글빙글 돌렸다. 그의 표정은 더욱 흐려지고 있었다. 그가 입을 다물고 있었기 때문에 방안에는 무거운 침묵이 한동안 계속되고 있었다. 대신 에어컨 소리만이 더욱 귀에 거슬리게 들려오고 있었다. 조남표는 Y의 처사에 은근히 화가 치밀었다. 이런 식으로 나간다면 죽도 밥도 안 된다. 단 하루가 급한 마당에 자금 문제로 왈가왈부한다는 것은 괜한 시간 낭비일 뿐이다. 계산은 분명히 나왔다. 3개월 동안에 내가 동원할 수 있는 자금은 1천 4백 20억 원이다. 그 이상은 안된다. 불가능 하다. 불가능한 것을 Y는 하라는 것이다. 빌어먹을, 눈이 멀었나. 1조 원으로 국가 하나를 통째로 삼키려는 건데, 그게 아깝다니 왜놈은 할 수 없어. 정권만 잡으면 1조 원이 문젠가. 화가 치밀어 금방이라도 터질 것 같았지만 X는 숨을 들이키면서 분을 삭였다. 10년 동안 감옥에서 썩으면서 묵묵히 참아온 것에 비하면 이 정도는 얼마든지 참을 수가 있다. 하긴 1조 원을 마련하는 것이 그렇게 어디 쉬운 일인가. 정치깡패로 한 시

대를 주름잡았던 이 사내는 끈질기게 눌어붙을 줄을 알았다. 그 것은 55세라는 그의 인생 경험이 가르쳐준 교훈이라고도 할 수 있었다.

"내 능력으로는 이 이상 불가능합니다. 1천 4백도 생사를 걸고 뛰어야 올릴 수 있는 겁니다. 그 이상은 피를 토하고 죽으라는 것과 다름없습니다. 고오노 선생께서는 내 계산을 믿어 주시리라고 믿습니다. Y께 잘 말씀하셔서 자금 문제가 원만히 해결되었으면 합니다."

"우리는 현재 불가능을 가능으로 바꾸고 있지 않습니까? 그와 같은 정신으로 돌입한다면 자금 확보는 그렇게 어렵지 않으리라고 보는데……"

"좋은 방법이라도 있으신 모양인데 말씀해 보십시오."

X는 탁자 위에 있는 부저를 눌렀다. 조금 후에 토플리스 차림의 여자가 하나 들어왔다.

여자는 웃으면서 손님들을 바라보았다. 팬티로 하복부만을 살짝 가린 그녀는 조금도 부끄러워하는 것 같지 않았다. 젖가슴과 히프가 잘 발달되어 있어서 보기에 아주 좋았다. 움직일 때마다 팽팽한 젖가슴이 도발적으로 흔들리고 있었다.

"부르셨나요?"

"그래. 술을 더 가져와."

"알겠습니다."

그녀는 탁자 위에 놓여 있는 빈 술병을 치우려고 허리를 굽혔다. 그 바람에 젖가슴이 묵직한 중량감을 보이며 덜렁거렸다. 두 사람은 잠자코 그것을 바라보았다. 그들은 어떠한 행동도 취하지 않았지만 그들의 눈초리는 이미 욕정에 번득이고 있었다. 여자가 술을 가져올 때까지 그들은 딴 이야기를 했다.

"좋은 계집애죠?"

"좋군요. 아주 훌륭한 몸인데요."

"한국에는 저런 애들이 부지기숩니다. 돈만 주면 매일 신선한 애들을 접할 수가 있습니다."

"지상낙원이군요."

"낙원이죠. 늙은 게 한이 됩니다."

"그렇지만 몸조심하십시오. 그러다가 사고라도 나면……"

"저렇게 옷을 벗고 덤벼드니 어디 부처가 아닌 다음에야 모른 체 할 수가 있어야지요."

그들은 동시에 낮은 소리로 낄낄거리며 웃었다. 여자가 술을 들여놓고 나가자 이윽고 다시 회담이 시작되었다.

"Y께서는 자금 확보가 어려울 경우 비상수단을 강구하는 게 어떻겠느냐고 말씀하셨습니다."

"모든 게 비상수단으로 이루어지고 있지 않습니까?"

고오노는 입을 비틀며 웃었다.

"지금까지의 방법은 우리의 입장에서 볼 때는 평범한 방법에 불과합니다."

"그렇다면 그 비상수단이란 뭡니까?"

X는 모욕을 당한 듯 붉게 달아오른 얼굴로, 그러나 조용히 물었다. 고오노는 담배 연기를 길게 내뿜고 나서 목소리의 톤을 갑자기 내렸다.

"이를테면…… 돈을 만드는 겁니다. 우리가 말입니다."

"그, 그렇다면 위조지폐를 말하는 겁니까?"

고오노는 무겁게 고개를 끄덕이면서 담배를 재떨이에 비벼 껐다. X는 너무 놀랐는지 한참 동안 맞은편 벽만 바라보고 있었다. 고오노의 말은 한국에 핵폭탄을 투하하자는 것이나 다름없었다. 1조 원 가까운 위조지폐가 시중에 흘러나오면 단 하루 사이에 한국 경제는 파탄이 나고 통화는 말살된다. 실로 무서운 일이다. 보기 드문 악한인 X도 그 결과의 무서움에 전율이 느껴졌다. Y는 도쿄에 앉아서 이런 구상을 할 수 있고, 그것을 실행에 옮기도록 명령할 수 있다. 그러나 서울에 앉아서 그것을 직접 실행에 옮겨야 하는 우리는 감히 상상할 수도 없는 일이다. 너무나…… 너무나 무서운 일이다. X는 상대가 지금 정상적인 상태에서 말하고 있는가를 알아보려는 듯 미간을 모으고 고오노를 뚫어지게 바라보았다. 그러나 고오노의 표정은 약간 긴장되어 있을 뿐이었다.

"물론 엄청난 일이라 놀라시겠지만 그만한 일을 해내지 않고서는 우리의 계획을 완수하는 것은 어려울 겁니다. 사실 우리는 이제부터 새로 시작하는 것이나 다름없습니다."

"말씀은 잘 들었습니다. 그런데 그것이 현실적으로 가능한 이야깁니까?"

X는 힐난하듯 물었다. 고오노는 끄덕였다.

"가능하기 때문에 Y께서 말씀하신 겁니다. 그리고 아무리 생각해도 그 방법밖에는 없습니다."

"이 문제는 Z와 R의 회담에서 결정해야 될 것 같습니다."

X는 뒷걸음질을 쳤다. 고오노는 빙그레 미소했다. X의 놀라

는 모습이 재미있다는 투였다.

"물론 최고 회담에서 이 문제는 결정되어야겠지요. 우리는 다만 그것을 먼저 검토만 하면 됩니다."

"너무 큰 문제고 현실적으로 불가능합니다."

"집권을 노리는 사람이 벌써 방법에 대해서 회의를 느낀다면 곤란한데요."

X의 얼굴이 더욱 더 벌겋게 달아올랐다. 그는 모욕을 느낀 것 같았다.

"가능성이 있는 방법을 택하자 이 말입니다. 만일 수천억을 위조해서 뿌린다면 금방 들통이 나고 국가 경제는 뒤집힙니다. 그렇게 되면 비상계엄을 발동해서 질서를 잡으려고 들 겁니다. 선거고 뭐고 없게 되는 거죠."

"그렇지는 않을 겁니다."

고오노가 자르듯 말했다.

"위조지폐 때문에 혼란이 야기된다 해도 선거는 그대로 실시될 겁니다. 한국으로서는 선거를 포기할 수도 없는 입장이 아닙니다. 어떤 난관이 있어도 선거는 치를 겁니다. 따라서 혼란 속에서 선거를 치르는 것이 우리 쪽으로는 훨씬 유리하지 않겠습니까."

"위조지폐를 성공적으로 사용할 수 있을까요?"

"얼마든지 가능하지요. 국제적인 전문가들을 초청 해다가 만들어내면 진짜나 다름없이 사용할 수가 있습니다. 육안으로는 식별할 수 없고 컴퓨터로나 알아낼 수가 있습니다. 발각이 된다 해도 우리가 이미 사용해 버린 뒤에나 발각이 될 겁니다. 이미 위조 전문가들에게 연락을 취해 뒀습니다. 언제라도 즉시 착수할 수 있도록 말입니다."

고오노는 X가 반격할 틈을 주지 않고 자신의 생각을 말했다. 그는 안주머니 속에서 지갑을 꺼내더니 빳빳한 만 원권 지폐 한 다발을 내보였다.

"이게 바로 그 견본입니다. 한번 비교해 보시죠."

X는 돈을 받아들면서 적지 않게 놀랐다. 이렇게 견본까지 만들어 온 것을 보면 이미 시작된 일이나 다름없다. 진짜와 비교해 보고 난 그는 더욱 놀라지 않을 수 없었다. 그것은 진품이나 똑같은 돈이었다.

"똑같군요."

그는 신음하듯 중얼거리면서 술을 들이켰다.

"Z께 그 견본을 보여주십시오. 그리고 한번 시험 삼아 사용해 보시죠."

X는 내키지 않았지만 그 위조지폐를 자신의 지갑 속에 집어넣었다.

"양측이 자금 확보를 위해서 최대한으로 노력하는 겁니다. 그래도 안 될 경우에는 위조지폐를 사용할 수밖에 없습니다. 그러니까 이건 최후 수단입니다. 어떻습니까?"

고오노는 이제 동의를 구하고 있었다. X는 손가락을 소리 나게 꺾으면서 상대를 응시했다.

"만일 그것도 실패하면 어떻게 할 셈입니까?"

"그때 가서는 Y께 일임하는 수밖에 없겠지요. 아무래도 자금은 Y의 책임이니까."

"알겠습니다. Z에게 충분한 보고를 드리겠습니다."
"그럼 대체로 이야기가 끝난 셈인가요?"
"한 가지 부탁할 게 있습니다."
X가 허리를 펴면서 말했다.
"뭡니까?"
"선거운동 전문가가 필요합니다. 좀 새로운 방법으로 선거운동을 전개할 수 있는 사람 말입니다. 한국에는 선거운동 전문가가 없어서……"
"그거야 어렵지 않습니다. 몇 사람 보내드리겠습니다."
회담이 끝나자 기다렸다는 듯이 팬티만 입은 여자 두 명이 들어왔다. 여자들은 수줍은 듯이 문 앞에서 고개를 숙이더니 이내 도발적인 몸짓으로 걸어 들어와 남자들 옆에 붙어 앉았다.
"팬티도 아예 벗어 버려."
X가 여자들을 번갈아보며 말하자 고오노가 재미있다는 듯이 웃었다.
"빨리 벗으라니까."
머뭇거리던 여자들은 X의 재촉에 돌아서서 팬티를 엉덩이 밑으로 끌어내렸다. 흔들리는 둥근 엉덩이를 쳐다보는 남자들의 눈이 이글이글 타오르기 시작했다. X가 엉덩이를 철썩 하고 후려갈기자 여자들은 비명을 질렀다.
그때 노크 소리가 들렸다. 문이 열리자 빨간 드레스 차림의 중년 여인이 나타났다. 살이 좀 쪘지만 살결이 희고 팽팽한 것이 아직 육감적으로 보이는 여자였다.
"아, 홍마담, 이리 와서 술 한 잔 해. 이 손님한데도 술 한 잔

권하고."

무대 배우처럼 머리를 틀어 올리고 화려하게 몸치장을 한 그녀는 미소를 지으면서 X 옆으로 다가앉더니 작은 목소리로 무엇인가 속삭였다. X는 끄덕이면서 그녀가 끌어다준 전화를 받았다.

"Z다!"

성이 난 듯 한 목쉰 소리가 들려왔다. X가 뭐라고 말할 사이도 없이 Z가 계속 쏘아붙였다.

"미행당하고 있는 걸 모르나? 호텔도 감시당하고 있고 거기도 지금 S요원이 지키고 있어. 왜 조심하지 않고 그렇게 미행을 당하지?"

"죄송합니다."

표정이 굳어진 X는 눈짓으로 여자들을 쫓아냈다.

"고오노 일행은 공항에서부터 미행을 당했어. 고오노가 한국에 오는 걸 S는 이미 알고 있었어. 일본에서 계속 정보가 들어오고 있어."

"그럼 정보가 누설되고 있다는 말씀인가요?"

"그렇다고 볼 수밖에 없어. R이 오는 것도 알고 있어. 고오노에게 말해서 정보를 누설하는 놈을 색출하라고 해. S는 인력수출협회에 대해서도 의심을 품고 있어. 정확한 증거만 잡으면 한바탕 들이닥칠 거야. 대책을 강구하도록 해."

"알겠습니다."

냉정하게 전화를 끊는 소리를 듣고서야 X는 수화기를 내려놓았다.

"모든 정보가 새고 있습니다."

X는 딱딱한 음성으로 Z의 말을 고오노에게 들려주었다. 자세한 이야기를 듣고 난 고오노는 얼굴빛이 변했다.

"경시청의 모오리 형사란 놈한테 누가 정보를 흘려주고 있는 것 같은데 어떤 놈일까?"

"R이 오는 것을 알고 있는 이상 Z와의 회담은 피해야 합니다. R에게 지금 연락을 취할 수 없나요?"

"연락은 불가능합니다. 지금은 홍콩 어디에 있는지 알 수 없습니다."

"그렇다면 대책을 세워야겠군요. 미행을 따돌릴 수밖에 없겠는데……"

두 사람은 술 마실 기분이 가셨는지 한동안 말없이 담배만 피웠다. 고오노는 감시를 당하고 있는 호텔로 돌아가는 것이 싫은지 자리를 뜨려고 하지 않았다. 눈치를 챈 X는 고오노에게 당분간 요정에 머물러 있도록 권했다.

"홍마담은 내가 돌보고 있는 여자니까 안심해도 좋습니다. 마음 푹 놓고 R이 올 때까지 여기 묵으십시오. 기회를 봐서 놈들을 따돌리겠습니다."

조금 후 고오노는 여자를 하나 끼고 침실로 자리를 옮겼다.

무려 다섯 시간 동안이나 요정을 지킨 김 형사는 화가 치밀어 견딜 수가 없었다. 그동안 요정에 들었던 사람들은 모두 빠져나간 것 같은데, 고오노 일당은 한 명도 나타나지 않고 있었다. 그 자식들이 눈치를 챈 게 아닐까.

밖에는 여전히 비가 추적추적 내리고 있었다. 일단 놈들에게 이쪽의 미행이 드러났다고 생각한 김 형사는 택시에 장치되어 있는 무전기로 본부에 지원을 요청했다.

시계는 이미 자정을 지나 9월 1일 0시 20분을 가리키고 있었다. 0시 40분에 S국 제3과의 요원 4명이 차를 타고 나타났다. 그 중의 한 명이 김 형사에게 모오리 형사로부터 온 전문을 내주었다. 내용은 다음과 같았다.

△발신＝모오리
△수신＝대한민국 서울 S3 김상배
△내용＝R은 吉田正治(요시다 마사하루). 新日本의 리더.

김 형사는 전문을 구겨 넣은 다음 요원들을 데리고 요정으로 접근했다. 그리고 초인종을 눌렀다. 개 짖는 소리가 요란스럽게 들려오더니 한참 후에 인터폰을 통해 날카로운 남자 목소리가 들려왔다.

"누구세요?"

"경찰이다! 문 열어!"

겨우 문이 열린 것은 10분이나 지나서였다.

"왜 그러십니까?"

문을 열어준 사내가 목에 힘을 주면서 건방지게 물었다. 김 형사 뒤에 서 있던 요원 하나가 잠자코 사내의 면상을 후려갈겼다. 퍽 하는 소리와 함께 사내의 몸이 땅 위를 굴렀다.

"이 직을 샅샅이 뒤져! 신분을 모두 확인하고 이상한 놈은 체포해!"

 요원 하나가 정문을 지키고 나머지는 정원을 가로질러 요정으로 뛰어갔다. 자갈 밟는 소리가 저벅저벅 들려왔다. 셰퍼드가 미친 듯이 짖어대고 있었다. 쨍그랑하고 유리창 깨지는 소리가 들려왔다.

 요원들은 구두를 신은 채 방안으로 달려 들어갔다. 저항하거나 도망치려는 자들은 붙잡혀 사정없이 두들겨 맞았다. 방안은 순식간에 수라장이 되었다. 비밀요정이었기 때문에 요원들은 털끝만치도 사정을 두지 않고 방안을 뒤집어놓았다.

 벌거벗은 여자들이 내지르는 비명 소리는 흡사 불난 집의 아우성 같았다. 손님들은 벌벌 떨면서 모두 한 방으로 떠밀려 들어갔다. 사회적으로 지위가 높은 손님 하나는 위엄을 갖추고 준열히 꾸짖다가 덜미를 잡혀 방 속으로 처박혔다. 벽에 이마를 부딪치고 쓰러진 그는 갑자기 벙어리가 된 듯 두 번 다시 입을 열지 않았다.

 가장 미친 듯이 날뛴 사람은 요정 주인 홍마담이었다. 그녀는 고래고래 악을 쓰면서 김 형사에게 달려들었다.

 "경찰이 이럴 수가 있어요! 당신 목이 온전할 줄 아세요. 여기가 어딘 줄 알고 행패를 부리는 거예요!"

 "여기가 비밀요정 아닙니까?"

 "이거 보세요! 여긴 높은 양반들이 모이는 곳이라구요!"

 "아, 그래요? 미처 몰라봤습니다."

 "흥, 어디 두고 봐요!"

 그녀는 울부짖으며 어디엔가 전화를 걸었다. 아마 배경을 부르는 것 같았다.

그녀는 전화에 대고 한바탕 하소연하더니 수화기를 김 형사에게 내밀었다. 김 형사는 주춤하다가 수화기를 귀에다 댔다. 대뜸 반말이 튀어나왔다.

"당신 어디 소속이야?"

"실례지만 누구십니까?"

"임마, 묻는 대로만 대답해. 알 만한 사람이니까 그렇게 알고 있어."

수화기에 귀를 대고 있던 주름살 많은 김 형사는 얼굴이 더욱 일그러졌다.

"무엇 때문에 그러십니까?"

"임마, 당장 거기서 철수해. 거기가 어디라고 너희들이 손대는 거야. 거기는 우리가 필요하기 때문에 거기를 보호하고 있는 거야. 알겠어? 알았냔 말이야? 너 임마, 소속이 어디야? 소속 성명 말해봐."

"밤도 깊었는데 주무십시오. 건강에 해롭습니다."

수화기를 철컥 내려놓은 김 형사는 분노로 가슴이 부글부글 끓어올랐다. 정년퇴직을 앞둔 50대의 나이에 욕설을 듣는다는 것이 더 없이 수치스럽고 저주스러웠다. 홍마담은 그러한 그를 팔짱을 낀 채 노려보고 있었다. 김 형사는 발작적으로 손을 들어 그녀의 뺨을 철썩철썩 갈겼다.

"쌍년, 건방지게 어디다가 전화질이야! 그 따위 전화에 내가 놀랄 줄 알았나?"

갑자기 따귀를 여러 차례 얻어맞은 홍마담은 사색이 되어 그를 바라보기만 했다. 김 형사는 그녀의 가슴을 손가락으로 쿡쿡 찔렀다.

"잘 들어둬. 이 세상에서 내가 제일 무서워하는 사람은 우리 마누라뿐이야. 그 외에는 누가 뭐라고 해도 눈썹 하나 까닥하지 않아. 알겠어?"

홍마담은 그대로 입을 다물고 있었다. 그녀의 얼굴에서는 공포의 빛이 서서히 나타나고 있었다.

"바른 대로 말해. 우린 비밀요정을 단속하러 나온 게 아니야. 고오노 분사꾸라고 하는 일본 놈과 같이 술 마신 놈을 찾는 거야. 그자가 어떤 놈인지 가르쳐주실까?"

"고오노가 누군지 우린 몰라요."

"거짓말 마."

김 형사는 또 따귀를 갈겼다.

"전직이 여배우였다지! 그러고 보니까 본 적이 있는 것 같군. 자, 말해 봐. 고오노와 술 마신 놈 어딨어?"

홍마담은 입을 꼭 다물고 머리를 흔들었다. 김 형사가 눈짓을 하자 요원들이 고오노를 끌고 왔다. 팬티 바람의 그는 암흑가의 왕초답게 태연한 표정이었다. 그러나 눈빛은 불안해 보였다. 김 형사는 상대가 외국인인 만큼 겉으로는 정중하게 대했다. 그의 여권을 확인하고 나서 그는 그것을 돌려주었다.

"당신은 불법지역에 들어오셨습니다. 어떻게 해서 이곳까지 오시게 되었죠?"

"친구 소개를 받고 왔습니다."

"그 친구는 어디 있습니까?"

"일본에 있습니다."

김 형사는 고오노를 노려보았다.

"고오노 선생, 당신에 대해서는 여러 가지로 알고 있소. 당신이 여기서 X라는 한국인과 술을 마신 것도 알고 있소. 그 사람 지금 어디 있죠?"

"모릅니다. 그런 사람 만난 적 없습니다."

"계속 거짓말을 하시는군. 언젠가는 당신을 체포하고 말 거요. 내 손이 아니라도 다른 사람이 당신을 반드시 체포할 거요. 명심해 두시오."

"글쎄, 마음대로 생각하십시오."

두 사람의 시선이 불꽃을 튕기며 부딪쳤다. 김 형사는 고오노를 돌려보낸 다음 홍마담을 다시 족쳤다. 그러나 그녀는 한사코 잡아뗐다.

"저는 방안에서 텔레비전을 보고 있었기 때문에 그 일본인이 누구와 술을 마셨는지 몰라요."

"좋아. 그렇다면 당신을 연행하겠어."

고오노와 그의 부하를 빼놓고는 그곳에 있던 한국인 손님은 모두 다섯 명이었다. 모두 신원이 확실했으므로 김 형사는 체크를 끝낸 다음 그들을 풀어주었다. 그 대신 홍마담만을 데리고 그곳을 떠났다.

S국 별관은 영등포 구로동의 공장지대에 자리 잡고 있어서 겉으로 보기에는 여느 공장이나 다름없이 보였다. 붉은 벽돌건물은 높은 담으로 둘러쳐져 있었고 굴뚝까지 높이 솟아 있어서 인근의 다른 공장 사람들은 그곳이 공장이 아닌 다른 건물로 생

각하지를 않았다. 입구에 고무회사 간판이 붙어 있고 수위까지 지키고 있는데다 때때로 기계가 가동하는 소리도 들려왔기 때문에 그곳을 공장으로 생각하는 것은 당연했다. 사실 그곳은 1년 전만 해도 공장이었다. 그것을 S국이 비밀리에 인수하여 감쪽같이 별관으로 이용하고 있었던 것이다.

이곳에서는 각종 심문이 이루어지고 있었다. 반국가적인 반역분자들은 일단 이곳에서 엄중한 심문을 받은 다음 초죽음이 되어 나오기 마련이었다. 한때의 과오를 뉘우치고 국가에 충성할 것을 맹세하는 사람은 다행히 여기서 석방되지만 그렇지 않고 고집을 부리거나 박멸할 필요가 있는 사람은 이곳을 거쳐 정식 재판에 회부된다.

차 속에서 발버둥 치던 홍마담은 일단 어두운 지하실로 끌려 내려가자 사색이 되면서 떨기 시작했다. 그러나 여전히 X에 대해서는 모른다고 잡아떼고 있었다.

김 형사는 책상을 치면서 버럭 고함을 질렀다.

"여기가 어딘 줄 알고 거짓말을 하는 거야! 우리는 국가의 안전을 최고의 가치로 알고 일하고 있어! 따라서 국가를 저해하는 놈은 가차 없이 처단해! 그놈은 최고 악질이야! 그런 놈을 비호하고 있다니 당신도 한심한 여자군."

여배우 출신의 홍미화는 42세. 20대에 3년 동안 10여 편의 영화에 조연으로 출연한 후 영화계에 더 이상 발을 붙이고 있어 보았자 빛을 보기 어렵다고 판단한 그녀는 실업가와 결혼, 3년 후에 이혼하고 이후 몇몇 남자들과 염문을 뿌리다가 어느 재벌의 정부로 들어앉아 한동안 잠적, 최근에는 그 재벌과도 헤어져 비밀요정을 경영하고 있었다.

"말을 절대로 안 하겠다는 말이지? 좋아, 이봐, 이 여자 옷을 모두 벗겨!"

김 형사는 담배를 비벼 끄면서 일어섰다. 대기하고 있던 요원 두 명이 달려들어 그녀의 옷을 우악스럽게 잡아 찢었다. 옷이 북북 찢어지자 허연 살이 드러났고, 그녀는 맨살을 보이지 않으려고 몸을 오그렸다.

"국가에 반역하는 자에게 동조하는 놈은 똑같이 취급해. 그래도 말 못하겠어? 빨리 말할수록 우리에겐 도움이 된다는 걸 알아둬."

마지막으로 팬티까지 찢어 버리자 그녀는 이를 악물면서 김 형사를 노려보았다. 두 사람이 서로 마주보고 서서 그녀를 주먹으로 치기 시작했다. 살이 많은 그녀의 몸은 주먹이 부딪힐 때마다 철썩철썩 하는 소리가 났다.

"고오노와 만난 놈이 누구야?"

김 형사가 고함을 질러댔다. 그녀는 눈물 하나 흘리지 않은 채 또렷한 목소리로 대답했다.

"모릅니다. 차라리 죽이세요."

"못 죽일 줄 아나? 서서히 죽여주지. 엎드려 기어!"

요원들이 앞뒤에서 다그치자 그녀는 개처럼 엎드려 콘크리트 바닥을 기었다. 그것은 마치 과거의 타락된 생활에 대한 보답 같은 것이기도 했다.

"반성해! 개처럼 기면서 자신의 생활을 반성해!"

김 형사는 차디차게 내뱉었다.

홍마담은 땀을 뻘뻘 흘리면서 먹이를 찾는 개처럼 이리 저리 기어 다녔다. 때때로 무릎이 아픈지 그녀는 얼굴을 찌푸리면서 움직임을 멈췄고, 그럴 때마다 김 형사는 그녀의 살찐 엉덩이를 냅다 걷어차곤 했다. 땀에 흠뻑 젖은 중년 여인의 나체는 남자들의 욕정을 자극하기에 충분한 것이었다. 그러나 사나이들은 그런 내색을 조금도 보이지 않으면서 그녀가 자백하기만을 끈질기게 기다리고 있었다.

벽에 걸린 시계는 새벽 3시를 가리키고 있었다. 그때까지도 그녀는 입을 다물고 있었다. 김 형사는 요원들을 내보내고 혼자서 그녀를 지켰다. 4시에 마침내 그는 지쳐서 책상에 엎드려 잠이 들었다.

비가 오고 있었지만 조그만 통풍구 하나뿐이라 지하실은 몹시 무더웠다.

그러나 몹시 지친 그는 코를 골면서 잠을 잤다. 그가 눈을 떴을 때는 5시 30분이었고 여자는 구석에 쭈그리고 앉아 허덕거리고 있었다.

그가 먼저 느낀 것은 지린내였다.

"이봐, 여기다 오줌을 싸면 어떡하나?"

그의 말이 떨어지자 버티고 있던 홍마담은 마구 흐느껴 울었다. 김 형사는 손수 주전자에 물을 떠다가 그녀에게 주었다. 그녀는 울음을 그치고 정신없이 물을 마셨다. 물방울이 젖가슴에 맺히는 것을 바라보면서 김 형사는 탕녀는 역시 아름다운가보다고 생각했다. 마침내 그녀의 입에서 지친 듯 가는 목소리가 흘러나왔다.

"남표…… 조남표예요."

"그놈하고의 관계는?"

"그 사람이 많이 도와주고 있어요."

김 형사는 하품을 하면서 기지개를 켰다. 통풍구로 새벽의 빛이 뿌우옇게 흘러 들어오고 있었다.

"이를테면…… 그자가 기둥서방인가?"

홍마담은 고개를 끄덕이면서 두 손으로 젖가슴을 가렸다.

"그자의 주소와 직업은?"

"그런 건 하나도 몰라요. 가르쳐주지를 않아요."

"요정에는 자주 오나?"

"가끔씩 와요."

"주로 어떤 손님들을 만나나?"

"가끔 일본 사람들하고 동행일 때가 많아요. 돈은 무척 많은가 봐요."

"그밖에 아는 걸 말해 봐."

"아는 게 없어요. 정말이에요."

김 형사는 담배를 꺼내 그녀에게 주었다. 그녀는 울음을 그치고 조심스럽게 담배를 피웠다.

"이렇게 협조해 줘서 고맙소. 만일 당신이 끝까지 거부했다면 당신 앞날은 불행했을 거요. 이건 거짓말이 아니오. 다시 말하지만 우리는 반역자를 제일 증오해요."

조남표, 하고 김 형사는 속으로 한 번 중얼거렸다. 조남표에 대해서는 그도 익히 알고 있었다. 한때 정치깡패로 드날리던 자가 10년 후에 이렇게 다시 부상할 줄은 정말 몰랐다. 그는 이미 사라져간 인물이었다. 그런데 다시, 그것도 더욱 무서운 인물로 등장하다니.

담배 연기 사이로 그는 새벽의 희미한 빛을 응시했다. 날이 밝으면 또다시 치열한 전쟁이다. 정의와 불의, 이 둘 중에 누가 이기는가 하는 것은 앞으로 두고 볼 일이다. 그는 고개를 돌려 여인을 바라보았다. 그리고 자신 없는 목소리로 말했다.

"당신은 돌아가서 그 전처럼 영업을 계속하시오. 가능한 한 그놈에 대해서 많은 것을 알아내시오. 내가 적당한 때 연락하겠소. 여기서 있었던 일은 절대 비밀이오."

〈2권에 계속〉

● 김성종 추리소설

『봄은 오지 않을 것이다』-1·2·3 | 김성종 장편추리소설
뉴욕 9.11 사건을 뿌리부터 파헤친 김성종 픽션! 테러가 극성을 부리던 70년대, 파리에서 태어난 한국인 혼혈아 슬픈게이! 그녀가 수사진의 추적을 뿌리치고 여객기를 납치하여 세계무역센터를 폭파시키는 숨가쁜 드라마가 드디어 만천하에 공개된다. 김성종 신작 추리소설!

『피아노 살인』- | 김성종 장편추리소설
피아니스트가 머리가 깨지고 목이 졸려 살해되었다. 성적 욕망이라는 정신분열적 주제를 다룬 김성종의 실험적 포스트 모더니즘적 추리소설! 이것이 피아노 살인사건이라고 부르게 된 것은 그 동기가 시끄러운 피아노 소리였다고 각종 언론이 톱기사로 다루었기 때문이다.

『최후의 밀서』- | 김성종 장편추리소설
김성종의 야심적 기업추리소설! 사회적 문제가 되고 있는 어린이 유괴사건, 그리고 욕망과 치정이 뒤얽혀 빚어내는 살인 사건! 기업을 삼키려는 악마같은 드라마는 시종 어린 아이의 생명을 담보로 숨가쁜 호흡을 토해낸다. 유괴범을 추적하는 형사 앞에 드러난 뜻밖의 얼굴은?

『서울의 만가』-1·2 | 김성종 장편추리소설
백주 대낮에 벌어진 여중생 납치와 인신매매! 참혹한 집장촌의 성매매의 실상! 응집력 있는 구성, 속도감 있는 문체, 차분하고 깨끗한 묘사력이 만들어낸 애절한 죽음의 노래가 서울 밤하늘에 울려퍼진다, 피의 오르가즘이 전율하는 김성종 공포의 추리소설!

『최후의 증인』-상·하 | 김성종 장편추리소설
한국일보 창간 20주년 기념 공모 당선작! 살인 혐의로 20년간 억울하게 옥살이를 한 황바우의 출옥과 동시에 일어나는 살인 사건! 사건을 뒤쫓는 오병호 형사의 집념으로 20년 동안 뒤엉킨 사건의 전모가 백일하에 드러난다.

『**제 5 열**』-1·2·3 | 김성종 장편추리소설
일간스포츠에 연재한 최고의 인기소설! 대통령선거를 기화로 국제 킬러를 고용, 국가를 송두리째 삼키려는 범죄 집단의 음모를 적나라하게 파헤친 수사진! 종래의 추리물과는 그 궤를 달리한 한국 최초의 하드보일드 추리소설!

『**부랑의 강**』- | 김성종 장편추리소설
여대생과 외로운 중년신사가 벌인 불륜의 사랑이 몰고 온 엽기적인 살인 사건! 살인범으로 몰린 아버지의 무죄를 확신하고 이 사건에 뛰어든 딸이 집요한 추적을 벌이는 정통 추리극! 사건의 종점에서 부딪치게 되는 악마의 얼굴은 과연?

『**일곱개의 장미송이**』- | 김성종 추리소설
임신 3개월 된 아내가 일곱 명의 악당에 의해 유린당하자 평범하고 왜소하고 얌전하던 남편이 복수의 집념을 불태운다. 아내의 유언에 따라 범인을 하나씩 찾아 내어 잔인하게 죽이고 영전에 장미꽃을 한 송이씩 바치는 처절한 복수극!

『**백색인간**』-1·2 | 김성종 장편추리소설
허영의 노예가 되어 신데렐라의 꿈을 쫓는 미녀의 끈질긴 집념과 방탕! 그리고 그녀를 죽도록 사랑하는 나머지 그녀를 혼자 독차지하려는 이상 성격을 가진 청년의 단말마적인 광란! 그리고 명수사관이 벌이는 사각의 심리 추리극!

『**제5의 사나이**』-상·중·하 | 김성종 장편추리소설
국제 마약조직이 분실한 2천만 달러의 헤로인 6kg! 배신자들을 처치하고 헤로인을 찾기 위해 홍콩으로부터 날아온 국제킬러 '제5의 사나이'! 킬러가 자행하는 냉혹한 살인극과 경찰이 벌이는 숨가쁜 추적의 하드보일드 추리극!

『반역의 벽』-상·하 | 김성종 장편추리소설

한국이 개발한 신무기 '레이저-X', ―핵무기를 순식간에 녹여버릴 수 있는 레이저-X의 가공할 위력! 이를 빼내려는 국제 스파이의 음모와 배신, 이들의 음모를 저지하는 수사관들의 눈부신 활약. 국내 최초의 산업스파이 소설!

『아름다운 밀회』-1·2 | 김성종 장편추리소설

신혼여행 도중 실종된 미모의 신부로 인해 갑자기 살인 용의자가 되어 버린 신랑! 그가 벌이는 도피와 추적! 미녀의 뒤에 가려 있던 치정과 재산을 둘러싼 악마들의 모습을 밝혀낸 수사극의 결정판! 김성종 추리소설의 새로운 지평!

『라인-X』-상·중·하 | 김성종 장편추리소설

교황을 살해하려는 KGB의 지령에 따라 잠입한 스파이 '라인-X'! 킬러의 총부리가 교황을 위협하는 절대 절명의 순간, 신출귀몰하는 라인-X와 이를 제압하는 한국 경찰의 생사를 건 한판 승부를 치밀하게 묘사한 국제적 추리소설!

『어느 창녀의 죽음』- | 김성종 단편집

작가 김성종의 탄탄한 필력을 유감 없이 보여 주는 주옥같은 단편집! 신춘문예 당선작 「경찰관」및 「김교수 님의 죽음」, 「소년의 꿈」, 「사형 집행」 등을 수록. 순수 문학과 추리기법의 접목으로 독자를 매료하는 김성종 추리소설의 백미!

『죽음의 도시』- | 김성종 SF단편집

김성종 SF단편소설집! 김성종이 예견한 기상천외한 미래사회의 청사진! 「마지막 전화」, 「회전목마」, 「돌아온 사자」, 「이상한 죽음」, 「소년의 고향」 등 SF 걸작들! 새로운 문학장르를 개척하려는 김성종의 끊임없는 실험정신!

『여자는 죽어야 한다』-상·하 | 김성종 장편추리소설
김성종이 시도한 실험적 추리소설! 첫 장에서 독자는 예고살인 속으로 여행을 시작한다. "오늘 밤 여자 한 명을 죽이겠다. 여자는 한쪽 귀가 없을 것이다. 잘 해 봐!" 살인 예고장을 보는 순간 독자들은 숨가쁜 긴장 속으로 빠져든다.

『한국 국민에게 고함』-1·2·3 | 김성종 장편추리소설
추악한 한국 국민들에게 보내는 對 국민 경고장! "한국 국민에게 고함!―이 경고를 받아들이지 않으면 테러를 감행할 수밖에 없다"! 테러조직의 가공할 폭탄테러에 전율하는 시민들과 이를 추적하는 수사진의 필사적인 노력!

『국제열차 살인사건』-1·2·3 | 김성종 장편추리소설
이탈리아 밀라노에서 눈 덮인 알프스산맥을 넘어 스위스 취리히에 이르는 낭만의 기나긴 여로―그 여로 위를 달리는 국제열차에서 벌어지는 살인 사건! 한 사나이의 父情과 분노가 국제열차 속에서 엮어내는 눈물겨운 복수의 드라마!

『슬픈 살인』-1·2·3·4 | 김성종 장편추리소설
부산 해운대를 무대로 펼쳐지는 김성종의 새롭고 야심찬 대하 추리소설! 뜨거운 여름 바닷가를 중심으로 벌어지는 젊은이들의 애욕과 애증의 파노라마가 몰고 온 엽기적 연쇄 살인 사건! 범인을 찾아 수사진이 벌이는 추리극의 백미!

『불타는 여인』-상·하 | 김성종 장편추리소설
불처럼 화려한 여인의 육체에 감염된 공포의 AIDS! 무서운 AIDS를 접목시켜 공포의 연쇄 살인을 연출해낸 김성종 최신 장편 추리소설―현대 여성의 비극적 자화상을 경탄할만한 솜씨로 묘파해낸 우리시대의 새로운 인간드라마!

김성종

1941년 중국 제남시 출생. 전남 구례에서 성장기를 보냈다.
구례 농고와 연세대학교 정외과 졸업한 후 언론매체에 종사하다가
전업 작가로 전업.
1969년 조선일보 신춘문예 단편소설 당선
1971년 현대문학 소설추천 완료
1974년 한국일보 장편소설 공모에 「최후의 증인」 당선
장편 대하소설 「여명의 눈동자」(전10권)는 TV드라마로 방영
장편 추리소설 「제5열」, 「부랑의 강」 등 50여 편의 작품을 발표하였다.

제 5 열 · 1
김성종 장편추리소설

초판발행──── 1979년 11월 20일
4판 1쇄 ──── 2009년 2월 20일
저자 ──── 金 聖 鍾
발행인 ──── 金 仁 鍾

발행처 ──── 도서출판 남도
등록일자 ──── 서기 1978년 6월 26일(제1-73호)

주소 ──── (134-023) 서울 강동구 천호동 451
　　　　　　산경빌딩 B동 5층 3-1호
전화 ──── 02-488-2923.
팩스 ──── 02-473-0481
E.mail ──── namdoco@hanafos.com

ⓒ 2009 Kim Sung Jong. Printed in Korea
저자와의 합의로 인지를 붙이지 않습니다.

정가: 11,000원

ISBN 978-89-7265-559-6(세트) 04810
ISBN 978-89-7265-560-2　　　 04810
파본이나 잘못된 책은 교환하여 드립니다.